CLAUDIA RIMKUS
Rabeneck

TÖDLICHE GEFAHR Nach lebensgefährlichen Ermittlungen ist Charlotte Stern, ehemalige Leiterin des Kriminalarchivs, probeweise in die Senioren-WG ihrer Freunde eingezogen. Kriminalfällen will sie künftig aus dem Weg gehen. In der Zeitung liest sie vom Internat Rabeneck, in dem eine Lehrerin ermordet und ein Kind verschleppt wurden. Die Polizei steckt mit ihren Ermittlungen in einer Sackgasse. Hauptkommissar Bremer überredet Charlotte zu einem Undercover-Einsatz im Internat. Unter ihrem Mädchennamen soll sie nicht nur einen Fitnesskurs und eine Foto-AG leiten, sondern vor allem Informationen sammeln. Schnell freundet sie sich mit dem Kollegium und der Chefsekretärin Ingrid Brandt an. Nur mit dem Hausmeister wird sie nicht warm. Als nach wenigen Tagen ein Mädchen aus Charlottes Kurs vermisst wird, startet sofort eine groß angelegte Suchaktion. Man geht davon aus, dass die gleichen Entführer dahinterstecken – nur Charlotte zweifelt daran …

© Photoproduktion Symanzik

Claudia Rimkus wurde 1956 in Hannover geboren, wo sie noch heute lebt und in der Schulverwaltung arbeitet. Die Autorin ist mit ihrer Heimatstadt eng verbunden. Deshalb ist die Leinemetropole oft Schauplatz ihrer Geschichten. Diese sind trotz aller Dramatik immer mit Humor gewürzt. Ihre ersten Erzählungen wurden erfolgreich als Fortsetzungsromane in der Hannoverschen Allgemeinen Zeitung und den angeschlossenen Lokalzeitungen veröffentlicht. Danach folgten mehrere Kurzgeschichten und Romane. Wenn sie nicht schreibt, ist sie gern mit der Kamera unterwegs. Ihre Fotos haben schon mehrere Preise gewonnen. Auch das genaue Beobachten ihrer Umwelt inspiriert sie zu ihren Geschichten.

Bisherige Veröffentlichungen im Gmeiner-Verlag:
Eichengrund (2018)

CLAUDIA RIMKUS
Rabeneck

Kriminalroman

GMEINER

Immer informiert

Spannung pur – mit unserem Newsletter informieren wir Sie
regelmäßig über Wissenswertes aus unserer Bücherwelt.

Gefällt mir!

Facebook: @Gmeiner.Verlag
Instagram: @gmeinerverlag
Twitter: @GmeinerVerlag

Besuchen Sie uns im Internet:
www.gmeiner-verlag.de

© 2020 – Gmeiner-Verlag GmbH
Im Ehnried 5, 88605 Meßkirch
Telefon 0 75 75 / 20 95 - 0
info@gmeiner-verlag.de
Alle Rechte vorbehalten
1. Auflage 2020

Lektorat: Claudia Senghaas, Kirchardt
Herstellung: Mirjam Hecht
Umschlaggestaltung: U.O.R.G. Lutz Eberle, Stuttgart
unter Verwendung eines Fotos von: © blende11.photo / stock.adobe.com
Druck: CPI books GmbH, Leck
Printed in Germany
ISBN 978-3-8392-2588-2

Für Lena und alle, die den Mut aufbringen,
der Welt zu zeigen, dass sie anders sind.

PROLOG

Nach einer kurzen Nacht war Hauptkommissar Hannes Bremer von seiner Wohnung im Hannoverschen Stadtteil Döhren auf der Hildesheimer unterwegs zum Präsidium, als ihn der Anruf seines jungen Kollegen erreichte.

»Wir haben einen Leichenfund an der Marktkirche.«

»Ist das Team unterrichtet?«

»Horst und die Spusi sind eben eingetroffen.«

»Okay, ich bin gleich da.«

Hannes beendete das Gespräch über die Lenkradtaste. Kurz vor Erreichen des Aegis setzte er den Blinker und ordnete sich auf der Linksabbiegerspur ein. Auf dem Friedrichswall ließ er das Neue Rathaus links liegen und stoppte an der nächsten roten Ampel. Sein Blick schweifte zur Bushaltestelle mit dem futuristischen grünen Schiff, das ein Vogelhäuschen an der Spitze zierte. Zeit, über das Kunstwerk nachzudenken, blieb ihm nicht, da die Ampel die Fahrt freigab und der Wagen vor ihm anfuhr. Bald erreichte er die Marktstraße und bog dann in die Schmiedestraße ein. Von dort aus konnte er die in Backsteingotik erbaute älteste Pfarrkirche der Stadt schon sehen. Der Hauptkommissar fuhr bis an das rot-weiße Plastikband, das den Hanns-Lilje-Platz großräumig rund um das Gotteshaus abriegelte. Nach dem Aussteigen verschaffte er sich einen raschen Überblick. Bislang standen nur vereinzelte Schaulustige herum. Am Portal der Kirche entdeckte er die massige Figur des Rechtsmediziners. Dort befand sich offenbar der Fundort der Leiche.

Hannes setzte sich in Bewegung, worauf eine junge Beamtin dienstbeflissen das Absperrband anhob, so dass der fast zwei Meter große Mann darunter hindurchtauchen konnte. Er nickte ihr knapp zu und überquerte mit langen Schritten das Pflaster. Dabei warf er einen Blick hinauf zum fast 100 Meter hohen Kirchturm. Die Uhr zeigte die siebte Morgenstunde an.

»Morgens um sieben sollte die Welt noch in Ordnung sein«, murmelte er und blieb bei Kommissar Martin Drews stehen.

»Männliche Leiche«, teilte der seinem Chef mit. »Fundort ist auch Tatort. Der Tote hat keine Papiere bei sich. Ein Türsteher aus einem Szene-Laden am Steintor hat ihn auf dem Heimweg gefunden. Ich habe seine Personalien aufgenommen und ihn erstmal zum Schlafen nach Hause geschickt. Er war hundemüde, kommt aber heute Mittag ins Präsidium, um seine Aussage aufnehmen zu lassen.«

Verstehend nickte Hannes. Er sehnte sich nach dem Kaffee, den seine jüngere Teamkollegin an so einem Morgen gewöhnlich für ihn bereithielt.

»Ist Pia noch nicht da?«

»Sie hat doch heute frei. Soll ich sie anrufen?«

»Ne, lass mal.«

Er wartete, bis Horst Fleischmann die erste Leichenschau durchgeführt hatte. Als sich der korpulente Rechtsmediziner herumdrehte und mit seinem Aluminiumkoffer die fünf Stufen vom Portal herunterstapfte, sprach Hannes ihn an.

»Moin, Horst. Was kannst du uns sagen?«

»Ein Messerstich ins Herz.« Er stellte den Koffer ab, zog ein Taschentuch unter dem Overall hervor und tupfte damit die Schweißperlen von seiner Stirn. Mit dem behandschuhten Daumen deutete er über seine Schulter. »Hoher Blutverlust. Ist eine ziemliche Schweinerei vor der Kirchentür.«

»Wie lange ist er schon tot?«

»Schwer zu sagen. Grob geschätzt: sechs bis acht Stunden.«

»Tatwaffe?«

»Wurde noch nicht gefunden.«

»Wann kann ich mit deinem Bericht rechnen?«

»Wenn er fertig ist«, brummte Horst, der es hasste, noch vor dem Frühstück mit dem Tod konfrontiert zu werden. Für einen Mann, der morgens nicht sehr gesprächig war, hatte er genug gesagt. Er streifte die dünnen Handschuhe ab und griff nach seinem Koffer. Grußlos verließ er den Platz. Auch für Hannes und Martin gab es nicht mehr viel zu tun. Sie überließen das Terrain rund um die bedeutendste Kirche der Stadt den Leuten von der Spurensicherung.

Am frühen Abend lag das Obduktionsergebnis vor. Der Rechtsmediziner erschien persönlich bei Hannes im Büro und übergab ihm den mit mehreren Seiten gefüllten Aktendeckel.

»Das lese ich später. Kannst du uns eine kurze Zusammenfassung geben?«

Durch die große Glasscheibe, die sein Arbeitszimmer von dem der Teamkollegen trennte, gab er Martin ein Zeichen, herüberzukommen.

Unterdessen ließ sich Horst schwer auf den Stuhl vor dem Schreibtisch fallen.

»Das Opfer wurde mit einem einzigen Stich erdolcht«, erklärte der Arzt, als Martin sich neben ihn setzte. »Vermutlich handelte es sich um einen Überraschungsangriff, da es keine Abwehrverletzungen gibt. Der Stich löste eine Herzbeuteltamponade aus, die in kürzester Zeit zum Tode führte.«

»Todeszeitpunkt?«

»Zwischen Mitternacht und ein Uhr.« Sein Blick wechselte von Hannes zu Martin. »Habt ihr das Opfer schon identifiziert?«

»Bislang nicht. Der Abgleich der Fingerabdrücke hat keine Übereinstimmung ergeben.«

»Vermisstenmeldungen, die auf ihn passen könnten, liegen auch nicht vor«, fügte sein Chef hinzu. »Jetzt werden wir einen Zeugenaufruf starten. Hoffentlich bringt uns das weiter.«

KAPITEL 1

Unrasiert und mit leerem Magen jagte Hauptkommissar Bremer seinen Wagen frühmorgens um halb sechs über den Südschnellweg. Ein Anruf hatte ihn wieder einmal so zeitig aus dem Bett geholt. Lustlos folgte er bald der Bundesstraße in Richtung Westen. Sein Ziel, das Internat Rabeneck, lag in der Region Hannover auf einer Anhöhe und war schon von Weitem zu sehen. Es war auf dem Gelände einer alten Burg errichtet, deren gut erhaltene Gebäude nach der Sanierung von der Schule mitgenutzt wurden. Das alte Tor und die trutzigen mittelalterlichen Sandsteinbauten strahlten eine historische Atmosphäre aus, die jeden Besucher beeindruckte.

Die Tote lag hinter einem Sichtschutz bäuchlings auf dem Kopfsteinpflaster im Atrium des Internats. Hinter der weiträumigen Absperrung sah Hannes betroffene Gesichter der Schüler und Lehrer. Die in weiße Overalls gekleideten Beamten der Spurensicherung fotografierten den Fundort aus verschiedenen Blickwinkeln und stellten kleine Schilder mit Nummern auf. Neben der Toten kniete der schwergewichtige Rechtsmediziner und führte die erste Leichenschau durch. Als er sich schließlich ächzend erhob und zu seinem Wagen marschierte, trat Hannes zu ihm.

»Moin, Horst. – Was haben wir?«

»Weibliche Leiche …« Er rang nach Luft wie ein gestrandeter Wal. »Anfang bis Mitte 30, Gewalteinwirkung gegen den Hinterkopf, vermutlich Schädelbruch.«

»Todeszeitpunkt?«

Mit einem Taschentuch wischte sich der Mediziner über die Stirn.

»Ungefähr vor acht bis zehn Stunden. Genaueres kann ich erst sagen, wenn ich sie auf dem Tisch habe.« Er deutete zum alten Burgturm hinüber, über dem ein Schwarm Raben mit lautem Geschrei kreiste. »Nur gut, dass die Viecher noch nicht an der Leiche waren. Das hätte mir die Arbeit erschwert.«

Hannes warf nur einen flüchtigen Blick hinauf zum grauen Morgenhimmel.

»Melde dich, wenn dein Bericht fertig ist.«

»Wie immer.«

Bedächtig stellte der Rechtsmediziner seinen Koffer ab und entledigte sich seiner Schutzkleidung.

Unterdessen sah Hannes, dass Kommissar Martin Drews nach ihm Ausschau hielt. Anscheinend war der jüngere Kollege schon länger vor Ort. Hannes winkte ihm zu und ging ihm müde entgegen. Er brauchte dringend einen Kaffee.

»Du bist aber früh hier.«

»Ich hatte einen kürzeren Anfahrtsweg, weil ich bei meiner Freundin übernachtet habe.« Rasch blätterte Martin in seinem kleinen Notizblock. »Die Tote heißt Susanne Schaller, 32. Sie gehörte zum Lehrerkollegium. Hat Biologie und Religion unterrichtet.«

»Wer hat sie gefunden?«

Mit dem Kopf deutete er zu einem Rettungswagen, an dem ein untersetzter Mann mit einer Wolldecke um die Schultern lehnte.

»Der Hausmeister. Sein Hund musste raus.«

»Okay. Ich will nachher mit ihm sprechen. – Was ist mit der Tatwaffe?«

Schulterzucken.

»Ist Pia schon da?«

»Sie befragt gerade …« Er unterbrach sich, als die Kollegin im Laufschritt um die Ecke des Torhauses bog und auf sie zuhastete. Sie war ein paar Jahre älter als Martin, aber so gut in Form, dass sie nicht außer Atem geriet.

»Wir haben ein Problem«, berichtete sie, ohne sich mit einer Begrüßung aufzuhalten. »Eine Schülerin ist verschwunden.«

Irritiert schaute Hannes sie an.

»Wie – verschwunden?«

»Die Gruppenleiterin aus dem Haus, in dem sie wohnt, hat die Kinder im Aufenthaltsraum versammelt, um sie von unserem Einsatz fernzuhalten. Ein Mädchen fehlte. Leonie Fechner – zehn Jahre alt. Sie haben überall auf dem Gelände nach ihr gesucht, sie aber nicht gefunden.«

»Sch…«, murmelte Hannes. »Wir müssen sofort einen Suchtrupp zusammenstellen. Martin, fordere die Hundestaffel an. Möglicherweise hat die Kleine den Mörder gesehen und versteckt sich – oder er hat sie verschleppt, weil sie ihn beobachtet hat.«

KAPITEL 2

Der Kollegenstammtisch traf sich wie gewohnt im vierwöchigen Rhythmus donnerstags in der Altstadtkneipe »Alibi«. Die Kommissare Hannes Bremer, Pia Wagner und Martin Drews kamen zuerst. Kurz danach gesellten sich der Rechtsmediziner Horst Fleischmann und Charlotte Stern dazu, die bis zu ihrer Pensionierung das Polizeiarchiv geleitet hatte. Die von Hannes bestellte Runde Bier stand schon auf dem Tisch.

»Du wirkst so entspannt«, sagte Pia, die Charlotte gegenübersaß. »Hast du den Professor inzwischen erhört?«

»Sei nicht so neugierig.«

»Berufskrankheit.« Gespannt beugte sie sich etwas vor. »Werdet ihr heiraten?«

»Wie kommst du denn darauf?«

»Na ja, dann könntest du einen märchenhaften Doppelnamen tragen: Stern-Thaler. Das klingt doch super.«

»Mir genügt mein Name ohne Zusatz«, erwiderte Charlotte trocken. Dann schaute sie in die Runde. »Sonst noch Fragen?«

»Wie läuft es denn in der Wohngemeinschaft?«, fragte Horst prompt. Er empfand viel für Charlotte. Seit dem Tod ihres Mannes vor drei Jahren lebte sie allein. Er hatte sich damit abgefunden, dass sie in ihm nur den Freund sah. An der neuesten Entwicklung in ihrem Leben hatte er jedoch arg zu knabbern. »Gehen dir die Gruftis schon auf die Nerven?«

»Auch wenn sie mich als Nesthäkchen bezeichnen, sind die anderen nur ein paar Jahre älter als ich«, betonte sie. »Mir gefällt die Senioren-WG immer noch sehr gut. Deshalb werde ich dort bald endgültig einziehen.«

»Was wird dann aus deiner hübschen Eigentumswohnung?«

»Das habe ich noch nicht entschieden. Vielleicht vermiete ich sie.« Ihr Blick schweifte zu Hannes. »Wie sieht es denn bei euch aus? In den letzten Tagen stand gar nichts Neues in der Zeitung. Weder von dem Toten an der Marktkirche noch über die Vorkommnisse im Internat.«

»Den Mord in der City bearbeitet der Kollege Gerlach mit seinem Team.« Er trank einen Schluck und stellte das Glas sofort ab, als schmecke ihm das Bier nicht. »Wir haben die Soko Internat gebildet und kümmern uns nur noch um diesen Fall.«

»Habt ihr schon eine heiße Spur?«

Mit ernster Miene schüttelte der Hauptkommissar den Kopf.

»Wir sind keinen Schritt weiter. Es gibt nicht mal einen Verdächtigen.«

»Es liegt aber auf der Hand, dass der Tod der Lehrerin mit dem Verschwinden des Mädchens zusammenhängt.«

»Das glauben wir auch, aber selbst dafür gibt es keinen Beweis, solange das Mädchen wie vom Erdboden verschluckt ist.«

»Als ich in der HAZ über den Fall las, dachte ich zuerst, das Mädel wurde Zeugin am Mord der Lehrerin, und der Täter hat die Kleine deshalb aus dem Weg geräumt.«

»Denkst du das jetzt nicht mehr?«

»Nein. Er hätte sie an Ort und Stelle getötet und liegengelassen, anstatt sich die Mühe zu machen, sie zu verschleppen und die Leiche irgendwo zu verstecken.«

»Gut kombiniert, Charly.«

»Wahrscheinlich ist die Kleine trotzdem längst tot«, vermutete Martin. Ihm war anzusehen, dass ihm das zu schaffen machte. »Wir suchen schon seit vier Tagen nach ihr. Da sind die Chancen sehr gering, sie noch lebend zu finden. – Es gibt auch keine Lösegeldforderung.«

Verstehend nickte Charlotte.

»Und die Lehrerin war wahrscheinlich bei allen beliebt.«

»So ist es«, bestätigte Hannes. »Sie hatte noch nicht mal Punkte in Flensburg. Auch ihre Biografie gibt nichts her – kein eifersüchtiger Exfreund oder dergleichen.«

»Daraus könnte man schließen, dass der Täter es nur auf das Mädchen abgesehen hatte, und die Lehrerin dazwischenfunkte. Vielleicht hat sie die Entführung beobachtet, wollte dem Kind helfen und wurde dadurch zum Opfer.«

»Soweit waren wir auch schon.«

»Wenn er den Tod der Frau in Kauf genommen hat, müsste ihm sehr viel an der Entführung des Mädchens gelegen haben«, überlegte Charlotte weiter. »Leben die Eltern getrennt?«

»Nein, in der Familie ist alles in Ordnung.«

»Was bleibt dann noch? Menschenhandel? Oder ein Pädophiler?«

Niedergeschlagen zuckte Hannes die Schultern.

»Alles ist möglich, aber es gibt keinen Anhaltspunkt in irgendeine Richtung.«

»Wenn ich mir das Mädchen in der Gewalt eines Perversen vorstelle, wird mir ganz übel«, sagte sie erschauernd. »Das wäre die Hölle für die Kleine.«

Behutsam legte der Rechtsmediziner die Hand auf ihren Arm.

»Da fragt man sich, was für das Kind besser wäre – tot oder eine zerstörte kleine Seele, die ein Leben lang unter dem Missbrauch leidet.«

»Kinder verdrängen traumatische Erlebnisse meistens«, warf Pia ein. »Aber irgendwann kehrt die Erinnerung zurück. Mit einer entsprechenden Therapie könnte ihr dann hoffentlich geholfen werden.«

»Auf alle Fälle bräuchte sie ganz viel Liebe und Verständnis ihrer Familie«, meinte Charlotte. »Noch ist aber völlig unklar, was mit ihr passiert ist.« Fragend schaute sie Hannes an. »Was habt ihr vor?«

»Wir haben inzwischen auf unserer Facebook-Fahndungsseite ein Foto des Mädchens veröffentlicht, aber noch keine brauchbaren Hinweise erhalten. Jetzt hoffen wir, dass es uns weiterbringt, wenn nächste Woche über den Fall im Fernsehen vor einer breiteren Öffentlichkeit berichtet wird.«

»Wenn ich euch irgendwie helfen kann …«

»Keine Chance, Charly. Deine Ermittlungen in der Seniorenresidenz Eichengrund waren eine absolute Ausnahme.« Er machte sich immer noch Vorwürfe, dass er sie nicht daran gehindert hatte. »Du sollst deinen Ruhestand genießen.« Vielsagend zwinkerte er ihr zu. »Und meinetwegen den Professor heiraten.«

»Ich will aber nicht heiraten.«

»Eine wilde Ehe gefällt dir wohl besser.«

»Woher willst ausgerechnet *du* wissen, ob ich wild bin?«

»Intuition?«

»Die solltest du lieber bei deinen Ermittlungen einsetzen. Sonst muss ich euch doch wieder auf die Sprünge helfen.«

»Never.«

»Warten wir es ab«, meinte sie mit einem Lächeln und bestellte die nächste Runde.

KAPITEL 3

Charlotte saß in der nächsten Woche am frühen Nachmittag auf der Terrasse unter der aufgespannten Markise und las die Tageszeitung. Neben ihr hatte es sich ihre Mitbewohnerin Anneliese Grothe mit ihrer Handarbeit bequem gemacht. Seit sie im Ruhestand war, strickte sie in fast jeder freien Minute, was ihr den Spitznamen *Strick-Liesel* eingebracht hatte.

»Gibt es was Neues über die vermissten Mädchen?«

Charlotte blickte auf und schüttelte den Kopf.

»Die kleine Alina ist genauso spurlos verschwunden wie ihre Mitschülerin. Seit Freitagnachmittag hat sie keiner mehr gesehen.«

»Was denkst du, steckt dahinter?«

»Ich tippe auf den gleichen Täter. Leonie ist Internatsschülerin. Sie wurde spätabends entführt, wobei die Lehrerin wohl Zeugin wurde und deshalb sterben musste. Alina besucht zwar auch die Internatsschule, wohnt aber in einem Dorf in der Nähe bei ihren Eltern. Sie ist nach der Schule auf dem Heimweg verschwunden. Wahrscheinlich war es dem Täter zu gefährlich, sich noch ein Opfer auf dem Internatsgelände zu suchen.«

»Die passen jetzt bestimmt doppelt so gut auf.«

»Davon kann man ausgehen.« Sie deutete auf die HAZ. »Hier steht, dass ein 17-köpfiges Ermittlerteam den Fall bearbeitet, aber noch keine heiße Spur hat. Einige Eltern haben ihre Mädchen schon aus dem Internat abgeholt – aus Angst, dass der Täter erneut zuschlägt.«

»Verständlich«, meinte Anneliese und nahm ein neues Knäuel Wolle aus ihrem Korb. Dabei fiel ihr Blick in den Garten. »Schau mal – ein Eichhörnchen.«

Das putzige kleine Tier saß mitten auf dem Rasen.

»Schade, dass ich meine Kamera nicht mit runtergebracht habe«, sagte Charlotte bedauernd.

»Warum hattest du die eigentlich im Eichengrund nicht dabei?«

»Weil ich so unauffällig wie möglich bleiben wollte. Mit der Kamera um den Hals hätte ich nur unnötig Aufsehen erregt.«

»Dafür hast du, seit du hier wohnst, schon alles geknipst, was im Garten kreucht und fleucht.«

»Das ist eben mein Hobby.«

»Und viel harmloser als deine Mörderjagd«, meinte Anneliese, die ihre gefährlichen Ermittlungen in der Seniorenresidenz Eichengrund erst kürzlich hautnah miterlebt hatte. Bei dieser Gelegenheit hatten sie sich angefreundet. »Geh doch mal mit Philipp auf Fototour. Er hat vor ein paar Tagen erzählt, dass er auch gern mit der Kamera unterwegs ist.« Sie warf Charlotte einen bedeutungsvollen Seitenblick zu. »Vielleicht hilft das ja.«

»Wobei?«

»Du weißt genau, was ich meine.« Sie wandte sich halb um, als Elisabeth Seegers – die dritte Dame im Bunde – ins Freie trat. In der Hand hielt sie ein weißes Smartphone.

»Charlotte, du hast dein Telefon in der Küche liegengelassen. Es hat schon zweimal geklingelt, aber ich steckte bis zum Hals im Kuchenteig.«

Amüsiert nahm sie das Gerät entgegen und legte es auf den Tisch.

»Danke, Elli. Ich muss nicht immer erreichbar sein.« Gespannt schaute sie die zierliche Mitbewohnerin an, die sie fast täglich mit ihren Backkünsten verwöhnte. »Was für einen Kuchen hast du denn heute im Ofen?«

»Eine Käsetorte – nach einem neuen Rezept.«

»Klingt gut. Einer von uns wird sich besonders darüber freuen.«

»Conrad«, sagte Anneliese, die seit Kurzem mit dem Meteorologen verbandelt war. »Wo steckt er eigentlich?«

»Er spielt mit Albert Schach – und Philipp ist mit der Recherche für sein Buch beschäftigt. Ich hatte die Küche ganz für mich allein.«

»Langsam habe ich den Verdacht, dass Elli uns mästen will«, sagte Charlotte, während die Melodie ihres Telefons erklang. »Entschuldigt.« Sie nahm es vom Tisch, stand auf und ging ein paar Schritte in den Garten. Auf dem Display las sie den Namen des Anrufers.

»Hallo, Hannes.«

»Endlich! Warum gehst du nicht ans Telefon? Ich habe schon ein paarmal versucht, dich zu erreichen.«

»Jetzt hast du es doch geschafft. – Was gibt es denn?«

»Ich muss dringend was mit dir besprechen. Kannst du ins Präsidium kommen?«

»Wann?«

»Möglichst sofort.«

»Warum?«

»Das erkläre ich dir, wenn du hier bist.«

»Du machst es aber spannend. Okay, in einer halben Stunde bin ich bei dir.«

»Danke, Charly.«

Nachdenklich schlenderte sie auf die Terrasse zurück. Dort saßen inzwischen die Schachspieler – der Wetterfrosch Conrad Lenz am Tisch, der General a.D. Albert Scheuermann in seinem Rollstuhl.

»Ich muss noch mal weg. Hannes erwartet mich im Präsidium.«

»Braucht er deinen Rat?«, fragte Conrad, worauf sie die Schultern zuckte.

»Keine Ahnung. – Ich muss mich umziehen.«

Seine Augen schweiften über ihre Gestalt, die an diesem warmen Septembertag in weißen Bermuda-Shorts und einem roten Shirt steckte.

»Bleib doch, wie du bist. Oder fürchtest du, dass deine Kollegen bei den hochsommerlichen Temperaturen sonst noch mehr ins Schwitzen geraten?«

Sie schnitt ihm eine Grimasse und verschwand im Haus.

Kaum hatte sie den Wagen vom Grundstück am südlichen Stadtrand von Hannover gelenkt, als die Musik aus dem Autoradio vom Verkehrsfunk unterbrochen wurde. Nach einem Unfall war der Messeschnellweg in Fahrtrichtung Norden gesperrt. Lange Wartezeiten müssten in Kauf genommen werden. Da das häufiger passierte, wählte Charlotte die Route durch die Stadt und traf mit wenigen Minuten Verspätung im Präsidium ein. Sie trat an den Tresen, hinter dem ein älterer Beamter Dienst tat.

»Hallo, Herr Welsch. Da bin ich wieder.«

»Schön, Sie zu sehen, Frau Stern. Hauptkommissar Bremer hat Sie bereits angekündigt.« Im nächsten Moment trat Hannes aus dem Lift. »Da ist er schon.«

Sie nickte dem Wachtmeister lächelnd zu und ging dem Kommissar entgegen.

»Danke, dass du so schnell gekommen bist«, begrüßte er sie, legte den Arm um ihre Schultern und führte sie zum Fahrstuhl zurück. In der vierten Etage wandte er sich nach rechts, was Charlotte wunderte.

»Gehen wir nicht in dein Arbeitszimmer?«

»In den Besprechungsraum«, erwiderte er knapp und öffnete gleich darauf die Tür. Angesichts der anwesenden Personen wuchs Charlottes Erstaunen. Nicht nur Pia und Martin saßen am Tisch, sondern auch die Staatsanwältin Frau Dr. Pauli, die sich bei Charlottes Eintreten erhob und ihr die Hand entgegenstreckte.

»Danke, dass Sie es einrichten konnten, Frau Stern.«

»Hannes hat meine Neugierde geweckt.« Sie gab auch Pia und Martin die Hand, bevor sie sich setzte und die Staatsanwältin anschaute. »Worum geht es?«

»Das erkläre ich Ihnen gleich. Darf ich Ihnen vorher ein paar Fragen stellen?«

»Schießen Sie los.«

»Stimmt es, dass Sie schon jahrelang zweimal in der Woche zum Fitnesstraining gehen?«

»Ja.«

»Ist es richtig, dass Sie dort mal einen Kurs geleitet haben?«

»Unsere Trainerin hat mich im letzten Sommer gebeten, sie zu vertreten, als sie krank war. – Und später noch mal während ihres Winterurlaubs.«

»Treiben Sie auch anderen Sport?«

»Laufen, Schwimmen, Fahrradfahren.«

»Auch Tennis?«

»Seit dem Tod meines Mannes nicht mehr.«

Der Blick der Staatsanwältin wechselte zu Hannes.

»Das könnte klappen.«

»Sag ich doch.«

»Charly schafft das«, fügte Martin überzeugt hinzu, und auch Pia nickte.

»Wir können keine Bessere für diesen Job finden.«

»Was wird das hier?«, fragte Charlotte mit leiser Ungeduld. »Ein Bewerbungsgespräch?«

Hannes, der bis dahin an der Fensterbank gelehnt hatte, setzte sich Charlotte gegenüber und schaute sie aus ernsten Augen an.

»Wir brauchen dich für einen Undercover-Einsatz.«

»Vergiss es.«

»Hör dir bitte erst an, worum es geht. Du hast sicher in der Zeitung gelesen, dass inzwischen ein zweites Mädchen verschwunden ist. Wir arbeiten mit Hochdruck daran, die Kinder zu finden, aber es gibt nicht den kleinsten Hinweis. Die Leute im Internat sind leider keine Hilfe. Die leben relativ abgeschottet wie … wie auf einer Insel. Die sind es gewohnt, ihre Probleme selbst zu lösen. Da redet keiner schlecht über den anderen. Wahrscheinlich haben sie sich abgesprochen, der Polizei nur so viel Internes preiszugeben, wie unbedingt nötig ist. Außerdem fürchten sie wohl um ihren guten Ruf. Deshalb brauchen wir jemanden vor Ort, um Infos zu sammeln.«

»Und wie kommt ihr ausgerechnet auf mich? Du hast doch erst beim letzten Stammtisch gesagt, dass meine Ermittlungen im Eichengrund eine absolute Ausnahme waren.«

»Die du beinah mit deinem Leben bezahlt hättest«, vollendete er. »Ich habe mir deswegen große Vorwürfe gemacht. Du weißt, wie viel mir unsere Freundschaft bedeutet. Schon deshalb fällt es mir schwer, dich darum zu bitten, aber wir sind mit unserem Latein am Ende.«

»Warum nehmt ihr für diesen Einsatz keine junge Polizistin?«

»Davon abgesehen, dass wir chronisch unterbesetzt sind, brauchen wir jemanden mit Lebenserfahrung – und sicherem Instinkt.«

»Außerdem haben Sie Einfühlungsvermögen und eine besondere Ausstrahlung«, fügte die Staatsanwältin hinzu. »Die Menschen fassen schnell Vertrauen zu Ihnen, weil Sie echt sind.«

»Das ist ja alles sehr schmeichelhaft, aber ich bin zu alt für einen Job in einer Schule. In die Seniorenresidenz habe ich mit Mitte 60 reingepasst, aber …«

»Du siehst doch mindestens zehn Jahre jünger aus«, warf Pia ein. »Und du bist besser in Form als manche, die noch weniger auf dem Buckel hat.«

»Das funktioniert trotzdem nicht. Anneliese hatte bei meinem letzten Einsatz bereits nach ein paar Tagen rausgefunden, dass ich schon mal ermittelt habe. Das Internet ist eine gute Informationsquelle, die bestimmt auch Lehrer und Schüler eines Internats nutzen.«

»Deshalb bekommst du eine neue Identität und einen astreinen Lebenslauf.«

Erstaunt schaute sie Martin an.

»Ihr habt anscheinend an alles gedacht. Als was wollt ihr mich denn da einschleusen?«

»Ich kenne den Schulvorstandsvorsitzenden des Internats«, übernahm wieder die Staatsanwältin. »Herr Bodenstein ist der Bruder eines guten Freundes. Ihm liegt viel daran, dass der Fall so schnell wie möglich aufgeklärt wird. Zurzeit ist dort eine Stelle als Sportlehrerin vakant. Bis die besetzt ist, brauchen sie eine Vertretungslehrkraft – für etwa vier bis sechs Wochen. Die ausgeschiedene Lehrerin hat unter anderem den Fitnesskurs gegeben. Außerdem ist es dort üblich, auch eine AG zu übernehmen. Herr Bremer meinte, dass Sie bestimmt kein Problem damit hätten, einen Fotoworkshop anzubieten.«

»So, so …«

»Man muss sich doch nur deine tollen Fotos ansehen, die bei dir zu Hause an den Wänden hängen«, fügte Hannes hinzu. »Du bist eine talentierte Fotografin.«

Charlotte schwieg einen Moment, dann schaute sie in die Runde.

»Ihr habt viel Nettes über mich gesagt – und sicher übertrieben. Lob und Komplimente sind wahrscheinlich bei den meisten Menschen gute Türöffner, aber ihr bringt mich in einen ziemlichen Konflikt. Ich möchte nicht noch mal in eine lebensgefährliche Situation geraten. Meinen Kindern habe ich versprochen, dass ich mich nie wieder in Gefahr begebe. Andererseits würde ich alles tun, was ich kann, um die armen Mädchen zu finden.«

»Du musst dich nicht sofort entscheiden«, sagte Hannes rasch. »Überschlaf die ganze Sache und sag mir morgen Bescheid.«

»Sie sollen noch wissen, dass wir alles tun, um Sie im Ernstfall zu schützen«, sagte die Staatsanwältin. »Immerhin können wir nicht ausschließen, dass der Entführer im Umfeld des Internats zu finden ist. Aber darüber sprechen wir, wenn Sie sich entschieden haben.«

Bei Charlottes Rückkehr saßen ihre Mitbewohner bei Kaffee und Kuchen auf der Terrasse. Sie streifte die Sandaletten von den Füßen und setzte sich neben Conrad.

»Tut mir leid, dass ich zu spät bin.«

Anneliese griff zur Kaffeekanne und schenkte eine Tasse für sie ein. Unterdessen legte Elisabeth ein Stück Käsetorte auf Charlottes Teller.

»Was wollte die Polizei denn von dir?«

»Sie brauchen mich für einen Spezialeinsatz.«

»Im Internat Rabeneck?«, vermutete Anneliese, worauf Charlotte nickte. Philipp Thaler schüttelte jedoch den Kopf.

»Das kommt überhaupt nicht infrage.«

»Triffst du neuerdings meine Entscheidungen?«

»Hast du schon vergessen, wie gefährlich deine Ermittlungen beim letzten Mal waren?«, erregte er sich. »Die hätten dich beinah das Leben gekostet!«

»Daran erinnere ich mich nur zu gut. Eichengrund ist aber nicht mit Rabeneck vergleichbar. Hier liegt der Fall völlig anders. Außerdem kann ich tun und lassen, was ich will.«

»Ich fasse es nicht!« Aufgebracht warf er seine Serviette auf den Teller und stand auf. Ohne ein weiteres Wort stürmte er ins Haus. Wenige Augenblicke später hörten sie das Aufheulen eines Automotors.

Vorwurfsvoll schaute Anneliese die Freundin an.

»Sehr geschickt war das nicht.«

»Ich lasse mir doch von Philipp keine Vorschriften machen.«

»Er hat Angst um dich – und du weißt nur zu gut, warum.«

»Ich habe doch noch gar nicht zugesagt. Bis morgen habe ich Bedenkzeit.«

Am frühen Abend beschloss Charlotte, in ihrer Wohnung zu übernachten. Sie brauchte Abstand und wollte in Ruhe darüber nachdenken, ob sie sich noch einmal auf Ermittlungen einlassen sollte.

So fuhr sie in die Südstadt. Wie gewöhnlich war es fast unmöglich, dort einen Parkplatz zu finden. Deshalb lenkte sie ihren Golf durch die Toreinfahrt des Nachbarhauses. Der Besitzer, der im Erdgeschoss eine kleine Weinhandlung betrieb, hatte ihr schon bald nach ihrem Einzug angeboten, ihr Auto bei Bedarf in seinem Hof abzustellen.

Da sie nichts zum Abendessen im Haus hatte, ging sie die wenigen Schritte zum »Wienerwald« am Stephansplatz hinüber und bestellte einen Salat mit gegrillter Hähnchenbrust zum Mitnehmen.

In ihrer Wohnung öffnete sie zuerst alle Fenster und ließ sich ein Entspannungsbad ein.

In der Wohngemeinschaft saßen die Bewohner bei einem Glas Wein zusammen. Schließlich kamen sie auf das Thema zu sprechen, das sie alle seit dem Nachmittag beschäftigte.

»Was meint ihr?«, fragte Conrad mit Blick in die Runde, »wird Charlotte den Job übernehmen?«

»Hoffentlich nicht«, sagte Elisabeth mit sorgenvoller Miene. »Solche Ermittlungen sind doch immer gefährlich. Ich darf gar nicht daran denken, dass sie beim letzten Mal fast ums Leben gekommen wäre.«

»Ihre Freunde bei der Polizei haben ihr bestimmt klargemacht, dass sie ihre ganze Hoffnung auf sie setzen.« Das war der General. »Wahrscheinlich ist sie ihr bester

Mann für diese Mission.« Seine buschigen Brauen hoben sich, während er Anneliese anschaute. »Was denkst du?«

»Wie ich Charlotte kenne, wird sie zustimmen. Sie kann gar nicht anders. Oder habt ihr schon mal erlebt, dass sie Nein gesagt hat, wenn jemand ihre Hilfe brauchte? Außerdem geht es um Kinder. Sollte den Mädchen was passieren, würde sie sich immer Vorwürfe machen, wenn sie abgelehnt hätte.«

»Das befürchte ich auch«, sagte Conrad und erhob sich. »Es ist spät geworden. Lasst uns schlafen gehen. Charlotte wird uns ihre Entscheidung morgen mitteilen.«

Nach dem Essen recherchierte Charlotte in ihrer Wohnung im Internet über das Internat Rabeneck. Auf der Homepage der Schule gab es eine Fülle an Informationen über das Internatsleben, das Kollegium, aber auch Historisches über die ehemalige Burg. Sie druckte alles aus und legte die Seiten in einen Aktendeckel.

Damit setzte sie sich bei leiser Musik in eine Sofaecke und vertiefte sich in die Unterlagen.

Sie blickte erst auf, als Nachrichten gesendet wurden. In den Regional-News wurde über den Toten berichtet, der vor der Marktkirche ermordet wurde. Inzwischen war es gelungen, ihn zu identifizieren. Es handelte sich um einen 24-jährigen Mann aus Aserbaidschan mit dem Namen Farid Bey. Wer ihn kannte oder sachdienliche Hinweise über ihn geben konnte, wurde gebeten, sich bei der Polizei zu melden.

Während im Wetterbericht schöne Aussichten angekündigt wurden, widmete sich Charlotte den Infos über das Internat.

Das Läuten an der Tür unterbrach sie irgendwann bei ihrer Lektüre. Wer mochte das so spät noch sein? Die grünen Leuchtziffern der Stereoanlage zeigten 23.26 Uhr an.

Charlotte legte die Mappe auf den Tisch, stand auf und ging in die Diele. Sie nahm den Hörer von der Gegensprechanlage, wodurch sich der kleine Bildschirm automatisch einschaltete. Draußen stand ein Mann.

KAPITEL 4

Charlottes Blick hing am Monitor der Gegensprechanlage.

»Ja!?«

»Ich habe Licht bei dir gesehen«, sagte Philipp. »Darf ich raufkommen?«

»Es ist schon spät.«

»Bitte, Charlotte, wir müssen reden.«

»Heute nicht mehr.«

Sie erkannte die Enttäuschung in seinem Gesicht, bevor er sich abwandte. Mit einem leisen Seufzer drückte sie auf den Summer, sah, dass Philipp herumwirbelte und das Haus betrat. Rasch hängte sie den Hörer ein und öffnete die Wohnungstür einen Spalt breit.

In ihrem Wohnzimmer schaute sie sich frustriert um. Immer, wenn etwas sie stark beschäftigte, verbreitete sie Chaos um sich herum. Rasch sammelte sie einige Kleidungsstücke und das große Frotteetuch auf und legte alles auf einen Stuhl.

Als Philipp hereinkam, saß sie mit angezogenen Beinen auf dem Sofa.

»Tut mir leid, dass ich so spät noch …, aber als Albert sagte, dass du hier übernachtest … Entschuldige, dass ich vorhin überreagiert habe. Ich wollte dich nicht vertreiben.«

»Ich bin hier, weil ich ungestört nachdenken wollte.«
Sie deutete auf einen Sessel, worauf er sich auf der Kante
niederließ. »Das Schicksal der beiden Mädchen lässt mir
keine Ruhe. Wenn meine Freunde im Präsidium davon
überzeugt sind, und sogar die Staatsanwältin glaubt, dass
ich dazu beitragen kann, die Kinder zu finden, kann ich
doch nicht einfach Nein sagen.«

»Die meisten Menschen würden wohl gern helfen, die
Mädchen zu retten. Andererseits habe ich erst vor Kurzem miterlebt, wie gefährlich solche Ermittlungen werden
können. Ich habe Angst, dass dir noch mal was passiert.«

»Beim letzten Mal war ich mehr oder weniger auf mich
allein gestellt. Wenn ich für die Polizei arbeite, werden sie
alles tun, um mich zu schützen.« Ausführlich erzählte sie,
was am Nachmittag im Präsidium zur Sprache gekommen
war. »Ich habe inzwischen über das Internat recherchiert«,
schloss sie und schob die Unterlagen über den Tisch zu
ihm hinüber. »Das war ein bisschen wie eine Zeitreise in
die Vergangenheit. Von den ursprünglichen Wehranlagen
der Burg sind auch Teile der Ringmauer, Flankentor und
Wallgräben erhalten –aber auch ein kleinerer Treppen-
turm und ein großer Wehrturm. Hinter der historischen
Hülle verbergen sich moderne Einrichtungen: Schüler-
zimmer mit Bädern und Wohnungen für das Kollegium.
Und auch das Internatsleben ist interessant. Für mich ist
das absolutes Neuland.«

Philipp nahm den Blätterstapel und überflog die ersten Seiten.

»Zu meiner Zeit war das noch anders.«

»Hast du auch ein Internat besucht?«

»Ab der zehnten Klasse. Vorher war ich auf dem Gymnasium immer gut durchgekommen – ohne viel dafür zu

tun. Im Grunde war ich eine faule Socke. Andere Dinge waren mir immer wichtiger als die Schule. Nachdem ich dann nur mit Ach und Krach versetzt wurde, haben mich meine Eltern auf ein Schweizer Internat geschickt. Dort gab es sogar einen deutschen Schulzweig.«

»Und? Wie war es da für dich?«

»Zuerst habe ich rebelliert, aber dann haben sie mir dort zur Einsicht verholfen, dass ich nicht für andere, sondern für mich lerne. Auch sonst war das Internat gut für meine Entwicklung.« In seine Augen trat ein warmer Ausdruck. »Meine Mutter wäre vor Stolz fast geplatzt, als ich mit einem Einser-Abitur abschloss. Als ich Psychologie studieren wollte, anstatt in die Firma einzusteigen, hat es allerdings lange Diskussionen gegeben, bis meine Eltern meinen Berufswunsch akzeptiert haben.«

»Hast du deine Familie nicht vermisst?«

»Nur in der ersten Zeit. Ich habe schnell Freunde gefunden. Zu einigen davon habe ich noch heute Kontakt. Außerdem kamen meine Eltern und meine Schwester hin und wieder zu Besuch – und in den Ferien war ich immer zu Hause.«

Da die Radiomusik, die leise im Hintergrund gespielt hatte, nun von den Mitternachts-Nachrichten abgelöst wurde, erhob sich Charlotte und schaltete die Stereoanlage aus. Als sie sich herumdrehte, fing sie Philipps Blick auf, der sie amüsiert musterte. Sie trug nur ein knappes graues Sleepshirt, auf dem quer über der Brust in großen Buchstaben »Oma ist cool« stand – und selbstgestrickte rote Socken an den Füßen.

»Was?«

»Du siehst ... bemerkenswert aus.«

»Hast du gedacht, dass ich so spät noch perfekt gestylt rumlaufe? Ich habe vorhin ein Bad genommen und dann meine Wohlfühlklamotten angezogen. Eigentlich wollte ich schon längst im Bett liegen. – Und da werde ich jetzt auch hingehen.«

»Dann muss ich wohl verschwinden«, sagte er und legte die Unterlagen auf den Tisch zurück. »Rufst du mir bitte ein Taxi?«

»Was ist mit deinem Wagen?«

»Den habe ich vorm Musikladen stehenlassen, weil ich zwei Bier getrunken hatte. Als ich zu Hause von Albert hörte, dass du hier bist, wollte ich mich so schnell wie möglich entschuldigen. Deshalb bin ich im Taxi gekommen.« Er tastete seine Hosentaschen ab. »Blöderweise habe ich in der Eile meine Jacke mit meinem Handy zu Hause gelassen – und meinen Hausschlüssel anscheinend auch.«

»Dann musst du hier übernachten. – Oder willst du die anderen aus dem Schlaf klingeln?« Absichtlich bot sie ihm nicht ihren Schlüssel an, sondern schaute zur Sitzecke und schüttelte den Kopf. Die zwei kleinen über Eck stehenden Sofas waren als Schlafplatz für einen Mann seiner Größe ungeeignet. »Da passt du nicht drauf, aber du kannst in meinem Bett schlafen.«

»Das halte ich für keine gute Idee.«

»Warum nicht? Wir haben schon zweimal im gleichen Bett genächtigt, ohne dass wir uns in die Quere gekommen sind.«

»Das waren Ausnahmesituationen.«

»Das ist doch auch eine. Aber wenn du nicht willst … Du kannst es dir ja überlegen.« Sie ging zur Tür, drehte sich dort noch einmal herum. »Der letzte macht das Licht aus.«

Nach einem Abstecher ins Bad betrat Charlotte das Schlafzimmer. Als Orientierungshilfe schaltete sie die große weiße LED-Laterne auf der Fensterbank ein, die warmes, gedämpftes Licht ausstrahlte.

Wenige Minuten später hörte sie die Badezimmertür. Kurz darauf kam Philipp fast geräuschlos herein und legte sich vorsichtig, aber weit weg von Charlotte auf die Matratze. Glaubte er, dass sie schon schlief?

»Du musst nicht auf der äußersten Bettkante liegen«, sagte sie und drehte sich auf den Rücken. »Das ist viel zu unbequem.«

»Es geht schon.«

»Nun sei nicht albern. Ich beiße nicht.«

»Deine Zähne sind mein geringstes Problem«, murmelte er und rückte etwas näher. Auch er lag nun auf dem Rücken und starrte an die Zimmerdecke.

Charlotte ahnte, was in ihm vorging, tastete nach seiner Hand und verschränkte ihre Finger mit seinen.

»Warum tust du das?«

»Weil ich dich liebe.«

Er zuckte leicht zusammen und zog seine Hand zurück – vor Überraschung oder vor Schreck?

»Warum sagst du das ausgerechnet jetzt?«

»Weil es mir erst heute richtig bewusst wurde. Ich hatte Angst, dass ich nach dem Tod meines Mannes nicht noch mal so umfassend lieben kann. Vorhin in meiner Badewanne wurde mir klar, dass ich es längst tue.«

Da er nichts auf ihr Geständnis erwiderte, wandte sie den Kopf und schaute zu ihm hinüber.

»Philipp?«

Immer noch keine Reaktion. Irritiert rutschte sie näher und beugte sich über ihn. Seine Augen waren geschlossen.

»Bist du etwa eingeschlafen? Das ist ja perfektes Timing.« Ehe sie sich jedoch abwenden konnte, legte er die Arme um sie.

»Bleib hier, sonst glaube ich doch noch, dass ich träume.«

»Du bist mir ja einer. Ich sollte dich aus meinem Bett werfen und …«

Ihre restlichen Worte gingen in seinem Kuss unter.

KAPITEL 5

In der Morgendämmerung erwachte Charlotte. Wohlig streckte sie sich unter der Decke. Sie fühlte sich so gut wie schon lange nicht mehr. Nach drei Jahren Witwendasein hatte sie das erste Mal wieder mit einem Mann geschlafen. Ihr war gar nicht bewusst gewesen, wie sehr sie solche Nähe vermisst hatte. Philipp hatte sie zuerst sanft und behutsam, dann leidenschaftlich und fordernd auf den Höhepunkt der Lust geführt. Schließlich hatte er sie zärtlich in den Schlaf gestreichelt.

Gedankenverloren streckte Charlotte die Hand nach ihm aus, doch das Bett neben ihr war leer. Verwirrt schlug sie die Augen auf. Sie hörte ein Geräusch vom Flur her – im nächsten Moment schlenderte Philipp nur mit schwarzen Boxershorts bekleidet herein.

»Guten Morgen, Sternchen. Wie hast du geschlafen?«

Sie richtete sich etwas auf und lehnte sich gegen das Kissen.

»Wunderbar. – Und du?«

»Ich habe noch eine Weile wachgelegen und über uns nachgedacht.«

Lächelnd schüttelte sie den Kopf.

»Meine Antwort lautet: Nein.«

Erstaunt setzte er sich auf die Bettkante.

»Was meinst du damit?«

»Ich will nicht geheiratet werden – falls du darüber nachgedacht hast.«

»Warum nicht?«

»Weil es gut ist, wie es ist.«

»Aber …«

»Kein Aber«, unterbrach sie ihn. »Erzähl mir lieber, warum du schon aufgestanden bist.«

»Ich wollte uns Frühstück machen, aber in deinem Kühlschrank steht nur ein Glas Gewürzgurken.«

»Was hast du erwartet? Immerhin wohne ich seit drei Wochen in eurer WG.«

»Dann muss ich dich wohl zum Frühstück einladen.« Sekundenlang dachte er nach. »Hast du zufällig eine Ersatzzahnbürste für mich im Haus?«

»Ja.«

»Als moderne Frau besitzt du sicher auch ein Gerät, um lästige Härchen zu entfernen.«

»Im Badezimmerschrank«, bestätigte sie und strich mit den Fingerspitzen über seine Wange. »Damit kannst du deinen Bartstoppeln zu Leibe rücken.«

»Okay, dann schlage ich vor, dass wir zusammen duschen und uns ausgehfertig machen.«

Sie frühstückten nicht weit von Charlottes Wohnung im »Café LaSall«. Von dort aus fuhren sie zu Philipps Haus, in dem er erst im Frühsommer die Seniorenwohngemeinschaft gegründet hatte. Die ursprünglich zwei Doppelhaushälften hatte noch sein Vater, der ein Bauunternehmen besaß, zusammengelegt, so dass nun jeder Mitbewohner über zwei Zimmer und ein Bad verfügte. Die linke Haushälfte bewohnten der Rollstuhlfahrer Albert im Parterre und Elisabeth die Etage darüber. Anneliese und Conrad hatten sich im Obergeschoss eingerichtet. Später war Charlotte in Philipps rechter Haushälfte in die ehemaligen Räume seiner Tochter zum Probewohnen eingezogen. Vor einem endgültigen Umzug wollte sie testen, ob ihr das WG-Leben zusagte. Jetzt plante sie ihren endgültigen Einzug in die Wohngemeinschaft.

Als sie das Haus betraten, war alles still. Während Philipp in sein Arbeitszimmer ging, trat Charlotte auf die Terrasse, da sie dort die Freunde vermutete. Sie traf aber nur Anneliese an, die sofort aufsprang.

»Gut, dass du da bist. Ich mache mir Sorgen um Philipp. Er war die ganze Nacht nicht zu Hause.«

»Kein Grund zur Beunruhigung«, sagte Philipp, der von seinem Wohnzimmer aus ins Freie trat. »Ich gehe nicht verloren. Aber ich muss gleich noch mal weg, wenn ich mich umgezogen habe.«

Schon war er wieder verschwunden.

Erstaunt wechselte Annelieses Blick zu Charlotte.

»Seid ihr eben etwa zusammen gekommen?«

»Wir sind schon letzte Nacht … zusammengekommen.«

»Aber … Keiner von euch war heute Morgen zu Hause. Wir haben nachgesehen, als …« Verdutzt brach sie ab, als sie Charlottes bedeutungsvolles Lächeln bemerkte. Dann ging ihr ein Licht auf. »Ach, auf diese Weise seid ihr zusammengekommen. Jetzt verstehe ich. Hast du dir endlich eingestanden, dass du ihn auch liebst?«

»Besser spät als nie – oder?«

Spontan umarmte Anneliese sie.

»Ich freue mich für euch.« Sie löste sich von ihr und schaute ihr ernst in die Augen. »Hat Philipp dich überredet, den Undercover-Einsatz abzublasen?«

»Bisher nicht.« Erst jetzt wurde ihr bewusst, dass er seit ihrem Gespräch am Abend nicht versucht hatte, sie davon abzuhalten. »Ich fahre nachher wie geplant ins Präsidium.«

Gegen Mittag betrat Charlotte an der Seite des Hauptkommissars den Besprechungsraum. Er bat sie, sich zu setzen, und rief nach seinen Kollegen. Pia und Martin ließen nicht lange auf sich warten. Nun fehlte nur noch die Staatsanwältin. Frau Dr. Pauli traf nicht nur mit einigen Minuten Verspätung ein, sondern noch dazu in Philipps Begleitung. Charlotte war darüber genauso verwundert wie die Kommissare. Sie fing Hannes' Blick auf, der zu fragen schien, ob sie davon gewusst hatte, und schüttelte den Kopf.

Die Staatsanwältin reichte ihr die Hand, begrüßte die anderen durch ein Nicken und nahm ihr gegenüber Platz. Philipp setzte sich neben Charlotte, sagte aber nichts.

»Sie alle kennen Herrn Professor Thaler«, ergriff Frau Pauli das Wort. »Er ist heute Vormittag zu mir gekommen, weil er besorgt um Frau Sterns Sicherheit ist.«

Abrupt stand Hannes auf. Er ahnte, was das bedeutete.

»Das war es dann wohl. Wir hätten keine Zeit darauf verschwenden sollen, den Undercover-Einsatz vorzubereı …«

»Setzen Sie sich«, schnitt die Staatsanwältin ihm das Wort ab. »Ich bin noch nicht fertig.« Während sich der Hauptkommissar wieder auf den Stuhl fallen ließ, schaute sie kurz in die Runde. »Professor Thaler hat recherchiert, dass die meisten Lehrer des Kollegiums im Internat Rabeneck wohnen – allein oder mit ihren Familien. Warum sollte das nicht auch für Vertretungslehrer gelten? Deshalb hat er mir vorgeschlagen, mit Frau Stern als ihr Ehemann dort einzuziehen.«

Die Kommissare reagierten überrascht und erleichtert; Charlotte war gerührt, dass Philipp sie anscheinend nicht aus den Augen lassen wollte.

»Das Problem bei der Sache ist, dass eine alleinstehende Dame höchstwahrscheinlich eher vom Kollegium einbezogen wird – auch bei privaten Aktivitäten. Man wird sie nach Unterrichtsschluss nicht sich selbst überlassen. Wenn aber ein Ehemann auf sie wartet, wird man erfahrungsgemäß zurückhaltender sein. Da uns die Zeit unter den Nägeln brennt, musste ich den Vorschlag von Herrn Professor Thaler leider ablehnen.«

Ihre Miene drückte kein Bedauern aus, und auch Philipp schien sich damit abgefunden zu haben, dass er keine Gelegenheit haben würde, auf Charlotte aufzupassen.

»Trotzdem danke ich Ihnen, dass Sie Charly zur Seite stehen wollten«, wandte sich Hannes ihm zu. »Wir werden alles tun, um sie bestmöglich zu schützen.«

»Moment«, übernahm wieder die Staatsanwältin. »Das war noch nicht alles. Der Herr Professor hatte noch einen Plan B.« Sie lehnte sich zurück und ließ den Blick über die gespannten Gesichter schweifen. »Ein Mord und zwei Entführungen könnte man durchaus als traumatische Ereignisse bezeichnen. Nicht nur bei Kindern löst so was Ängste aus – und Alpträume. Wäre da nicht psychologische Betreuung vonnöten?«

»Da müsste die Internatsleitung aber zustimmen«, meinte Pia, worauf die Staatsanwältin triumphierend lächelte.

»Ich habe mit dem Schulvorstandsvorsitzenden telefoniert. Wie hätte er eine Kapazität wie Herrn Professor Thaler ablehnen können – einen renommierten Psychologen, der sich noch dazu bereiterklärt hat, kostenlos zu helfen? – Herr Bodenstein ist übrigens der Einzige, der Bescheid weiß – und er veranlasst, dass beide im Gästehaus auf der gleichen Etage untergebracht werden. Im Internat wird niemand etwas von der Undercover-Aktion erfahren – auch der Direktor nicht.«

Während die Kommissare gleich darüber diskutierten, welche neuen Möglichkeiten sich dadurch auftaten, tastete Charlotte nach Philipps Arm. Wortlos legte er die Hand über ihre Finger und schenkte ihr einen innigen Blick.

»Okay«, sagte Hannes schließlich, stand auf und holte eine Kunststoffbox von der Fensterbank, die er auf dem Tisch abstellte. Zuerst nahm er einen Aktendeckel heraus. »Wir haben schon vor ein paar Tagen alles für deine neue Identität vorbereitet: Personalausweis, Führerschein, Fahrzeugpapiere, Lebenslauf, Zeugnisse.« Er schob die Papiere zu Charlotte hinüber. »Was sagst du zu deinem neuen Namen?«

Sie warf einen Blick auf den Personalausweis, der genauso aussah, wie der in ihrer Brieftasche. Sogar die Unterschrift passte, obwohl der Nachname ausgetauscht war. Überrascht schaute sie Hannes an.

»Ihr habt meinen Mädchennamen genommen?«

»Daran kannst du dich am einfachsten gewöhnen.«

»Es gibt im Internet nichts über eine Charlotte Arndt in deinem Alter«, fügte Martin hinzu. »Wir haben bei deinem Geburtsdatum auch nur die Jahreszahl geändert. Du bist jetzt zehn Jahre jünger. Das wirst du dir leicht merken können.«

Nachdenklich nickte sie und sah sich die anderen Unterlagen an. Bei den Fahrzeugpapieren stutzte sie.

»Anscheinend bekomme ich sogar ein neues Auto.«

»Wir bringen dir den Wagen morgen – auch ein Golf, aber rot und auf Charlotte Arndt zugelassen«, sagte Martin. »Außerdem hat er GPS. Dadurch können wir dich jederzeit orten.«

»Ist das nicht ein bisschen viel Aufwand?«

»Wir werden nichts dem Zufall überlassen«, betonte Hannes und nahm ein Smartphone samt Ladekabel aus der Box. »Unsere Nummern sind schon eingespeichert. Wir haben einen GPS-Tracker installiert und aktiviert, so dass wir dich jederzeit orten können.« Noch einmal griff er in die Kiste. »Und das hier, das aussieht wie ein kleines Taschendeo, ist in Wirklichkeit Pfefferspray.«

Mit dem Kopf deutete Charlotte in Richtung der Kiste.

»Du hast nicht zufällig eine Kalaschnikow da drin?«

»Das ist alles nur zu deiner Sicherheit. Für den Fall, dass sich der Entführer der Mädchen noch im Umfeld des Internats aufhält – und er sich von dir bedroht fühlt, weil du ihm zu nahe kommst.«

»Oder der Mörder der Lehrerin«, fügte sie hinzu. »Es muss sich ja nicht zwangsläufig um ein und dieselbe Person handeln.«

»Auszuschließen ist das nicht.« Nun legte er ein handliches Netbook samt Zubehör auf den Tisch. »Martin hat für dich eine Datei mit der Ermittlungsakte angelegt. Das ist sicherer als in Papierform. Das Gerät ist passwortgeschützt. Das Passwort lautet: Stern – Bindestrich – Thaler.«

Amüsiert blickte sie zu Pia hinüber.

»Das war sicher deine Idee.«

»Auf deine Spürnase ist wirklich immer Verlass«, erwiderte die Kommissarin verschmitzt lächelnd. »Dann kann ja nichts mehr schiefgehen.«

Als Charlotte und Philipp nach Hause kamen, saßen ihre Mitbewohner in der Küche um den großen Tisch herum. Seit Gründung der WG stand mittags meistens Conrad am Herd. Er hatte das Kochen von seiner italienischen Mama gelernt, die sein Vater nach dem Zweiten Weltkrieg aus der Toskana in den kühlen Norden mitgebracht hatte. Schon als Junge hatte Conrad sich gern bei seiner Mutter in der Küche aufgehalten und ihr beim Zubereiten der Speisen zugesehen – und ihr später dabei geholfen. Nach dem Abitur hatte er sich aber seiner zweiten Leidenschaft, der Klimaforschung zugewandt und bis zu seiner Pensionierung ein meteorologisches Institut geleitet. Seine Begeisterung fürs Kochen war ihm dabei nicht abhandengekommen.

»Auf die Minute pünktlich«, sagte Conrad, als Charlotte und Philipp eintraten. »Setzt euch. Wir können sofort essen.«

»Das duftet herrlich«, erwiderte Charlotte, während sie Platz nahm. »Was gibt es denn Leckeres?«

»Pesto Calabrese mit Lachs.« Er stellte mehrere Schüsseln auf den Tisch. »Greift zu!«

Nachdem sich alle bedient hatten, schaute Anneliese zu Charlotte hinüber, die ihr gegenübersaß.

»Jetzt erzähl schon: Hast du den Job übernommen?«

»Am Montag fange ich im Internat Rabeneck an. Dafür wurde ich fast wie eine Geheimagentin ausgestattet.« Sie erzählte, was sie im Präsidium bekommen hatte. »Ich heiße wieder wie vor meiner Hochzeit Charlotte Arndt, bin Mitte 50 und Fitnesslehrerin mit sehr guten Zeugnissen.«

»Eine Anti-Age-Kur, bei der man in wenigen Stunden zehn Jahre jünger wird, könnte ich auch gebrauchen«, meinte die Strick-Liesel trocken. Dann blickte sie Philipp an. »Hast du gar nichts mehr gegen Charlottes Sondereinsatz?«

Er aß mit Appetit weiter und schüttelte nur den Kopf. Verwundert wartete sie auf eine Erklärung, aber Philipp widmete sich mit stoischer Gelassenheit dem leckeren Essen.

Daraufhin erzählte Charlotte, was er sich ausgedacht hatte, damit sie im Internat nicht allein auf sich gestellt sein würde.

»Das nenn' ich Liebe«, sagte Anneliese beeindruckt. »Fahrt ihr am Montag zusammen?«

»Damit niemand Verdacht schöpft, fängt Philipp schon morgen an. Im Internat muss man nicht wissen, dass wir uns kennen.«

»Dann haben wir in den nächsten Wochen sturmfrei«, sagte Elisabeth augenzwinkernd. »Aber bevor wir hier jeden Tag Party machen, könnten wir heute noch mal einen gemütlichen Abend zusammen verbringen.«

»Auf mich müsst ihr dabei leider verzichten«, sagte Charlotte. »Ihr wisst doch, dass ich donnerstags immer ins Fitnessstudio gehe.«

»Kannst du das nicht ausnahmsweise ausfallen lassen?«

Bedauernd erwiderte sie Philipps bittenden Blick.

»Es ist die letzte Gelegenheit, mir ein paar Tipps von meiner Trainerin zu holen. Aber heute ist hinterher kein Stammtisch. Da wird es nicht so spät.«

Am frühen Abend fuhr Charlotte zum Fitnessstudio. Nach dem Training duschten die Teilnehmerinnen zusammen. Während sie sich in ein großes Handtuch hüllte, wandte sich Charlotte an ihre Trainerin.

»Kann ich dich kurz sprechen, Laura?«

»Sicher«, erwiderte die junge Frau. »Treffen wir uns gleich an der Bar?«

»Okay.«

Laura hatte schon einen Vitamindrink vor sich stehen, als Charlotte sich zu ihr gesellte. Sie bestellte das Gleiche, bevor sie ihre Trainerin mit gedämpfter Stimme ansprach.

»Ich brauche deinen Rat.«

»Wofür?«

»Ich soll ab Montag für ein paar Wochen einen Fitnesskurs in einer Schule leiten.«

»Machst du mir neuerdings Konkurrenz?« Forschend schaute sie Charlotte in die Augen. »Oder haben dich deine Polizeifreunde wieder mal eingespannt?«

»Darüber darf ich nicht reden.«

Verstehend nickte Laura.

»Schon klar. – Wie kann ich dir helfen?«

»Dein Zumba-Kurs macht so viel Spaß, dass bestimmt auch junge Leute davon begeistert wären. Aber wo bekomme ich in der kurzen Zeit die passende Musik her? Wahrscheinlich gibt es auch DVDs mit Übungsanleitungen. Findet man so was nur im Internet oder ...«

»Das kannst du alles von mir bekommen.« Sekundenlang überlegte sie. »Hast du heute Abend noch was vor?«

Einen Moment dachte Charlotte an ihre Freunde, die gemütlich zusammensaßen. Obwohl sie sich noch nicht lange kannten, waren sie ihr ans Herz gewachsen. Sie wäre nun gern bei ihnen, aber das Schicksal der verschwundenen Mädchen hatte Vorrang. Sie musste so gut wie möglich auf ihren Einsatz im Internat vorbereitet sein.

»Nein – warum fragst du?«

»Für heute bin ich hier fertig. Wir könnten zu mir fahren – und ich mache dir ein paar Kopien.«

»Das wäre toll«, sagte Charlotte dankbar. »Glaubst du, dass ich so einen Kurs leiten kann, ohne gleich als Amateur entlarvt zu werden?«

»Du schaffst das. Immerhin bist du lange dabei.« Schelmisch zwinkerte sie der Älteren zu. »Außerdem hast du mich zweimal so gut vertreten, dass unsere Kursteilnehmerinnen schon nach meinem nächsten Urlaub gefragt haben. Wahrscheinlich wären sie froh, wenn ich eine Weltreise buchen würde – und du für mich einspringst.«

Lachend schüttelte Charlotte den Kopf.

»Ich erinnere mich genau an das erleichterte Aufatmen, als du wieder da warst.«

Viel später als geplant kam Charlotte zurück. Da im Haus alles still war, ging sie gleich hinauf in ihre Räume. Sie stellte die Sporttasche ab, nahm die DVDs und das Übungsbuch von Laura heraus und legte alles auf den Tisch. Die verschwitzen Sportklamotten landeten auf dem Fußboden; das feuchte Handtuch hängte sie auf dem Balkon über eine Stuhllehne.

Im Schlafzimmer war Charlotte gerade aus dem leichten Leinenkleid geschlüpft, als sie das leise Klopfen an der Tür hörte. Sie vermutete, dass es Philipp war, und machte sich nicht die Mühe, sich etwas überzuziehen. In BH und Slip öffnete sie die Tür.

»Ich habe auf dich gewartet«, sagte Philipp, der eine knielange dunkle Pyjamahose und ein weißes Shirt trug. Sein Haar war noch feucht vom Duschen. »Konnte dir deine Trainerin helfen?«

»Jetzt habe ich alles, was ich für den Job brauche. Dafür musste ich mit zu ihr fahren. Deshalb ist es so spät geworden.«

»Bist du sehr müde?«

»Nun komm schon rein.«

Erfreut trat er näher und schloss die Tür von innen. Dann musterte er Charlotte mit einem bewundernden Blick.

»Du siehst sehr sexy aus.«

»Frauen in meinem Alter sind nicht mehr sexy.«

»Normalerweise nicht – aber du schon.«

»Nimm mal die rosarote Brille ab.«

»Zweifelst du etwa an meinem klaren Blick?«

»Nur in dieser Hinsicht«, erwiderte sie amüsiert. »Trotzdem bin ich einverstanden.«

»Womit?«

»Du bist doch hier, weil du wieder in meinem Bett schlafen möchtest.«

Philipp konnte ein Schmunzeln nicht unterdrücken.

»Deine Spürnase ist wirklich erstaunlich.«

KAPITEL 6

Philipp frühstückte noch mit seinen Mitbewohnern in der großen Küche. Bald darauf verabschiedete er sich, um zum Internat zu fahren. Charlotte begleitete ihn zu seinem Wagen. Dort zog er sie noch einmal an sich und schaute ihr in die Augen.

»Vergiss mich nicht.«

»Du kannst dich ja heute Abend mal in Erinnerung bringen.«

»Hätte ich sowieso gemacht.«

Schelmisch blinzelte sie ihm zu.

»Warum?«

»Frag dein Spürnäschen.«

»Ich dich auch.«

Sein tiefes Lachen erklang, wobei auf seinen Wangen kleine Grübchen erschienen.

»Du bist wirklich einmalig, Sternchen.« Sanft küsste er sie auf die Lippen. »Wir sehen uns am Montag.«

»Halt bis dahin Augen und Ohren offen. – Und fahr vorsichtig.«

»Mach ich.«

Er stieg in den Wagen, winkte ihr noch einmal zu und fuhr vom Grundstück.

Charlotte ging hinauf in ihre Räume. Auf dem Fußboden im Wohnzimmer lagen immer noch ihre Sportklamotten. Sie musste unbedingt die Waschmaschine anstellen. Deshalb nahm sie einen großen Korb und stopfte alles hinein. Im Schlafzimmer sammelte sie die vereinzelten Wäschestücke auf und legte sie dazu. Als sie das Bettlaken glattzog, fiel ihr Philipps Shirt in die Hände. Sie wollte es zu den anderen Sachen in den Korb werfen, hielt dann jedoch inne und schob es unters Kopfkissen.

Mit der Schmutzwäsche ging sie hinunter in den Hauswirtschaftsraum und füllte die Waschmaschine.

Angelockt durch die Musik kamen die WG-Bewohner später auf die Terrasse. Aus dem tragbaren CD-Player füllten lateinamerikanische Klänge den Garten. Charlotte bewegte sich geschmeidig im Rhythmus der Musik.

»Fitness im Freien«, sagte Conrad beeindruckt, worauf sie ihre Übungen unterbrach und sich zu den Freunden setzte.

»Tut mir leid, wenn ich euch gestört habe.« Resigniert hob sie die Schultern. »Ich glaube, ich schaffe das nicht.«

»Das sah doch sehr professionell aus«, meinte Albert und manövrierte seinen Rolli neben sie. »Du hast doch nicht etwa Lampenfieber?«

»Was denn sonst? Ich habe noch nie vor so vielen jungen Leuten gestanden.«

»Das ist wahrscheinlich auch nicht anders als mit einer Kompanie Soldaten«, sagte der Exgeneral mit beruhigender Stimme. »Halt dir immer vor Augen, dass du der Oberbefehlshaber bist. Dann klappt das schon.«

»So einfach wird das sicher nicht. Außerdem habe ich mir inzwischen das Unterrichtsmaterial angesehen. Für die einzelnen Altersstufen gibt es verschiedene Trainingsprogramme, die ich beherrschen muss. Ich weiß ja noch nicht mal, wie mein Stundenplan aussieht. – Und für die Foto-AG muss ich mir auch noch was einfallen lassen.«

»Sag uns, wie wir dir helfen können«, bot Anneliese an. »Oder nimm uns als Probanden und teste deine Trainingseinheiten an uns. Wenn wir Alten uns nicht zu dumm anstellen, werden deine Schüler das auch hinkriegen.«

»Ist das dein Ernst?«

»Klar doch.« Fragend wechselte Annelieses Blick zwischen Elisabeth und Conrad, die zustimmend nickten.

»Dann kümmere ich mich heute ausnahmsweise ums Mittagessen«, verkündete Albert. »Irgendwo habe ich noch ein paar alte Bundeswehr-Verpflegungspakete rumstehen.«

Am Nachmittag brachten Hannes und Martin den Wagen für den Undercover-Einsatz. Nachdem sie Charlotte noch einmal eindringlich daran erinnert hatten, jedes Risiko zu vermeiden, setzte sie sich mit den Unterlagen über das Internat auf den kleinen Balkon. Konzentriert las sie alles, was sie sich aus dem Internet über Rabeneck ausgedruckt hatte. Dann lernte sie ihren neuen Lebenslauf auswendig. Anneliese würde sie später abhören.

Als es am Abend still im Haus wurde, saß Charlotte im Schneidersitz auf dem Bett, das Netbook aus Polizeibeständen vor sich. Bei der Passworteingabe lächelte sie: Stern – Thaler. So etwas konnte sich auch nur Pia ausdenken.

Per Mausklick öffnete sie die von Martin aufgespielte Datei. Sie enthielt drei Unterordner: die Ermittlungsakten über den Mord an der Lehrerin Susanne Schaller und über die Entführungen der beiden Mädchen Leonie Fechner sowie Alina Wolters. Außerdem gab es noch eine Datei, in der Bewerbungsunterlagen und ihr frisierter Lebenslauf gespeichert waren.

Aus dem Internet lud Charlotte alles Wissenswerte über das Internat herunter und speicherte es in einem weiteren Ordner, den sie »Rabeneck« nannte. Dadurch hatte sie sämtliche Informationen auf dem Computer beisammen und konnte auf die Ausdrucke verzichten.

Nachdenklich nahm sie das Rotweinglas vom Nachttisch und trank einen Schluck, als die Melodie ihres Smartphones erklang. Sie stellte das Glas ab und griff zum Telefon. Auf dem Display las sie Philipps Namen.

»Hallo, Herr Professor«, meldete sie sich. »Du bist spät dran. Ich dachte schon, du hättest mich vergessen.«

»So zerstreut bin ich noch nicht.«

»Das beruhigt mich. Wie war dein erster Tag?«

»Meine Anwesenheit wird überwiegend positiv bewertet. Heute Vormittag hatte ich ein langes Gespräch mit der Internatsleitung und wurde dem Lehrerkollegium vorgestellt. Weil in der Verwaltung nichts frei war, haben sie mir einen Musikraum als Sprechzimmer zur Verfügung gestellt. Am Montag werden dann die Schüler informiert, dass sie jederzeit mit mir reden können.«

»Klingt gut. Hast du dich schon ein bisschen umgesehen?«

»Einen kleinen Rundgang über das Gelände habe ich hinter mir, aber ich habe längst noch nicht alles gesehen. Es ist riesig – ungefähr 50 Hektar.«

»Dadurch ist es so schwer zu bewachen.«

»Ja, das ist ein Problem. – Womit hast du dir denn heute die Zeit vertrieben?«

»Mit der Vorbereitung auf meinen neuen Job.« Sie erzählte, wie die Freunde sie dabei unterstützt hatten, und ließ auch die Verpflegungsdrohung des Generals nicht aus.

»Dann bist du jetzt wahrscheinlich müde«, vermutete Philipp. »Liegst du schon im Bett?«

»Ich sitze im Bett und sammele Informationen auf dem Computer.«

»Schau doch mal unter dein Kopfkissen.«

Sie wandte sich halb um und hob das Kissen etwas an. Darunter lag nicht nur Philipps Shirt, sondern auch ein mit blauem Samt bezogenes Kästchen. Charlotte griff danach und betrachtete es unschlüssig.

»Hast du es gefunden?«

»Mm …«

»Mach es auf.«

»Lieber nicht.«

»Warum …? Ach so … Ich habe schon verstanden, dass du nicht geheiratet werden möchtest. Deshalb ist bestimmt kein Ring in der Schatulle.«

»Sicher?«

»Versprochen.«

»Okay.«

Vorsichtig klappte Charlotte den Deckel hoch und blickte auf eine silberne Kette mit einem kleinen Engel-Anhänger.

»Bist du noch da, Sternchen?«

»Die Kette ist wunderschön. Danke, Philipp.«

»Das ist ein Schutzengel. Wenn ich mal nicht bei dir sein kann, soll er dich beschützen. – Sicher ist sicher.«

»Das hast du dir ja fein ausgedacht.« Gedankenverloren betrachtete sie die Kette. »Anscheinend hast du im Haus einen Komplizen. Als ich heute Morgen das Bett gemacht habe, war das Kästchen noch nicht da.«

»Gut kombiniert, Miss Marple. Wenn du so weiter machst, ist der Fall Rabeneck bald Geschichte. Dann können wir unser beschauliches Rentnerleben wieder aufnehmen.«

»Wer weiß, ob ich überhaupt was rausfinde.«

»Im Eichengrund gab es keinerlei Anzeichen, dass es sich um Verbrechen handeln könnte – und du hast den Fall gelöst. Im Internat hingegen gab es nachweislich einen Mord und zwei Entführungen. Das macht es bestimmt einfacher.«

»Oder auch nicht. Ich kann nur hoffen, dass ich so schnell wie möglich Anschluss an das Kollegium finde. – Allerdings rechne ich nicht mit einer so tollen Runde wie in der Seniorenresidenz. Ihr seid einmalig.«

»Das bist du auch. Sonst hätte ich mich nicht in dich verliebt.«

»Auch das wird mir im Internat nicht passieren.«

»Hoffentlich nicht. Auf Konkurrenz kann ich gut verzichten. Und wenn dir doch einer den Hof machen sollte …«

»Würdest du den armen Kerl dann zum Duell fordern?«

»Ich bin nicht der Typ, der sich prügelt. Ich bin Psychologe. Das ist der Typ, der redet.«

»Der ist mir auch lieber.«

»Ich wusste, dass ich ein Glückspilz bin.«

KAPITEL 7

Gleich nach dem Frühstück startete Charlotte in dem roten Golf in Richtung Westen. Jemand von der Polizei hatte die Adresse des Internats im Navigationssystem gespeichert, so dass sie über die Route nicht nachdenken musste.

Sie fuhr über den Messeschnellweg und bog bald auf den Südschnellweg in westliche Richtung ab, um nach einer Weile wieder auf der Bundesstraße 65 zu landen.

Nach einer knappen halben Stunde Fahrt erreichte sie ihr Ziel. Sie wunderte sich nicht darüber, dass ihr in Internatsnähe mehrmals Streifenwagen aufgefallen waren, die offenbar rund um das Gelände patrouillierten. Langsam ließ sie den Wagen durch das alte Tor rollen. Ein Schild wies ihr den Weg zur Verwaltung. Sie hatte auf der Homepage des Internats gelesen, dass die Neubauten wie die mittelalterlichen Bauwerke aus Sandstein errichtet waren. Dadurch ergab sich ein harmonisches Bild.

Charlotte stellte den Wagen ab, blickte sich kurz um und betrat das Gebäude. Auch im Eingangsbereich hingen Hinweisschilder, so dass sie das Sekretariat auf Anhieb fand. Nach kurzem Anklopfen ging sie hinein. Vor einem Tresen aus hellem Holz blieb sie stehen.

»Guten Tag«, wandte sie sich an die rundliche Sekretärin, die sich hinter dem Schreibtisch erhob. »Ich bin Charlotte Arndt – die neue Vertretungslehrerin.«

»Willkommen im Internat Rabeneck«, erwiderte die Frau und kam näher. »Ich bin Ingrid Brandt, die Chefsekretärin. Wir haben Sie schon sehnsüchtig erwartet. Nach allem, was in den letzten Wochen passiert ist, wollte hier niemand als Vertretung arbeiten. Sie haben sicher von den Vorfällen gehört.«

Charlotte erinnerte sich, was in ihrem Bewerbungsschreiben stand: Sie hatte eine dreimonatige Europareise unternommen und wollte nun zeitweise wieder arbeiten.

»Ich war in den letzten Wochen auf Reisen, deshalb weiß ich so gut wie nichts darüber. Sie können mir ja bei Gelegenheit davon erzählen, damit ich auf dem Laufenden bin.«

Die Sekretärin nickte nur und nahm eine dünne Akte von ihrem Schreibtisch. Damit trat sie an die Verbindungstür zum Chefzimmer, klopfte an und öffnete.

»Herr Dr. Peters, Frau Arndt ist hier.«

»Soll reinkommen«, hörte Charlotte ihn sagen, worauf die Sekretärin ihr ein Zeichen gab.

Bei ihrem Eintreten erhob sich der Internatsleiter.

»Schön, dass Sie da sind, Frau Arndt«, sagte er und reichte ihr die Hand. »Ich bin Michael Peters.« Sie musterten sich gegenseitig mit einem schnellen Blick. Charlotte schätzte den Mann auf etwa Ende 40. Sein Haar war so grau wie sein kurz gestutzter Vollbart. Das gewinnende Lächeln wirkte sympathisch.

Er deutete auf einen bequem aussehenden Ledersessel vor seinem Schreibtisch, nahm die Akte von seiner Sekretärin entgegen und nickte ihr zu, so dass sie den Raum verließ. Dann setzte er sich Charlotte gegenüber.

»Es ist das erste Mal, dass ich jemanden ohne vorheriges Bewerbungsgespräch einstelle«, sagte er und schlug den Aktendeckel auf. »Zuerst war ich skeptisch, aber als die Mail von Herrn Bodenstein mit Ihren Unterlagen kam, haben mich Ihre Zeugnisse sofort überzeugt.« Aufmerksam schaute er sie an. »Wenn sich unsere Zusammenarbeit als so gut wie erhofft erweist, wären Sie dann an einer unbefristeten Anstellung interessiert?«

»Vielleicht«, erwiderte sie vage. »Lassen Sie uns in vier Wochen noch mal darüber sprechen.«

»So machen wir das«, stimmte er zu und nahm den Arbeitsvertrag aus der Akte. Charlotte erfuhr, dass sie wöchentlich 14 Schul-Stunden à 45 Minuten unterrichten sollte. Zehn waren für den Fitnesskurs geplant, je zwei für den Tenniskurs der Oberstufe gemeinsam mit einem Kollegen und für die Foto-AG. Dabei handelte es sich ausschließlich um Randstunden nach der Mittagspause, so dass ihr genug Zeit für Nachforschungen bleiben würde. So unterschrieb sie den Vertrag und nahm den Stundenplan entgegen. Den ersten Unterricht im 12. Jahrgang sollte sie bereits am frühen Nachmittag geben.

»Alles Weitere bekommen Sie von Frau Brandt. Sie zeigt Ihnen auch Ihre Unterkunft. Vorher möchte ich Sie aber dem Kollegium vorstellen.«

Während sie aufstanden, ertönte der Pausengong. Sie betraten das Sekretariat und gingen dann zusammen mit Ingrid Brandt zum Lehrerzimmer. Dort wandte sich der Internatsleiter an die Anwesenden.

»Es ist uns glücklicherweise doch noch gelungen,

einen Ersatz für Frau Sprengler zu bekommen. Über die Entlastung wird sich besonders die Fachschaft Sport freuen.« Mit einer Geste deutete er auf Charlotte. »Das ist unsere neue Kollegin, Frau Charlotte Arndt. Sie übernimmt den Fitnesskurs, unterstützt den Kollegen Kramer mittwochs im Tenniskurs der Oberstufe und bietet außerdem eine Foto-AG an.« Er wandte sich wieder an seine neue Mitarbeiterin. »Leider habe ich gleich noch einen Termin. Frau Brandt wird Sie herumführen.« Lächelnd streckte er ihr die Hand entgegen. »Ich wünsche Ihnen einen guten Start, Frau Arndt. Bei Fragen können Sie sich jederzeit an mich oder mein Sekretariat wenden.«

»Danke, Herr Dr. Peters.«

Frau Brandt, die etwas abseits stand, trat zu ihr. Sie deutete nach rechts auf die lange Fächerwand.

»Jeder Kollege hat hier ein Postfach und einen kleinen verschließbaren Schrank darunter. Für Sie ist die Nummer 39. Ihr Namensschild habe ich schon angebracht. Den Schlüssel gebe ich Ihnen nachher mit den anderen Internatsschlüsseln.«

Während Charlotte nickte, trat eine elegante Frau zu ihnen. Sie war schätzungsweise Anfang 40, hatte kurz geschnittenes dunkelbraunes Haar und war sorgfältig geschminkt. Ohne die Sekretärin zu beachten, konzentrierte sich ihr Blick durch die modische Brille auf die neue Sportlehrerin.

»Darf ich mich kurz vorstellen? Ich bin Donata von Pöseldorf-Schnackenburg, die stellvertretende Internatsleiterin.« Sie reichte ihr die Hand. »Schön, Sie bei uns zu haben, Frau Arndt.«

»Vielen Dank.«

»Ich muss weiter. Sollte es Probleme geben, bin ich jederzeit für Sie da.«

Schon rauschte sie hinaus.

Das leise indignierte Schnauben der Sekretärin entging Charlotte nicht. Beste Freundinnen schienen die beiden Frauen nicht zu sein.

»Da drüben am Fenster sitzen immer die Sportlehrer«, sagte Frau Brandt. »Ich stelle Sie vor.«

So weit kamen sie allerdings nicht. Einige Lehrer standen plaudernd zwischen den Tischen. Ein hochgewachsener Mann, der trotz der noch sommerlichen Temperaturen einen locker um den Hals geschlungenen Schal trug, schaute Charlotte mit charmantem Lächeln an.

»Maurice de Vellot – Französisch und Musik«, stellte er sich fast akzentfrei vor. »Willkommen in unserem altehrwürdigen Gemäuer.«

»Merci, Monsieur de Vellot.«

»Maurice«, bat er. »Wir reden uns hier mit dem Vornamen an, duzen uns aber erst, wenn wir uns näher kennen.« Sein Blick versank in ihren Augen. »Charlotte … der Name stammt aus dem Französischen – die kleine Tüchtige.«

»So klein bin ich aber gar nicht«, parierte sie. »Immerhin 1,79 Meter.«

»Und sehr attraktiv«, murmelte er. »Vielleicht passt die lateinische Übersetzung Ihres Namens besser: Charlotte, die Starke.« Sein Lächeln vertiefte sich. »Sind Sie eine starke Frau?«

»Das verrate ich Ihnen vielleicht mal in einer schwachen Stunde.«

»Ich kann es kaum erwarten. Wie wäre es …« Er brach ab, als ein Kollege die Hand auf seine Schulter legte.

»Versp…prühst du schon wieder deinen Charme?« Er schob den Franzosen etwas beiseite und wandte sich an Charlotte. »Sven Kramer – Sp…port und Informatik. Schön, dass Sie da sind. Durch den Ausfall zweier Kollegen sind wir Sp…portlehrer seit Wochen überlastet.«
Er war ein drahtiger Mann mit wenig Haar und einem Sprachfehler.

»Ich freue mich auf unsere Zusammenarbeit auf dem Tennisplatz.«

»Und ich erst. Dann m…muss ich nicht mehr zwei Kurse hintereinander geben. Das kommt auch m…meiner Familie zugute.«

»Unsere Kinder fragen sich schon, wer der Mann ist, der ab und zu bei uns zu Hause auftaucht«, fügte eine Kollegin hinzu. »Ich bin Marina Kramer – Deutsch und Politik.«

»Ihre Kinder werden sich schon wieder an ihr Familienoberhaupt gewöhnen«, prophezeite Charlotte, bevor sie den Mann anschaute, der am Tisch lehnte. »Und was unterrichten Sie?«

»Das ist kein Lehrer«, raunte die Sekretärin ihr zu. »Der Herr Professor ist Psychologe.«

Langsam richtete er sich zu seiner vollen Größe auf und streckte Charlotte die Hand entgegen.

»Philipp Thaler«, sagte er in unverbindlichem Ton. »Man munkelt, dass Sie hier schon sehnsüchtig erwartet wurden.«

»Das passiert mir öfter«, erwiderte sie leichthin. Sie versuchte zu ignorieren, dass er zart mit dem Daumen über ihren Handrücken strich. »Das liegt aber nur an meinen beruflichen Qualitäten.«

Zögernd gab er ihre Rechte frei.

»Wenn Sie sich da mal nicht irren.«

Sie sprach noch mit einigen anderen Kollegen, erkundigte sich, ob es in der Sporthalle eine Musikanlage gab, und verließ dann mit der Sekretärin das Verwaltungsgebäude. Im Freien wurde sie darüber informiert, dass sie ihren Wagen zum Ausladen des Gepäcks auf dem Gelände benutzen konnte, ihn danach aber auf dem Parkplatz vor dem Tor abstellen sollte.

So fuhren sie die kurze Strecke bis zum Gästehaus. Es passte durch die Sandsteinfassade optisch perfekt zu den anderen Gebäuden.

»Der Herr Professor ist hier Ihr einziger Mitbewohner. Sie sind sozusagen Nachbarn, Frau Arndt.«

»Charlotte. – Der Franzose sagte doch vorhin, dass sich hier alle mit dem Vornamen anreden.«

»Das betrifft nur die Lehrer. Für uns von der Verwaltung gilt das nicht.«

»Warum nicht? Zählen Sie etwa nicht zum Kollegium?«

Etwas hilflos zuckte die Sekretärin die Schultern.

»Das war schon immer so.«

»Dann wird es Zeit, diesen unsinnigen Brauch abzuschaffen. Wir leben doch nicht mehr im Mittelalter.« Spontan streckte sie ihr die Hand entgegen. »Ich bin Charlotte – wenn es Ihnen recht ist.«

Zuerst zögerte die Sekretärin, doch dann lächelte sie und ergriff die dargebotene Rechte mit festem Druck.

»Ingrid.«

»Freut mich.«

»Mich auch. – Lassen Sie uns reingehen.«

Ingrid führte sie zuerst durchs Erdgeschoss. Hier gab es neben zwei Gästeapartments eine große Gemeinschaftsküche mit einer Waschmaschine und einem Trockner. Eine Etage darüber befanden sich drei Wohnungen. In der rechten war Philipp untergebracht. Charlotte sollte die mittlere beziehen. Die anderen im Haus standen zurzeit leer.

»Sie erwähnten vorhin, dass der Professor kein Lehrer ist«, sagte Charlotte, als Ingrid die Tür zu ihrer neuen Unterkunft aufschloss. »Was macht er denn hier?«

»Nach allem, was passiert ist, hat er sich bereit erklärt, uns bei der Aufarbeitung zu helfen.« Um ihren Mund erschien ein kleines Lächeln. »Der Herr Professor ist eine Kapazität. Trotzdem arbeitet er bei uns ohne Honorar.«

»Sie scheinen ihn zu mögen.«

Eine zarte Röte stieg in Ingrids Wangen.

»Das ist ein ganz feiner Mensch.« Aufmerksam forschte sie in Charlottes Gesicht. »Warum interessieren Sie sich für ihn?«

»Ich wollte nur wissen, mit wem ich in den nächsten Wochen unter einem Dach lebe. Das ist alles.«

Die Gästewohnung erwies sich als modern und gemütlich eingerichtet. Das Wohnzimmer verfügte über eine Sitzecke, einen Schreibtisch und ein Sideboard mit einem Flachbildfernseher. Über dem Sofa hing ein großes Gemälde mit einem Sonnenblumenstillleben aus der frühen Kitschepoche. Im Schlafraum standen ein Doppelbett, weiße Nachtkonsolen sowie ein geräumiger Kleiderschrank. Außerdem gehörte ein kleines Duschbad zur Ausstattung.

»Gefällt es Ihnen?«, fragte Ingrid, worauf Charlotte nickte.

»Hier werde ich mich wohlfühlen.« Sie deutete auf die Vase mit dem bunten Blumenstrauß und die gefüllte Obstschale auf dem Couchtisch. »Das habe ich bestimmt Ihnen zu verdanken.«

»Ein kleiner Willkommensgruß.«

»Danke, das ist sehr nett.«

»Nicht der Rede wert.«

Sie zeigte Charlotte die auf dem Schreibtisch liegenden Unterlagen: Raumpläne der Schulgebäude, ein Lageplan des Internatsgeländes, eine Hausordnung sowie eine Broschüre über das Internat, ein Jahrbuch, eine Lehrerliste und ein Verzeichnis über Unterrichtsstunden und Pausenzeiten. Sogar ein Speiseplan der Mensa lag dabei. Dann händigte sie Charlotte ein Schlüsselbund aus, an dem sich sämtliche Schlüssel befanden, die sie benötigte. Auch einen Zweitschlüssel für die Wohnung bekam sie für den Fall, dass sie Besuch bekäme.

Die Sekretärin wünschte der neuen Kollegin einen guten Start, dann verabschiedete sie sich. Charlotte ging mit hinunter, um ihr Gepäck ins Haus zu holen. Ingrid erwähnte noch, dass es auf der Rückseite des Gebäudes einen Unterstand mit Fahrrädern gab, die von den Hausbewohnern benutzt werden konnten. Die Schlüssel hierfür hingen an einem Haken in der Küche.

Während die Sekretärin davoneilte, trug Charlotte ihren Koffer und die Reisetasche in ihr neues Domizil.

In der nächsten Stunde packte sie ihre Sachen aus und richtete sich ein.

Nach einem Blick zur Uhr überlegte sie, ob sie zum Mittagessen in die Mensa gehen sollte. Sie nahm den Speiseplan vom Schreibtisch und las das Montagsangebot. Es standen zwei Menüs zur Auswahl: Pfannengerührtes Schweinefleisch mit Gemüse und Reis oder Falafelbällchen auf Schmorkohl. Als Dessert gab es Germknödel mit Vanillesoße. Das klang nicht schlecht, aber sie musste gleich nach der Mittagspause ihren Fitnesskurs geben.

»Ein voller Bauch trainiert nicht gern«, murmelte sie und nahm einen Apfel aus der Obstschale.

Später fuhr sie ihren Wagen zum Parkplatz und schlenderte zu Fuß zurück. Dabei verschaffte sie sich einen ersten Eindruck von der neuen Umgebung.

Am niedrigen Zaun des Gästehauses war ein junger schwarzer Hund angebunden. Der Labrador wedelte mit dem Schwanz, als sie stehen blieb.

»Wer bist du denn?«

Charlotte hielt ihm die Hand hin, die er neugierig beschnüffelte. Da er kein Problem mit ihrem Geruch zu haben schien, strich sie dem Tier über den Kopf, dann über den Hals und kraulte es hinter den Ohren. Der Hund genoss die Streicheleinheiten und legte sich auf den Rücken. Amüsiert folgte sie der stummen Aufforderung, ging in die Hocke und kraulte seinen Bauch.

»Ja, das gefällt dir.«

Sie sah einen untersetzten Mann, der aus dem Gästehaus kam. Er trug Jeans und ein dunkelblaues Arbeitshemd. In der Hand hielt er eine kleine Werkzeugbox. Unwillig krauste er im Näherkommen die Stirn.

»Lassen Sie das! Er muss lernen, dass er Fremden nicht vertrauen darf. Sonst wird nie ein guter Wachhund aus ihm.«

Eine Entschuldigung murmelnd, richtete sie sich auf.

»Ich bin Charlotte Arndt, die neue Vertretungslehrerin. Darf ich fragen, wer Sie sind?«

»Bodo Kaminski – Hausmeister.« Er schien sich darüber zu ärgern, dass er zu ihr aufsehen musste. »Ich habe im Haus nach dem Rechten gesehen. Die Heizung muckt manchmal. Aber jetzt ist alles in Ordnung.«

»Vielen Dank.«

Er nickte und löste die Leine vom Zaun.

»Komm, Elvis.«

Charlotte schaute den beiden nach. Sie sah, dass der Hausmeister nach einigen Metern über seine Schulter guckte, sich aber hastig wegdrehte, als er ihren Blick bemerkte.

»Komischer Vogel«, murmelte sie und betrat das Gästehaus.

KAPITEL 8

Charlotte fand die Sportanlage auf Anhieb. Sie hatte vorher Gelände- und Gebäudepläne studiert und wusste, welchen Eingang sie nehmen musste, um zur *kleinen Halle* zu gelangen. Schon beim Betreten des Flures, auf dem die Umkleideräume lagen, hörte sie Stimmen, die aufgebracht durcheinanderredeten. Gespannt trat sie näher.

»Ich habe echt keinen Bock mehr auf diesen Kurs!«

»Warum nicht? Mit der neuen Lehrerin kann es doch nur besser werden.«

»Wovon träumst du eigentlich nachts? Ich habe sie vorhin schon gesehen.«

»Na und? Was ist mit ihr?«

»Die sieht zwar viel besser aus als die Sprengler, ist aber ungefähr genauso alt.«

»Was? Der Peters hat uns doch versprochen, dass wir endlich eine junge Sportlehrerin bekommen.«

»Dem fällt schon eine Erklärung ein, warum nichts daraus wurde. – Und wenn er zufrieden mit ihr ist, gibt er ihr irgendwann einen Festvertrag.«

»Und wir haben die Alte dann bis zum Abi an der Backe.«

»Bloß das nicht! Was sollen wir denn jetzt machen?«

»Ganz einfach, wir boykottieren ihren Unterricht.«

Na großartig, dachte Charlotte, die neben der Tür stand. Zwar hatte sie keine Begeisterungsstürme erwartet, aber auch nicht unbedingt totale Ablehnung. Was sollte sie nun tun? Am liebsten hätte sie sich klammheimlich aus dem Staub des Internats gemacht, aber sie war noch nie bei den ersten Schwierigkeiten davongelaufen. Also: Augen zu und durch!

Sie betrat den Umkleideraum und schaute sich kurz um. Da die Schülerinnen immer noch diskutierten und niemand von ihr Notiz nahm, stellte sie ihre Sporttasche ab und stieg auf eine Bank neben der Tür.

»Ruhe, bitte!«, sagte sie mit erhobener Stimme, worauf sich alle zu ihr umwandten. »Ich bin Charlotte Arndt, Ihre neue Kursleiterin. Anscheinend haben Sie ein Problem damit.«

Es entstand eine lastende Stille. Schließlich löste sich ein Mädchen aus der Gruppe ihrer Mitschülerinnen, das sich als Jahrgangssprecherin Juliane Bartels vorstellte.

»Wir haben beschlossen zu streiken, aber das hat nichts mit Ihnen persönlich zu tun.«

»Natürlich hat es das«, widersprach Charlotte und stieg von der Bank. »Wenn ich das richtig verstanden habe, wollen Sie keinen Grufti als Kursleitung. Das klingt doch sehr nach Altersdiskriminierung. Dabei kennen Sie mich und meinen Unterricht überhaupt nicht. Hat nicht jeder eine Chance verdient?« Die betretenen Gesichter der jungen Mädchen verrieten ihr, dass sie auf dem richtigen Weg war. »Ich mache Ihnen einen Vorschlag: Der Kurs findet heute wie geplant statt, aber jeder, dem er zu langweilig ist, darf gehen.«

Juliane drehte sich zu ihren Mitschülerinnen um. Die meisten von ihnen signalisierten ihr Einverständnis. Offenbar rechneten sie mit der kürzesten Unterrichtsstunde ihrer Schullaufbahn.

»Wenn wir abbrechen, hat das keine negativen Konsequenzen für uns?«, fragte Juliane, worauf Charlotte den Kopf schüttelte und ihr die Hand entgegenstreckte.

»Deal?«

Nach kurzem Zögern ergriff das Mädchen ihre Rechte.

»Deal.«

»Okay, dann gehen Sie bitte schon in die Halle. Ich bin gleich bei Ihnen.«

Ohne eine Antwort abzuwarten, nahm sie ihre Sporttasche und trat auf den Flur hinaus. An der Tür gegenüber befand sich ein Schild, auf dem eine weibliche Sportlerin abgebildet war. Darunter stand in Druckbuchstaben: Lehrer. Ein ähnliches Schild mit der Abbildung eines männlichen Sportlers hatte sie kurz nach Betreten des Gebäudes gesehen. Sie zog das Schlüsselbund aus der Tasche und erwischte schon nach zwei Fehlversuchen den richtigen Schlüssel.

Minuten später betrat sie die Sporthalle. Sie trug eine eng anliegende schwarze Caprihose und ein apricotfarbenes Funktionsshirt – dazu weiße Sportschuhe. Dieses Outfit schien die Schülerinnen so sehr zu verblüffen, dass sie die neue Lehrerin anstarrten.

Mit stoischer Gelassenheit fragte Charlotte ein Mädchen nach der Musikanlage, worauf es ihr half, die CD einzulegen, und ihr eine kleine Fernbedienung reichte.

Durch einen Blick in die Runde stellte Charlotte fest,

dass sich zu diesem Kurs offenbar nur weibliche Teilnehmer angemeldet hatten, obwohl auch männliche zugelassen waren.

Sie zählte 18 junge Mädchen und bat sie, sich in drei Reihen aufzustellen.

»Haben Sie schon mal von Zumba gehört?«

Einige Mädchen nickten, andere schüttelten den Kopf.

»Das ist eine Mischung aus Aerobic und südamerikanischen Tanzelementen. Sie müssen keine Tanzschritte lernen, sondern sich nur zur Musik bewegen und Spaß dabei haben. Falls Sie Bedenken haben: Der Anfängerkurs ist nicht anstrengend.« Sie hielt die Fernbedienung in die Richtung der Musikanlage. »Fangen wir einfach mal mit der Aufwärmphase an.«

In den nächsten 30 Minuten ließen sich die Schülerinnen von ihrer Lehrerin mitreißen. Sie achteten genau auf ihre Bewegungen und folgten dabei dem Rhythmus der Musik.

Unterdessen nahm Charlotte nacheinander Blickkontakt zu den einzelnen Kursteilnehmerinnen auf – sie erntete jedes Mal ein Lächeln, das sie strahlend erwiderte. Anscheinend weckte ihr Unterricht keine Fluchtinstinkte.

Schließlich zeigte sie mit der Fernbedienung in die Richtung der Stereoanlage und unterbrach die Musik.

»Kurze Pause, meine Damen«, teilte sie den Mädchen mit und wandte sich nach rechts. Während sich die Schülerinnen in der Mitte der Halle trafen, betrat Charlotte den Bereich neben der Tür, in dem verschiedene Sportgeräte untergebracht waren. Auf einem großen Plan der Sporthalle, der im Lehrerumkleideraum an der Wand hing, hatte Charlotte gesehen, dass außer den Turngeräten auch ein Getränkeschrank eingezeichnet war. Sie blieb davor stehen und probierte mehrere Schlüssel aus, bis sie den passenden gefunden hatte. Der Stahlschrank war fast bis obenhin mit Mineralwasserkisten gefüllt. Sie hob eine davon heraus und zählte 20 Halbliterflaschen. Genau die richtige Menge für ihren Kurs.

Mit der Kiste in den Händen verließ sie den Geräteraum und trug sie zur Fensterbank. Als sie sich wieder herumdrehte, kamen ihre Kursteilnehmerinnen – angeführt von ihrer Jahrgangssprecherin – auf sie zu.

»Sie haben sicher Durst. Bedienen Sie sich.«

Verdutzt blieb Juliane stehen.

»Ich glaube nicht, dass wir das dürfen.«

»Warum nicht? Sind Essen und Trinken beim Internatsbesuch neuerdings nicht inklusive?«

»Doch … schon …, aber ein paar von uns gehen hier nur zur Schule und wohnen unten im Dorf.«

»Na, und?« Sie zog zwei Flaschen aus der Kiste und reichte sie an die beiden vorne stehenden Schülerinnen weiter. »Woher sollte ich das wissen? Ich bin neu hier.« Schon gab sie die nächsten weiter. »Wenn man Sport treibt, muss man Flüssigkeit nachfüllen. So einfach ist das.«

Erst als alle Mädchen versorgt waren, griff sie nach einer der letzten beiden Flaschen, schraubte sie auf und setzte sie an die Lippen. Die Mädchen taten es ihr gleich.

»Wir wollen uns noch bei Ihnen entschuldigen«, sagte Juliane, während sie ihre Flasche wieder verschloss. »Wir dachten, Ihr Unterricht ist genauso ätzend wie der von Frau Sprengler. Bei ihr war nur langweilige Gymnastik angesagt. Und sie hat nie mitgemacht. Sie hat vor uns gestanden und Anweisungen gegeben. Das war's.« Offen schaute sie die neue Kursleiterin an. »Sie sind ganz anders. Es tut uns leid, dass …«

»Nun lassen Sie es mal gut sein«, sagte Charlotte rasch. »Vergessen wir es einfach. – War es für eine von Ihnen zu anstrengend? Dann müssen Sie es mir sagen.« Alle Teilnehmerinnen schüttelten den Kopf. »Okay. Haben Sie noch Lust auf die zweite Runde?«

Wie erwartet, erntete sie von allen Seiten Zustimmung.

»Dürfen wir Sie vorher noch um was bitten, Frau Arndt?«, fragte eines der Mädchen. »Können Sie uns duzen?«

»Ist das nicht gegen die Vorschriften?«

»Das dürfen wir Schüler selbst entscheiden.«

Lächelnd nickte sie.

»Dann tue ich es gern.«

Auch im zweiten Teil des Kurses waren die Schülerinnen wieder mit Begeisterung dabei. Nach 20 Minuten Zumba leitete die Lehrerin die Stretching-Phase ein, die dazu diente, Muskelkater zu vermeiden und die Gelenke geschmeidig zu halten. Als der Gong zum Ende der Unterrichtsstunde erklang, schaltete Charlotte die Musik aus. Die Mädchen blieben noch stehen und applaudierten spontan.

Durch eine Geste bat die Lehrerin um Ruhe.

»Ich gehe mal davon aus, dass sich euer Boykott erledigt hat. Dann sehen wir uns am nächsten Montag wieder.«

Den Rest des Nachmittags verbrachte Charlotte damit, sich genauer auf dem Internatsgelände umzusehen. Dabei begegneten ihr zwei uniformierte Männer von einem Sicherheitsdienst, die anscheinend zum Schutz der Schüler und Lehrer engagiert worden waren.

Auch die Stelle, an der die tote Lehrerin aufgefunden worden war, schaute sie sich an. Vor ihrem inneren Auge erschien das Foto mit der Auffindsituation der Leiche aus der Ermittlungsakte. Auf dem Kopfsteinpflaster war nun nichts mehr zu sehen, aber nebenan auf dem Grünstreifen entdeckte sie ein paar vertrocknete Blumen und heruntergebrannte Kerzen.

Laut Internatsordnung wurde das Abendessen zwischen 18.00 und 19.00 Uhr eingenommen. Da Charlottes Mittagsmahlzeit ausgefallen war, ging sie kurz nach sechs hinüber zur Mensa. Hier wurde allabendlich ein reichhaltiges Buffet angeboten: verschiedene Brotsorten, Wurst- und Käseaufschnitt, Blattsalate, Rohkostgemüse, mehrere Dressings. Außerdem stand zusätzlich eine täglich wechselnde Suppe auf dem Speiseplan und an diesem Abend ein Lothringer Speckkuchen.

Nachdem sich die Vertretungslehrerin bedient hatte, schaute sie sich mit dem Tablett in den Händen nach einem freien Platz um. Von einem der Tische aus winkte ihr der französische Kollege aufmunternd zu, so dass sie sich zu dieser Runde setzte.

»Inzwischen haben Sie doch Ihren ersten Unterricht hinter sich gebracht«, sagte Maurice. »Wie war's denn?«

»Hat Spaß gemacht.«

»Eine meiner Klavierschülerinnen sagte vorhin: ›Unsere neue Kursleiterin ist echt cool‹. – Von meinem Unterricht war sie noch nie so begeistert.«

»Wahrscheinlich liegt das an der Auswahl der Musik. Auf meine heißen Rhythmen sind die Mädels voll abgefahren.«

Er beugte sich etwas näher zu ihr hinüber und schaute ihr treuherzig in die Augen.

»Vielleicht können Sie mich mal beraten. Wie wäre es heute Abend bei mir?«

»Wie wäre es, wenn Sie mal meinen Kurs besuchen, um sich ein Bild zu machen?«, gab sie amüsiert zurück. »Sie können sich auch gern aktiv beteiligen.«

»Daraus wird leider nichts«, tat er bedauernd. »Wegen einer alten Knieverletzung.«

»Erster oder Zweiter Weltkrieg?«

Er grinste verschmitzt, dann schüttelte er den Kopf.

»Das ist eine ziemlich pikante Geschichte. Davon erzähle ich Ihnen, wenn wir uns besser kennen – viel besser.«

»Dann werde ich sie wohl nie erfahren«, parierte sie und widmete sich ihrem Abendessen.

Da Charlotte seit dem Vormittag nichts mehr von Philipp gesehen oder gehört hatte, und nicht wusste, ob sie noch mit ihm rechnen konnte, setzte sie sich am Abend mit einem Becher Tee an den Schreibtisch. Sie las noch einmal sämtliche Polizeiakten, die auf ihrem kleinen Computer gespeichert waren. Sie musste einen Anhaltspunkt finden, an dem sie ansetzen konnte, stieß aber auf nichts, das die Kollegen im Präsidium nicht schon überprüft hätten. Sie musste also bei null anfangen. Das bedeutete, so viele Informationen wie möglich zu sammeln. Sie beschloss, zunächst über die getötete Lehrerin zu recherchieren, und hoffte auf Erkenntnisse, ob der Mord und die Entführungen tatsächlich zusammenhingen. Immerhin konnte man bisher nicht ausschließen, dass es zwei Täter gab – auch wenn das unwahrscheinlich war.

Zuerst öffnete sie die Datei mit dem umfangreichen Obduktionsbericht. Die ersten Seiten überflog sie, bis sie die Körperskizzen vor sich hatte. Dort waren die Verletzungen der Toten eingezeichnet. Am linken Oberarm markierte ein kleines Kreuz ein Hämatom. Am Hinterkopf war die Wunde gekennzeichnet, die von einem Schlag mit einem stumpfen Gegenstand herrührte. Aufgrund der geringen Blutmenge im Umfeld der Leiche, war man davon ausgegangen, dass Fundort und Tatort nicht identisch waren. Hinzu kam eine Verunreinigung der Spuren am Fundort durch den Hausmeister und seinen Hund. Kaminski hatte die Lehrerin morgens entdeckt und berührt, um ihr zu helfen, bevor er feststellte, dass sie bereits tot war.

Aus den weiteren Berichten ging hervor, dass der Tatort noch nicht lokalisiert wurde.

Als sie mehrmals gähnte, schaltete Charlotte den Computer aus und ging ins Bad. Minuten später schlüpfte sie im Schlafzimmer unter die Decke. Kaum hatte sie die Augen geschlossen, hörte sie ein leises Klopfen. Deshalb stand sie wieder auf und lief barfuß zur Wohnungstür. Nach einem Blick durch den Spion öffnete sie.

»Tut mir leid, dass es so spät geworden ist«, sagte Philipp. »Die wollten mich unbedingt bei einer Diskussionsrunde dabei haben.« Sein Blick streifte ihr knielanges Shirt. »Hast du schon geschlafen?«

»Fast.«

»Lässt du mich trotzdem rein?«

»Ich bin müde.«

»Das bin ich auch. In den letzten drei Nächten habe ich kaum Ruhe gefunden, weil mir deine Nähe und Wärme fehlte. Ich möchte einfach nur bei dir sein – aber wenn du lieber allein …«

»Nun komm schon rein«, sagte sie, drehte sich herum und ging wieder ins Schlafzimmer.

Philipp folgte ihr, zog sich bis auf die Boxer-Shorts aus und legte sich zu Charlotte. Wortlos schmiegte sie sich an ihn und schloss die Augen. Sie spürte noch, dass er einen Kuss auf ihre Stirn hauchte, dann schlief sie auch schon ein.

KAPITEL 9

Die Vorhänge bauschten sich leicht im sanften Wind, der durch das offene Fenster hereinwehte und die ersten Sonnenstrahlen mitbrachte, die sich über das Bettlaken zu Charlottes Fuß tasteten. Sie spürte die zunehmende Wärme ebenso wie das Gewicht eines Armes auf ihrer Hüfte. Nach einer Weile schlug sie die Augen auf und warf einen Blick zum Wecker. Kurz vor halb sieben. Kein Grund zur Panik. Sie musste erst nach der Mittagspause unterrichten, aber Philipps Beratungsangebot sollte mit der ersten Schulstunde beginnen.

Vorsichtig drehte sie sich zu ihm herum und strich mit den Fingerspitzen über seine von unzähligen Bartstoppeln übersäte Wange.

»Philipp?«

»Mmmm …«

»Du musst aufstehen.«

»Och nö.« Er rutschte dichter heran und schlang die Arme um sie. »Ich fühle mich gerade so wohl. Wer weiß, ob du mich heute Abend wieder in dein Bett lässt.«

»Wen sonst?«

»Der französische Kollege scheint jedenfalls wild entschlossen, dich zu erobern.«

»Meinst du, ich hätte noch eine Chance bei ihm, wenn

er wüsste, dass ich in Wirklichkeit eine Mogelpackung bin, ein Auslaufmodell?«

»Das würde auch nichts ändern.«

»Du denkst, Maurice steht auf alte Schachteln?«

»Ich glaube, dass er sich deiner besonderen Ausstrahlung nicht entziehen kann. Mir ist es im Eichengrund doch ähnlich ergangen. Du hast mich vom ersten Moment an verzaubert.«

»So schnell? Wer hätte das gedacht?« Mit den Fingern wuselte sie durch seinen weißen Haarschopf. »Ich fand dich aber auch ganz nett.«

»Nett?« Scheinbar empört gab er sie frei, schlug die Decke zurück und sprang aus dem Bett. »Die Frau meiner Träume fand mich nett«, murmelte er auf dem Weg zur Tür. »Nicht etwa attraktiv oder unwiderstehlich – nein, einfach nur nett!«

Wie schnell man einen Mann doch aus dem Bett werfen konnte, dachte sie amüsiert und stand ebenfalls auf, während Philipp im Bad verschwand. Minuten später tauchte er frisch geduscht mit einem Handtuch um die Hüften wieder auf.

»Nett«, sagte er vorwurfsvoll in Charlottes Richtung und ging ins Schlafzimmer, um seine Klamotten zu holen. Mit dem Kleiderbündel über dem Arm betrat er das Wohnzimmer, in dem Charlotte im Morgenmantel auf dem Sofa saß.

»Hast du nach dieser Riesenenttäuschung noch Interesse an einer weiteren Nacht in meinem Bett?«

Er tat, als müsse er angestrengt darüber nachdenken.

»Normalerweise bin ich ja nicht nachtragend.«

»Welch ein Glück.« Sie erhob sich und hielt ihm etwas silbrig Glänzendes hin. Da in den Gästewohnungen meistens interessierte Eltern künftiger Schüler untergebracht waren, gab es einen zweiten Wohnungsschlüssel. »Damit kannst du dich hier reinschleichen, wenn es bei dir mal wieder später werden sollte.«

Lächelnd nahm er den Schlüssel entgegen.

»Habe ich dir heute schon gesagt, dass ich dich liebe?«

»Nicht mit diesen Worten, aber ich habe es trotzdem verstanden.«

»Kluges Mädchen.« Leicht küsste er sie auf die Lippen. »Wir sehen uns spätestens heute Abend.«

Eine halbe Stunde nach Philipp verließ Charlotte die Gästewohnung und ging zum Hauptgebäude hinüber. Als sie die Mensa betrat, die im Westflügel lag, brachen die letzten Schüler zur ersten Unterrichtsstunde auf. An den Tischen saßen nur noch einige Lehrer. Charlotte nahm sich ein Tablett und trat an das Buffet. Für einen gemeinsamen Start in den Tag gab es für die Internatsbewohner neben frischen Brötchen, Croissants, Omeletts, Speck und Pancakes verschiedene Marmeladen-, Käse- und Wurstsorten, auch Müsli und frisches Obst.

Sie entschied sich für ein Vollkornbrötchen, Kräuterfrischkäse und einen Apfel sowie für eine Tasse Kaffee. Damit setzte sie sich zu den Kollegen, die sie noch nicht kennengelernt hatte.

Das Tischgespräch drehte sich um die Unterrichtsverteilung, die überwiegend durch den Ausfall der getöteten Biologielehrerin durcheinandergeraten war. Bisher war noch kein Ersatz in Sicht, was erhebliche Mehrarbeit für die Fachgruppe bedeutete.

Charlotte tat auch hier, als hätte sie durch ihre angebliche Europareise kaum etwas vom tragischen Schicksal der Biologin mitbekommen, aber die Kollegen hielten sich bedeckt, so dass sie nichts Neues erfuhr. Besonders auskunftsfreudig schien man hier tatsächlich nicht zu sein. Viele Internatsmitarbeiter kannte sie noch gar nicht – und umgekehrt. Sie war hier eine Fremde. Es konnte noch dauern, bis sie als Teil des Kollegiums akzeptiert würde. Maurice de Vellot würde ihr vielleicht etwas erzählen – dafür müsste sie allerdings heucheln, dass sie einem Flirt mit ihm nicht abgeneigt sei. Aber solche Spielchen lagen ihr nicht. Außerdem konnte sie das Philipp nicht antun. Sie musste sich eine andere Strategie einfallen lassen.

Bald nach dem Frühstück ging sie hinters Haus. Obwohl es keine Helme gab, suchte sie sich ein Fahrrad aus und fuhr damit über die Landstraße hinunter in den kleinen Ort Rabenau. Im Supermarkt füllte sich der Einkaufswagen rasch mit einigen Lebensmitteln. Nach einem Abstecher in die Dorfbäckerei nahm Charlotte den etwas kürzeren Weg durch den Wald zurück zum Internat.

Nachdem die meisten Einkäufe in der Küche im Kühlschrank verstaut waren, öffnete sie die Papiertüte aus der Backstube. Vorsichtig legte sie die vier mit Räucherlachs und Briekäse belegten Brötchenhälften auf einen Teller. In einer Schublade fand sie eine Rolle Frischhaltefolie.

Mit einem Weidenkorb über dem Arm verließ Charlotte bald das Haus. Auf dem Weg zum Verwaltungsgebäude sah sie, dass ihr der Hausmeister auf der anderen Seite des Weges entgegenkam. Ehe sie ihn jedoch grüßen konnte, drehte er den Kopf weg. Sie zuckte nur die Schultern, ging zielstrebig zum Sekretariat und trat nach kurzem Anklopfen ein.

»Guten Morgen, Ingrid«, begrüßte sie die Sekretärin,

die neben dem Kopierer stand. »Haben Sie schon gefrühstückt?«

Irritiert schaute sie die neue Kollegin an.

»Ich esse immer zu Hause eine Kleinigkeit, bevor ich zum Dienst fahre.«

»Und wie sieht es an so einem langen Vormittag mit einem zweiten Frühstück aus?«

»Ein paar Kekse nebenbei – für mehr habe ich meistens keine Zeit.«

»Gesund ist das aber nicht«, sagte Charlotte in leicht tadelndem Ton. »Wie wäre es mit einem kleinen Picknick im Freien? Ich habe alles dafür mitgebracht.«

»Aber das geht doch nicht. Ich habe noch nie …«

»Jeder hat das Recht auf eine ordentliche Frühstückspause.« Sie bemerkte, dass Ingrid immer noch zögerte. »Sie sind die Einzige, bei der ich mich nicht mehr so fremd fühle. Können Sie hier nicht mal für eine halbe Stunde abschließen?«

Wie hätte Ingrid nun noch ablehnen können?

»Warum eigentlich nicht?« Sie trat an ihren Schreibtisch und griff zum Schlüsselbund.

Als sie das Verwaltungsgebäude verließen, baumelte ein Schild mit der Aufschrift »vorübergehend geschlossen« an der Sekretariatstür.

Kaum jemand kannte sich auf dem Internatsgelände so gut aus wie Ingrid Brandt. Sie führte Charlotte zu einem der schönsten Plätze von Rabeneck: in den Schulgarten. Das kam ihr nicht ungelegen. Immerhin hatte sie in den Ermittlungsakten gelesen, wer sich dort gärtnerisch betätigt hatte.

Auf einer Bank in der Nähe des kleinen Teiches ließen sich die beiden Frauen nieder. Charlotte entfernte die Folie und stellte den Teller mit den Brötchenhälften und zwei Becher Caffè Latte aus dem Kühlregal zwischen sie. Nachdem sie sich bedient hatten, schaute sich Charlotte beeindruckt um. Auf der einen Seite des schmalen Weges blühte prächtiger gelber Sonnenhut neben Steinkraut, Gladiolen und Purpurdost. Auf der anderen Seite wuchsen Goldrute, Hortensien, Sonnenblumen und Phlox. Rosen bildeten zwischen Ziergräsern ihren üppigen zweiten Blütenschub.

»Es ist wunderschön hier.« Unter anderem fotografierte sie auch gern Blüten. Einige ihrer Makroaufnahmen hingen in ihrer Wohnung an den Wänden. Besucher blieben immer wieder begeistert davor stehen. »Wer pflegt das alles?«

»Eine Biologielehrerin hat sich bis zu ihrem Tod mit der Garten-AG um alles gekümmert.«

»Doch nicht etwa die ermordete Kollegin?«

Da Ingrid kaute, nickte sie.

»Die arme Frau. Weiß man denn schon, warum sie getötet wurde?«

Nun schüttelte die Sekretärin den Kopf.

»Lesen Sie keine Zeitung?«

»Normalerweise schon, aber während meiner Europareise konnte ich nur Radio-Nachrichten hören – und die waren überregional. Tut mir leid, wenn ich Sie mit meiner Fragerei nerve, aber ich komme mir ziemlich blöd vor, dass ich hier als Einzige im Tal der Ahnungslosen wandele.«

»Ist schon in Ordnung, Charlotte. Sie können ja nichts dafür. Hätten Sie die Vertretungsstelle auch angenommen, wenn Sie gewusst hätten, dass hier ein Mord passiert ist?«

»Warum nicht? – Es sei denn, man hätte mir gesagt, dass der Mörder es auf Sportlehrer abgesehen hat. Aber wahrscheinlich war die Kollegin sowieso kein zufälliges Opfer. Ich habe mal gelesen, dass über 90 Prozent aller Morde Beziehungstaten sind. Vielleicht hatte sie einen Exfreund, der …«

»Hatte sie nicht«, fiel Ingrid ihr ins Wort. »Frau Schaller war schon lange solo.«

»War sie beliebt?«

»Alle mochten sie – besonders die männlichen Kollegen.«

»Dann war sie bestimmt hübsch.«

»War sie – und sie hat gern geflirtet, aber niemanden wirklich an sich rangelassen.«

»Vielleicht wollte einer ihrer Verehrer mehr«, überlegte Charlotte. »Es kam zum Streit und …« Sie fuhr mit der Faust wie bei einem heftigen Schlag durch die Luft.

»Ich glaube eher, dass sie sterben musste, weil sie den Entführer der kleinen Leonie gesehen hat. Wahrscheinlich wollte sie ihn sogar aufhalten. – Die meisten hier vermuten das.«

»Daran habe ich gar nicht gedacht«, behauptete sie. »Wie ich hörte, werden inzwischen sogar zwei Mädchen vermisst. Das muss die Hölle für die Eltern sein.« Sie griff nach einer Serviette und tupfte sich die Lippen ab. »Haben Sie Kinder?«

»Eine Tochter. Sandra studiert im sechsten Semester Pharmazie in Heidelberg. – Und Sie?«

In dieser Hinsicht war ihr Lebenslauf unverändert geblieben, sodass sie wahrheitsgemäß antworten konnte.

»Meine Tochter arbeitet als Innenarchitektin in Hamburg und mein Sohn ist Musiker in München.«

»Leben Sie allein?«

»Seit dem Tod meines Mannes. – Inzwischen habe ich mich daran gewöhnt, ohne ihn durchs Leben zu wurschteln.«

»Ich weiß nicht, ob ich das könnte«, überlegte Ingrid. »Wir schlafen zwar schon seit Jahren getrennt, weil mein Mann nachts durch sein Schnarchen einen halben Wald abholzt, aber ich könnte mir mein Leben ohne ihn nicht vorstellen.«

Behutsam brachte Charlotte das Gespräch wieder auf die Vorfälle der letzten Wochen. Sie erfuhr, dass seitdem Tag und Nacht ein Wachdienst auf dem Gelände patrouillierte. Die Polizei überwachte die nähere Umgebung des Internats und führte vermehrt Kontrollen durch.

Die Eltern der verschwundenen Leonie Fechner hatten sich geweigert, eine Gästewohnung im Internat zu beziehen. Sie wohnten in einem kleinen Hotel unten im Ort. Die Familie von Alina Wolters lebte im Nachbardorf.

Für Rabeneck bedeuteten die Ereignisse nicht nur einen großen Imageschaden, sondern auch finanzielle Verluste. Eltern hatten Kinder, die zum gerade begonnenen Schuljahr angemeldet worden waren, wieder abgemeldet. Andere hatten ihre Sprösslinge ohne Ankündigung abgeholt und würden sie erst zurückbringen, wenn die verschwundenen Mädchen gefunden und die Täter hinter Schloss und Riegel wären.

In ihrer Wohnung dachte Charlotte über das Gehörte nach. Viel weiter brachten diese neuen Informationen sie vorerst aber nicht. Allerdings hielt sie es nun zumindest für möglich, dass der Grund für den Mord an der Lehrerin in deren Privatleben zu suchen sei. Sie war hübsch, hatte gern geflirtet, aber anscheinend immer einen Rückzieher gemacht, wenn ein Interessent mehr wollte. Nicht alle Männer ließen sich von einem Nein entmutigen. Möglicherweise hatte sogar einer versucht, sich gewaltsam zu nehmen, was sie ihm verweigert hatte. Dabei war die Situation eskaliert und …

Aus den Akten wusste Charlotte, dass Susanne Schaller auf dem Internatsgelände gewohnt hatte. Potenzielle Verehrer wären demnach wahrscheinlich hier zu suchen.

Charlotte nahm das Handy vom Tisch und rief Hannes an.

»Hallo, Charly«, meldete er sich. »Hast du den Fall schon gelöst?«

»Kann es sein, dass du meine Fähigkeiten ein klein wenig überschätzt?«

»Das würde mich wundern«, antwortete er prompt. »Wie haben denn die Internatsbewohner auf die neue Sportlehrerin reagiert?«

Sie erzählte von ihrer Ankunft und von den ersten Begegnungen mit Lehrern und Schülern.

»Hast du schon irgendwas erfahren, was wir noch nicht wussten?«

»So schnell geht das nicht. Noch kommt es mir hier so vor wie in einem Kloster – als hätten alle ein Schweigegelübde abgelegt.« Sekundenlang dachte sie nach. »Ihr habt doch sicher alle Kollegen überprüft, Hannes. Warum habe ich diese Unterlagen nicht auf meinem Computer?«

»Weil dabei nichts rausgekommen ist. Wir haben über jeden Lehrer Nachforschungen angestellt, aber absolut nichts Verdächtiges gefunden. Keiner aus dem Kollegium ist bisher negativ aufgefallen.«

»Kann ich die Unterlagen trotzdem haben?«

»Wozu?«

»Um mir einen Überblick zu verschaffen. Ich kann mich in der kurzen Vertretungszeit unmöglich mit jedem Einzelnen befassen, um rauszufinden, ob einer von ihnen was mit den Verbrechen zu tun haben könnte. Mit dem, was ihr zusammengetragen habt, kann ich vielleicht schon den einen oder anderen ausschließen.«

»Okay, ich schicke dir die Akten per Mail. –Brauchst du sonst noch was?«

»Erstmal nicht. –Gibt es bei euch was Neues?«

»Fehlanzeige. –Oder doch: Die Leiche der Lehrerin wurde heute freigegeben. Die Eltern von Susanne Schaller leben in Hannover. Die Beisetzung findet am Freitag auf dem Seelhorster Friedhof statt. Kannst du daran teilnehmen?«

»Obwohl ich sie nicht kannte? Mache ich mich damit nicht verdächtig?«

»Dir fällt schon eine plausible Erklärung ein.«

»Mir bleibt auch nichts erspart«, erwiderte sie ohne jeden Vorwurf. »Bis bald, Hannes.«

Charlottes Zumba-Unterricht kam auch bei den Sechstklässlern gut an. Die Übungen waren für diese Altersstufe entwickelt worden, so dass auch die beiden korpulenteren Kinder keine Schwierigkeiten damit hatten. Dies war eine gemischte Gruppe, in der sowohl die Jungen als auch die Mädchen mit viel Spaß dabei waren.

Nach Ende des Kurses mussten sich die Schüler in eine Liste eintragen. Danach verschwanden alle in den Umkleideräumen. Charlotte hatte gerade die Sportschuhe und Socken ausgezogen, als sie Lärm vernahm. Barfuß verließ sie den Lehrerraum. Im Flur folgte sie den lauter werdenden Stimmen bis zur Mädchenumkleide. Die meisten Schülerinnen drängten sich in Fensternähe dicht zusammen und schrien durcheinander.

Um sich Gehör zu verschaffen, pfiff Charlotte zweimal kurz hintereinander auf den Fingern. Sofort verstummte der Lärm und die Kinder wandten sich zu ihrer Lehrerin um.

»Was ist hier los? Gibt es ein Problem?«

Einige senkten den Kopf, andere murmelten etwas von einer kleinen Auseinandersetzung; die meisten gingen zu den Bänken, wo ihre Sachen lagen, und setzten sich.

Charlotte blickte fragend in die Runde, aber niemand fügte etwas hinzu.

»Okay, dann zieht euch jetzt um – aber bitte mit weniger Geschrei.«

Sie ließ die Mädchen allein, ging in ihre Umkleide zurück und stand bald darauf unter der Dusche.

Mit ihrer Sporttasche über der Schulter verließ Charlotte später den Raum. Auf dem Weg über den Flur schaute sie kurz in die Umkleideräume und schloss sie ab. Am Ende des Ganges steckte sie den Schlüssel ins Schloss der Mädchenumkleide, als sie unerwartet ein Geräusch vernahm. Hielt sich dort etwa jemand auf? Sie öffnete die Tür, ging hinein und blickte sich genauer um. In der linken Ecke neben dem Durchgang zu den sanitären Anlagen kauerte ein Mädchen auf einer Bank.

»Alles in Ordnung?«, fragte Charlotte und trat näher. »Geht es dir nicht gut?«

»Doch, doch.« Die Kleine sprang auf und schnappte sich ihre Tasche. »Ich muss los.« Schon hastete sie an Charlotte vorbei hinaus.

Ihre Lehrerin schüttelte leicht den Kopf, warf vorsichtshalber einen Blick in die Gemeinschaftsdusche, verschloss die Tür und verließ das Gebäude. Sie wollte sich so schnell wie möglich mit den Akten des Kollegiums beschäftigen und hoffte, dass Hannes sie bereits geschickt hatte.

Über das Gelände ging sie direkt zu ihrer Unterkunft und setzte sich an den Schreibtisch. Dort klappte sie das Netbook auf und schaltete es ein. Durch wenige Mausklicks öffnete sie ihr Postfach. Wie versprochen war eine Mail aus dem Präsidium darin. Sie speicherte den Anhang auf dem Desktop und verschob die Dateien anschließend in den Ordner »Rabeneck«, der dort abgelegt war.

Bevor sie zu lesen begann, stand sie auf und nahm eine Banane aus der Obstschale.

Irgendwann am späten Nachmittag hörte Charlotte Martinshörner von Einsatzfahrzeugen. Sie stand auf und schaute durchs offene Fenster hinaus, konnte vom Gästehaus aber nur einen Teil des Geländes einsehen. Da die Sirenen rasch erstarben, widmete sie sich wieder ihrer Lektüre.

Ungefähr zehn Minuten später läutete ihr Handy. Sie zog es aus der Tasche und sah die Nummer des Internats auf dem Display.

»Hallo?«

»Charlotte, hier ist Ingrid. Können Sie sofort ins Lehrerzimmer kommen? Ein Mädchen aus Ihrem Kurs ist verschwunden.«

KAPITEL 10

Charlotte steckte das Telefon ein, griff nach ihrer Tasche und zog das Schülerverzeichnis heraus, ehe sie die Wohnung verließ. Während sie zum Verwaltungsgebäude eilte, sah sie viele Uniformierte, die anscheinend das Gelände nach dem vermissten Kind absuchten.

Im Lehrerzimmer war das gesamte Kollegium des Internats versammelt. Außerdem waren Pia und Philipp anwesend.

Der Schulleiter ging Charlotte entgegen.

»Vielleicht können Sie uns weiterhelfen«, sagte er und führte sie zu der Kommissarin, die mit dem Professor zusammenstand. »Das ist Frau Arndt«, stellte er sie vor. »Sie leitet den Fitnesskurs, an dem Emma teilgenommen hat.«

»Pia Wagner«, sagte die Polizistin und gab Charlotte die Hand. »Kommen Sie bitte mit nach nebenan. Mein Chef möchte mit Ihnen sprechen.«

Unaufgefordert begleiteten Dr. Peters und Philipp die beiden Frauen ins Schulleiterzimmer.

Hannes und Martin begrüßten Charlotte so förmlich, als würden sie einander nicht kennen. Ihre Tarnung sollte keinesfalls auffliegen.

»Danke, dass Sie so schnell gekommen sind, Frau Arndt«, sagte Hannes. »Emma Herzberg war laut Stundenplan heute in Ihrem Sportkurs. Können Sie das bestätigen?«

Mit Bedauern zuckte Charlotte die Schultern.

»Ich hatte die Gruppe heute das erste Mal. Leider kenne ich die Schüler noch nicht mit Namen.« Sie schlug das Heft mit den Schülernamen auf und überflog die Liste. »Emma Herzberg«, las sie und reichte Hannes die Liste. »Sie hat sich eingetragen.«

»Das ist ein Bild von Emma«, sagte Kommissar Martin Drews und zeigte Charlotte ein Foto aus dem Jahrbuch. »Erkennen Sie sie?«

Das war eindeutig das Mädchen, das länger als ihre Mitschülerinnen im Umkleideraum gesessen hatte!

Charlotte berichtete davon, konnte aber nicht sagen, wohin das Mädchen anschließend gegangen war. Sie erfuhr, dass ein Mitschüler Emma noch vor dem Hauptgebäude gesehen hatte. Ihre nächste Unterrichtsstunde hatte sie trotzdem versäumt. Maurice de Vellot hatte in einem der Musikräume vergeblich auf seine Klavierschülerin gewartet.

»Niemand hat sie seitdem gesehen«, fasste Hannes zusammen. »Diesmal hat der Täter nur maximal zwei bis zweieinhalb Stunden Vorsprung. Unsere Beamten suchen das gesamte Gelände ab. Die Hundestaffel habe ich auch angefordert. Wir …« Er brach ab, als er sah, dass Philipp den Kopf schüttelte. »Irgendwelche Einwände, Herr Professor?«

»Ich glaube nicht, dass es sich um denselben Täter handelt wie bei den beiden anderen Fällen.«

Ich auch nicht, schloss sich Charlotte insgeheim seiner Vermutung an, sagte aber nichts.

Hannes sah Philipp erstaunt an. Um keine Zeit zu verlieren, hatte er zunächst alles Nötige veranlasst, war aber noch nicht dazu gekommen, intensiv über die neueste Entwicklung nachzudenken. Er war aber fähig, sich blitzschnell in die Gedanken anderer hineinzuversetzen.

»Sie glauben, der Täter würde es nicht noch mal wagen, auf dem Gelände zuzuschlagen – weil es jetzt einen Sicherheitsdienst gibt, der ständig patrouilliert. Außerdem ist das gesamte Personal sehr wachsam.«

»Ein Fremder würde sofort auffallen«, fügte Philipp hinzu. »Emma müsste also das Schulgelände verlassen haben und ihrem Entführer in die Arme gelaufen sein. Allerdings halte ich auch das für unwahrscheinlich.« Während er nachdenklich ans Fenster trat, folgten ihm die gespannten Blicke der Anwesenden. »Möglicherweise hat der Entführer im Internat einen Komplizen, der sich so gut auskennt, dass er das Mädchen ungesehen von hier fortschaffen konnte.«

»Das klingt plausibel«, stimmte Hannes ihm zu. »Außerdem wäre jemand aus dem Kollegium vertrauenswürdig. Einem Lehrer würde ein Schüler wahrscheinlich ohne viele Vorbehalte folgen.«

»Das geht entschieden zu weit!«, empörte sich der Internatsleiter. »Für mein Kollegium lege ich die Hand ins Feuer! Außerdem haben Sie bereits den gesamten Lehrkörper überprüft.«

Mit einer beschwichtigenden Geste hob Hannes die Hände.

»Kein Grund zur Aufregung. Im Interesse der verschwundenen Kinder müssen wir jedes Szenario in Betracht ziehen. Parallel zur Suche werden wir noch mal jeden Einzelnen befragen.«

Damit beauftragte er Pia und Martin. Charlotte und Philipp wurden aufgefordert, ihre Wohnungen aufzusuchen, sich aber zur Verfügung zu halten. Obwohl Charlotte sich am liebsten an der Suche nach dem verschwundenen Kind beteiligt hätte, befolgte sie die Anweisungen des Hauptkommissars. An Philipps Seite verließ sie das Schulleiterzimmer. Schweigend legten sie den Weg zu ihrer Unterkunft zurück und betraten die Gemeinschaftsküche.

Da es keinen Wasserkocher gab, nahm Charlotte den Kessel vom Herd, ließ Wasser aus der Leitung hineinlaufen und stellte ihn auf die Kochplatte. Die Dose mit ihrer bevorzugten Teemischung hatte sie immer dabei, wenn sie unterwegs war. So füllte sie das Tee-Ei und hängte es in die bereitstehende Glaskanne. Fragend wandte sie sich zu Philipp um.

»Trinkst du eine Tasse mit oder möchtest du lieber Kaffee?«

Auch Philipp entschied sich für Tee. Minuten später stand vor beiden eine Tasse des dampfenden Getränks.

Eine Weile starrte Charlotte nachdenklich vor sich hin.

»Was ist?«, fragte Philipp schließlich. »Worüber denkst du nach?«

»Ich frage mich …« Aus ernsten Augen schaute sie ihn an. »Vielleicht hätte ich die Entführung verhindern können. Ich hätte Emma nicht einfach so gehen lassen dürfen. Wenn ich …«

»Charlotte«, unterbrach er sie. »Mehr hättest du nicht tun können.«

»Ich kannte das Mädchen zwar nicht, aber … Je länger ich darüber nachdenke, umso bewusster wird mir, dass die Kleine unglücklich wirkte. Ich habe dem zu wenig Beachtung geschenkt, weil ich so schnell wie möglich an meinen Computer wollte. Hannes hatte versprochen, mir die Akten über das Kollegium zu schicken.« In einer hilflosen Geste hob sie die Hände. »Wäre ich nicht so unsensibel gewesen … Wenn ich nachgehakt und mir die Zeit für ein Gespräch genommen hätte … Wahrscheinlich wäre Emma dann wie immer zum Klavierunterricht gegangen. Der Entführer hätte keine Chance gehabt.«

»Das sind doch alles Mutmaßungen. Wäre sie an einem Gespräch interessiert gewesen, wäre sie nicht weggelaufen. Außerdem hätte sich Emma erfahrungsgemäß einer Person anvertraut, die sie kennt. Du bist aber noch eine Fremde für sie.« Über den Tisch hinweg griff er nach ihrer Hand. »Es gibt absolut keinen Grund, dich mit Vorwürfen zu quälen.«

Trotz dieser Worte fühlte sich Charlotte mitverantwortlich. Sie wollte irgendetwas tun, wusste aber nicht, was. Unruhig ging sie schließlich in der Küche auf und ab. Vergeblich versuchte Philipp sie abzulenken. Als sein Telefon klingelte, blieb sie stehen. Das Gespräch dauerte nur wenige Sekunden.

»Und?«, fragte sie erwartungsvoll. »Gibt es eine Spur?«

»Emmas Eltern sind eingetroffen. Ich soll ihre psychologische Betreuung übernehmen.«

»Kann ich mitkommen?«

»Kommissar Bremer hat gesagt, ich soll allein kommen.« Er nahm sie kurz in den Arm und küsste sie auf die Schläfe. »Ich melde mich, wenn es was Neues gibt.«

Sie bemerkte, dass es ihm nicht leichtfiel, sie alleinzulassen.

»Nun geh schon«, sagte sie und schob ihn Richtung Tür.

Während er das Gästehaus verließ, stellte sie die Teekanne und ihre Tasse auf ein Tablett und nahm es mit hinauf in ihre Wohnung. Dort setzte sie sich an den Computer, konnte sich aber nicht auf das Aktenlesen konzentrieren.

So stand sie wieder auf und nahm das Handy vom Tisch. Gleich darauf war sie mit ihrer Freundin in Hannover verbunden.

»Hallo, Anneliese. Störe ich?«

»Überhaupt nicht. Wir spielen gerade eine Partie Rommé. Albert zieht uns alle über den Tisch. Da können wir eine Pause vertragen. – Wie sieht es denn bei dir aus?«

»Nicht so gut. Es ist schon wieder ein Mädchen verschwunden.«

»Oh, nein! Wann ist das passiert? – Darf ich dich auf laut stellen? Dann muss ich den anderen nachher nicht alles erzählen.«

»Kein Problem.«

Charlotte berichtete, was vorgefallen war. Sie ließ auch ihre Schuldgefühle nicht aus. Ihre Freunde versuchten sie sofort davon zu überzeugen, dass dazu kein Anlass bestand.

»Das hat Philipp auch gesagt, aber ich fühle mich ganz elend bei dem Gedanken, dass ich das alles möglicherweise hätte verhindern können. –Und jetzt weiß ich nicht, was ich tun soll.«

»Du hast vorhin erwähnt, dass es diesmal irgendwie anders ist, als bei den ersten beiden Entführungen«, sagte Elli. »Was hast du damit gemeint?«

»Das kann ich nicht erklären. Es ist mehr ein Bauchgefühl.«

»Dann geh dem nach«, riet Conrad ihr. »Du konntest dich doch immer auf dein Gespür verlassen.«

»Halt dir jedes Detail genau vor Augen«, schloss sich der General an. »Dadurch hast du bislang jedes Mal ins Schwarze getroffen.«

»Ich lasse mir das alles noch mal durch den Kopf gehen«, versprach Charlotte. »Eigentlich wollte ich morgen kurz bei euch vorbeikommen, weil ich meine Tennisausrüstung aus meiner Wohnung holen muss. Allerdings möchte ich zurzeit nur ungern weg. Außerdem weiß ich nicht, ob der Stundenplan eingehalten wird – nach allem, was passiert ist.«

»Ich könnte dir die Sachen morgen Vormittag bringen«, bot Anneliese an. »Wenn es dir recht ist.«

»Sehr sogar. Du weißt ja, wo mein Wohnungsschlüssel ist. Die Tasche mit dem Schläger steht im Einbauschrank im Flur – und die Tennisklamotten liegen in der untersten Schublade in der Schlafzimmerkommode.« Ihr fiel ein, dass sie auch etwas Passendes zum Anziehen für die Beisetzung brauchte. Für ihre Ermittlungen in der vornehmen Seniorenresidenz hatte sie im Frühjahr überwiegend elegante Garderobe mitgenommen. Als Sportlehrerin in einem Internat war jedoch ein eher legerer Kleidungsstil angebracht. »Kannst du bitte auch den dunkelblauen Hosenanzug aus dem Schlafzimmerschrank mitbringen?«

»Alles klar. Wenn ich im Internat ankomme, schicke ich dir eine WhatsApp.«

»Gut, dann treffen wir uns auf dem Parkplatz. – Danke, Anneliese.«

Nach dem Gespräch dachte Charlotte darüber nach, was die Freunde ihr geraten hatten. Sie musste also herausfinden, was sie stutzig gemacht hatte. Abgesehen von den Argumenten, die Philipp vorgebracht hatte, fiel ihr jedoch nichts ein. Deshalb setzte sie sich in einen Sessel und schloss die Augen. Im Geiste ließ sie alles vom Betreten bis zum Verlassen der Sportanlage Revue passieren. Die Unterrichtsstunde war harmonisch verlaufen. Später beim Umziehen hatte der hohe Geräuschpegel sie in den Mädchenumkleideraum gelockt. Die meisten Schülerinnen hatten sich um die Bank unter dem Fenster zusammengedrängt. Als sie sich durch Pfiffe bemerkbar gemacht hatte, löste sich die Traube schnell auf. War eines der beiden Mädchen, die sie dadurch auf der Bank sitzen sah, nicht Emma gewesen? Hatten die anderen sie aus irgendeinem Grund attackiert? Möglicherweise war Emma deshalb wie ein verletzter kleiner Vogel im Umkleideraum zurückgeblieben – und nicht zum Klavierunterricht gegangen. Hatte sie sich irgendwo verkrochen?

Abrupt schlug Charlotte die Augen auf. Das würde bedeuten, dass Emma nicht entführt wurde! Aber wo könnte sie sich versteckt haben? Vermutlich wusste sie gar nicht, was sie dadurch ausgelöst hatte. Oder war diese Überlegung im Hinblick auf die anderen verschwundenen Mädchen absurd? Vielleicht war tatsächlich jemand aus dem Internat in die Entführungen involviert? Derjenige könnte die Kinder ruhiggestellt, unbemerkt vom Gelände gebracht und dann einem Komplizen übergeben haben.

Das brachte sie auch nicht weiter, dachte sie frustriert. Um den Kopf freizubekommen, zog sie normalerweise ihr Sportdress an und lief ein paar Runden an der frischen Luft. Das kam jedoch nicht infrage, solange die Polizei das Gelände absuchte. So ging sie unruhig im Wohnraum auf und ab, wobei sie in Gedanken alle Möglichkeiten durchspielte. Schließlich blieb sie abrupt stehen. Sie musste ihre erste Eingebung überprüfen!

Am Schreibtisch griff sie nach den Plänen des Internats. Auf dem Geländeplan schaute sie sich die Lage des Hauptgebäudes an. Hannes hatte gesagt, dass Emma dort zuletzt gesehen wurde. Charlotte studierte auch den Gebäudeplan, auf dem die einzelnen Räume und Flure der drei Etagen verzeichnet waren. Außer dem Speisesaal im Westflügel und den Klassenräumen waren auch die Aula und mehrere Musikräume ausgewiesen. Einen davon hatte man Philipp für seine Beratungen zur Verfügung gestellt. Bei den anderen musste es sich um das Refugium von Maurice de Vellot handeln.

Nachdenklich blickte sie sekundenlang auf die Skizze. Dann nahm sie die Kontaktliste der Kollegen vom Schreibtisch, griff zum Telefon und wählte die Handynummer des Franzosen.

»Hallo?«

»Hier spricht Charlotte Arndt. Ich brauche Ihre Hilfe.«

»Oh«, brachte er überrascht hervor. »Was soll ich tun?«

»Können wir uns in zehn Minuten treffen – vor dem Hauptgebäude?«

»Naturellement, ich werde da sein.«

»Danke, Maurice. Bis gleich.«

Da Charlotte ihr Handy immer bei sich tragen sollte, steckte sie es ein und griff nach dem Schlüsselbund, bevor sie das Gästehaus verließ. Bei ihrer Ankunft wurde sie schon von Maurice erwartet.

»Ich hätte nicht gedacht, dass Sie mich so schnell um ein Rendezvous bitten würden«, scherzte er, wurde aber gleich wieder ernst. »Wie kann ich Ihnen helfen?«

»Ich habe über Emmas Verschwinden nachgedacht. Würden Sie mir alle Räume in diesem Gebäude zeigen – auch, wo Sie auf das Mädchen gewartet haben?«

»Kein Problem. Kommen Sie.«

Durch die große Holztür traten sie ein. Das sanierte historische Treppenhaus hatte Charlotte schon am Montag beeindruckt. Es wurde mittig von einer breiten Holztreppe beherrscht, die vom Kellergeschoss bis in die einzelnen Etagen des dreistöckigen Hauptbaus führte. Die Mensa im Erdgeschoss auf der rechten Seite kannte Charlotte bereits. In den Räumen darunter befand sich die Küche mit den Vorratsräumen. Zutritt dazu hatte jedoch nur das zuständige Personal, wie Maurice erklärte. Er führte sie zunächst zu den Klassenzimmern der oberen Etagen im Westflügel. Obwohl er Charlotte sagte, dass es so gut wie unmöglich sei, dass sich das Mädchen dort versteckt haben könnte, schloss er sämtliche Räume auf, damit sie nachsehen konnte. Im Obergeschoss wechselten sie auf die andere Seite des Gebäudes. Dort befanden sich einige Fachräume, in denen die Vermisste aber auch nicht war.

Im ersten Stock lagen die Musikräume. Maurice zeigte auf eine Tür am Anfang des Ganges.

»Hier ist vorübergehend das Sprechzimmer des Professors.«

Er ließ Charlotte einen Blick hineinwerfen. Neben einem Stutz-Flügel stand nur ein Tisch mit vier Stühlen darin.

Im nächsten Musikraum befand sich ein großer Flügel, aber auch ein Schreibtisch mit einigen Notenstapeln darauf.

»Das ist mein Reich«, erklärte der Musiklehrer mit weit ausholender Geste. »Sie können mich hier jederzeit außerhalb meiner Unterrichtsstunden besuchen. – Dann spiele ich was für Sie.« Sein Blick suchte ihre Augen. »Was hören Sie denn gern?«

»Das verrate ich Ihnen, wenn es so weit ist«, versetzte

sie ihm einen Dämpfer. »Jetzt ist nur die Suche nach dem Mädchen wichtig.«

»Wieso glauben Sie eigentlich, dass Emma hier sein könnte?«

Vage zuckte sie die Schultern.

»Das ist nur so ein Gefühl. Wahrscheinlich finde ich den Gedanken zu schrecklich, dass sie ausgerechnet nach meiner Fitnessstunde verschwunden ist. Deshalb versuche ich mir einzureden, dass sie nicht entführt wurde.«

Er schien zu verstehen, was in ihr vorging. Behutsam legte er den Arm um ihre Schultern.

»Bien, suchen wir weiter. Dort drüben gibt es noch zwei kleinere Musikräume. Unter dieser Etage befindet sich die Aula – auf gleicher Höhe wie die Mensa auf der anderen Seite des Gebäudes.«

Nachdem sie die Musikräume kontrolliert hatten, betraten sie ein Stockwerk tiefer die Aula. Charlotte war angenehm überrascht über die moderne Ausstattung. Sie erinnerte sich an die verstaubte Aula ihres Gymnasiums, in der ihre Abiturentlassungsfeier stattgefunden hatte, an den abgenutzten, immer ein wenig nach Gummi riechenden Linoleumfußboden und die unbequemen, miteinander verbundenen Holzstühle oder an die große Bühne mit dem schweren dunklen Vorhang. Hier hingegen wirkte alles modern und leicht. Weiße Säulen und Wände bis hinauf zur Empore, heller Fußboden und modernes Gestühl mit chromblitzenden Beinen. Durch breite Flügeltüren, die ins Freie führten, floss viel Licht herein. Auf der großen Bühne stand ein Konzertflügel aus Acryl mit weißen Wandungen des Klangkörpers.

»Wow«, rutschte es Charlotte beeindruckt heraus. Es

hätte sie nicht gewundert, wenn Udo Jürgens nun die Bühne betreten und einen seiner großen Hits gespielt hätte.

Während Maurice unten nach dem Mädchen suchte, stieg Charlotte die Treppe zur hufeisenförmig angelegten Empore hinauf. Aber auch dort oben war Emma nicht zu finden.

Durch das Treppenhaus gelangten sie zurück ins Erdgeschoss.

»Und nun?«, fragte er ratlos, worauf sie zum Untergeschoss deutete.

»Gehört das auf dieser Seite noch zur Küche?«

»Nein, da werden in verschiedenen Räumen Instrumente und Requisiten für Aufführungen gelagert. Auch unser Kostümfundus ist dort untergebracht.«

»Darf ich nachsehen?«

»Das wäre Zeitverschwendung. Die Kellertür ist immer abgeschlossen, seit ein paar Oberstufenschüler da unten heimlich gefeiert haben.«

»Ich würde mich trotzdem gern davon überzeugen, dass Emma nicht da unten ist.«

»Glauben Sie mir, in den Räumen kann niemand …« Er brach ab, als sie ihn mit einem bittenden Blick bedachte. Wie jede Frau kannte sie die kleinen Tricks, die Männer weich werden ließen.

»Also gut«, sagte Maurice und ging voraus. Charlotte folgte ihm die Treppe hinunter. Vor einer grauen Stahltür blieben sie stehen. Der Musiklehrer suchte den passenden Schlüssel an seinem Bund und steckte ihn ins Schloss. Verwundert stellte er fest, dass nicht abgeschlossen war.

»Das kann nur Kollege Mühlmann gewesen sein. Der

hatte heute Probe mit der Theater-AG. Es ist nicht das erste Mal, dass er vergisst, abzuschließen.«

Er öffnete die Tür und tastete nach dem Lichtschalter. Mehrere Leuchtstoffröhren an der Flurdecke sprangen an.

Die Räume mit den Instrumenten waren ordentlich mit Regalen gestaltet. Schnell war ersichtlich, dass sich dort niemand aufhielt. Jetzt blieben nur noch der Kostümfundus und das Requisitenlager.

Während Maurice im Lager der Kleider und Accessoires verschwand, inspizierte Charlotte den großen, mit Bühnenausstattungen vollgestopften Raum, der in mehrere Bereiche unterteilt war. Hier funktionierte nur eine der kleinen Deckenlampen. Es dauerte einen Moment, bis sich Charlottes Augen an das diffuse Licht gewöhnt hatten. Auf der rechten Seite lehnten verschiedene Bühnenbilder an der Wand. Gegenüber davon lagerten Möbelstücke wie kleine Schränke, Tische und Kommoden. Dahinter standen Stühle, Sessel und sogar ein Thron mit vergoldeten Beinen. Vorsichtig zwängte sich Charlotte zwischen zwei Bäumen aus Sperrholz hindurch. Winzige Staubpartikel schwirrten durch die Luft. In der hinteren Ecke standen einige Säulen aus Pappmaché, links davon ein Paravent. Was sich dahinter verbarg, konnte sie nicht erkennen. Sie rückte einen Kleiderständer beiseite, beugte sich weit vor und warf einen Blick hinter den Sichtschutz – direkt auf das Kind, das wie leblos auf der kleinen Polsterbank lag.

KAPITEL 11

Im ersten Moment war Charlotte wie gelähmt, während die Gedanken durch ihren Kopf wirbelten. Entsetzt starrte sie das Mädchen an. Emma war also doch entführt worden! Hatte der Kidnapper sie zum Schweigen gebracht, weil es auf dem Gelände von Polizisten nur so wimmelte? Oder hatte er Emma nur betäubt? Sie musste sich überzeugen! Rasch schob sie die Spanische Wand etwas zurück und sich durch die entstandene Lücke. Vor der Bank ging sie in die Hocke. Zögernd streckte sie die Hand aus, als sich das Kind plötzlich etwas bewegte. Charlotte fiel ein Stein vom Herzen. Behutsam strich sie dem Mädchen übers Haar.

»Emma?«

Benommen öffnete sie die Augen. Als sie ihre Lehrerin sah, richtete sie sich erschrocken auf.

»Was machen Sie hier?«

»Wir haben dich gesucht.« Sie setzte sich neben Emma und schaute sie ohne jeden Vorwurf an. »Erzählst du mir, warum du deine Klavierstunde versäumt hast?«

»Ich war traurig und wollte allein sein«, gestand Emma. »Ein paar Mädchen haben mich nach dem Fitnesskurs gehänselt. Sie haben mich als Barbie beschimpft, weil ich ein rosa Shirt und rosa Leggings anhatte. Die anderen haben mich ausgelacht. Das tun die immer – egal, was ich mache.«

»So was nennt man Mobbing«, erwiderte Charlotte mitfühlend. »Dagegen werden wir was unternehmen, aber erst mal müssen alle erfahren, dass es dir gut geht.« Sie erhob sich und rief nach dem Musiklehrer. Dann griff sie nach der Schultasche des Mädchens. »Komm, Emma.«

Als Maurice in der Tür erschien, kamen die beiden schon auf ihn zu.

Die Überraschung war ihm deutlich anzusehen.

»Das glaube ich jetzt nicht. Sie haben sie wirklich gefunden, Charlotte.«

»Wir müssen die Schulleitung informieren, dass die Polizei die Suche abbrechen kann.«

»Der Kommissar hat uns vorhin seine Handynummer gegeben, damit wir ihn notfalls sofort erreichen können.« Schon zog er sein Telefon aus der Tasche.

»Sagen Sie ihm, dass wir in der Mensa auf ihn warten. Emma hat mir eben verraten, dass sie Hunger hat.«

Trotz der Suchaktion hatten die meisten Schüler das Abendessen schon hinter sich. In der Mensa herrschte nicht mehr viel Betrieb. Charlotte, Maurice und das Mädchen bedienten sich am Buffet und setzten sich mit ihren Tabletts an einen Tisch in Fensternähe. Es dauerte nicht lange, bis Emmas Eltern in Philipps Begleitung, Hannes mit seinem Team und der Schulleiter mit seiner Stellvertreterin sowie einige Kollegen die Mensa betraten.

Die Herzbergs schlossen ihre Tochter erleichtert in die Arme. Charlotte überließ es Maurice, von ihrer Suchaktion zu berichten.

Schließlich forderte der Internatsleiter alle Anwesenden auf, nach den Aufregungen zum Abendessen zu bleiben.

Später sprach Hannes noch allein mit Charlotte. Als sie das Gästehaus betrat, fiel Lichtschein aus der Gemeinschaftsküche in den Flur. Philipp saß mit einem Glas Wein am Tisch. Bei Charlottes Eintreten deutete er auf die Flasche.

»Möchtest du auch?«

»Nein, danke.«

»Du hattest wieder mal den richtigen Riecher. Mir ist nur noch nicht ganz klar, welche Rolle Maurice dabei gespielt hat.«

»Ich habe ihn angerufen und um Hilfe gebeten.«

»Warum ausgerechnet ihn?«

»Weil Emma zwischen meinem und seinem Unterricht verschwunden war. Außerdem wollte ich mir ansehen, wo er auf sie gewartet hat.«

»Das kam ihm sicher sehr gelegen.«

Sie lehnte sich gegen den Küchenschrank und verschränkte die Arme vor der Brust.

»Was meinst du damit?«

»Dass er voll auf dich abfährt. Es würde mich nicht wundern, wenn er dich inzwischen auch schon nach deiner Lieblingsmusik gefragt hätte – und sie jederzeit für dich spielen würde.«

»Und wenn schon. Das ist schließlich nicht verboten.«

Philipp hatte es geahnt. Vorhin in der Mensa hatte der Musiklehrer den Eindruck erweckt, schon sehr vertraut mit Charlotte zu sein. Mehrmals hatte er sich zu ihr hinübergebeugt und ihr etwas zugeflüstert, was sie mit einem Lächeln quittiert hatte. Oder er hatte sie wie unabsichtlich berührt.

»Hoffentlich bist du dir darüber im Klaren, was du tust.«

»Darauf kannst du wetten.« Herausfordernd blickte sie ihm in die Augen. »Hast du ein Problem damit?«

»Du weißt genau, dass mir das nicht gefällt.«

»Ich gehe auf meine Art an diesen Fall heran. Akzeptier das bitte. Eifersüchteleien gefährden sonst noch meinen Einsatz.« Im Vorbeigehen legte sie kurz die Hand auf seine Schulter. »Ich bin müde und gehe jetzt ins Bett. Gute Nacht.«

»Schlaf gut.«

Obwohl sie nichts gesagt hatte, spürte er, dass sie in dieser Nacht allein sein wollte. Deshalb blieb er noch eine Weile sitzen und schenkte sich aus der Rotweinflasche nach. Hätte er besser den Mund halten sollen? Vielleicht wäre das klüger gewesen, aber es wäre ihm schwergefallen. Ihre Beziehung dauerte erst wenige Tage. Er hätte ohnehin nie damit gerechnet, dass er sich mit Mitte 60 noch mal verlieben könnte. Seine Gefühle für Charlotte waren innerhalb kurzer Zeit enorm gewachsen, aber verhielt es sich umgekehrt genauso? Es war lange her, seit er auf diese Weise für eine Frau empfunden hatte. Fühlte er sich deshalb so unsicher? Witterte er aus diesem Grund in jedem Mann, der Interesse an ihr bekundete, einen ernstzunehmenden Konkurrenten?

KAPITEL 12

Charlotte plante, erst nach Beginn der ersten Unterrichtsstunde in die Mensa zu gehen, um zu frühstücken. Dann war der größte Andrang vorbei und die Chance auf ein ungestörtes Gespräch mit Kollegen, die erst später unterrichten mussten, größer.

Sie öffnete die Tür der Gästewohnung, blieb aber auf der Schwelle stehen, als sie etwas auf der Fußmatte liegen sah. Rasch ging sie in die Hocke und hob den Zweig auf, an dem mehrere rosa Blüten und Knospen wuchsen. Sie erkannte sofort, dass er von einem der Heckenrosensträucher auf dem Internatsgelände stammte.

Philipp, dachte sie lächelnd und ging noch einmal hinein, um den Zweig in ein Glas Wasser zu stellen.

In der Mensa wurde Charlotte von zwei Kollegen aufgefordert, sich zu ihnen zu setzen. Das Gespräch drehte sich um die Suchaktion vom Vorabend und den glücklichen Ausgang. Zwar erfuhr sie nichts Neues, verbuchte es aber als Fortschritt, dass man ihr gegenüber nun offener war. Ihr Einsatz hatte anscheinend dazu beigetragen, als Mitglied des Kollegiums anerkannt zu werden.

Da sie nicht wusste, wann Anneliese mit ihren Sachen eintrudeln würde, kehrte Charlotte in ihre Unterkunft

zurück und setzte sich ans Netbook. Nach kurzem Überlegen beschloss sie, den Kontakt zu Ingrid Brandt zu
vertiefen. Sie hatte gespürt, dass diese Frau sie mochte.
Umgekehrt war ihr die Sekretärin auch sympathisch. So
öffnete sie zunächst die Datei, die Hannes ihr geschickt
hatte, und dann das Dokument mit dem Foto und den
Infos über die Angestellte. Ihr Alter war mit 53 ange-
geben, verheiratet mit Thorsten Brandt, 56, Speditions-
kaufmann, seit einem Arbeitsunfall vor vier Monaten im
Vorruhestand, eine Tochter, Pharmaziestudentin in Heidelberg. Ingrid Brandt arbeitete seit 28 Jahren im Internat und wurde als beliebt bei Kollegen, Eltern und Schülern beschrieben. Sie wohnte mit ihrem Mann in einem
kleinen Haus in Rabenau. Keine Vorstrafen, keine Auffälligkeiten in der Familie.

Diese Angaben lieferten keinerlei Ansatzpunkt. Etwas
wie ein Hobby wäre gut gewesen. Interesse daran konnte
man als Vorwand benutzen, um auf Umwegen an interne
Auskünfte heranzukommen.

Ehe sie weiter darüber nachdenken konnte, meldete
der Signalton ihres Handys den Eingang einer Nachricht.
Nach einem kurzen Blick darauf wusste sie, dass die Freundin eingetroffen war.

Wenige Minuten später war Charlotte unterwegs zum
Parkplatz. Im Näherkommen sah sie Anneliese und Conrad neben seinem 50 Jahre alten, aber sehr gepflegten Opel
Rekord Cabriolet stehen. Sie begrüßte das Paar mit einer
herzlichen Umarmung.

»Schön, euch zu sehen.«

»Wir haben heute Morgen im Radio einen Bericht über
das vermisste Mädchen gehört und dass die Kleine schließ-

lich von einer Sportlehrerin gefunden wurde«, sagte Anneliese. »Warst du das?«

»Das war keine große Sache«, winkte sie ab. »Ich hätte dich anrufen sollen, dass ich meine Klamotten selbst holen kann, aber ...«

»Mach dir darüber keine Gedanken«, sagte Conrad rasch. »Wir Gruftis sind doch froh, wenn wir zu Hause mal rauskommen.«

»Kokettierst du etwa mit deinem Alter?«, tadelte ihn seine Partnerin. »Du bist doch fit wie ein Turnschuh.«

»Wenn ihr Zeit habt, können wir das gleich testen«, meinte Charlotte. »Hier auf dem Gelände ist autofreie Zone. Habt ihr trotzdem Lust auf eine kleine Führung?«

»Immer«, sagte die Strick-Liesel, während Conrad nickte. Er öffnete den Kofferraum, holte die Tennistasche heraus und hängte sie sich über die Schulter. Den in einer transparenten Kleiderschutzhülle steckenden Hosenanzug nahm Charlotte ihm ab.

Auf dem Weg zu ihrer Unterkunft erzählte sie den Freunden von der ehemaligen Burg und wie die Räumlichkeiten vom Internat genutzt wurden. Sie deutete auch zum Wehrturm hinüber und erklärte, dass der Legende nach Rabennester dort oben einst Namensgeber für die Burg gewesen waren.

»Nachts ist das bestimmt ein bisschen unheimlich«, sagte Anneliese mit Blick zu den vereinzelten schwarzen Vögeln, die um den Turm kreisten. »Aber es wäre eine tolle Kulisse für einen Gruselfilm.«

»Sind diese Rabenkrähen nicht aggressiv?«, fragte Conrad. »Die sollen doch ziemlich angriffslustig sein – besonders während der Brutzeit.«

»Ich habe noch nicht gehört, dass die Vögel hier ein Problem sind«, erwiderte Charlotte. »Wahrscheinlich hätte man sie sonst längst vertrieben, um die Kinder nicht zu gefährden.«

»Soviel ich weiß, ist das nicht so einfach, weil sie unter Naturschutz stehen.«

»Die Kinder?«

»Die auch.«

Amüsiert schloss Charlotte die Haustür auf. Sie zeigte ihren Gästen das Erdgeschoss und führte sie dann in ihre kleine Wohnung. Auch dort folgte eine kurze Besichtigung. Anschließend saßen sie in der Sitzecke zusammen. Nachdem Charlotte für jeden ein Glas Mineralwasser eingeschenkt hatte, wurde sie gebeten, ausführlich von der Suchaktion des Vorabends zu berichten.

»Aber sonst hast du in der kurzen Zeit wahrscheinlich noch nichts rausgefunden«, vermutete Anneliese. »Hast du schon einen Plan, wie du vorgehen willst?«

»Da es im Hinblick auf das Verschwinden der Kinder keinen einzigen Ansatzpunkt gibt, beschäftige ich mich zuerst mit dem Tod der Lehrerin. Ich muss rausfinden, mit wem aus dem Kollegium sie engeren Kontakt hatte.«

»Glaubst du, dass einer der Lehrer was mit ihrem Tod zu tun hat?«

»Vollkommen ausschließen kann man das zu diesem Zeitpunkt nicht. Genauso wenig wie die Möglichkeit, dass der Entführer der Kinder einen Helfer aus dem Internat hatte. Sollte der mit dem Mörder identisch sein …«

»Verstehe.« Anneliese griff nach dem Jahrbuch, das auf dem Tisch lag, und ließ einige Seiten über ihre Daumenkuppe gleiten, bevor sie es aufschlug. »Sommerfest«, las sie und schaute auf. »Erinnerst du dich, dass du in der Seniorenresidenz nach Fotos von Christa Bernhardt geforscht hast? Vielleicht solltest du nach Bildern suchen, auf denen die tote Lehrerin zu sehen ist.«

»Du meinst, es könnte Fotos geben, auf denen sie immer mit der gleichen Person drauf ist.«

»Wenn zum Beispiel ständig derselbe männliche Kollege neben ihr steht, könnte das auf eine engere Beziehung hindeuten.« Triumphierend schaute sie Charlotte an. »Immerhin hat das schon mal geklappt.«

»Du bist einmalig. Kannst du nicht bleiben? Deine Doktor-Watson-Qualitäten könnte ich gut gebrauchen.«

»Keine Chance, Sherlock«, parierte Conrad. »Ich kann Anneliese nicht entbehren. Dann müsstest du mich hier schon mit aufnehmen.«

»Das fehlte mir noch. Philipps Anwesenheit reicht mir vollkommen.«

»Mischt er sich in deine Ermittlungen ein? Ich fürchte, das geht nicht gut.«

»Sei unbesorgt«, beruhigte sie die Freundin. »Das kriegen wir schon hin. Wir arbeiten doch für dieselbe Sache. – Wie kommt ihr denn ohne uns zurecht?«

»Wir arbeiten ein bisschen für die Stiftung, Conrad kocht, Elli backt, ich stricke und Albert passt auf die Kompanie auf. – Alles wie gehabt. Trotzdem vermissen wir euch natürlich schrecklich.«

»Wolltet ihr die Zeit der sturmfreien Bude nicht nutzen?«

»Das kommt noch«, meinte Conrad in zuversichtlichem Ton. »Nachher fahren wir erst mal zum SofaLoft. Liesel braucht eine Kommode für das Arbeitszimmer der Stiftung. Außerdem kaufen wir dort die Deko für eine rauschende Party.«

»Übernehmt euch nur nicht.«

»Viel vertragen wir wahrscheinlich sowieso nicht mehr.«

»Das ist eine Alterserscheinung.«

»Ich höre wohl nicht recht.«

»Das ist auch eine Alterserscheinung.«

Später begleitete Charlotte die Freunde zum Parkplatz. Dort verabschiedete sie sich mit einer Umarmung von ihnen.

Zurück in ihrer Wohnung dachte sie noch einmal über Annelieses Worte nach. Fotos könnten vielleicht wirklich hilfreich sein. Ingrid Brandt hatte wahrscheinlich die älteren Jahrbücher archiviert. Möglicherweise gab es ein digitales Fotoarchiv.

Sie griff nach ihrer Kameratasche. In einem Seitenfach befand sich diverses Zubehör. Zwischen Speicherkarten und Ersatzakkus fischte sie einen USB-Stick heraus, den sie in ihrer Hosentasche verschwinden ließ. Vorsichtshalber blätterte sie im Jahrbuch bis zu den Lehrerportraits und prägte sich das Gesicht von Susanne Schaller genau ein.

Schon wenige Minuten danach betrat sie das Sekretariat.

»Guten Morgen, Ingrid.«

Erfreut stand die Sekretärin auf und kam an den Tresen.

»Hallo, Charlotte.«

»Haben Sie einen Moment Zeit?«

»Für Sie immer. Worum geht es?«

»Ich brauche eine Teilnehmerliste der Foto-AG«, sagte sie, um nicht gleich mit der Tür ins Haus zu fallen. »Wenn möglich, mit Angabe der Klassen.«

»Kein Problem.« Sie setzte sich an einen der beiden Computer und druckte nach wenigen Mausklicks eine

Liste aus, die sie Charlotte reichte. »Kann ich sonst noch was für Sie tun?«

»Danke, das war's ... oder vielleicht ... Sie wissen bestimmt, wer diese tollen Fotos fürs Jahrbuch gemacht hat.«

Jetzt strahlte die Sekretärin übers ganze Gesicht.

»Schon seit Jahren mache ich hier alle Fotos. Im Jahrbuch wurden nur die Portraits der Lehrer und Schüler von einem professionellen Fotografen geschossen.«

»Die meinte ich auch nicht, sondern die anderen, die lebendigen Momentaufnahmen vom Internatsleben. Oder die vom Gelände. Die sind sehr gelungen. Sie haben ein gutes Auge.«

Nun wurde Ingrid sogar ein wenig verlegen.

»Vielen Dank. Das ist sehr nett.«

»Vor allem stimmt es. Aber das hören Sie bestimmt nicht zum ersten Mal. Es ist schön, jemanden zu treffen, mit dem man die gleiche Leidenschaft teilt. Darf ich mir noch andere Fotos von Ihnen anschauen? Vielleicht in älteren Jahrbüchern?«

»Die lagern alle im Archiv«, sagte Ingrid nachdenklich. »Interessieren Sie sich wirklich für meine Fotos?«

»Sonst hätte ich nicht gefragt.« Sie beugte sich etwas vor. »Ehrlich gesagt, hoffe ich auch auf ein paar Anregungen für meine Foto-AG. Ich könnte natürlich mit der Gruppe aufs Geratewohl losziehen und irgendwas knipsen. Aber was mache ich, wenn es regnet?«

»Dann gehen Sie eben gleich in den Computerraum. Auf den PCs sind einige Bildbearbeitungsprogramme installiert. Das kann ich Ihnen vor Ihrem Unterricht alles zeigen. Meine Fotos habe ich in einem Computerordner.«

Sie gab Charlotte einen Wink, um den Tresen herumzukommen. Mit wenigen Handgriffen machte sie den zweiten Rechner startklar. Dann rief sie einen Ordner auf und öffnete ihn. Auf dem Monitor erschienen chronologisch die Fotodateien. Sie bat Charlotte, sich zu setzen und nahm ihr gegenüber auf der anderen Seite des Schreibtisches Platz. Während sie sich damit beschäftigte, Umschläge mit – wie sie sagte – Elternbriefen zu füllen, klickte Charlotte von einem Foto zum nächsten.

Selbst wenn sie sich nur auf die Bilder der letzten drei Jahre konzentrierte, würde das eine Menge Zeit kosten. Sie konnte nicht stundenlang an diesem Computer sitzen, ohne Misstrauen zu erregen. So nahm sie die Gelegenheit wahr, als Ingrid ins Schulleiterzimmer gerufen wurde. Rasch holte Charlotte den USB-Stick aus der Hosentasche, stöpselte ihn ein und startete den Kopiervorgang der für sie interessanten Fotodateien auf den Datenträger. Ungeduldig trommelte sie mit den Fingerspitzen auf der Schreibtischplatte. Ihre Augen wechselten ständig zwischen Monitor und der Verbindungstür. Es handelte sich zwar nicht um geheime Dokumente, aber es wäre peinlich, erwischt zu werden. Ein grüner Balken auf dem Bildschirm zeigte, dass 85 Prozent kopiert waren.

»Nun mach schon«, flüsterte sie und sah, dass die Zwischentür geöffnet wurde. Mit einigen Unterlagen in den Händen trat Ingrid ein. Charlottes Blick huschte zum Monitor: 95 Prozent … 100 Prozent. Sie schaute auf und lächelte der Sekretärin zu, als diese zum Kopierer ging. Dort legte Ingrid den Papierstapel ab. Dabei wandte sie Charlotte für einen Moment den Rücken zu. Dieser Augenblick reichte, den Stick herauszuziehen und in der Hosentasche zu versenken. Insgeheim atmete sie auf. Sie blieb noch ein paar Minuten sitzen und klickte durch die

Datei. Schließlich stand sie auf und verabschiedete sich – nicht ohne die Fotos gebührend zu loben.

Mittwochs musste Charlotte den Fitnesskurs für den 13. Jahrgang leiten. Sie hatte im Flyer des Internats gelesen, dass die Schüler in Klasse 5 entscheiden konnten, ob sie das Abitur nach 12 oder 13 Regelschuljahren absolvieren wollten. Nun hatte sie es also mit den ältesten Schülern von Rabeneck zu tun. Sie wunderte sich etwas darüber, wie gut der Kurs besucht war, und erfuhr, dass die begeisterten Montagskursteilnehmerinnen Reklame für die neue Lehrerin gemacht hätten. Insgesamt waren 24 weibliche und 11 männliche Schüler anwesend, denen Zumba viel Spaß machte.

Nach Ende des Unterrichts trugen sich die jungen Leute in eine Anwesenheitsliste ein, bevor sie die Halle verließen.

Charlotte suchte den Lehrerumkleideraum auf. Zum Duschen hatte sie allerdings keine Zeit, da sie in zehn Minuten auf dem Tennisplatz erwartet würde. So machte sie sich nur ein wenig frisch, zog ihr Tennisdress an und lief zu den Courts, die sich hinter der Sporthalle befanden. Dort wurde sie schon von ihrem Kollegen Sven Kramer erwartet.

»Ich bin echt froh, dass Sie d…da sind«, sagte er nach der Begrüßung sichtlich erfreut und deutete zu einer Schülergruppe. »Sie hatten ja eben schon den F…fitnesskurs, während ich gemütlich mit meiner In…Informatikklasse im Computerraum saß. Deshalb schlage ich vor, dass Sie die Mittelstu…stufenschüler übernehmen. Die sind nicht so anstrengend wie die aus der O…oberstufe.«

»Gern«, stimmte sie sofort zu. »Erklären Sie mir kurz den üblichen Trainingsablauf?«

Nachdem er ihr alles erläutert hatte, widmete sich jeder seiner Gruppe. Charlotte leitete ihre Schüler an, spielte aber zwischendurch auch selbst kurze Sätze mit den Kursteilnehmern. Obwohl ihre letzte Partie mehr als drei Jahren zurücklag, machte ihr das Tennisspiel immer noch Freude. Damals hatte sie einmal wöchentlich mit ihrem Mann auf dem Platz gestanden. Nach seinem Tod hatte sie einiges aufgegeben, was sie sich ohne ihn nicht vorstellen konnte. Dazu zählte auch Tennis.

Obwohl dies ihr bisher längster Unterrichtstag war, verspürte Charlotte keine Müdigkeit. Sie nutzte den Restnachmittag für das Sichten der Fotodateien, schaffte aber längst nicht alle, bis sie zum Abendessen in die Mensa ging. Als sie sich mit ihrem Tablett in den Händen nach einem freien Platz umschaute, übersah sie absichtlich die unmissverständliche Geste des Musiklehrers. Anscheinend hatte er den Stuhl neben sich für sie reserviert. Sie entdeckte Philipp, der mit Frau von Pöseldorf-Schnackenburg an einem kleineren Tisch in Fensternähe zusammensaß. Es wirkte sehr vertraut, wie sie sich leise miteinander unterhielten. Die Körpersprache der stellvertretenden Internatsleiterin signalisierte unverkennbar, dass der Professor sie nicht nur als Psychologe interessierte. Das erinnerte Charlotte an ihre Ermittlungen im Eichengrund. Auch dort war er bei den Damen beliebt gewesen. Diese Tatsache hätte bei anderen Frauen womöglich Eifersucht entfacht, bei Charlotte weckte sie Neugier. Mit Unschuldsmiene trat sie zu den beiden an den Tisch.

»Darf ich mich zu Ihnen setzen?«

Bevor Philipp antworten konnte, schüttelte Frau von Pöseldorf-Schnackenburg bedauernd den Kopf. Durch ihre diesmal blaugerahmte Brille sah sie die Vertretungs-lehrerin ernst an.

»Nächstes Mal gern, Frau Arndt. Wir sind mitten in einer wichtigen Besprechung. Ich wäre Ihnen dankbar, wenn Sie sich woanders hinsetzen könnten.«

»Kein Problem.«

Sie machte auf dem Absatz kehrt, warf einen Blick zu Maurice hinüber, der mit strahlendem Lächeln aufsprang und neben sich deutete.

»Bitte, schöne Frau«, sagte er, worauf sie sich setzte. Er nahm wieder Platz und schaute sie fragend an. »Da drüben waren Sie anscheinend nicht erwünscht. Donata möchte den Professor wohl für sich allein haben.«

»Ich wollte sie nur was fragen, aber das kann ich auch später tun.«

»Vielleicht kann ich Ihnen helfen?«

»Ach, ich wollte nur mal hören, ob die Raben auf dem Gelände ein Problem sind. Als ich eben hierherkam, ist mir das erste Mal aufgefallen, wie viele es sind.«

Beruhigend legte er die Hand auf ihren Arm.

»Wenn sie mit viel Geschrei abends zu Hunderten auf-tauchen und morgens wieder abziehen, erinnert das an einen Hitchcock-Film. Die Vögel haben aber nur ihre Schlafplätze oben im Turm und in den umstehenden Bäu-men. Da ist weit genug von den Wohngebäuden entfernt, so dass ihr Krach nicht wirklich stört. Es hat auch sonst noch keine Schwierigkeiten mit ihnen gegeben.«

Charlotte antwortete, wie beruhigend das sei, und wid-mete sich ihrem Abendessen.

Mit Maurice verließ sie anschließend die Mensa.

Draußen war es inzwischen dunkel geworden. Die Wege

waren jedoch durch Laternen gut beleuchtet. Maurice bot der neuen Kollegin an, sie nach Hause zu bringen, aber Charlotte entschied sich noch für einen Spaziergang. Wie selbstverständlich blieb er an ihrer Seite.

Als sie später auf das Gästehaus zugingen, sah sie den Lichtschein hinter einem Fenster von Philipps Wohnung. So verabschiedete sie sich von ihrem Begleiter und betrat das Haus. Aus der Küche im Erdgeschoss holte sie eine Flasche Mineralwasser und stieg die Treppe hinauf. Kaum hatte sie die letzte Stufe erreicht, erschien Philipp auf dem Flur. Er hatte seine Tür offen gelassen, um Charlottes Rückkehr nicht zu verpassen.

»Du kommst spät. Wo warst du denn so lange?«

»Spazieren.«

»Nach allem, was passiert ist, solltest du nicht allein im Dunkeln auf dem Internatsgelände rumlaufen.«

»Habe ich auch nicht gemacht.«

Verstehend nickte er.

»Das hätte mir klar sein müssen«, sagte er ohne jeden Vorwurf. »Darf ich noch mit reinkommen, oder bist du nach dem vielen Unterricht heute sehr müde?«

»So anstrengend war das gar nicht«, erwiderte sie und ging voraus. Philipp folgte ihr in ihre Wohnung. Dort stellte Charlotte die Flasche auf dem Tisch ab und schlüpfte aus den Schuhen. Ihr Blick fiel auf den Wäschehaufen neben der Tür zum Schlafraum: verschwitzte Fitnesskleidung, das getragene Tennisdress, benutzte Handtücher. Im Bad hatte sich die Schmutzwäsche der ersten Tage angesammelt. Obwohl sie fast ihre sämtlichen Sportklamotten ins Internat mitgebracht hatte, musste sie am nächsten Morgen unbedingt die Waschmaschine füttern.

Charlotte nahm zwei Gläser aus dem Sideboard und setzte sich damit aufs Sofa.

»Vorhin in der Mensa«, begann Philipp und setzte sich zu ihr. »Tut mir leid, dass Donata …«

»Schon gut«, winkte sie ab und schenkte die Gläser ein. »Das war mein Fehler.«

»Wieso?«

»Sie wollte deine ungeteilte Aufmerksamkeit – weil sie sich für dich interessiert.«

»Wie kommst du darauf?«

»Eine Frau spürt so was.«

»Hast du ein Problem damit?«

»Nein.«

Ihre Antwort erstaunte ihn, aber da war noch etwas anderes: Er verspürte eine leise Enttäuschung.

»Warum stört dich das nicht?«

»Du bist der Psychologe. Finde es selbst raus.«

Nachdenklich musterte er sie. Charlotte wirkte völlig ruhig. Er konnte sich nur einen Grund vorstellen, aus dem sie so gelassen reagierte: Sie vertraute ihm.

»Manchmal bin ich ein bisschen schwerfällig, aber jetzt habe ich's verstanden.«

»Sehr schön.« Zufrieden erhob sie sich. »Hast du vielleicht Lust, ein bisschen mit mir zu sündigen?«

»Es gibt nichts, das ich lieber täte«, lautete seine erwartungsvolle Antwort, während er im Begriff war, aufzustehen, aber Charlotte schüttelte den Kopf.

»Bleib sitzen.«

»Du willst gleich hier …?«

Sie lachte leise und nahm eine längliche Plastikbox mit einem roten Deckel vom Schreibtisch. Damit setzte sie sich wieder zu Philipp.

»Ich soll dich von Anneliese und Conrad grüßen.« Mit wenigen Worten erzählte sie ihm vom Besuch der Freunde. »Als ich später meine Tennisausrüstung überprüft habe, lag diese Dose oben in der Tasche. Elli hat sie da reingeschmuggelt.« Sie zog den Deckel ab und zeigte Philipp den lecker duftenden Apfelkuchen. »Meinst du nicht auch, dass wir ihn hier essen sollten? Oder stehst du auf Krümel im Bett?«

»Ich stehe auf dich.«

»Immer alles schön der Reihe nach.«

KAPITEL 13

Auch an diesem Morgen verließ Philipp zeitig das Gästehaus. Ab der ersten Unterrichtsstunde war eine Diskussionsrunde für die fünften und sechsten Klassen über Mobbing angesetzt. Die stellvertretende Internatsleiterin hatte ihn gebeten, daran teilzunehmen.

Charlotte kehrte nach dem Frühstück in der Mensa in ihre Unterkunft zurück. Die Waschmaschine hatte sie schon nach dem Duschen angestellt, so dass sie die Wäsche nun in den nebenstehenden Trockner legte. Unwillkürlich dachte sie daran, dass sie Philipp nach dem Aufstehen angeboten hatte, sich auch um seine Schmutzwäsche zu kümmern. Wie er sie angesehen hatte! Schließlich hatte er erklärt, das käme überhaupt nicht infrage. Er sei durchaus imstande, selbst für seine Wäsche zu sorgen.

»Ein emanzipierter Mann«, murmelte sie lächelnd und stieg die Treppe zu ihrer Wohnung hinauf. Nach kurzem Überlegen setzte sie sich an den Schreibtisch und schaltete den kleinen Computer an. Wenn sie weiterkommen wollte, musste sie die restlichen Fotodateien ansehen. Sie hatte gestern Nachmittag einen neuen Ordner auf dem Desktop angelegt und alle Fotos dorthin verschoben, auf denen die tote Lehrerin abgebildet war. So verfuhr Charlotte auch weiterhin. Dadurch musste sie zunächst auf jeder Aufnahme nur nach dem Gesicht von Susanne Schaller fahnden.

Nach mehr als zwei Stunden befanden sich 163 Fotos in dem Ordner. Diese mussten nun sorgfältig betrachtet und die abgebildeten Personen miteinander verglichen werden. – Aber nicht sofort. Charlotte rieb sich den schmerzenden Nacken. Sie brauchte dringend eine Pause. Nachdenklich ging sie vor dem Fenster auf und ab. Am nächsten Vormittag sollte die Beisetzung von Susanne Schaller in Hannover stattfinden. Sie hatte vergessen, sich zu erkundigen, ob an diesem besonderen Tag Unterrichtsstunden ausfallen würden. Auch wusste sie noch nicht, wie sie ihre Teilnahme an der Beerdigung begründen könnte. Sie musste sich mit Philipp beraten. Spontan griff sie zum Telefon, schüttelte dann aber den Kopf. Die Diskussionsrunde war inzwischen wahrscheinlich beendet, aber möglicherweise führte er gerade ein Schülergespräch. Da durfte sie nicht stören. Sie beschloss, hinüberzugehen und gegebenenfalls zu warten, bis er Zeit für sie hätte.

Im Hauptgebäude lief sie die Treppe bis in den ersten Stock hinauf und wandte sich nach links. Die Tür zum Beratungsraum war geschlossen. In Augenhöhe hing ein Schild mit der Aufschrift: »Bitte nicht stören«.

»Da findet gerade ein Beratungsgespräch statt«, sagte Maurice, der aus dem Musikraum schräg gegenüber trat. Er hatte Charlotte schon vom Fenster aus gesehen. »Vielleicht kann ich Ihnen helfen?«

»Ich wollte den Professor nur was fragen.«

»Kommen Sie«, bat er und ließ sie eintreten. »Gibt es ein Problem?«

»Morgen findet doch die Beisetzung von Frau Schaller

statt. Wir kannten uns zwar nicht, aber ich würde trotzdem gern daran teilnehmen.«

»Warum?«

»Na ja, ich gehöre jetzt zum Kollegium und möchte ihr die letzte Ehre erweisen. Deshalb wollte ich den Professor fragen, ob das womöglich einen falschen Eindruck hinterlassen könnte. Ich möchte niemandem zu nahe treten.«

»Was empfinden Sie denn dabei?«

»Ich fände es gut, weil es auch das Zusammengehörigkeitsgefühl stärken würde.«

Er setzte sich an den Flügel und entlockte ihm spielerisch ein paar Töne.

»Dann handeln Sie danach, Charlotte. Ich würde mich freuen, wenn Sie mit mir fahren.«

»Gern, aber geht das einfach so? Muss ich meine Teilnahme nicht irgendwo melden? – Auch wegen einer Stundenplanänderung?«

»Das ist nicht nötig. Sie haben doch erst nach der Mittagspause Unterricht. Bis dahin sind wir längst zurück.«

Maurice schien gut über ihre Unterrichtsstunden informiert zu sein. Lächelnd lehnte sie sich mit der Hüfte gegen das Instrument.

»Was Sie so alles wissen.«

»So ist das, wenn jemand mein Interesse und meine Neugier weckt.« Seine Finger glitten über die Tasten, spielten eine Melodie: You are my sunshine …

Im nächsten Moment blieb Philipp im Türrahmen stehen.

»Störe ich?«

»Kommen Sie ruhig rein«, sagte Maurice, ohne sein Spiel zu unterbrechen.

Mit langen Schritten kam Philipp näher. Seine Erscheinung war immer noch beeindruckend: groß, schlank, etwas kantiges, leicht gebräuntes Gesicht, volles, schlohweißes Haar. Sein wacher Blick wechselte zwischen dem Musiklehrer und Charlotte. Dabei ließ er sich nicht anmerken, was er dachte oder fühlte.

»Ist das eine Privatstunde?«

»Leider nicht. Meine charmante Kollegin wollte eigentlich zu Ihnen, aber wir haben das Problem schon gelöst.«

»Darf ich erfahren, worum es sich handelte?«

Charlotte erklärte es in sachlichem Ton.

»Was sagen Sie als Fachmann dazu, Herr Professor?«

»Aus meiner Sicht spricht nichts dagegen, Frau Arndt. Es zeigt, dass Sie sich schon jetzt dem Kollegium zugehörig fühlen. Das kann nur positiv bewertet werden.«

»Das erleichtert mich.«

»Sie sollten sich in der Verwaltung so bald wie möglich einen Platz in einem der Busse reservieren lassen. Soviel ich gehört habe, werden alle angemeldeten Teilnehmer gemeinsam fahren. Falls dort nichts mehr frei ist, nehme ich Sie gern mit.«

»Danke, aber ich habe schon eine Mitfahrgelegenheit.«

»Da war der Klavierspieler wohl schneller als ich.«

»Sie finden bestimmt eine passende Begleitung.«

»Sicher«, erwiderte er und wandte sich zur Tür. »Dann will ich mich mal auf die Suche begeben.«

Auch Charlotte verließ bald den Musikraum. Von dort aus ging sie ins Lehrerzimmer und schaute in ihr Postfach. Außer einigen Informationsblättern befand sich nichts darin. Auf dem Weg zu ihrer Unterkunft kamen ihr viele Schüler entgegen, die zur Mensa unterwegs waren. Sie selbst begnügte sich in der Küche des Gästehauses mit ein wenig Obst. Sie hatte sich inzwischen daran gewöhnt, vor dem Unterricht nur etwas Leichtes zu essen.

Später räumte sie den Wäschetrockner aus und packte ihre Sporttasche. Dabei überlegte sie, ob sie ihren Fotoapparat gleich mitnehmen sollte, entschied sich aber dagegen. Sie ließ ihre Kamera nicht gern unbeaufsichtigt – außerdem hatte sie zwischen dem Zumba-Kurs und der Foto-AG eine halbe Stunde Zeit. Das genügte, um die Sportsachen zurückzubringen und die Fotoausrüstung zu holen.

Auch den Schülern des 7. Jahrgangs sagte der Fitnesskurs zu. Nach dem Unterricht, traf sie den Kollegen Sven Kramer auf dem Flur zu den Umkleideräumen. Seine Basketball-AG war auch zu Ende, und er versprach, später abzuschließen. So machte sich Charlotte nur kurz frisch, bevor sie die Sportanlage verließ, um die Fitnesstasche gegen die Kamera auszutauschen. Sie steckte noch die Teilnehmerliste ein und ging zum Treffpunkt, dem kleinen Platz vor dem Hauptgebäude. Überrascht stellte sie dort fest, dass nicht nur die 14 angemeldeten, sondern insgesamt 19 Schüler auf sie warteten. Einige davon kannte sie bereits aus ihren Zumba-Kursen. Da alle eine Digitalkamera dabeihatten, durften auch die Nichtangemeldeten bleiben. Die Schüler bildeten einen Halbkreis um ihre Kursleiterin.

»Unsere erste Doppelstunde steht unter dem Thema: Perspektiven. – Dazu unternehmen wir einen Streifzug über das Gelände. Sucht nach Motiven, die ihr für sehenswert haltet und fotografiert sie aus ungewöhnlichen Blickwinkeln.«

»Wie meinen Sie das?«, fragte eine Sechstklässlerin, worauf Charlotte in die Runde schaute.

»Kann das jemand erklären?«

»Klar«, sagte ein Oberstufenschüler. »Wenn du zum Beispiel das Hauptgebäude fotografieren willst, musst du nicht davorstehen und es so knipsen, wie es dasteht. Das würde ein langweiliges Postkartenbild. Schmeiß dich in den Dreck oder klettere irgendwo rauf, dann verändert sich die Perspektive von unten nach oben oder umgekehrt. Kapiert?«

»Man muss einfach ein bisschen experimentieren«, fügte Charlotte hinzu. »Nächste Woche gehen wir in den Computerraum und schauen uns eure Aufnahmen an. Alles klar?«

Als alle nickten, zog die ganze Gruppe los. Während sie die Schüler im Blick behielt, machte auch sie einige Fotos. Dabei nutzte sie die Gelegenheit, sich mit dem Gelände vertrauter zu machen. Hin und wieder wurde sie um Rat gefragt oder ein Schüler zeigte ihr auf dem kleinen Display seiner Kamera ein besonders gelungenes Foto. So verging die Zeit wie im Flug. Mit Erreichen des Wehrturmes endete die Doppelstunde. Charlotte entließ die Schüler und beschloss, demnächst auf den Turm zu steigen und das Gelände von oben zu fotografieren.

In ihrer Wohnung setzte sie sich an den Computer. Sie öffnete den Ordner, den sie »SuScha« genannt hatte, und nummerierte die Aufnahmen von 1 bis 163. Im Jahrbuch schlug sie die Seite mit den Lehrerportraits auf und legte es links neben das Netbook. Rechts deponierte sie Notizblock und Stift. Nun betrachtete sie jedes Foto genau. War auf einem Bild ein Mann in der Nähe von Susanne Schaller, suchte sie ihn unter den Jahrbuchfotos und schrieb den

Namen auf den Block. Das war recht mühsam und kostete Zeit. Ihr schmerzender Nacken und ihr knurrender Magen gaben ihr schließlich ein deutliches Signal.

»Schluss für heute«, murmelte sie und schaltete den Computer aus. Sie nahm die Wolljacke von der Stuhllehne und schlüpfte hinein. Das Smartphone steckte sie in die Hosentasche, bevor sie zum Abendessen hinüberging.

Schon beim Betreten der Mensa sah sie Philipp mit dem Internatsleiter und seiner Stellvertreterin an einem Tisch sitzen. Um sich eine erneute Abfuhr zu ersparen, setzte sie sich zu den Kollegen der Sportfachschaft, nachdem sie sich am Buffet bedient hatte.

Als sie den Speisesaal verließ, war auch der Internatsleiter auf dem Weg hinaus.

»Hallo, Frau Arndt«, sprach er sie im Treppenhaus an. »Wie ich hörte, erfreut sich Ihr Fitnesskurs großer Beliebtheit.«

»Es läuft besser, als ich dachte«, erwiderte sie, als sie ins Freie traten. »Mich hat nur etwas gewundert, dass die Schüler hier ziemlich normal reden. Ich hatte eigentlich mehr von der heutigen Jugendsprache erwartet.«

»Wir legen viel Wert auf gutes und korrektes Deutsch. Das brauchen die Kinder auch im späteren Berufsleben.«

»In anderen Schulen ist das nicht immer so.«

Sie erzählte, dass sie an der Beisetzung von Susanne Schaller teilnehmen wolle, und hörte einiges über den vom Internat umorganisierten Tagesablauf, damit Schüler und Lehrer zur Beerdigung fahren könnten.

Unterdessen verließen Philipp und die stellvertretende Direktorin das Gebäude. Sie waren so sehr in ihr Gespräch vertieft, dass sie den Kollegen kaum Beachtung schenkten.

»Es ist ein Segen, dass Professor Thaler hier ist«, sagte Michael Peters, während sie den beiden hinterherschauten. »Nach den schrecklichen Ereignissen ist psychologische Betreuung unerlässlich. Viele unserer Schüler, aber auch Kollegen haben das Gesprächsangebot schon wahrgenommen.«

»Ich habe erst hier Näheres darüber erfahren«, behauptete Charlotte. »Hat man eigentlich gar nicht erwogen, das Internat zu schließen, bis der Mord und das Verschwinden der Mädchen aufgeklärt sind?«

»Doch, aber der Vorstand hat sich nach langen Beratungen mit Experten dagegen entschieden. Die Ermittlungen könnten noch Monate dauern – und der Schulpflicht muss Genüge getan werden. Außerdem brauchen die Schüler Normalität. Es wurde den Eltern freigestellt, ihre Kinder abzuholen. Davon hat aber nur ein geringer Prozentsatz Gebrauch gemacht, nachdem die Sicherheitsvorkehrungen drastisch erhöht wurden.«

Verstehend nickte sie und verabschiedete sich, um noch einen Spaziergang zu unternehmen. Sie hoffte, dadurch die leichten Kopfschmerzen vertreiben zu können.

In der Abenddämmerung schlenderte sie über das Gelände. Interessiert blieb sie stehen, als sie die vielen schwarzen Vögel sah, die mit lautem Gekrächze ihre Schlafplätze im und rund um den Turm einnahmen. Während sie die Raben fasziniert beobachtete, entging ihr nicht, dass einige Oberstufenschüler an ihr vorbeiliefen – obwohl ihre Unterkünfte am entgegengesetzten Ende des Areals lagen. Das weckte Charlottes Neugier. Sie setzte sich in Bewegung und folgte einem der Schüler, verlor ihn jedoch aus den Augen, als es immer dunkler wurde. Trotzdem ging sie weiter auf dem Weg, von dem sie glaubte, dass er bis zu dem kleinen Wäldchen führte. Laternen gab es am Rande des Internatsgeländes nicht mehr. Dadurch war der Lichtschein vor ihr bald unübersehbar. Als sie auf gleicher Höhe ankam, wandte sie sich nach rechts. Über einen Grünstreifen erreichte sie ein dichtes Gestrüpp, das kaum noch Blätter trug. Das Lagerfeuer war nun deutlich zu sehen. In einigem Abstand davon saßen Schüler auf im Halbkreis angeordneten Baumstämmen. Um besser sehen zu können, schlich Charlotte an den Büschen entlang bis zu einer Lücke. Ein plötzliches Rascheln im Laub ließ sie zusammenzucken. Hastig trat sie einen Schritt zur Seite, worauf sich etwas in ihre Schulter bohrte. Was war das? Ihr blieb nur die Flucht nach vorn ins Licht.

KAPITEL 14

»Fuck!«, entfuhr es einem Jungen, der einen Joint in den Fingern hielt. »Das ist die Neue. Jetzt gibt's Ärger.«

»Keine Panik«, sagte Charlotte im Näherkommen. Sie warf einen kurzen Blick über ihre Schulter, aber hinter ihr war niemand zu erkennen. Anscheinend war sie vor einem Zweig davongelaufen. »Ich habe doch gar nichts gesehen.«

Hoffnungsvoll schaute er zu ihr auf.

»Sie verraten uns nicht beim Direx?«

»Er hat mich als Sportlehrerin eingestellt – nicht als Petze.«

»Cool.« Er gab seinen Freunden ein Zeichen, ein Stück weiter zu rücken. Als der Platz neben ihm frei war, wandte er sich an Charlotte. »Setzen Sie sich doch. Ich bin Oskar.«

Mit einem langen Schritt stieg sie über den Baumstamm und ließ sich neben dem Jungen nieder.

Grinsend hielt er ihr die Haschischtüte hin.

»Wir wollen es doch nicht übertreiben«, tadelte sie ihn in amüsierter Strenge. »Ich möchte nicht husten wie ein Eichhörnchen nach einem Waldbrand.«

»Haben Sie überhaupt schon mal geraucht?«

»Klar habe ich das schon mal probiert – vor langer, langer Zeit. Auch wenn Sie es wahrscheinlich kaum glauben können: Ich war auch mal so jung wie Sie.«

»Sie haben sich doch mega-gut gehalten«, sagte die Sprecherin des 12. Jahrgangs, die zu Charlottes Linken saß. Sie hatte das Mädchen bei ihren ersten beiden Unterrichtsstunden kennengelernt.

»Herzlichen Dank, Juliane.«

Erstaunt schaute das Mädchen sie an.

»Sie wissen noch, wie ich heiße?«

»Von knallharten Verhandlungspartnern sollte man sich immer die Namen merken«, erwiderte sie lächelnd, bevor sie den etwa 18-jährigen Jungen anschaute. »Wissen Sie nicht, dass Gras rückwärts gelesen Sarg heißt? Es wäre nett, wenn Sie das Kraut wegstecken könnten, solange ich hier bin. Ich bin kein Freund von Drogen.«

Ihr freundlicher Ton enthielt genug Schärfe, Proteste im Keim zu ersticken.

»Kein Problem.«

Sofort ließ er den Joint in einer kleinen Blechdose verschwinden.

»Danke.« Sie schaute in die Runde, vermutete, dass ausschließlich Oberstufenschüler anwesend waren. »Das ist ein schönes Plätzchen. Ist das Ihr Treffpunkt?«

»Mit Genehmigung der Internatsleitung«, bestätigte Juliane. »Wir haben länger Ausgang als unsere jüngeren Mitschüler. Hier sind wir unter uns.«

»Bei meinem Spaziergang habe ich den Feuerschein bemerkt und wollte nach dem Rechten sehen. Aber ich wollte euch nicht stören.«

Sie machte Anstalten, sich zu erheben, wurde aber von beiden Seiten aufgefordert, nicht zu gehen.

»Wie finden Sie es denn bei uns?«, fragte Juliane. »Können Sie nicht länger bleiben?«

»Das hängt von mehreren Faktoren ab. Aber es gefällt mir hier bei euch. Nette Schüler und auch mit den Kollegen komme ich gut klar. Morgen fahre ich übrigens mit zur Beisetzung. Seid ihr auch dabei?«

»Aus unserem Jahrgang fahren alle aus Frau Schallers Bio- und Reli-Kurs mit.«

»Ich kannte sie leider nicht, aber sie war anscheinend sehr beliebt.«

»Voll beliebt«, sagte Oskar. »Sie war mega.«

»Jetzt übertreib mal nicht.«, tadelte ihn Juliane. »So toll war sie nun auch wieder nicht.«

»Du hast ja keine Ahnung!«

»Ihr Jungs aus dem Reli-Kurs wart doch alle total geflasht von ihr.«

»Quatsch!«

»Du hast es gerade nötig. Ihr habt sie doch ständig angeschmachtet. – Und ich wette, sie hat es genossen.«

»Du spinnst doch!«

Verständnislos schüttelte Juliane den Kopf, dann schaute sie Charlotte an.

»Warum müssen Männer – oder die mal welche werden wollen – ihre Gefühle immer leugnen? Dabei sieht man ihnen schon von Weitem an, wenn sie auf eine Frau stehen.«

»So sind sie halt«, erwiderte sie achselzuckend. »Nicht alle, aber die meisten.«

Sie blieb noch eine Weile bei den Schülern sitzen, bevor sie sich verabschiedete. Juliane begleitete sie bis zur Abzweigung, die zu den Schülerunterkünften führte. Charlotte setzte ihren Weg allein fort. Sie begegnete noch dem Hausmeister auf seiner Abendrunde. Obwohl der Hund in ihre Richtung an der Leine zog, brachte sein Herrchen ihn mit ein paar scharfen Worten zur Raison.

Bei Charlottes Rückkehr saß Philipp Zeitung lesend in der Küche.

»Na, du«, sagte sie und lehnte sich an den Türrahmen.

»Na, du«, antwortete er, faltete die HAZ zusammen und erhob sich. »Wie war dein Tag?«

»Anstrengend.« Sie legte die Hand in den Nacken und ließ den Kopf kreisen. Dann erzählte sie, dass sie in den Nachmittagsstunden am Computer gearbeitet hatte. »Bislang ist dabei aber nichts rausgekommen. Hast du vielleicht irgendwas gehört, das uns weiterbringen könnte?«

»Natürlich habe ich versucht, bei den Kollegengesprächen etwas über die ermordete Lehrerin zu erfahren.« Er griff nach ihrer Hand und führte sie aus der Küche zur Treppe. »Alle haben sich durchweg positiv über sie geäußert.« Verwundert blieb er stehen und krauste die Nase. »Wo warst du denn? Hast du geraucht?«

»Mir wurde zwar ein Joint angeboten, aber ich bin standhaft geblieben«, erwiderte sie und schnupperte am Ärmel ihrer Jacke. Dieser Rauchgeruch hatte das letzte Mal an ihrer Kleidung gehaftet, als sie mit Freunden in Hannover das Osterfeuer auf der Alten Bult besucht hatte. »Ich habe vorhin mit Oberstufenschülern am Lagerfeuer zusammengesessen. Anscheinend haben einige der Jungs heftig für ihre Lehrerin geschwärmt.«

»Das ist nichts Ungewöhnliches – solange es nicht darüber hinausgeht. Man verbringt viel Zeit in der Schule. Hier im Internat trifft man die Lehrer sogar ständig in der Freizeit. Da passiert es wahrscheinlich häufiger, dass sich Schüler in einen Lehrer verlieben. Im Normalfall ist dabei klar, dass er unerreichbar für sie ist. – Etwa so, wie wenn man für einen Star schwärmt.« Vor ihrer Tür blieb er stehen. »Gehst du schon vor? Wenn es dir recht ist, komme ich gleich nach.«

Sie nickte nur und steckte den Schlüssel ins Schloss. Philipp wandte sich nach rechts zu seiner Wohnung.

Wenig später betrat er Charlottes Wohnzimmer. Sie stand am Fenster und bewegte den Kopf langsam nach rechts und links. Philipp trat zu ihr und schaute sie vorwurfsvoll an.

»Warum sagst du mir nicht, dass du nach der stundenlangen Arbeit am Computer Schmerzen hast? Anscheinend hast du vergessen, dass ich dir Linderung verschaffen kann.«

»Du hast doch auch einen langen Tag hinter dir. Ich nehme gleich eine Tablette und lege mich ins Bett.«

»Leg dich meinetwegen ins Bett, aber bitte ohne Chemie.« Er zeigte ihr das kleine Fläschchen, das er aus seiner Wohnung geholt hatte. »Und dann massiere ich dich. Keine Widerrede«, fügte er rasch hinzu, als sie zu einem Protest ansetzte. »Es sei denn, du willst, dass ich verschwinde.«

»Dann wäre ich ziemlich dumm.« Sie bedachte ihn mit einem dankbaren Blick. »Deine magischen Hände haben mir schon im Eichengrund ungeheuer gutgetan.«

»Worauf warten wir dann noch?«

Charlotte lag nur mit einem Slip bekleidet bäuchlings auf dem Bett. Mit geschlossenen Augen genoss sie die Massage. Philipp wusste genau, was er tun musste, um ihre verkrampfte Muskulatur zu lockern. Sie sprachen dabei kein Wort, so dass sich Charlotte vollkommen entspannte.

Nach etwa einer halben Stunde zog Philipp seine Hände zurück.

»Besser?«, fragte er, bekam aber keine Antwort. »Stern-chen?« Er beugte sich dicht über sie und bemerkte, dass sie eingeschlafen war. Sanft küsste er sie auf den Nacken, griff nach der Decke und zog sie behutsam über die Schlafende.

KAPITEL 15

Durch den Regen, der gegen die Fensterscheibe peitschte, erwachte Charlotte. Sie streckte sich und stellte erleichtert fest, dass sie sich gut ausgeruht fühlte. Weder die Kopf- noch die Nackenschmerzen waren zu spüren. Sie schienen wie weggeblasen. Erwartungsvoll drehte sie sich auf die andere Seite und sah Philipp, der schlafend neben ihr lag. Liebevoll betrachtete sie ihn: vom zerzausten weißen Haarschopf über die gerade Nase bis zu seinem energischen Kinn. Ein kaum wahrnehmbares Lächeln lag auf seinen Lippen.

»Bist du wach?«

Er gab einen verneinenden Laut von sich.

»Träumst du noch?«

»Mmmm …«

»Wir müssen aber gleich aufstehen.«

Nun schlug er die Augen auf und schaute sie erwartungsvoll an.

»Wir könnten schwänzen und den ganzen Tag im Bett bleiben.«

»Das klingt verlockend.«

»Aber?«

»Ich habe Hannes versprochen, dass ich an der Trauerfeier teilnehme.«

»Ach, Sternchen«, murmelte er und strich sacht über ihre nackte Schulter. »Hast du noch Schmerzen?«

»Die hast du wunderbar weggezaubert – und ich bin einfach eingeschlafen und habe mich noch nicht mal bedankt.«

»Danke niemals einem Mann für etwas, das ihm Vergnügen bereitet.«

Amüsiert wuselte sie durch sein Haar.

»Am Ende habe ich dir noch einen Gefallen getan.«

»Genauso ist es.« Er fing ihre Hand ein und hauchte einen Kuss in die Innenfläche. »Und jetzt raus dem Bett. Dann können wir noch zusammen frühstücken, bevor dich der Klavierspieler wieder anbaggert.«

Als Charlotte aus dem Bad kam, hörte sie das WhatsApp-Signal ihres Smartphones, das den Eingang einer Nachricht anzeigte. Sie nahm das Telefon vom Tisch und öffnete die Mitteilung des Sekretariats. Frau Brandt informierte das Kollegium, dass auf Beschluss der Schulleitung der gesamte Unterricht nach der Mittagpause wegen der Trauerfeier ausfallen würde. Das bedeutete einen freien Nachmittag. Bei aller Freude darüber bedauerte Charlotte, diese Nachricht nicht schon gestern erhalten zu haben. Sie hätte Maurice einen Korb gegeben und wäre allein oder mit Philipp nach Hannover gefahren, um nach der Beisetzung den Rest des Tages mit ihren WG-Mitbewohnern zu verbringen.

Charlotte betrat die Mensa einige Minuten nach Philipp. Sie wünschte ihm für die am Nebentisch Sitzenden gut hörbar einen guten Morgen und setzte sich mit ihrem Frühstück ihm gegenüber. Sie wollte ihm gerade von dem freien Nachmittag erzählen und vorschlagen, sich nach der Beisetzung mit einer Ausrede von Maurice zu verabschieden, als die stellvertretende Schulleiterin an ihren Tisch trat. Sie trug ein schwarzes Kostüm mit einem etwas zu kurzen Rock, dazu gleichfarbige Pumps mit etwas zu hohen Absätzen. Sogar das Gestell ihrer Brille war dem Anlass entsprechend schwarz.

»Guten Morgen«, grüßte sie lächelnd und sah dabei Philipp an. »Sie fahren nachher doch auch zur Beisetzung. Nehmen Sie mich mit?«

Er unterdrückte den Impuls, Charlotte einen bedauernden Blick zuzuwerfen, und nickte. Was blieb ihm anderes übrig?

»Wunderbar«, freute sich Donata, stellte ihre Kaffeetasse ab, setzte sich neben ihn und schaute zu Charlotte hinüber. »Sie fahren mit Maurice, nicht wahr?«

»Hat er Ihnen das erzählt?«

»Das war gar nicht nötig. Es hat sich schnell rumgesprochen, dass er eine Schwäche für Sie hat.«

»Franzosen flirten gern. Mehr ist das nicht.«

»Sie täuschen sich. Er schwärmt in den höchsten Tönen von Ihnen. Und das will was heißen. So haben wir ihn noch nie erlebt.« Sie beugte sich etwas vor und zwinkerte der Kollegin zu. »Tun Sie uns allen bitte den Gefallen und brechen Sie ihm nicht das Herz.«

»Das fiele mir im Traum nicht ein«, sagte Charlotte in leicht spöttischem Ton. »In meinem Alter muss man schließlich nehmen, was man kriegen kann.«

»Tut mir leid.« Sie wirkte verschnupft. »Ich wollte Ihnen nicht zu nahe treten.«

»Schon gut«, sagte Charlotte in versöhnlichem Ton. »Ich mag es nur nicht, wenn sich jemand in mein Privatleben einmischt.«

Die beiden Busse mit den Internatsbewohnern, die zur Beisetzung nach Hannover wollten, waren schon abgefahren, als sich Charlotte im leichten Regen mit Maurice auf dem Parkplatz traf. Er stand neben einem blau-grünen Fahrzeug mit weißem Dach, das schon vor vielen Jahren wegen seiner Form *Flunder* genannt wurde. Anscheinend hing er genau wie Conrad an einem Uralt-Modell.

»Schöner Wagen«, sagte sie und schloss ihren Schirm, den sie nach dem Frühstück aus ihrem Auto geholt hatte. »Sind Sie sicher, dass der noch fährt?«

»80 Prozent Ersatzteile, 20 Prozent Rost«, scherzte er. »Keine Sorge, meine Göttin ist zuverlässig wie eh und je.« Galant öffnete er die Beifahrertür des Citroën ID 19 und ließ Charlotte einsteigen. Während sie sich anschnallte, setzte er sich hinters Steuer. Minuten später fuhren sie auf der nassen Landstraße, die beiden Scheibenwischer sorgten für freie Sicht.

»Sitzen Sie bequem, Charlotte?«

»Wunderbar.« Die dicken, dezent gemusterten blauen Polster waren fast so gemütlich wie ein Sofa. »Ich bin schon mal in so einem Wagen mitgefahren. Ein Freund meines Mannes hatte ihn gekauft und uns zu einer Spritztour an die Ostsee eingeladen. Das ist jetzt ungefähr 40 Jahre her.«

»C'est impossible«, sagte er in seiner Muttersprache. »Da waren Sie noch ein bildhübscher Teenager mit langen blonden Zöpfen.« Leicht schüttelte er den Kopf. »Non, wohl eher mit einem Pferdeschwanz.«

»Stimmt.« Sie ärgerte sich darüber, dass ihr dieser Fehler unterlaufen war. Immerhin galt sie in ihrer Rolle als Mitte 50. »Das war tatsächlich erst vor etwa 30 Jahren. Es kam mir nur viel länger vor. – Und ja, ich hatte als Teenie meistens einen Pferdeschwanz. Woher wissen Sie, dass ich nie Zöpfe tragen wollte?«

»Die sind mehr was für brave, angepasste Mädchen. Ich glaube, Sie hatten es faustdick hinter den Ohren.«

Amüsiert schaute sie ihn von der Seite an.

»Dazu verweigere ich die Aussage.«

»Das ist auch eine Bestätigung.« Er griff nach rechts und schaltete das einzige moderne Gerät in diesem Wagen, einen CD-Player an. Ein französischer Chanson erklang: Non, je ne regrette rien …

Charlotte erkannte die Stimme sofort.

»Edith Piaf. Die habe ich schon ewig nicht mehr gehört.«

»Eine außergewöhnliche Sängerin. Wussten Sie, dass sie mit Anfang 20 Verdächtige in einem Mordfall war?«

»Bis jetzt noch nicht. Wie kam es dazu?«

»Ihr Mentor Louis Leplée wurde tot in seiner Wohnung gefunden – mit einer Kugel im Auge. Die kleine Piaf wurde verhaftet und tagelang verhört. Es stellte sich aber bald raus, dass sie ein Alibi hatte. Der Mord wurde nie aufgeklärt.«

»Glauben Sie, dass der Mord an Susanne Schaller irgendwann aufgeklärt wird? Die Polizei scheint immer noch im Dunkeln zu tappen – auch was das Verschwinden der Kinder angeht.«

»Wir dürfen die Hoffnung nicht aufgeben, dass die Mädchen bald gefunden werden. Dann erfahren wir sicher auch, warum Susanne sterben musste.«

»Wir sind auf dem Weg zu ihrer Trauerfeier, aber ich weiß im Grunde nichts über sie. Was war sie für ein Mensch?« Ihr Blick konzentrierte sich auf sein Profil. »Ich meine, wie war sie wirklich? Über Tote wird normalerweise nur Gutes gesagt. Aber niemand ist ohne Fehler oder Schwächen.«

»Susanne hat sich bemüht, es jedem recht zu machen«, sagte Maurice nachdenklich und drehte die Musik leiser. »Sie hat mir mal erzählt, dass sie es als Kind nicht leicht hatte, weil sie pummelig war und dafür gehänselt wurde. Deshalb war es ihr wohl so wichtig, von allen gemocht zu werden.«

»Das stelle ich mir schwierig vor. Als Lehrer muss man doch auch mal weniger gute Noten vergeben. Beliebt macht man sich dadurch sicher nicht.«

»Susanne konnte auch schlechten Schülern die Benotung plausibel machen. Sie war sehr geschickt, indem sie Alternativen aufzeigte und Hilfe anbot oder organisierte.«

Verstehend nickte Charlotte. Da sie sich besser in Hannover auskannte, fragte Maurice sie nach der kürzesten Strecke zum Seelhorster Friedhof. Sie schlug vor, vom Südschnellweg auf den Messeschnellweg zu wechseln und dann die Abfahrt von der Wülfeler Straße zur Garkenburgstraße zu nehmen. Von dort waren es wenige Minuten bis zum Friedhof. Maurice fand eine Lücke auf dem kleinen Parkplatz, auf dem schon viele Autos abgestellt waren.

Eine Gruppe Trauergäste stand unter Schirmen neben der Friedhofsmauer aus hellem Klinker.

»Die Busse aus dem Internat scheinen noch nicht da zu sein«, sagte Charlotte. »Wollen wir trotzdem schon zur Kapelle gehen? Bei dem Wetter gibt es nachher bestimmt viel Gedränge.«

»Kennen Sie den Aberglauben, dass der Verstorbene im Leben gesündigt hat, wenn es auf der Beerdigung regnet?«

»An so was glaube ich nicht. Wenn es danach ginge, müsste es auf jeder Beerdigung nur so schütten.«

»Und das jeden Tag rund um den Globus«, fügte er hinzu und löste den Sicherheitsgurt. Er griff nach dem Schirm, den sie links von sich an den Sitz gelehnt hatte. »Bleiben Sie bitte noch einen Moment sitzen.«

Rasch stieg er aus, spannte den Regenschirm auf und lief um den Wagen herum. Er öffnete die Beifahrertür und hielt den Schirm so, dass seine Begleiterin nicht nass wurde. Da er anscheinend keinen Regenschutz hatte, hängte sie sich bei ihm ein, was er mit einem Lächeln quittierte. So blieben sie beide trocken, während sie durch das grüne Friedhofstor gingen. Charlotte kannte den Weg zur großen Kapelle und übernahm die Führung dorthin.

Im Eingangsbereich trugen sie sich in das Kondolenzbuch ein, bevor sie die Kapelle betraten, in der schon einige Trauergäste anwesend waren. Da die Herrschaften auf den Holzbänken der vorderen Reihen saßen, vermutete Charlotte, dass es sich um die nächsten Angehörigen der Toten handelte. Sie nahm nach kurzem Innehalten mit Maurice in der vorletzten Bankreihe Platz und schaute sich um. Der Altar befand sich im mittleren Wandbogen. Auf dem schwarzen Sockel davor, der teilweise von einem roten Tuch bedeckt war, stand der blumengeschmückte Sarg. Unzählige Teelichter flackerten um ihn herum. Das erinnerte Charlotte an die Beisetzung ihres Mannes vor drei Jahren. Er hatte in der Klinik, in der er als Arzt tätig war, einen Herzinfarkt erlitten. Obwohl seine Kollegen damals sofort zur Stelle waren, hatten sie den Kampf um sein Leben verloren. Für seine Frau war eine Welt zusammengebrochen, sie war völlig handlungsunfähig. Deshalb hatten sich ihre Kinder um alle Formalitäten gekümmert und die Trauerfeier vorbereitet. Dazu gehörten auch viele brennende Teelichter. Statt von Orgelklängen waren die

Trauergäste mit fernem Wellenrauschen aus den Lautsprechern empfangen worden, da der Verstorbene das Meer sehr geliebt hatte.

Maurice bemerkte, dass sie – die Hände ineinander verkrampft – reglos dasaß. Eine einzelne Träne rollte ihre Wange hinab.

»Charlotte?« Besorgt beugte er sich etwas zu ihr hinüber. »Alles in Ordnung?«

Sie nickte und wischte die feuchte Spur mit den Fingerspitzen weg.

»Eine traurige Erinnerung.« Mehr sagte sie nicht, aber er verstand auch so.

Während sie den Blick auf die Bronzetafeln oberhalb des Altars richtete, tadelte sie sich in Gedanken, dass sie sich so wenig unter Kontrolle hatte. Sie war als Beobachterin hier, ob sich irgendjemand verdächtig verhielt. Darauf sollte sie sich konzentrieren.

Sie registrierte, dass Philipp mit Donata PS, wie Charlotte sie insgeheim nannte, eintrat und sah die verschmutzten Pumps sowie die dreckbesprenkelten Strümpfe der Kollegin. Charlottes Mitgefühl für sie hielt sich in Grenzen. Wenn man aus Eitelkeit bei Regen in solchen Schuhen auf den Friedhof stolzierte, musste man mit wetterbedingten Spuren rechnen.

Die stellvertretende Schulleiterin ging mit Philipp nach vorn zu den Eltern der Verstorbenen und sprach ein paar Worte mit ihnen. Danach setzten sie sich in die vorletzte Reihe auf der anderen Seite, wo schon mehrere Kollegen saßen.

Nun füllte sich die Kapelle rasch. Anscheinend waren die Busse angekommen. Nicht alle Schüler fanden einen Sitzplatz. Sie blieben rechts und links der Kirchenbänke oder dahinter stehen. Nicht weit von ihr entfernt schaute sich Ingrid Brandt nach einem freien Platz um. Charlotte sah es, aber auf ihrer Bank saßen alle dicht beieinander. In der Reihe vor ihr waren mit ein bisschen gutem Willen Ressourcen vorhanden. Sie gab Ingrid ein Zeichen, beugte sich vor und bat die Schüler, etwas zusammenzurücken. Erleichtert darüber, dass sie nicht stehen musste, setzte sich die Sekretärin am Ende der Bank und warf Charlotte einen dankbaren Blick zu.

Es dauerte noch wenige Minuten, bis der Trauergottesdienst begann. Nachdem der Pastor ihn eröffnet hatte, trat Michael Peters nach vorn. Offensichtlich machte es ihm seine Betroffenheit über den gewaltsamen Tod der jungen Lehrerin nicht leicht, die richtigen Worte zu finden. Er sprach von seiner Wertschätzung, würdigte aber auch besondere Eigenschaften der Verstorbenen wie ihre Zuverlässigkeit und Hilfsbereitschaft oder ihren Humor und schloss damit, dass sie in den Herzen der Kollegen und Schüler weiterleben würde.

Am Ende der Andacht sprach der Pastor noch ein Gebet. Dann wurde der Sarg von den Trägern aus der Kapelle gebracht. Im Freien ging der Konduktführer voraus. Vorbei an Gräberreihen folgten ihm die Sargträger und die Familie. Im leichten Regen schlossen sich die anderen Trauergäste unter einem Dach aus überwiegend schwarzen Schirmen stumm dem Leichenzug an. Am Grab sprach der Pastor noch einige Worte. Unterdessen schweifte Charlottes Blick auf der Suche nach einer auffälligen Reaktion über die Trauergemeinde. Sie sah versteinerte Gesichter und Kolleginnen, die mit den Tränen kämpften. Links von ihr standen mehrere Oberstufenschüler. Unter ihnen die Jahrgangssprecherin Juliane und Oskar, den sie kiffend am

Lagerfeuer kennengelernt hatte. Bei den beiden standen drei Jungen, von denen einer ziemlich fertig wirkte. Er war blond, hatte eine massige Figur und schien unter Akne zu leiden. Immer wieder wischte er sich über die Augen, worauf ihn sein größerer Mitschüler mit dem Ellenbogen anstieß und ihm etwas zuraunte. Anscheinend war es ihm peinlich, dass sein Klassenkamerad seine Gefühle nicht unter Kontrolle halten konnte. Ein Stück weiter entdeckte sie Philipp und Donata unter einem aufgespannten Schirm, daneben Ingrid Brandt und den Internatsleiter.

Charlotte bemerkte die Kommissare Pia Wagner auf der einen und Martin Drews auf der anderen Seite des Weges. Offenbar waren auch sie hier, um das Geschehen genau zu beobachten. Viel versprach sich Charlotte davon nicht. Bei einer Trauerfeier sah man nur ernste Mienen und Menschen, die weinten oder sich die Nase putzten. Sollte sich ein Mörder unter den Anwesenden befinden, würde er sich so unauffällig wie möglich verhalten. Es sei denn, er würde unter der Last seiner Schuld am offenen Grab zusammenbrechen. Damit rechnete sie jedoch nicht.

Mehrere Mädchen aus den unteren Klassenstufen schluchzten, als der Sarg in die Tiefe gelassen wurde.

Den Familienangehörigen wurde kondoliert, dann zerstreute sich die Menge still.

Auf dem Weg zurück zum Parkplatz hörte es auf zu regnen, so dass Maurice den Schirm zuklappte. Als sie seinen Wagen erreichten, brach der Himmel auf, und vereinzelte Sonnenstrahlen schauten zwischen den Wolken hervor.

»Jetzt würde uns beiden eine Ablenkung guttun«, sagte Maurice, als sie im Auto saßen. »Wenn Sie keine anderen Pläne haben, möchte ich Sie gern in ›die Insel‹ zum Mittagessen einladen.«

Vor dem Frühstück hatte sie überlegt, sich nach der Trauerfeier an der nächsten Bushaltestelle absetzen zu lassen, um mit Philipp ihre Freunde in der WG zu besuchen. Allerdings hatte sie sich nicht mehr mit ihm absprechen können. Seine Begleiterin würde ohnehin mit ihm zurückfahren oder noch etwas mit ihm unternehmen wollen.

Trotzdem zögerte sie. In dem von Maurice vorgeschlagenen Nobelrestaurant, hatte sie hin und wieder mit ihrem Mann gesessen und den Blick über den Maschsee genossen. Unwillkürlich fragte sie sich, warum sie an diesem Tag so vieles an ihn erinnerte. – Außerdem hielt sie es für zu riskant, in einem Restaurant in Hannover zu essen, solange sie verdeckt ermittelte. Wenn sie zufällig jemanden treffen würde, der sie kannte …

»Charlotte?« Sanft berührte er sie am Arm. »Wahrscheinlich finden Sie das unpassend. Es muss aufdringlich wirken, wenn …«

»Nein, nein«, fiel sie ihm ins Wort. »Ich fürchte nur, dass an einem Freitag beim Sternekoch kein Platz mehr zu bekommen ist.«

»Ich habe mir erlaubt, vorsichtshalber einen Tisch zu reservieren.«

»Waren Sie so sicher, dass ich Sie begleite?«

»Ganz und gar nicht.« Ein verschmitztes Lächeln erschien auf seinem Gesicht. »Es schadet aber nicht, gut vorbereitet zu sein. Den Tisch hätte ich jederzeit wieder abbestellen können.«

»Würden Sie das tun? Ehrlich gesagt, wäre mir ein Landgasthof lieber als so ein feudales Restaurant.«

Ihre Worte schienen ihn zu erstaunen, aber er holte sein Handy hervor und machte die Reservierung rückgängig.

»Danke«, sagte Charlotte und schnallte sich an. »Wissen Sie, wie wir wieder auf den Schnellweg kommen?«

»Nur die ungefähre Richtung.«

»Dass man Männern immer sagen muss, wo es lang geht.«

KAPITEL 16

Donata von Pöseldorf-Schnackenburg wollte Philipp nach der Trauerfeier einen Stadtbummel schmackhaft machen, aber er redete sich mit einem Termin heraus. Er bot ihr jedoch an, sie in der City abzusetzen und später abzuholen, um mit ihr zurück ins Internat zu fahren. Gern nahm sie seinen Vorschlag an, so dass er sie in der Nähe der Oper aussteigen ließ und nach Hause fuhr. Auf dem Weg über sein Grundstück fiel ihm auf, dass kaum gefallenes Herbstlaub zu sehen war, obwohl der Gärtner erst in der nächsten Woche kommen würde. Offenbar waren seine Mitbewohner fleißige Blättersammler. Er konnte auch keine Spontan-Vegetation entdecken.

Den Wagen stellte er vor der Garage ab und betrat wenige Augenblicke später sein Haus. Die Stimmen aus der Küche verrieten ihm, wohin er sich wenden musste. Er blieb in der Tür stehen und ließ den Blick zufrieden über die Anwesenden schweifen, die am Tisch beim Mittagessen saßen und sich gegenseitig neckten.

»Kinder, benehmt euch«, sagte Anneliese, die ihn zuerst bemerkte. »Unser Vermieter ist da.«

Sogleich wurde er mit großem Hallo begrüßt und aufgefordert, sich zu setzen. Elisabeth wollte aufstehen, um ein Gedeck für ihn zu holen, aber er legte kurz die Hand auf ihre Schulter.

»Bleib sitzen. Ich mache das schon.«

Er nahm einen Teller aus dem Schrank, Besteck aus der Schublade und setzte sich neben Conrad.

»Übrigens wird euch euer *Vermieter* jetzt mal was verraten: Als ich Anfang des Jahres nach dem Wasserrohrbruch hier im Haus vorübergehend im Eichengrund eingezogen bin, habe ich das auch getan, um zu testen, wie es ist, mit Leuten in meinem Alter unter einem Dach zu leben. Ich hatte schon länger mit dem Gedanken gespielt, eine Senioren-WG zu gründen. Dass ich euch Silberdisteln dort kennengelernt habe, war ein echter Glücksfall.«

»Für uns auch«, sagte der Wetterfrosch, während eine Schüssel mit Kartoffeln und Gemüse sowie eine Platte mit gebratenem Fisch in Philipps Reichweite gerückt wurde. »Wo hast du denn dein Sternchen gelassen?«

»Mir ist ein Musikus zuvorgekommen.« Er erzählte von der Beisetzung der Lehrerin und den Fahrgemeinschaften, wobei er sich von den Speisen auftat.

»Der Musiklehrer scheint unbedingt bei Charlotte landen zu wollen«, sagte Anneliese, die in den letzten Tagen mehrmals mit ihr telefoniert hatte. »Wahrscheinlich wird er hartnäckig am Ball bleiben. Immerhin ist er Franzose. Diese Männer flirten offensiv und intensiv. Ihrem Charme kann kaum eine Frau widerstehen. Ich weiß, wovon ich rede. Ich hatte auch mal einen französischen Verehrer. – Lange bevor ich zur Generation Rollator zählte.«

»Davon weiß ich ja gar nichts«, sagte Conrad in gespieltem Vorwurf. »Verheimlichst du noch mehr vor mir?«

»Dachtest du, ich hätte wie eine Nonne gelebt, bevor wir uns kennengelernt haben?« Sie bemerkte die gespannten Blicke, die auf ihr ruhten. »Nur so viel: Es wäre Jean-Pierre fast gelungen, mich zu überreden, ihn zu heiraten.«

»Warum nur fast?«, wollte der General wissen. »Hat er sich als Blindgänger erwiesen?«

Amüsiert schüttelte sie den Kopf.

»Es war sehr aufmerksam und charmant. Ein Verführungskünstler, der es verstand, Komplimente zu machen, ohne dass sie platt klangen. – Aber er wollte mit mir in Frankreich leben. Das kam für mich nicht infrage.« Erwartungsvoll schaute sie Philipp an. »Hast du diesen Maurice mal mit Charlotte zusammen gesehen? Franzosen flirten meistens körperbetont. Sie berühren gern, was sie begehren.«

Äußerlich ruhig aß Philipp weiter. Seine Beobachtungen stimmten genau mit dem überein, was die Strick-Liesel beschrieben hatte. Ihm war klar, dass Maurice nicht so leicht aufgeben würde. Anscheinend wurde auch schon im Kollegium darüber getuschelt, wie sehr ihm die neue Sportlehrerin gefiel.

»Macht euch keine Gedanken«, sagte er schließlich. »Charlotte lässt sich davon nicht beeindrucken. Darauf vertraue ich.«

Am Nachmittag fuhr Philipp erneut in die Innenstadt, um Donata am verabredeten Treffpunkt vor dem alten Rathaus abzuholen. Er stoppte gegenüber an der Bushaltestelle vor der Markthalle. Donata wartete am Rande der Fußgängerzone der Köbelingerstraße mit der Marktkirche im Rücken. Sie entdeckte ihn und gab ihm ein Zeichen, dass sie herüberkommen würde. An der Kreuzung überquerte sie die Karmarschstraße. Philipp schaltete unterdessen den Warnblinker ein, öffnete die Kofferraumklappe und stieg aus. Lächelnd blieb Donata bei ihm stehen. Er war erstaunt, wie viel eine Frau innerhalb von drei Stunden shoppen konnte, und verstaute die Einkaufstaschen.

Bald waren sie unterwegs auf der Bundesstraße. Der Weg zum Internat führte durch mehrere kleine Ortschaften, in denen Philipp das Tempo drosseln musste. Als er an einer roten Ampel hielt, entdeckte Donata durch die Seitenscheibe ein bekanntes Fahrzeug.

»Na so was – der Wagen von Maurice.« Mit dem Zeigefinger deutete sie nach rechts. »Da drüben. Mitten auf dem Parkplatz vom Landhotel.« Vielsagend schaute sie ihren Begleiter an. »Wenn das kein gutes Zeichen ist.«

»Inwiefern?«, tat er ahnungslos. »Was ist daran so besonders?«

»Er ist doch mit Frau Arndt unterwegs.«

Da die Ampel auf Grün umschaltete, fuhr er wieder an. »Ja und?«

»Vielleicht sind sie sich längst näher gekommen – viel näher. Und weil sie beide im Internat arbeiten, wo ihr Verhältnis sofort Gesprächsthema Nummer 1 wäre, haben sie sich ein diskreteres Plätzchen gesucht.«

»Oder er hat Frau Arndt gleich nach der Trauerfeier zurück nach Rabeneck gebracht und trifft sich hier ganz unverfänglich mit Freunden.«

»Das glaube ich nicht. Ich kenne Maurice. Er hat sich bestimmt was einfallen lassen, um bei der Dame seines Herzens voranzukommen.«

Sanft berührte sie ihn am Arm. »Würden Sie das an seiner Stelle nicht auch tun?«

»Wahrscheinlich«, gab er zu – und dann wechselte er das Thema. Er kam noch einmal auf die Beisetzung zu sprechen. »Viele Freunde hatte Frau Schaller anscheinend nicht. Außer der Familie und den Leuten, die ihre Mutter als Nachbarn bezeichnet hat, waren offenbar nur Internatsbewohner auf dem Friedhof.«

»Susanne hat wohl nur für ihren Beruf gelebt. Ich habe sie immer bloß mit Kollegen oder Schülern gesehen.«

»Erstaunlich, dass eine so junge Frau solo war. Hat sie sich nicht irgendwann eine eigene kleine Familie gewünscht? Oder wenigstens einen Partner?«

Ratlos zuckte Donata die Schultern.

»So gut kannte ich sie nicht.« Sie änderte ihre Sitzposition und schlug die Beine übereinander, so dass ihr Rock etwas höher rutschte. »Wenn man im Internat lebt und unterrichtet, hat man weniger Möglichkeiten, jemanden kennenzulernen, als die Kollegen an öffentlichen Schulen. Die meisten Menschen bleiben sowieso nicht freiwillig solo, sondern weil die Umstände dazu führten. Bei Ihnen ist es vermutlich auch so gelaufen.«

»Ich lebe nicht allein.«

»Oh …«

Er ahnte, dass sie im Internet über ihn recherchiert hatte. Viele Menschen, mit denen er in Kontakt kam, taten das. Sie wollten etwas über sein Aufgabengebiet erfahren, wenn sie hörten, dass sie es mit einem Forensischen Psychologen zu tun hatten. Oder sie interessierten sich für seine Bücher und lasen seine Vita in diesem Zusammenhang.

»Seit einiger Zeit lebe ich in einer WG.«

Ungläubig schüttelte sie den Kopf.

»Sie nehmen mich auf den Arm.«

»Ganz und gar nicht. Obwohl ich das trotz meines hohen Alters wohl gerade noch schaffen würde.« Er bog in die Straße ein, die hinauf zum Internat führte. Dabei bemühte er sich, ihre Beine zu ignorieren. »Eine WG ist nicht nur was für junge Leute.«

»Wie viele Mitbewohner haben Sie denn?«

»Fünf. Wir sind drei Damen und drei Herren.«

»Das ist jetzt aber nicht so eine Kommune, wo jeder mit jedem …«

»Würde Sie das schockieren?« Er fand die Vorstellung amüsant und unterdrückte ein Lachen. »Keine Sorge, wir sind ganz normale Ruheständler, die sich ein großes Haus teilen. Wir mögen uns und unterstützen uns gegenseitig. Keiner von uns würde das freiwillig wieder aufgeben.«

Er fragte sich, ob das deutlich genug war. Falls Charlotte recht hatte, Donata würde mehr von ihrer Bekanntschaft erwarten, war ihr nun hoffentlich klar, dass er kein Interesse daran hatte.

Gegen Abend kehrte Charlotte ins Gästehaus zurück. Sie klopfte an Philipps Tür, aber er war anscheinend unterwegs. So betrat sie ihre Wohnung, zog sich bis auf die Unterwäsche aus und schlüpfte in etwas Bequemes. Sie beschloss, nach unten in die Küche zu gehen und eine Kanne Tee zu kochen, als die Melodie ihres Handys erklang. Die Anruferin war Ingrid Brandt, die sie für den nächsten Nachmittag zum Kaffee zu sich nach Hause einlud. Die Adresse schickte sie ihr nach dem Gespräch per WhatsApp.

Kaum hatte Charlotte die Nachricht gelesen, rief Hannes an.

»Hallo, Charly. Wie ich hörte, hat das mit deiner Teilnahme an der Trauerfeier geklappt. Ist dir irgendwas Ungewöhnliches aufgefallen?«

»Es war alles so, wie man es auf dem Friedhof erwartet. Außer uns Rabenecklern waren nur die Eltern und eine

Handvoll Freunde oder Bekannte dabei. Ich hatte eigentlich mit größerem öffentlichen Interesse gerechnet: Schaulustige, Presse, Fotografen.«

»Die Familie wollte das nicht. Deshalb wurde der Termin nicht veröffentlicht.«

»Wie gesagt, auf Anhieb könnte ich nicht sagen, dass sich jemand auffällig verhalten hat. Ich denke aber noch mal darüber nach. Und ich frage Philipp, ob ihm was aufgefallen ist.«

»Warum warst du eigentlich nicht mit ihm dort? Pia sagte, dass der gut aussehende Franzose dein Begleiter war. Mit dem hast du doch auch nach der vermissten Emma gesucht. Ich glaube, du hast dem guten Mann den Kopf verdreht. Was soll ich davon halten?«

»Woher soll ausgerechnet ich wissen, was in Männern vorgeht? Wahrscheinlich ist das sowieso nur der genetisch bedingte Jagdinstinkt.«

Sein leises Lachen erklang.

»Was sagt denn dein Professor dazu?«

»Philipp weiß, dass er keinen Grund zur Beunruhigung hat.«

Charlotte machte es sich mit Netbook, Jahrbuch und Notizblock im Bett bequem, um auf den gespeicherten Fotos weiter nach Männern zu suchen, die sich in Susanne Schallers Nähe aufhielten. Als sie endlich damit fertig war, und die notierten Namen miteinander verglich, stellte sie fest, dass kein Kollege auffallend oft mit ihr zusammen abgebildet war.

»Verflixt noch mal!«

Ärgerlich klappte sie den kleinen Computer zu und schob ihn mit den anderen Sachen auf das Nachtschränkchen.

Wieder einmal war die zeitraubende Arbeit umsonst

gewesen. Egal, wo sie ansetzte, nirgendwo stieß sie auf eine heiße Spur. Das war frustrierend. Sie hatte gehofft, einen Anhaltspunkt zu finden, der mit etwas Glück auf eine Verbindung zu den verschwundenen Kindern hinweisen würde. Aber es gab nichts! Absolut nichts!

Sie war nun fast eine Woche im Internat und hatte nichts erreicht. Diese ganze Aktion war eine Schnapsidee. Warum sollte ausgerechnet sie auf etwas stoßen, was die Polizei noch nicht herausgefunden hatte? Sie war nur die ehemalige Leiterin des Kriminalarchivs. Zwar besaß sie einen recht guten Instinkt, aber sie war keine Hellseherin.

Ein tiefer Seufzer löste sich von ihren Lippen.

Schon wegen der entführten Mädchen musste sie weitermachen. Solange sie nicht alles versucht hatte, kam Aufgeben nicht infrage.

Aber wo sollte sie nun noch ansetzen? Bei der Trauerfeier? Immerhin hatte sie Hannes versprochen, noch einmal darüber nachzudenken.

Sie rutschte tiefer unter die Decke und verschränkte die Hände hinter dem Kopf. Mit geschlossenen Augen ließ sie die Ereignisse vom Betreten des Friedhofs an vor ihrem inneren Auge Revue passieren:

den Weg zur Kapelle, den Ablauf des Gottesdienstes, den Gang zur Grabstelle, das Verhalten der Trauernden … An alldem war nichts Ungewöhnliches gewesen. Allenfalls die Tränen des übergewichtigen Oberstufenschülers. Diesem jungen Mann schien der Verlust sehr nahe zu gehen. Näher als das üblicherweise der Fall sein sollte? Hatte er seine Lehrerin geliebt? Aber auch das wäre noch kein Indiz für irgendetwas Unrechtes.

Sie erinnerte sich an die Worte der Schulsprecherin. Juliane hatte am Lagerfeuer gesagt, dass die Jungen aus dem Religionskurs ganz vernarrt in Susanne Schaller gewesen seien.

Plötzlich fragte sich Charlotte, ob sie von Anfang an von falschen Überlegungen ausgegangen war. Es musste nicht zwangsläufig ein Kollege hinter dem Tod der Lehrerin stecken. Genauso gut könnte es ein Schüler gewesen sein. Zwar war das ein erschreckender Gedanke, aber völlig abwegig war er nicht.

Vielleicht war dort ein Ansatzpunkt zu finden. Dafür müsste sie sich noch einmal sämtliche Fotos vornehmen und nach Schülern suchen, die häufig in der Nähe der Lehrerin zu sehen waren.

»Sternchen?«, vernahm sie Philipps leise Stimme. »Schläfst du schon?«

Sie schlug die Augen auf und schaute den Mann vor ihrem Bett im Licht der kleinen Leselampe an.

»Du bist spät.«

»Freitagabend findet immer die Schulleitungsrunde mit dem Wochenrückblick statt. Herr Peters wollte mich dabeihaben.« Er setzte sich auf die Bettkante, worauf Charlotte sich in Sitzposition aufrichtete und gegen das Kissen lehnte. »Es ging unter anderem auch um dich.«

»Habe ich was falsch gemacht?«

»Im Gegenteil. Herr Peters hat nur Positives über dich und deinen Unterricht gesagt und angekündigt, dass er wegen der Stellenbesetzung zwar Vorstellungsgespräche führen wird, es aber begrüßen würde, wenn du nach der Vertretungszeit bleiben könntest.«

»Wie nett von ihm. Ging es auch um etwas Wichtiges?«

»Um die Suche nach Emma am letzten Dienstag und die Beisetzung heute. Hauptsächlich aber um die verschwundenen Mädchen, und dass die Polizei immer noch keinen Schritt weitergekommen ist.«

»Ich bin beim Vergleichen der Fotos auch in einer Sackgasse gelandet. Jetzt muss ich ganz von vorn anfangen.« Aufmerksam schaute sie ihn an. »Ist dir auf dem Friedhof irgendwas aufgefallen, das uns weiterhelfen könnte?«

Nach kurzem Überlegen schüttelte er bedauernd den Kopf.

»Kannst du dir vorstellen, dass womöglich ein Schüler in die Sache verwickelt ist?«

Erneutes Kopfschütteln.

»Das halte ich für unwahrscheinlich. Gibt es einen Hinweis darauf?«

»Nein, das war nur so eine Idee. Ich muss das alles noch mal gründlich überdenken. Aber nicht mehr heute. Kommst du ins Bett?«

Auf der Bühne des alten Theaters standen zwölf kleine Mädchen in kurzen weißen Hemdchen mit einer aufgedruckten Nummer. Kaum eines war älter als zehn Jahre. Alle waren barfuß, aber gewaschen und gekämmt. Ganz still standen sie da, fast reglos. So als ginge sie alles, was um sie herum geschah, nichts an. Wenn man genauer hinschaute, sah man jedoch die Angst und das Entsetzen in den Kinderaugen.

Der schwere rote Samtvorhang bewegte sich – und ein korpulenter Mann in der Moderatorenrolle stapfte auf die Bühne. Seine Ähnlichkeit mit dem Rechtsmediziner Horst Fleischmann war unverkennbar. Er hob das Mikrofon an die Lippen und begrüßte das Publikum im Saal. Dann rief er ein Mädchen nach dem anderen erst mit der Zahl, anschließend mit dem Namen auf.

»Nummer 7 – Alina!«

Das Kind musste nach vorn treten, sich im Scheinwerferkegel langsam einmal um die eigene Achse drehen und wieder zurück zu den anderen gehen.

»Nummer 8 – Leonie!«

Die gierigen Blicke der Zuschauer saugten sich an den dünnen Körpern fest. Unter ihnen befanden sich der Internatsleiter, der Sportlehrer Sven Kramer sowie Maurice de Vellot und der Hausmeister.

Der Moderator pries die Vorzüge der Mädchen in den höchsten Tönen an und ließ die Kinder noch einmal im Rampenlicht über die Bühne laufen, bevor die Versteigerung begann.

»Aufhören!« Charlotte stürzte auf die Bühnenbretter und stellte sich mit ausgebreiteten Armen schützend vor die Mädchen. »Sofort aufhören!«

Sekundenlang war es still. Plötzlich wurde sie gepackt. Zwei kahlköpfige Muskelmänner umklammerten ihre Arme wie Schraubstöcke und zogen sie brutal hinter den Vorhang. Verzweifelt versuchte sie sich zu befreien, sah die Faust, die auf ihr Gesicht zuschnellte.

KAPITEL 17

»Nein!« Charlotte wehrte sich mit aller Kraft gegen den Griff, der sie festhielt. Wie aus weiter Ferne hörte sie eine Stimme und schlug die Augen auf. Verwirrt registrierte sie den Mann, der über sie gebeugt war, und ihre Handgelenke umspannte. Instinktiv versuchte sie ihn abzuwehren.

»Charlotte«, sagte Philipp mit sanfter Stimme. »Alles ist gut. Das war nur ein Traum.«

Verwirrt sah sie im Licht der Nachttischlampe die Sorge in seinen Augen – und gab den Widerstand auf. Ihr heftiger Atem beruhigte sich, worauf Philipp sie losließ. Behutsam strich er ihr eine Locke aus dem Gesicht.

»Ich ...« Sie war immer noch durcheinander. »Das war so ... realistisch.«

»Was ist denn in deinem Traum passiert?«

Immer noch erregt, erzählte sie, dass sie die vermissten Mädchen zufällig gefunden hatte.

»Und dann musstest du sie unbedingt allein retten?« Der Vorwurf in seiner Stimme war nicht zu überhören. »Du hast versprochen, dich nie wieder in Gefahr zu bringen.«

»Was sollte ich denn tun? Ich habe versucht, Hannes zu erreichen, aber er ging nicht ans Telefon. – Und du warst auch nicht da.«

»Wo war ich denn?«

»Wahrscheinlich wieder mal in einem wichtigen Meeting mit der Internatsleitung.«

»Wo sonst.«

»Jedenfalls musste ich schnellstens was unternehmen. Ich hatte an der Tür gehört, dass sie die Mädchen versteigern wollten. Das musste ich unter allen Umständen verhindern. Aber sie haben mich gepackt und weggezerrt …«

Er schloss sie bergend in seine Arme.

»Deshalb hast du dich so vehement gewehrt, als ich dich beruhigen wollte.«

»Tut mir leid. Hoffentlich habe ich dir nicht wehgetan.«

»Kein Problem.« Liebevoll drückte er sie an sich. »Wir sollten morgen weiterreden und versuchen zu schlafen.«

Dieses Wochenende war ein sogenanntes Heimfahrtswochenende ohne Samstagsunterricht, aber mit Bleibemöglichkeit und Betreuung für die Schülerinnen und Schüler, die nicht nach Hause fahren würden.

Auch Charlotte und Philipp hatten keine Unterrichts- oder Beratungsverpflichtungen. Sie konnten ausschlafen.

Trotzdem stand er zeitig auf und schlich aus dem Schlafzimmer. Nach einem Abstecher in seine Wohnung verschwand er in der Küche im Erdgeschoss. Mit einem vollbeladenen Tablett stieg er später die Treppe hinauf. Leise betrat er Charlottes Schlafzimmer, worauf sie die Augen aufschlug.

»Guten Morgen, Sternchen. Habe ich dich geweckt?«

»Ich war schon kurz im Bad. Wieso bist du so früh auf? Wir können uns doch heute Zeit lassen.« Sie richtete sich etwas auf und schnupperte. »Riecht es hier nach Kaffee?«

»Das ist nur ein kleiner Test, ob dein Spürnäschen noch funktioniert«, neckte er sie und ging ins Wohnzimmer.

Dort nahm er das Tablett vom Tisch, trug es hinüber und stellte es auf der Matratze ab.

»Wir wollten doch mal ausprobieren, ob piekende Krümel nicht doch ihren Reiz haben könnten.«

»Das ist eine super Idee.« Ihr Blick schweifte über die reiche Auswahl. »Woher hast du das alles?«

»Aus unserem heimischen Kühlschrank. Auf dem Rückweg habe ich gestern etwas dazugekauft.«

Beunruhigt schaute sie ihn an.

»Du warst zu Hause? Ist was passiert? Geht es allen gut?«

»Keine Sorge. Unseren Oldies geht es bestens. Sie lassen dich herzlich grüßen.«

»Danke. Ich vermisse unsere Truppe. Es ist schon erstaunlich, wie schnell wir uns aneinander gewöhnt haben – obwohl ich erst später zu euch gestoßen bin.«

»Wir alle haben dich sofort ins Herz geschlossen.« Er schenkte eine Tasse Kaffee ein und reichte sie ihr. »Und ich habe meins sogar an dich verloren.«

»Zum Glück hat mich meine Spürnase in die Seniorenresidenz gelockt. Sonst hätte ich euch alle nicht kennengelernt.«

»Das Schicksal hat es gut mit uns gemeint. – Besonders mit mir.«

»Findest du? Du könntest jetzt gemütlich zu Hause in deinem Ohrensessel sitzen, anstatt für mich den Aufpasser zu spielen.«

»Das wäre mir viel zu langweilig.« Er drehte das Tablett so, dass Charlotte sich bequem bedienen konnte. »Seit du mein Lieblingsmensch bist, hat mein Blutdruck immer gut zu tun. Das hält mich jung.«

Philipp half Charlotte später bei der Sichtung der Fotos. Sie sortierten alle Schüler aus, die mit Susanne Schaller abgebildet waren. Anhand der Fotos aus dem Jahrbuch ermittelten sie die Namen. Diese verglichen sie anschließend mit denen auf der Liste des Biologiekurses. Dadurch gewannen sie aber auch keine neuen Erkenntnisse. Nur die Namen der beiden Schüler, die ihr auf dem Friedhof aufgefallen waren, kannte Charlotte nun. Der übergewichtige Junge hieß Jonathan Wiedemann, sein dominanter Klassenkamerad Merlin Klüver.

»Wieder eine Sackgasse«, sagte Charlotte enttäuscht. »Es wird immer unwahrscheinlicher, dass es irgendeine Art von Beziehungstat war. Wenn trotzdem jemand aus dem Internat mit dem Tod der Lehrerin zu tun hat, dann kann es sich eigentlich nur um einen Helfer der Entführer handeln. Susanne Schaller hat ihn zufällig beobachtet und musste deshalb sterben.« Fragend schaute sie Philipp an. »Oder fällt dir noch eine andere Möglichkeit ein?«

Nach kurzem Nachdenken schüttelte er den Kopf.

»Das war es dann wohl. Wirst du deinen Job hier kündigen?«

»So schnell gebe ich nicht auf.«

»Was willst du denn noch tun? Es gibt keinen Anhaltspunkt mehr.«

»Zuerst schaue ich mir das restliche Personal genauer an: die Leute aus der Verwaltung, der Küche, Gärtner, Hausmeister. Ich muss Informationen über alle Mitarbeiter sammeln, um rauszufinden, ob es diesen Helfer der Entführer tatsächlich gibt. Sollte er existieren, muss ich ihn enttarnen und mich an seine Fersen heften. Früher oder später wird er mich zu den vermissten Mädchen führen.«

Sie bemerkte seinen Blick, der von skeptisch zu vorwurfsvoll wechselte.

»Also, ich meine, er wird nicht mich, sondern Hannes … die Polizei zu den Mädchen führen.«

»Das klingt schon besser. Wir wollen doch nicht, dass das wie in deinem Traum endet.«

Gerührt legte sie die Hand auf seinen Arm.

»Du musst dir nicht so viele Sorgen machen. Ich habe doch einen Aufpasser.« Sie zog die Kette hervor, die unter ihrem Shirt verborgen war. »Und einen Schutzengel. Mir kann gar nichts passieren.«

Da sie sich den ganzen Tag noch nicht sportlich betätigt hatte, entschied sich Charlotte am Nachmittag, mit dem Fahrrad zu Ingrid Brandt zu fahren. Sie radelte auf dem blauen Drahtesel nach Rabenau und kaufte einen Blumenstrauß. Damit fuhr sie weiter die Hauptstraße entlang bis zum Rehwinkel. Beim letzten Grundstück auf der linken Seite war ein Hausnummernschild mit der Zahl 15 angebracht. Charlotte schloss das Rad am Jägerzaun an und öffnete die kleine Pforte. Ein Plattenweg führte an bunten Herbstastern vorbei zur Eingangstür. Kaum hatte Charlotte sie erreicht, wurde auch schon geöffnet.

»Herzlich willkommen«, sagte Ingrid und trat beiseite. »Schön, dass Sie es einrichten konnten.«

Charlotte bedankte sich für die Einladung und reichte ihr die Blumen Daraufhin führte Ingrid sie ins Wohnzimmer und bat sie, Platz zu nehmen. Während sie in der Küche verschwand, um den Strauß ins Wasser zu stellen, schaute sich Charlotte um. Die Möblierung mit Schrankwand und Couchgarnitur schien noch aus den 1990er-Jahren zu stammen, wirkte aber gemütlich. Der Tisch war für zwei Personen gedeckt. Offenbar war der Hausherr nicht an Kaffeeklatsch interessiert. Eigentlich schade. Sie hätte ihn gern kennengelernt.

Ingrid kam mit einer Kanne Kaffee zurück und setzte sich zu ihrem Gast. Im Nu waren sie in ein angeregtes Gespräch vertieft. Charlotte lobte den selbst gebackenen Zwetschgenkuchen und die Blütenpracht im Vorgarten. Sie sprachen auch über ihr gemeinsames Hobby, die Fotografie. Dass die Sekretärin Blumen- und Tiermotive bevorzugte, verrieten die Bilder an den Wänden.

Später schlug Ingrid einen Rundgang durch den Garten vor. Offensichtlich war sie stolz auf ihr kleines Blütenparadies. Als sie über die Terrasse zurück ins Wohnzimmer gingen, trafen sie dort den Hausherrn an.

Er war schlank, aber kräftig und zog beim Näherkommen das linke Bein kaum merklich nach. Außerdem musterte er Charlotte mit einem erstaunten Blick.

»Brandt«, stellte er sich vor und gab ihr die Hand. »Sind Sie wirklich die neue Sportlehrerin im Internat?«

»Arndt«, erwiderte sie, wobei sie nickte. »Erst mal bin ich nur als Vertretung engagiert. Ist daran etwas ungewöhnlich?«

»Ich hatte Sie mir älter vorgestellt und – nicht so flott. Mehr so wie Ihre Vorgängerin.« Sichtlich verlegen wechselte sein Blick zwischen ihr und seiner Frau. »Ingrid hat erzählt, dass Sie sofort gehandelt haben, als das Mädchen vor ein paar Tagen vermisst wurde.«

»Die Verantwortung eines Lehrers endet nicht mit der letzten Unterrichtsstunde. Schon gar nicht in einem Internat.«

»Anscheinend sind Sie wirklich ein Glücksgriff für Rabeneck.«

Er wartete, bis die Damen wieder Platz genommen hatten, und setzte sich zu ihnen. Am folgenden Gespräch beteiligte er sich nur wenig, dafür beschränkte er sich mehr aufs Beobachten. Diese neue Lehrerin gefiel ihm. Sie war klug und selbstbewusst, sah gut aus und hatte sich ihre schlanke Figur bewahrt. Andererseits machten ihm solche Frauen auch ein wenig Angst. Bei seiner Ingrid wusste er, woran er war. Sie reagierte immer vorausschaubar, überraschte ihn nicht mehr. Andere würden das vielleicht langweilig nennen, aber er brauchte diese unaufgeregte Lebensweise.

Nach einigen Minuten stand er auf und verabschiedete sich.

»Ich muss los. Viel Spaß noch.«

Gedankenverloren schaute Ingrid ihrem Göttergatten hinterher.

»Seit mein Mann im Vorruhestand ist, engagiert er sich viel mehr als früher für den Schützenverein. Dadurch fühlt er sich nicht so nutzlos.« Lächelnd schaute sie ihren Gast an. »Er hat übrigens recht. Sie sehen viel besser und auch jünger aus als Ihre Vorgängerin, die im gleichen Alter war. – Und Sie haben schönes Haar. Sind Farbe und Locken echt?«

Mit einer Hand griff Charlotte in die blonde Fülle am Hinterkopf.

»Bei der Farbe muss ich mittlerweile nachhelfen. Als junges Mädchen fand ich es immer schrecklich, dass ich das gewellte Haar meines Vaters geerbt habe. Dabei ist es gar nicht besonders kraus. Mit Bürste und Fön lässt es sich ganz gut bändigen. Es ist wohl oft so, dass man nicht zufrieden mit dem ist, was man hat.«

Eine Weile sprachen sie über sogenannte Frauenthemen. Dabei gewann Charlotte den Eindruck, dass Ingrid selten Gelegenheit dazu hatte. Anscheinend fehlte ihr eine Freundin, mit der sie über alles reden konnte.

Obwohl Charlotte gern mehr über Beziehungen und Freundschaften im Kollegenkreis erfahren hätte, spürte sie, dass sich ihre Gastgeberin nicht auch noch am Wochenende mit dem Internat befassen wollte.

Am späten Nachmittag verabschiedete sich Charlotte. Diesmal entschied sie sich für den kürzeren Weg. Sie radelte quer durch Rabenau, bog am Ortsrand von der Hauptstraße ab und tauchte in die Stille des Waldes ein. Das Licht der tief stehenden Sonne fiel durch das leuchtendbunte Laub der Bäume und zauberte eine fast mystische Stimmung. Bis auf vereinzeltes Vogelgezwitscher war nichts zu hören. Ein Hase hoppelte vor ihr über den Radweg und verschwand im hohen Farn.

Plötzlich vernahm sie entfernte Stimmen, die umso lauter wurden, je näher sie kam. Schließlich hielt sie an und schaute nach links. Parallel zum befestigten Radweg führte weiter unten ein schmaler Spazierpfad entlang. Sie sah zwei Jungen, die anscheinend auch zum Internat wollten. Als sie einen Moment stehen blieben, erkannte sie die beiden Oberstufenschüler vom Friedhof. Da setzten sie sich auch schon wieder in Bewegung. Es sah so aus, als würde Merlin seinen übergewichtigen Mitschüler mit irgendetwas antreiben. Jonathan stolperte mehr, als dass er lief. Merlin versetzte ihm hin und wieder einen Stoß und schrie ihn an, um ihn weiterzuscheuchen.

Unentschlossen, ob sie eingreifen sollte, schob Charlotte das blaue Fahrrad weiter. Sie durfte sich nicht in Schülerstreitereien einmischen, dachte sie. Andererseits tat ihr der dicke Junge leid.

Da die beiden ein paar Meter vor ihr liefen, bemerkten sie die Verfolgerin nicht, die instinktiv so weit rechts wie möglich auf dem oberen Weg blieb, um nicht entdeckt zu werden. Nach etwa 100 Metern nahmen die Jungen eine von niedrigen Büschen verdeckte Abzweigung. Der Radweg verlief weiter geradeaus. Damit war die Entscheidung gefallen. Charlotte stieg aufs Rad, hielt aber gleich wieder an. Sie vermutete, dass der schmale Pfad eine Abkürzung zum Internat sein könnte. Dann würde sie die beiden dort wieder treffen. Aber was, wenn es nicht so war? Ein ungutes Gefühl beschlich sie bei diesem Gedanken. Aus ihrer Sicht hatte es gewirkt, als sei Jonathan nicht ganz freiwillig mit seinem Klassenkameraden unterwegs. Vor ihrem inneren Auge tauchte das Bild eines dicken Jungen auf, der während ihrer eigenen Schulzeit von Mitschülern gequält worden war. Diese Erinnerung genügte, um das Rad an einem Baum zu lehnen. Sie konnte von ihrer erhöhten Wegposition aus sehen, in welche Richtung der Pfad ungefähr führte. So schob sie die kleine Umhängetasche, die sie quer über der Brust trug, hinter sich und stieg die Böschung hinunter. Langsam bewegte sie sich vorwärts und achtete darauf, keine Geräusche zu verursachen.

Der Pfad endete vor einem dichten Gebüsch. Links davon gab es einen schmalen Durchlass. Charlotte bückte sich etwas und schlüpfte hindurch. Ein Zweig verfing sich in ihrem Haar, so dass es ziepte. Vorsichtig befreite sie sich und schaute sich um. Sie stand am Rande eines Feldes. Nicht weit davon befand sich ein großes Gebäude, das wie eine Scheune oder Werkstatt wirkte. Sie sah gerade noch, wie die Jungen um die Ecke verschwanden. Möglicherweise war das einfach nur ein Treffpunkt der Oberstufenschüler, ein Versteck, in dem sie einmal nicht unter

Aufsicht standen. Wenn sie da hineinplatzte, wäre das wahrscheinlich in kürzester Zeit Gesprächsthema. Das wäre kontraproduktiv, da sie so unauffällig wie möglich bleiben wollte, um unbehelligt ermitteln zu können. Deshalb sollte sie besser umkehren und zum Internat zurückradeln. Oder sollte sie sich vorher überzeugen, ob wirklich alles in Ordnung war? Sie musste dabei ja nicht gesehen werden.

Wie ein Indianer auf dem Kriegspfad schlich sie an die Rückseite des Gebäudes. Es war aus dunklem Holz gebaut, das stark verwittert war. Unten klaffte zwischen zwei Latten ein Loch, durch das Stimmen zu hören waren. Mit dem Rücken zur Wand ging Charlotte in die Hocke und lauschte.

»Hör auf zu jammern, du Weichei!« Das schien Merlin zu sein. »Die hatte es nicht anders verdient! Glaubst du wirklich, dass sie was für dich übrig hatte? Die hat uns doch alle verarscht!«

»Das ist nicht wahr! Jetzt mach mich wieder los!«

»Träum weiter, du Loser!« Es klang wie unter großer Anstrengung. »Von dir lasse ich mir mein Leben nicht kaputt machen!«

Die folgenden Geräusche, eine Mischung aus Rasseln und Quietschen, konnte Charlotte nicht zuordnen. Um durch die Lücke spähen zu können, musste sie sich bäuchlings auf den Boden legen. Unwillkürlich hielt sie den Atem an, während sie entsetzt ins Innere der Scheune starrte.

KAPITEL 18

Jonathan lehnte mit hinter dem Rücken gefesselten Händen an einer Holzkiste. In Brusthöhe war ihm ein Gurt angelegt worden, der durch ein Seil mit einer Art Flaschenzug verbunden war. An einem Querbalken baumelte ein Strick mit einer Schlinge. Darunter stand mittig ein Arbeitstisch. Es war nicht schwer zu erraten, was das bedeutete. Merlin wollte seinen Klassenkameraden nach oben ziehen, um ihn dann am Seil aufzuknüpfen. Er zog ihn unter großer Anstrengung Zentimeter für Zentimeter hoch. Zwischendurch ließ er die Winde einrasten, um Kräfte zu sammeln. Vor Anstrengung stöhnte er. Mit dem Ärmel wischte er sich den Schweiß von der Stirn.

»Das tut weh«, jammerte Jonathan. »Hör auf! Ich verspreche, dass ich keinem erzähle, was ich gesehen habe.«

»Vergiss es. Hättest du dich nicht geweigert, auf den Tisch zu steigen, hättest du dir diese ganze Prozedur erspart. Wenn du erst da oben baumelst, werde ich es wie Selbstmord aussehen lassen. Jeder weiß, dass du in die Schaller verknallt warst. Aber sie hat dich ausgelacht. Auf deinem Computer werden sie ein Geständnis finden, dass du sie deshalb umgebracht hast.«

»Du bist verrückt!« Jonathan wand sich hin und her, hatte aber keine Chance, sich zu befreien. In seinen Augen spiegelte sich Todesangst. »Bitte, lass mich gehen!«

Charlotte ahnte, dass es ihr nicht gelingen würde, Merlin zur Aufgabe zu bewegen. Er wirkte eiskalt und zu allem entschlossen. Deshalb würde er sich ihren Argumenten verschließen und wahrscheinlich versuchen, auch sie aus dem Weg zu räumen. Er konnte keine Mitwisser gebrauchen. Sie musste Hannes informieren!

Vorsichtig stand sie auf, huschte an den Feldrand zurück und schlüpfte durch das Gebüsch. Rasch zog sie das Smartphone aus der kleinen Umhängetasche und stellte den Kontakt her.

»Hallo, Charly«, meldete sich der Hauptkommissar. »Was gibt es?«

»Wo bist du?«

»Auf dem Weg zu einer Lagebesprechung im Internat. Wieso?«

»Ich brauche deine Hilfe.«

»Wobei?«

Mit gedämpfter Stimme erklärte sie, was sie gehört und gesehen hatte.

»Ich glaube, er hat Susanne Schaller umgebracht und Jonathan hat ihn dabei beobachtet.«

»Wo genau steht diese Scheune?«

»Ungefähr 500 Meter südlich vom Internatsgelände am Waldrand.«

»Wir sind in etwa zehn Minuten da. Warte in sicherer Entfernung. Geh da nicht rein – egal, was passiert. Das ist viel zu gefährlich. Hast du verstanden, Charly?«

»Beeilt euch.«

Sie steckte das Telefon in die Tasche zurück. Dabei

wurde ihr klar, dass sie nicht in ihrem Versteck bleiben und abwarten konnte. Sie musste sicher sein, dass Jonathan bis zum Eintreffen der Polizei nichts passierte.

Abermals verließ sie den Schutz des Waldes und schlich an die Rückseite des Gebäudes. Geräuschlos bewegte sie sich bis zu dem Loch und blickte ins Innere der Scheune. Merlin hatte seinen Mitschüler inzwischen weiter hochgezogen, aber es bestand noch keine akute Gefahr. Sie hörte Jonathan um sein Leben flehen und wäre am liebsten hineingerannt, um ihn zu befreien.

Wieder zog Merlin ihn ein Stück höher. Er schwebte nun mit den Füßen neben der Tischplatte.

Ungeduldig warf Charlotte einen Blick auf ihre Armbanduhr. Warum dauerte das so lange? Sie schaute wieder durch die Öffnung, sah Merlin auf den Tisch klettern. Er steckte den Arm aus und zog Jonathan zu sich heran, so dass der zitternde Junge nun neben ihm stand. Mit einem Griff legte Merlin ihm die Schlinge um den Hals. Erst danach nahm er ihm den Gurt ab.

Charlotte sprang auf und schaute sich um. Weit und breit war keine Hilfe in Sicht. Sie musste etwas unternehmen, musste versuchen, Merlin so lange abzulenken, bis die Polizei eintraf.

Ohne weiter darüber nachzudenken, lief sie um die Scheune herum. Das Tor stand ein Stück weit offen. Sie zwängte sich durch den Spalt und schlich im Halbdunkel an einem alten Trecker und aufgetürmten Strohballen vorbei. Fast wäre sie mit dem Fuß gegen ein kurzes Metallrohr gestoßen. Sie bückte sich danach und hob es auf. Noch hatten die Jungen sie nicht bemerkt.

»Aufhören!« In sicherer Entfernung blieb sie stehen. »Nehmen Sie ihm die Schlinge ab, Merlin! Sofort!«

Im ersten Moment war er wie gelähmt. In seinen Augen lag ein unruhiges Flackern. Dann schien er Charlotte zu erkennen. Urplötzlich sprang er vom Tisch. Breitbeinig blieb er davor stehen.

»Geben Sie mir die Eisenstange!«

»Keine Chance«, erwiderte sie ruhig, obwohl das Adrenalin durch ihre Blutbahnen jagte. »Es ist vorbei, Merlin. Die Polizei wird jeden Moment hier sein.«

Er wirbelte herum und packte mit beiden Händen die Tischplatte.

»Weg mit der Stange, oder er ist tot!«

Charlotte zögerte nur einen Sekundenbruchteil, dann lösten sich ihre Finger von dem kühlen Metall. Scheppernd fiel die Eisenstange auf den Boden.

Fast im gleichen Moment stieß er den Tisch kraftvoll nach vorn. Während Jonathan den Halt unter den Füßen verlor, rannte Merlin schon zum Scheunentor. Unterdessen stürzte Charlotte zu dem am Seil zappelnden Jungen, umfasste seine Unterschenkel und drückte so weit wie möglich nach oben. Dabei bemerkte sie sein durchnässtes linkes Hosenbein.

»Bleiben Sie ganz ruhig, Jonathan«, rief sie ihm zu. »Es kommt gleich Hilfe.« Sie hoffte inständig, dass sie ihn bis dahin halten konnte. Schon jetzt spürte sie, wie viel Anstrengung es kostete, sein Gewicht zu stemmen. Sie blickte zum Tisch hinüber, aber der stand zu weit entfernt, um ihn zu erreichen, ohne Jonathan loszulassen. Ihre Arme fühlten sich inzwischen bleischwer an und begannen zu erlahmen. Trotzdem mobilisierte sie ihre letzten Kräfte. Sie hörte Motorengeräusche, dann Stimmen. Hannes und Pia stürmten herein, erfassten die Situation. Während die Kommissarin Charlotte beim Halten des Jungen entlastete, schob Hannes den Tisch unter den Jungen, stieg hinauf und löste das Seil von seinem Hals. Er stützte den Schüler und brachte ihn in Sitzposition. Jonathan war bei Bewusstsein, stand aber unter Schock.

Im Laufschritt kamen zwei Sanitäter herein, die sich um den Jungen kümmerten.

Mit vorwurfsvoller Miene blieb Hannes bei den Strohballen stehen, an denen Charlotte lehnte.

»Verdammt noch mal, Charly, was hast du daran nicht verstanden, dass du draußen auf uns warten solltest?«

»Hätte ich tatenlos zusehen sollen, wie der Junge erhängt wird? Ich bin erst in letzter Minute reingegangen.«

Verstehend nickte er.

»Das hätte böse enden können. Wenn er nun auf dich losgegangen wäre.«

»Ist er aber nicht.« Sie berichtete kurz, was vorgefallen war. »Wahrscheinlich wollte er so schnell wie möglich abhauen. Er wusste, dass ich mich um Jonathan kümmere.« Sie schaute zum nun weit offen stehenden Scheunentor, durch das Martin hereingelaufen kam. Er wandte sich zuerst an Charlotte.

»Alles in Ordnung mit dir?« Und als sie nickte: »Wir haben Merlin nach kurzer Verfolgung im Wald erwischt. Er sitzt draußen im Streifenwagen. Wir brauchen deine Aussage.«

»Hat das Zeit bis morgen?«

»Sicher.«

»Dann komme ich zu euch ins Präsidium.«

Hannes legte den Arm um Charlottes Schultern und drückte sie an sich.

»Willst du deinen Einsatz nach diesem Erlebnis nicht abbrechen?«

Sie schaute ihn dankbar an.

»Sei unbesorgt. Mir geht es gut. Ich bin hier, um euch zu helfen, die Mädchen zu finden. Daran hat sich nichts geändert.«

»Also gut, dann bringen wir dich jetzt ins Internat.«

»Nicht nötig. Ich habe das Fahrrad im Wald stehen gelassen.«

»Das kann einer meiner Leute holen.«

»Es muss nicht ganz Rabeneck erfahren, welche Rolle ich hier heute gespielt habe. Einige Kollegen würden vielleicht misstrauisch, weil ich vor ein paar Tagen schon die kleine Emma im Keller entdeckt habe. Wenn ich nicht so unauffällig wie möglich bleibe, fliegt meine Tarnung unter Umständen auf.«

»Wahrscheinlich hast du recht. Wir unterrichten den Internatsleiter nur über die Verhaftung und verpflichten ihn zum Stillschweigen. Mit Jonathan sprechen wir auch. Er wird schon aus Dankbarkeit den Mund halten – falls er sich überhaupt erinnert, was passiert ist.«

»Und ich radele zurück.«

Sie verabschiedete sich von den Freunden, verließ die Scheune und lief zum Feldrand. Im gedämpften Licht des Wäldchens orientierte sie sich kurz. Sie folgte dem Spazierpfad bis zur Abzweigung und wechselte nach einigen Metern bergauf zum Fahrradweg. Das Rad stand noch dort, wo sie es abgestellt hatte.

Eine knappe Viertelstunde später radelte sie in der einsetzenden Dunkelheit auf das Internatsgelände. In der Nähe des Tores sah sie den Hausmeister, sonst war niemand auf den Wegen zu entdecken, was wohl am Heimfahrtswochenende lag. Unbehelligt konnte sie das Fahrrad zu seinem Stellplatz bringen und das Gästehaus betreten.

Als sie die Tür zu ihrer Unterkunft aufschloss, kam Philipp aus seiner Wohnung.

»Endlich«, begrüßte er sie und folgte ihr hinein. »Ich habe mir schon Sorgen gemacht. Du wolltest doch nicht lange bei den Brandts bleiben – und jetzt ist es schon dunkel.« Er bemerkte ihre verschmutzte Kleidung und zupfte eine Klette von ihrer hellen Strickjacke. »Wo bist du gewesen?«

»Ich war nach dem Kaffeeklatsch noch auf Verbrecherjagd.«

Sie betrat das Schlafzimmer, zog die Jacke sowie die staubigen weißen Jeans aus und eine schwarze Trainingshose mit drei Steifen an den Seiten an. Während Philipp an der Tür stehenblieb, kam sie heraus und verschwand im Bad. Dort warf sie die Kleidungsstücke auf den Haufen Schmutzwäsche. Dabei fragte sie sich, warum sie immer den Eindruck hatte, dass der Wäscheberg von selbst wuchs, und wusch sich die Hände.

»Warum sagst du nicht einfach, dass es mich nichts angeht, wo du warst?«

»Ich war nach dem Kaffeeklatsch noch auf Verbrecherjagd«, wiederholte sie und griff nach einem Handtuch. »Wie es aussieht, ist der Mörder von Susanne Schaller gefasst.«

Seine Augen schauten erst ungläubig, dann bewundernd.

»Bedeutet das, du hast mal eben auf dem Rückweg von der Plauderrunde einen Mörder überführt?«

»Das war purer Zufall.«

Nachdem sie sich ins Wohnzimmer gesetzt hatten, musste sie ihm das Erlebte in allen Einzelheiten erzählen.

So sehr er von ihrem mutigen Handeln beeindruckt war, so sehr war ihm bewusst, in was für eine gefährliche Situation sie sich gebracht hatte. Aber hätte sie eine andere Wahl gehabt, als den Jungen zu retten? Er konnte ihr daraus keinen Vorwurf machen. – Zumal er genauso gehandelt hätte.

»Was ist?«, fragte sie, als er sie schon eine Weile nachdenklich anschaute. »Nachdem, was ich beobachtet hatte, konnte ich nicht mehr zurück. Das hätte Jonathans Tod bedeutet.«

»Und du hättest dich für den Rest deines Lebens mit Schuldgefühlen gequält«, fügte er hinzu. »Du hast alles richtig gemacht.«

Im Polizeipräsidium fand am Abend die erste Befragung von Merlin Klüver durch Hauptkommissar Bremer statt. Der Internatsschüler wirkte sehr nervös. Er wippte mit dem rechten Fuß rhythmisch auf dem Boden, was ein leises, klopfendes Geräusch verursachte und seine Unsicherheit verriet.

Zunächst leugnete der junge Mann, etwas mit dem Tod von Susanne Schaller zu tun zu haben. Er hätte gesehen, dass Jonathan die Lehrerin getötet hatte. Die Polizei sollte sich seinen Computer vornehmen. Darauf würden sie ein Schuldgeständnis finden.

Als diese Anschuldigungen nicht fruchteten, verlangte er nach dem Familienanwalt und nach seinem Vater. Beide waren jedoch nicht zu erreichen. Darüber war Merlin sehr aufgebracht.

»Verdammte Scheiße!«, fluchte er. »Erst ist meine Mutter abgehauen, als ich noch klein war, dann wurde ich ins

Internat abgeschoben – und jetzt geht keiner ans Telefon, wenn ich Hilfe brauche.« Mehrmals schlug er mit der Faust auf den Tisch. »Das werden sie noch bereuen!«, stieß er hasserfüllt hervor. Aus schmalen Augen blickte er den Kommissar an. »Ja, ich war es. Ich habe die Schlampe umgebracht.«

KAPITEL 19

Völlig ruhig saß Hauptkommissar Bremer vor dem Jungen. Die Staatsanwältin sowie die Kommissare Wagner und Drews waren im Nebenzimmer. Von dort aus verfolgten sie das Geschehen im Vernehmungsraum nicht nur durch eine große Scheibe, sondern auch auf Monitoren.

»Erzählen Sie bitte der Reihe nach«, wandte sich Hannes an den Tatverdächtigen. »Wo ist das passiert?«

»Im Schulgarten.«

»Waren Sie dort mit Frau Schaller verabredet?«

»Nein, aber ich wusste, dass sie da abends eine Weile sitzt. Ich bin hingegangen, um sie zur Rede zu stellen.«

»Weswegen?«

»Immer, wenn ich allein mit ihr gesprochen habe, war sie voll nett. Sie sagte, dass ich was Besonderes bin und wie sehr sie mich mag. Und dann habe ich rausgekriegt, dass sie damit auch die anderen Jungs aus dem Reli-Kurs geködert hat – sogar den fetten Jonathan.« Wieder schlug er auf den Tisch. »Das hat mich so wütend gemacht. Als es dunkel wurde, bin ich in den Schulgarten geschlichen. Susa… Frau Schaller wollte gerade nach Hause, aber ich habe mich ihr in den Weg gestellt und ihr gestanden, was ich für sie empfinde. Da hat sie gelacht und von pubertären Schwärmereien gesprochen, die sie nicht ernstnehmen kann.«

»Was ist dann geschehen?«

»Sie hat sich einfach umgedreht und wollte gehen. Ich war so sauer, dass ich mit einem großen Stein von der Teichumrandung nach ihr geworfen habe. Plötzlich ist sie auf dem Rasen neben der Hecke zusammengebrochen. Es war zu dunkel, um zu sehen, wo ich sie getroffen hatte, deshalb habe ich mein Handy angemacht und mit dem Display geleuchtet. Sie hat krass am Kopf geblutet.« Plötzlich fiel seine arrogante Haltung in sich zusammen und er begann zu schluchzen. »Ich wollte sie doch nicht umbringen. Ich habe sie geliebt. Sie war der einzige Mensch, der mich wirklich mochte. – Jedenfalls habe ich das bis dahin gedacht.«

»Warum haben Sie nicht sofort Hilfe gerufen?«

»Ich hatte Angst«, gestand der junge Mann aufgewühlt. »Die hätten mir doch nicht geglaubt.«

Hannes ließ ihm einen Moment, damit er sich beruhigen konnte.

»Merlin, Sie haben ausgesagt, dass das alles im Schulgarten passiert ist. Die Leiche wurde aber im Atrium des Internats gefunden.«

»Sie sollte so schnell wie möglich entdeckt werden. Das ist im Fernsehen immer so ekelig, wenn eine Leiche erst nach ein paar Tagen gefunden wird. Das wollte ich Susanne ersparen. Deshalb bin ich in der Nacht wiedergekommen und habe sie aufs Kopfsteinpflaster gelegt.«

»War das nicht schwer?«

»Mit der Schubkarre aus dem Schulgarten ging das ganz gut. Ich musste hinterher nur das Blut wegspülen – auch vom Rasen. Am Gerätehaus liegt immer ein Schlauch.«

»Und was hast du mit dem Stein gemacht? Er wurde nicht gefunden.«

»Den habe ich in den Teich geworfen.«

Verstehend nickte Hannes. Sobald es hell würde, musste er die Spurensicherung ins Internat schicken.

»Was hat Jonathan Wiedemann mit der Sache zu tun?«

»Der Idiot hat mich nachts gehört, als ich zurück in mein Zimmer wollte. Er kam auf den Flur und hat das viele Blut auf meinem Shirt gesehen. Ich habe ihm Schläge angedroht, wenn er nicht die Klappe hält, aber mir war klar, dass er irgendwann reden würde. Das musste ich verhindern.«

Ohne Rücksicht darauf, dass man sie zusammen sehen könnte, fuhr Charlotte am Vormittag mit Philipp nach Hannover. Sie musste ihre Aussage machen, und er hatte darauf bestanden, sie zu begleiten. Auf Nachfrage würde ihnen schon eine Ausrede für die gemeinsame Fahrt einfallen.

Über die Bundesstraße fuhren sie nach Hannover hinein. Auf dem Südschnellweg ging es vorbei an den Ricklinger Kiesteichen bis zur Abfahrt Hildesheimer Straße und weiter Richtung Innenstadt. An der Fassade des Döhrener Turms leuchtete das bunt gefärbte Weinlaub. Wenige Minuten später erreichten sie das Präsidium. Dort waren nicht nur die Kommissare anwesend. Auch die Staatsanwältin hatte es sich nicht nehmen lassen, dort am heiligen Sonntag zu erscheinen. Sie begrüßte Charlotte mit einem strahlenden Lächeln.

»Sie sind ein echter Knaller, Frau Stern. Schon nach einer knappen Woche haben Sie es geschafft, den Mörder von Susanne Schaller zu entlarven. Daran sollten sich unsere Leute mal ein Beispiel nehmen.«

»Ohne die gute Vorarbeit Ihrer Soko hätte ich wahrscheinlich gar nichts erreicht. Außerdem kam mir der Zufall zu Hilfe.«

Frau Dr. Pauli wusste natürlich von der langjährigen Freundschaft, die ihren Hauptkommissar und die verdeckte Ermittlerin verband. Schon aus diesem Grund teilte sie die Lorbeeren mit ihm.

»Wie sind Sie darauf gekommen, dass ein Schüler der Täter sein könnte?«

»Durch das Ausschlussverfahren. Nachdem ich im Lehrerkollegium nichts Auffälliges finden konnte, erschien es zwar unwahrscheinlich, dass ein Schüler in die Sache verwickelt ist, aber ganz ausschließen konnte ich es nicht. Leider brachten mich Nachforschungen in diese Richtung – trotz der Unterstützung von Professor Thaler – auch nicht weiter. Als Nächstes hätte ich mir die restlichen Internatsmitarbeiter vorgenommen.«

Sie berichtete von der Kaffeeeinladung und dem Weg durch den Wald. Von ihrer Beobachtung auf dem Friedhof und der Sorge um den korpulenten Jungen.

»Sie sind sehr instinktsicher«, lobte die Staatsanwältin. »Aber auch Hauptkommissar Bremer hat einen guten Instinkt bewiesen, als er Sie für diesen Undercover-Einsatz vorschlug.«

Nachdem Charlottes Aussage zu Protokoll genommen war, erkundigte sie sich nach der Befragung des verhafteten Jungen.

»Konntet ihr ihn überhaupt ohne die Anwesenheit eines Erziehungsberechtigten vernehmen?«

»Das war kein Problem«, erklärte Hannes. »Merlin ist

seit zwei Monaten 18. Wir haben seinen Vater trotzdem unterrichtet. Er ist jetzt aus Südafrika unterwegs, wo er geschäftlich zu tun hatte.«

»Hat Merlin die Tat zugegeben?«

»Das könnt ihr euch selbst ansehen.«

Er führte Charlotte und Philipp in einen Besprechungsraum. Auf einem großen Monitor zeigte er ihnen den Mitschnitt der Vernehmung.

»Was halten Sie von ihm?«, wandte sich Hannes anschließend an den Professor. »Aus psychologischer Sicht.«

Nachdenklich rieb sich Philipp das Kinn.

»Das, was wir eben gesehen haben, reicht bei Weitem nicht für eine sichere Diagnose aus«, formulierte er vorsichtig. »Einer ersten Einschätzung nach könnte es sich bei ihm um eine Persönlichkeitsstörung handeln – ausgelöst durch negative Erlebnisse in der kindlichen Entwicklung. Der frühe Verlust der Mutter, die die Familie verließ. Der wahrscheinlich überforderte Vater, der seinen Sohn ins Internat steckte. Der Junge fühlte sich von seinen Eltern nicht geliebt, nicht gewollt. Dann glaubt er plötzlich, in Susanne Schaller einen Menschen gefunden zu haben, der ihn nicht ablehnt, der nett zu ihm ist, der Gefühle in ihm weckt. Umso größer ist die Enttäuschung, als er feststellen muss, dass sie auch andere aus seinem Kurs für sich eingenommen hat. Er reagiert frustriert und will sie bestrafen, als sie ihn und seine Gefühle nicht ernst nimmt. Sein gesteigertes Aggressionspotenzial lässt ihn gewalttätig werden. Zuerst gegen seine Lehrerin, dann gegen seinen Mitschüler.« Er wechselte einen kurzen Blick mit Charlotte. »Den Tod der Lehrerin könnte man vielleicht als Unfall oder fahrlässige Tötung bezeichnen. Er war weder gewollt noch geplant. Anders dagegen der Anschlag auf Jonathan.

Merlin hatte alles bis ins Detail geplant und eiskalt durchgeführt. Das spricht übrigens für eine hohe Intelligenz.«

Sie verabschiedeten sich bald und stiegen in Philipps vor dem Präsidium geparkten Mercedes.

»Jetzt lade ich dich zum Mittagessen ein«, sagte er und startete den Motor. »Ich habe dafür einen wunderbaren Ort ausgewählt.«

»Verrätst du mir, wo das ist?«

»Lass dich überraschen.«

Obwohl sie die Gelegenheit gern genutzt hätte, die Freunde in der WG zu besuchen, nickte Charlotte. Anscheinend hatte er sich etwas Besonderes ausgedacht. Sie wollte ihm die Freude nicht verderben. So lehnte sie sich zurück und überlegte sich während der Fahrt den nächsten Schritt ihrer Ermittlungen. Da es keinen Ansatzpunkt gab, wie und durch wen die Mädchen entführt wurden, musste sie tatsächlich noch einmal sämtliche Mitarbeiter des Internats genau unter die Lupe nehmen. Sollte sich herausstellen, dass niemand als Komplize der Entführer infrage kam, konnte sie einpacken. Noch einmal würde ihr der Zufall nicht zu Hilfe kommen.

Sie unterdrückte einen Seufzer und wandte den Kopf nach links. Liebevoll betrachtete sie Philipp. Das schien er zu spüren, denn er warf ihr einen kurzen Seitenblick zu, wobei er lächelte.

»Hast du dir gerade dein weiteres Vorgehen überlegt?«

»Du bist ein kluger Mann.«

»Dann hör auf mich und schalte mal ab. Genieße die herrliche Umgebung.«

Sie warf einen Blick durch die Frontscheibe, sah, dass er den Wagen über sein Grundstück lenkte.

»Du bist nicht nur ein kluger, sondern auch ein einfühlsamer Mann«, sagte sie, als er vor der Garage parkte. »Woher wusstest du, dass ich am liebsten hierher wollte?«

»Wir kennen uns erst seit ein paar Monaten, wohnen erst seit ein paar Wochen zusammen in diesem Haus und sind uns erst seit ein paar Tagen ganz nah. Trotzdem bist du mir so vertraut, als wären wir ein altes Ehepaar.«

Zunächst kommentierte sie das nicht. Sie löste den Gurt und stieg aus. Vor der Haustür umrahmte sie Philipps Gesicht mit den Händen und küsste ihn auf den Mund.

»Danke, mein Lieber.«

Als sie das Haus betraten, kam Conrad gerade die Treppe herunter. Bei Charlottes Anblick breitete sich ein Lächeln auf seinem runden Gesicht aus.

»Die Sonne geht auf«, scherzte der Wetterfrosch und schloss sie in die Arme. »Du fehlst uns.«

»Ihr mir auch.«

»Und was ist mit mir?«, tat Philipp empört. »Auf mich könnt ihr wohl problemlos verzichten?«

In scheinbarem Bedauern schaute Conrad ihn an.

»Na ja, wenn wir uns zwischen euch entscheiden müssten …«

»Würdet ihr mich vor die Tür setzen.«

»Tut mir leid, aber Charlotte hat einfach die schöneren Beine.«

»Stell dir vor, das ist mir auch schon aufgefallen. Erinnerst du dich an den *Rock 'n' Roll* beim Frühlingsfest im Eichengrund?«

»Damit hat sie bei jedem alten Knaben zwischen 70 und scheintot nochmal sämtliche Lebensgeister geweckt.«

»Kindsköpfe«, sagte sie lachend. »Wo sind denn die anderen?«

»In der Küche.« Conrad ging voraus und öffnete die Tür.

Charlotte umarmte zuerst Anneliese und Elisabeth. Dann legte sie die Hand auf Alberts Schulter, beugte sich zu ihm hinunter und küsste ihn auf die Wange.

»Wie geht es meinem Lieblingsgeneral?«

»Passt schon.« Er manövrierte seinen Rolli etwas zurück, um ihr in die Augen sehen zu können. »Den neusten Nachrichten zufolge hast du eine erfolgreiche Mission hinter dir.«

Sie erzählte kurz, was sich ereignet hatte.

»Das bleibt aber bitte unter uns.«

Ihr Blick schweifte über den herbstlich dekorierten Tisch. Auf orangefarbenem Tuch war für sechs Personen gedeckt. Um eine Vase mit Sonnenblumen waren buntes Laub, Eicheln und Kastanien drapiert. Wahrscheinlich Annelieses Werk, der Kreativsten unter den WG-Bewohnern. Sie verstand es, mit einfachen Mitteln eine besondere Atmosphäre zu zaubern.

»Das hast du wunderbar arrangiert«, wandte sich Charlotte an sie. »Da kommt man doppelt so gern nach Hause.«

»Schön, dass du unsere WG schon als dein Zuhause ansiehst«, freute sich Philipp, worauf sie in die Runde schaute.

»Dazu habt ihr alle beigetragen, als ihr mich so herzlich aufgenommen habt.« Sie nahm den Herd ins Visier. »Auch Conrads Kochkünste sind nicht ganz unschuldig daran. Was hast du denn Leckeres vorbereitet?«

»Du isst doch gerne Fisch. Deshalb habe ich einen Lachsauflauf im Ofen – mit Tagliatelle und Blattspinat.«

Er warf einen Blick zur Küchenuhr. »In fünf Minuten kann es losgehen.«

Das Mittagessen war köstlich – genau wie später zum Kaffee der Butterkuchen vom Blech, den Elisabeth gebacken hatte. Dabei unterhielten sie sich lebhaft und lachten viel zusammen. Später ging Charlotte hinauf in ihre Räume und sah ihre Post durch, die Anneliese auf einer Kommode deponiert hatte.

Am frühen Abend verabschiedeten sich Charlotte und Philipp von den Freunden, um nach Rabeneck zurückzukehren.

Es war schon dunkel, als sie die Straße hinauffuhren, die zum Internat führte. Auf halber Strecke erschien plötzlich ein großer schwarzer Wagen hinter ihnen, setzte zum Überholen an und schoss an ihnen vorbei.

»Idiot.«

»Das war Kaminski, der Hausmeister«, fügte Charlotte hinzu. »Ich habe ihn schon vor ein paar Tagen mit diesem Wagen gesehen. Erstaunlich, dass er sich einen nagelneuen SUV leisten kann. Freunde von mir haben so einen. Der kostet ein kleines Vermögen.«

»Manch einer braucht halt so ein Statussymbol.«

Achselzuckend nickte sie.

»Gehen wir vom Parkplatz aus getrennt zum Gästehaus?«

»So weit kommt es noch. Falls uns jemand anspricht, fällt mir schon eine passende Erklärung ein.«

Um diese Uhrzeit waren die meisten Mitarbeiter des Internats von ihrem freien Wochenende zurück. Dennoch fand Philipp einen Stellplatz in der Nähe des Tores. Seite an Seite betraten sie das Internatsgelände. Am Rande des

Lichtkegels einer Laterne lehnte der Hausmeister an der mittelalterlichen Mauer und telefonierte. Als er Charlotte und Philipp sah, drehte er sich rasch weg, sodass ihn die Dunkelheit verschluckte.

KAPITEL 20

In den nächsten Tagen las Charlotte alles, was die Polizei über die Mitarbeiter des Internats zusammengetragen hatte. Sie suchte nach irgendeiner Auffälligkeit, nach einem Punkt, an dem sie ansetzen konnte. Vergeblich. Weder im Lehrerkollegium noch beim übrigen Personal war etwas Verdächtiges zu finden. Im Grunde hatte sie auch nicht damit gerechnet. Hannes und seine Leute wären jeder noch so kleinen Spur längst nachgegangen. Es war unwahrscheinlich, dass die erfahrenen Ermittler etwas übersehen hatten. Frustriert ging sie vor dem Fenster auf und ab. Wieso sollte ausgerechnet sie auf etwas Unentdecktes stoßen? Weil man so hohe Erwartungen in sie setzte? Weil sie nicht logisch dachte wie ein Polizist, sondern meistens auf ihr Bauchgefühl hörte? Das brachte sie im Fall der verschwundenen Mädchen auch nicht weiter. Sollte sie weiterhin davon ausgehen, dass jemand aus dem Internat in die Entführungen involviert war? Vielleicht konnte man demjenigen eine Falle stellen? Aber wie?

Wie immer, wenn sie intensiv über etwas nachdenken wollte, zog es sie ins Freie. Meistens nahm sie ihre Kamera mit. Etwas Bewegung an der noch kühlen Morgenluft würde ihr außerdem guttun.

Sie packte ihren kleinen Rucksack und holte eine Halbliterflasche Mineralwasser aus der Küche.

Minuten später war Charlotte mit der Kamera um den Hals unterwegs. Sie verließ das Internatsgelände und entfernte sich so weit, dass sie die alte Burg in der Totalen aufnehmen konnte. Dabei wählte sie eine seitliche Perspektive und erzielte dadurch Tiefenwirkung. Die Sträucher im vorderen Bildbereich verbanden das Motiv mit der Umgebung. Um das gesamte Gebäude scharf abzubilden, war eine hohe Schärfentiefe nötig. Sie fotografierte mit einer kleinen Blende und stellte manuell einen hohen Blendenwert ein. Mehrmals drückte sie auf den Auslöser. Für die nächsten Fotos bewegte sie sich wieder auf das Motiv zu, bis fast das gesamte Suchfenster ausgefüllt war. Schließlich legte sie sich bäuchlings in ein Bett aus buntem Herbstlaub und schaute durch den Sucher. Aus dieser Froschperspektive von unten nach schräg oben wirkte die Burg bedrohlich, unheimlich. Diese Aufnahmen passten perfekt zum Thema ihrer Foto-AG.

Geschmeidig kam sie auf die Beine, nahm den Burgturm ins Visier und zoomte ihn heran. Sie sah den groben Natursandstein und vereinzelte Schießscharten. Unterhalb der teilweise erhaltenen Zinne waren vereinzelte größere Öffnungen zu sehen. Von ihrem Standort konnte sie auch Restteile der Ringmauer erkennen. Charlotte beschloss, die Gelegenheit zu nutzen, den Turm zu besteigen. Nach einem Schluck aus der Wasserflasche kehrte sie auf das Internatsgelände zurück und schlug den Weg zum Wehrturm ein. Mehrere Steinstufen führten zu einer verwitterten Eichentür, die von schmiedeeisernen Beschlägen zusammengehalten wurde. Als sie die Klinke herunterdrückte, stellte sie enttäuscht fest, dass abgeschlossen war.

Sie überlegte, ob sie zur Verwaltung gehen und Ingrid um den Schlüssel bitten sollte, als sie den Hausmeister bemerkte, der aus der entgegengesetzten Richtung kam. Mit wenigen Schritten erreichte sie ihn.

»Guten Morgen, Herr Kaminski.«

»Morgen.«

Es war mehr ein Brummen, bei dem er sie nicht ansah.

»Ich möchte gern auf den Turm. Haben Sie den Schlüssel?«

Nun musterte er sie, als sei sie ein unwissendes Kind.

»Da kann man nicht so einfach rauf. Der Turm ist für die Öffentlichkeit nicht zugänglich. Da könnte ja jeder kommen.«

Sein herablassender Ton ärgerte sie.

»Ich bin nicht jeder. Als Leiterin der Foto-AG brauche ich ein paar Aufnahmen aus der Vogelperspektive. Wir dokumentieren Rabeneck aus verschiedenen Blickwinkeln.«

»Dafür bin ich nicht zuständig. Holen Sie sich eine Genehmigung von der Internatsleitung.«

»Die habe ich schon«, behauptete sie und zog ihr Handy aus der Hosentasche. »Moment, Herr Dr. Peters wird Ihnen das sofort bestätigen.«

»Schon gut«, grummelte er und ging voraus. Er stellte seine kleine Werkzeugbox ab und nahm einen großen Schlüsselring heraus, der aussah wie der eines Kerkermeisters. Zielsicher wählte er einen altmodischen gusseisernen Schlüssel aus, entriegelte die Tür und öffnete sie ein Stück weit, wobei die Scharniere quietschten und das Holz knarrte.

»Wie lange brauchen Sie?«

»Eine gute halbe Stunde.«

»Aber nicht länger. Ich komme dann und schließe wieder ab.«

»Vielen Dank«, sagte sie in leicht ironischem Ton. »Das ist sehr freundlich von Ihnen.«

Ohne ihn weiter zu beachten, ging sie hinein. Die ersten Schritte wurden noch von hereinfallenden Sonnenstrahlen begleitet. An der steinernen Wendeltreppe wurde es dunkler. Charlottes Augen gewöhnten sich schnell an das diffuse Licht. Sie stellte den Rucksack am Fuße der Treppe ab und begann den Aufstieg über die ausgetretenen Steinstufen.

Auf der Homepage des Internats hatte sie gelesen, dass der Turm 28,5 Meter hoch war, drei bis vier Meter dicke Mauern und 117 Stufen über vier Etagen besaß.

Als sie den ersten Treppenabsatz erreichte, verhielt sie kurz und schaute sich im Licht, das durch die Schießscharten fiel, um. An diesen Öffnungen im Mauerwerk waren von innen Netze gespannt, um das Eindringen von Vögeln zu verhindern. Sonst gab es hier außer den groben Steinwänden nichts zu sehen. So griff sie nach dem eisernen Geländer und stieg weiter hinauf. Auf der dritten Ebene floss viel Licht durch die Maueröffnungen hinein. Insgesamt gab es sechs davon verteilt über das Rund des Turmes. Obwohl sie sich sportlich fit hielt und dementsprechend gut in Form war, brauchte Charlotte einen Moment, um zu verschnaufen. Dann trat sie an eine der etwa 30 Zentimeter breiten und einen knappen Meter hohen Öffnungen. Auch hier waren Netze befestigt, die aber die Sicht nicht behinderten.

»Wahnsinn!«, entfuhr es ihr bei dem fantastischen Ausblick. Das Internat lag 400 Meter über NN, sodass man bei besten Wetterbedingungen kilometerweit sehen konnte. Die Skyline im Osten könnte demnach die niedersächsische Landeshauptstadt sein. Bei dieser klaren Sicht war es ein Vergnügen, Fotos zu schießen. Dazu schob sie das Kameraobjektiv einfach durch eine große Netzmasche.

Schließlich trat sie an das Fenster, das nach Westen ausgerichtet war. Leichter Wind wehte herein. Von oben hörte sie das vereinzelte Krächzen der schwarzen Vögel. Da die Luke, die zur Zinne hinaufführte, geschlossen war, konnten sie nicht tiefer in den Turm vordringen. Charlotte schaute über die Felder. Die Getreideernte war wegen des regenreichen Augusts auch jetzt Mitte September noch nicht ganz abgeschlossen. Weizen und Gerste standen noch auf einigen Äckern. Auf einem Feldweg radelte ein Mädchen entlang, das auf dem Rücken einen Ranzen trug. Anscheinend befand es sich auf dem Schulweg. An einem Findling stieg das Kind vom Rad und lehnte es gegen den großen Stein. Es legte den Ranzen ab, lief an den Feldrand und pflückte Blumen – vielleicht für seine Lehrerin.

Charlotte zoomte diese friedliche Szene heran und betätigte den Auslöser. Schnell hatte die Kleine mit den blonden Zöpfen einen bunten Strauß aus Kornblumen und Gräsern zusammen. Dazwischen leuchteten Margeriten oder Kamillenzweige. Durch die Ähnlichkeit der Pflanzen mit den gelben Blütenköpfen konnte Charlotte sie nicht genauer identifizieren. Sie schoss ein paar Fotos von dem am Feldrand hockenden Mädchen, als sie einen näher kommenden dunklen Lieferwagen bemerkte, der auf der Höhe des Kindes anhielt.

Charlotte ließ die Kamera sinken und sah, dass zwei schwarz gekleidete Männer ausstiegen. Ihre Gesichter wurden teilweise von dunklen Sonnenbrillen verdeckt. Einer sprach die Kleine offenbar an, so dass sie aufstand und mit dem Zeigefinger nach rechts deutete. Im nächsten Augenblick packte der Mann das Kind an den Schultern.

KAPITEL 21

Charlotte stockte der Atem. Wie erstarrt sah sie mit an, wie sich der Kerl das zappelnde Kind unter den Arm klemmte und zum Wagen trug. Der bunte Blumenstrauß fiel auf den staubigen Weg. Als der andere Mann die seitliche Schiebetür aufzog, reagierte Charlotte. Sie wusste, dass sie von dort oben nichts gegen die Entführer ausrichten konnte. Deshalb hob sie die Kamera und schoss so viele Fotos in Serie, wie es technisch möglich war. Auf einmal erschien im Suchfenster eine Nachricht: »Akkukapazität erschöpft«.

»Verdammt!«

Sie ließ die Nikon vor die Brust sinken und zog blitzschnell das Smartphone aus der Hosentasche. Fast rutschte es ihr aus der Hand, so sehr bebten ihre Finger. Sie konnte es gerade noch abfangen. Obwohl die Reichweite der Handykamera stark eingeschränkt war, aktivierte sie die Videofunktion.

Beim Filmen sah sie, wie das Kind mit einem der Männer im Wageninneren verschwand. Der andere ging noch einmal zum Feldrand, nahm das Kinderfahrrad und schleuderte es ins Getreide. Der Schulranzen flog hinterher. Dann blickte sich der Entführer sichernd nach allen Seiten um. Er hob den Kopf und schien zu Charlotte hinaufzusehen. Sie rührte sich nicht von der Stelle. Schließlich wandte er sich ab, sprang in den Transporter und gab Gas. Staub und Sand wirbelten auf, als der Wagen mit hoher Geschwindigkeit davonjagte. Charlotte stoppte die Aufnahme erst, als das Fahrzeug nicht mehr zu sehen war. Auf dem Weg zur Treppe wechselte sie zur Kontaktliste des Telefons. Sie wählte Hannes' Nummer aus, aber es kam keine Verbindung zustande. Stattdessen erschien die Information: Mobilfunknetz nicht verfügbar. Das musste an den dicken Mauern liegen. Charlotte machte kehrt und lief dicht an eines der Fenster. Dort versuchte sie es erneut. Es funktionierte. Nach mehrmaligem Läuten meldete sich der Hauptkommissar.

»Hallo, Charly.«

»Hannes, ihr müsst sofort kommen. Ich habe eben die Entführung eines Mädchens beobachtet. Ihr müsst die Straßen sperren und …«

»Moment«, unterbrach er sie. »Du hast: was?«

Obwohl sie aufgebracht war, bemühte sie sich, so sachlich wie möglich zu schildern, was sie beobachtet hatte.

»Okay, ich habe verstanden und werde alles Nötige veranlassen.« Sie hörte, dass er kurz mit seinen Kollegen sprach. »Charly? Wir treffen uns auf dem Parkplatz des Internats. Du musst uns die Stelle zeigen, wo das Mädchen entführt wurde.«

»Okay.«

Sie steckte das Telefon ein und wandte sich zur Treppe. Immer noch aufgewühlt, hastete sie die Stufen hinab. Unten angekommen, griff sie nach ihrem Rucksack, legte die Kamera hinein und nahm das Mineralwasser heraus. Sie leerte die Flasche in schnellen Zügen.

»Sie sind ja immer noch da drin.« Das war die Stimme des Hausmeisters. Dieser Giftzwerg hatte ihr gerade noch gefehlt. »Wir hatten eine halbe Stunde ausgemacht.«

»Verklagen Sie mich«, raunzte sie zurück, nahm ihren Rucksack und schulterte ihn. Ohne Eile lief sie auf den Ausgang zu und verließ den Turm.

Ungeduldig marschierte sie bald an der Einfahrt zum Parkplatz auf und ab. Endlich sah sie die Einsatzwagen mit eingeschaltetem Blaulicht und Martinshorn näher kommen. Mit hoher Geschwindigkeit rasten sie auf das Internat zu. Vorneweg das Zivilfahrzeug des Hauptkommissars. Er fuhr auf den Parkplatz, bremste mit quietschenden Reifen und sprang aus dem Wagen.

»Charly!« Er bedachte sie mit einem prüfenden Blick. »Bist du in Ordnung?«

»Kannst du mich mal kurz in den Arm nehmen?«

Ohne ein Wort zog er sie an sich.

»Ich ahne, was in dir vorgeht«, sagte er an ihrem Ohr. »Aber du hättest das nicht verhindern können.«

»Ich weiß.« Entschlossen löste sie sich von ihm. »Danke.« Sie blickte an ihm vorbei, sah Pia und Martin herankommen. Mit ernster Miene blieben die beiden bei ihnen stehen. Fragend schaute Hannes seine Mitarbeiter an.

»Wie sieht's aus?«

»Die Ringfahndung steht«, berichtete Martin. »Aber ich bin skeptisch, ob das was bringt. Wir wissen doch aus Erfahrung, dass die Verbrecher trotz der Sperrungen von Kreuzungen, Brücken und Autobahnauffahrten oft nicht zu fassen sind. Entweder finden sie ein Schlupfloch oder sie verstecken sich und warten ab, bis sich die Lage beruhigt hat. Das ist echt frustrierend.«

»Diesmal haben wir aber eine Augenzeugin, die das Fahrzeug genau beschreiben kann.« Hannes' Blick konzentrierte sich wieder auf Charlotte. »Das kannst du doch?«

»Es war ein schwarzer Lieferwagen.« Sie stellte den Rucksack ab und nahm die Kamera heraus. »Der müsste auch auf den Fotos sein, aber ich muss erst den Akku wechseln.« Es dauerte nur wenige Augenblicke, dann war die Nikon wieder einsatzbereit. Per Wiedergabetaste holte Charlotte die Aufnahmen auf den Kontrollbildschirm.

»Viel kann man hier nicht erkennen«, stellte sie fest. »Hat einer von euch einen Laptop dabei?«

Pia nickte und lief zu ihrem Wagen. Gleich darauf stand der Computer auf der Motorhaube. Charlotte reichte der Kommissarin die Speicherkarte, die Pia in den entsprechenden SD-Karten-Slot schob. Auf dem Monitor erschien die Fotodatei. Über das Touchpad öffnete Charlotte den Ordner und bewegte den Cursor hinunter bis zum ersten Foto, das sie von der Entführung geschossen hatte.

»Ab hier«, sagte sie und trat einen Schritt zurück. Auf den Fotos waren die beiden dunkel gekleideten Männer zu sehen. Einer von ihnen stand an der Schiebetür des Wagens, der andere trug das Mädchen dorthin.

»Die Fotos sind nicht ganz scharf«, sagte Charlotte bedauernd. »Es ging alles so schnell. Und dann war auch noch der Akku leer. Ich hatte vergessen, ihn nach der Foto-AG aufzuladen.«

»Mach dir keine Gedanken«, sagte Hannes. »Vielleicht können unsere Spezialisten mehr aus den Fotos herausholen. Schade nur, dass wir nicht noch was haben.«

»Als der Akku leer war, habe ich mit dem Handy gefilmt.«

»Echt?« Anerkennend blickte Martin sie an. »Du bist einfach unglaublich. Her damit.«

Sie zog das Telefon hervor und reichte es ihm. Über Bluetooth stellte er eine Verbindung zum Laptop her.

Nun sahen sie den weiteren Ablauf der Entführung und schließlich, wie der Wagen verschwand.

»Mir war klar, dass die Qualität nicht besonders gut ist«, sagte sie anschließend. »Es tut mir leid.«

»Du musst dich weder rechtfertigen noch entschuldigen«, erwiderte Hannes. »Nur wenige hätten so schnell und umsichtig reagiert. Man konnte sehen, dass es sich bei dem Wagen um einen schwarzen Ford handelt.« Sein Blick wechselte zu Martin. »Gib die Info gleich weiter. Wir fahren mit Charly zum Entführungsort.«

»Die KTU ist auch schon unterwegs«, fügte Pia hinzu. »Wir benachrichtigen die Kollegen über unseren Standort, wenn wir da sind.«

Sie stiegen in die Wagen. Charlotte saß bei Hannes auf dem Beifahrersitz und übernahm die Führung. Ihr ausgeprägter Orientierungssinn kam ihr dabei zugute. So hielten sie schon wenig später kurz vor der Stelle, die sie auf den Aufnahmen gesehen hatten. Um den Ort nicht zu kontaminieren, blieben sie im Wagen sitzen und warteten auf die Spurensicherung. Durch die Frontscheibe sah Charlotte die auf dem Weg liegenden gepflückten Blumen – und kämpfte mit den Tränen. Als sie später aussteigen durften, hob sie den Strauß auf und nahm ihn mit.

Später fuhren sie zusammen nach Rabeneck zurück. Die Internatsleitung musste unterrichtet werden. Außerdem brauchten sie Hilfe bei der Identifizierung des entführten Kindes. Bislang war noch keine Vermisstenanzeige eingegangen.

Ingrid Brandt war in heller Aufregung, als sie erfuhr, dass schon wieder ein Mädchen gekidnappt wurde. Ihr Chef reagierte auch betroffen, aber ruhiger. Auf den Fotos der Entführung war das Gesicht des Kindes nicht deutlich zu erkennen, so dass Charlotte die Aufnahmen zeigte, die sie vorher geschossen hatte. Auf diesen gestochen scharfen Fotos war ein blondes Mädchen mit Sommersprossen zu sehen, das in friedlicher Atmosphäre am Feldrand Blumen pflückte. Auf mehreren Bildern war das Kind von vorn aufgenommen. Dennoch schüttelten sowohl Ingrid, die alle Schüler sogar mit Namen kannte, als auch Dr. Peters bedauernd den Kopf. Der Internatsleiter verwies auf die Grundschule in Rabenau. Wahrscheinlich war die Kleine eine der Schülerinnen von dort.

Charlotte begleitete die Kommissare noch nach unten. Um keinen Verdacht zu erregen, verabschiedeten sie sich dort lediglich mit Handschlag. Hannes versprach aber, sie auf dem Laufenden zu halten.

Im Gästehaus suchte sie zuerst in der Küche nach einem passenden Gefäß für die Blumen, das sie mit hinauf in ihre Wohnung nahm und auf den Tisch stellte. Dann ließ sie sich in einen Sessel fallen. Sie musste das Erlebte erst einmal verarbeiten und hätte nun gern mit Philipp gesprochen, wollte aber seine Sprechstunde nicht stören.

Um sich abzulenken, sammelte sie ihre Schmutzwäsche auf und füllte in der Küche die Waschmaschine. Zu allem Überfluss war die Waschpulverbox leer. Sie nahm sich vor, am nächsten Tag in den Ort zum Einkaufen zu fahren, und ging wieder hinauf in ihre Wohnung. Den leeren Kamera-Akku schob sie ins Ladegerät. Da die Fotos und das Video von der Entführung auf dem Polizei-Laptop gespeichert waren, konnte sie die Dateien nun von der Speicherkarte und dem Smartphone auf ihr kleines Netbook laden. In der Hoffnung, auf irgendetwas zu stoßen, das ihnen weiterhelfen könnte, schaute sie sich sämtliche Aufnahmen erneut genau an. Sie entdeckte aber nichts Auffälliges an der Kleidung oder dem Wagen der Entführer. Vielleicht konnte sie wenigstens das Modell des Wagens herausbekommen? Sie wechselte ins Internet und gab die Begriffe Ford und Lieferwagen ins Suchfester ein. 384 000 Einträge. Sie klickte auf die Bilderanzeige, worauf sich ein Fenster mit vielen Fotos von Lieferwagen dieser Automarke öffnete. Nun scrollte sie durch die Ergebnisse, bis sie das passende Modell gefunden hatte. Sie nahm das Handy von Tisch und informierte Hannes per WhatsApp über das Ergebnis. Sie wusste, dass es sich dabei nur um ein winziges Puzzleteil handelte, um auf die Spur der Kidnapper zu kommen. Aber sie konnte nicht tatenlos herumsitzen.

Ein Blick zur Uhr verriet Charlotte, dass es Zeit war, zur Sporthalle hinüberzugehen. Der Fitnesskurs für den 12. Jahrgang stand auf ihrem Stundenplan. Obwohl sie lieber irgendetwas getan hätte, um bei der Suche nach dem Mädchen zu helfen, packte sie ihre Sporttasche. Hannes hatte gesagt, dass alles so normal wie möglich weiterlaufen sollte. Daran hielt sie sich.

In den nächsten beiden Stunden war sie durch den Zumba-Kurs abgelenkt. Die Oberstufenschülerinnen waren begeistert bei der Sache und applaudierten am Ende des Unterrichts.

Nach dem Duschen kontrollierte Charlotte noch die Umkleideräume, bevor sie abschloss und die Sporthalle verließ. Sofort waren die Bilder von der Entführung in ihrem Kopf wieder präsent. Zusätzlich war sie beunruhigt darüber, dass der Kidnapper sie gesehen hatte. Sie verspürte das dringende Bedürfnis, mit Philipp zu sprechen und hoffte, ihn in seinem Zimmer anzutreffen. Auf dem Weg zum Hauptgebäude wurde sie mehrfach freundlich gegrüßt. Dabei gewann sie den Eindruck, dass es sich schon herumgesprochen hatte, was am Vormittag passiert war.

Über die Treppe erreichte sie die erste Etage und blieb vor der Tür zum Besprechungsraum des Psychologen stehen. Auf ihr Klopfen reagierte niemand. Sie legte die Hand auf die Klinke und stellte fest, dass abgeschlossen war.

»Der Professor wurde vor ein paar Minuten zum Chef gerufen«, vernahm sie die Stimme des Franzosen hinter sich und drehte sich herum. Sie sah, dass Maurice sie besorgt anschaute. »Sie sehen etwas mitgenommen aus.«

Sie zuckte nur die Achseln, worauf er die Hand auf ihren Arm legte.

»Wir haben schon gehört, was passiert ist. Kein Wunder, dass Ihnen das zusetzt.« Mit dem Kopf deutete er zur Tür. »Es ist verständlich, dass Sie jetzt jemanden zum Reden brauchen. Ich stehe Ihnen gern zur Verfügung. Aber nicht hier. Ein bisschen Abstand wird Ihnen guttun.«

Protestlos ließ sie es geschehen, dass er den Arm um ihre Schultern legte und sie hinausgeleitete.

Nach Rücksprache mit dem Vorstandsvorsitzenden hatte Michael Peters die Schulleitungsrunde am Nachmittag zusammengerufen. Die Identität des entführten Mädchens stand inzwischen fest. Es handelte sich um die achtjährige Rosalie Buck aus der Grundschule von Rabenau. In ihrer

Klasse war der Unterricht an diesem Morgen wegen der Erkrankung eines Lehrers nach der zweiten Stunde ausgefallen. Der Heimweg des Mädchens führte in der Nähe des Internats vorbei. Es wurde vermutet, dass Rosalie ihrer Mutter Blumen mitbringen wollte und deshalb nicht sofort nach Schulschluss nach Hause geradelt war. Demnach hatte es sich bei dem Mädchen um ein Zufallsopfer gehandelt. Genauso gut hätte die Entführte eine Rabeneck-Schülerin sein können. Dadurch stand die Frage, ob die Sicherheitsmaßnahmen des Internats ausreichend waren, wieder zur Debatte.

Nachdem sich die Runde aufgelöst hatte, verließen die Teilnehmer den Konferenzraum. Auch der Professor trat auf den Flur hinaus. Er wollte so schnell wie möglich ins Gästehaus zu Charlotte – um für sie da zu sein. Er wusste, dass das Erlebte eine Belastung für sie darstellte. Nach wenigen Schritten begegnete ihm die stellvertretende Schulleiterin. Sie trug ein rotgrundiges Kleid, dazu passende Stiefel und eine farblich darauf abgestimmte Brille.

»Habe ich was verpasst, Philipp? Ich hatte einen dringenden Zahnarzttermin. Deshalb bin ich so spät.«

»Hauptsächlich ging es um Sicherheitsfragen. Frau Brandt legt Ihnen morgen ein Protokoll der Zusammenkunft ins Fach.«

Verstehend nickte sie und hängte sich bei ihm ein.

»Gehen wir zusammen zum Abendessen in die Mensa? – Ich hatte übrigens recht«, fuhr sie fort, bevor er antworten konnte. »Maurice und Frau Arndt sind ein Paar.«

»Ach, wirklich?«

»Hundertprozentig. Ich habe die zwei vorhin auf meinem Weg zum Zahnarzt gesehen. Was glauben Sie, wo?«

Ratlos zuckte er die Schultern.

»Keine Ahnung.«

»Die Praxis ist in einem Haus direkt gegenüber vom Landhotel«, erklärte sie triumphierend. »Ich habe die beiden zusammen reingehen sehen. Und nach meiner wirklich langen Behandlung stand der Wagen von Maurice immer noch auf dem Hotelparkplatz. Das kann nur bedeuten, dass die beiden ungestört sein wollten.«

»Das kann vieles bedeuten.«

»Ach, Philipp«, sagte sie nachsichtig. »Wenn man so was Schreckliches erlebt hat, braucht man nicht nur Abstand, sondern auch den Zuspruch eines lieben Menschen. Frau Arndt musste hilflos mitansehen, dass ein Kind entführt wurde. Das muss ihr doch zu schaffen machen. Als Psychologe sollten Sie das eigentlich wissen.«

Natürlich wusste er das. Deshalb wollte er ja so schnell wie möglich zu ihr. Aber anscheinend gab es bereits jemanden, der ihr beistand. Es ärgerte ihn, dass der Franzose ihm offenbar immer zuvorkam. Wahrscheinlich wartete er nur darauf, bei Charlotte zu punkten.

Es war schon dunkel, als Charlotte das Gästehaus betrat. Sie sah den Lichtschein, der aus der Küche in den Flur fiel, und trat mit der Sporttasche über der Schulter ein.

Philipp saß mit einem Rotweinglas in der Hand am Küchentisch. Vor ihm stand eine halbleere Flasche.

Der Blick, mit dem er Charlotte ansah, schien ein einziger Vorwurf zu sein.

»Was ist?«

»Wo kommst du jetzt her?«

Sein Ton irritierte sie.

»Wie bitte?«

»Ich will wissen, wo du warst.«

»Wird das jetzt ein Verhör?«

Frustriert stellte er das Glas ab.

»Warum gibst du nicht einfach zu, dass du mit Maurice in einem Hotel warst? Und das schon zum zweiten Mal! Was läuft da zwischen euch?«

Empört funkelte sie ihn an. Lag es am Alkohol, oder warum vertraute er ihr plötzlich nicht mehr?

»Was willst du jetzt hören? Dass ich seinem Charme nicht widerstehen konnte und mit ihm ins Bett gehüpft bin?«

»Bist du?«

»Das ist nicht dein Ernst.«

»Ach, komm schon. Ich weiß, wie das läuft. Erst fängt es mit der verständnisvollen Masche an – Beistand, Trost und so weiter. Dabei kommt man sich näher. Und dann passiert es eben.«

»Dann passiert es eben«, wiederholte sie aufgebracht. Normalerweise dauerte es lange, bis sie auf 180 war, aber ungerechtfertigte Vorwürfe beschleunigten diesen Prozess. »So einfach ist das.« Leicht schüttelte sie den Kopf. »Anscheinend war es eine Schnapsidee, dass du mich zu diesem Einsatz ins Internat begleitest. Genauso falsch war wohl auch mein Einzug in eure WG. Ich hätte wissen müssen, dass das nicht funktioniert. Wenn die Sache hier vorbei ist, hole ich meine Sachen bei euch ab.«

Ehe er reagieren konnte, verließ sie die Küche und stürmte die Treppe hinauf.

Philipp folgte ihr erschrocken in den Flur.

»Charlotte! Warte!«

»Lass mich in Ruhe!«

Sie sperrte die Tür zu ihrer Wohnung auf, trat ein und warf sie mit Schwung hinter sich zu.

Ein sicheres Zeichen für Philipp, dass es heute keinen Sinn mehr haben würde, mit ihr zu sprechen, sich zu entschuldigen. Er ärgerte sich über sich selbst, dass er so unsensibel gewesen war. Als Psychologe hätte er es nun wirklich besser wissen müssen. War er einfach zu nah dran, dass er alles, was er wusste, vergessen hatte und sich wie ein eifersüchtiger Liebhaber benahm? Was sonst hatte ihn geritten, ihr Vorhaltungen zu machen? Sie zu verdächtigen, ihn zu hintergehen? Sie war der ehrlichste und gradlinigste Mensch, den er kannte. Ihm wurde klar, dass es schlicht und einfach Angst war, sie wieder zu verlieren.

»Ich bin ein Idiot«, murmelte er, ging in die Küche zurück und setzte sich wieder an den Tisch. Nachdenklich drehte er das Rotweinglas zwischen den Fingern. Er durfte nicht zulassen, dass Charlotte wieder aus seinem Leben verschwinden würde. Genau das würde sie aber trotz ihrer Freundschaft zu den anderen WG-Bewohnern tun, wenn er es nicht verhinderte.

Philipp stand auf, trug das Glas und die Flasche zur Spüle und entleerte die Reste in den Ausguss. Müden Schrittes stieg er die Treppe hinauf. Vor der Tür zu Charlottes Wohnung zögerte er einen Moment, dann ging er daran vorbei und betrat seine eigene Unterkunft.

Unterdessen war Charlotte immer noch geladen. Unruhig ging sie in ihrem Wohnzimmer auf und ab. Dem Signalton ihres Telefons, der eine eingehende Nachricht ankündigte, schenkte sie keine Beachtung. Sie vermutete, dass jemand vom Kollegium sie zusammen mit Maurice gesehen hatte. Da der Flurfunk im Internat gut funktionierte, hatte auch Philipp davon erfahren. Warum waren Männer oft nicht mehr zu logischen Schlussfolgerungen fähig, wenn sie sich hintergangen fühlten? Das gekränkte männliche Ego schien dann die Führung zu übernehmen. Hinzu kam wahrscheinlich, dass ihre Beziehung noch sehr jung war. Dadurch fühlte er sich wohl unsicher wie ein Teenager und vertraute nicht auf seine Lebenserfahrung und auf seinen sonst so sicheren Instinkt.

Charlotte spürte selbst, dass ihr Ärger immer mehr verrauchte. Sie zog das Smartphone aus der Hosentasche und setzte sich aufs Sofa. Auf dem Display sah sie, dass mehrere Nachrichten eingegangen waren und öffnete den Messenger. Hannes hatte ihr zwei Mitteilungen geschickt, eine stammte von Philipp. Diese öffnete sie zuerst und las:

»Es tut mir leid. Bitte verzeih mir. Philipp.« – Natürlich würde sie ihm verzeihen. Sie liebte ihn. Es konnte aber nicht schaden, ihn ein wenig zappeln zu lassen. So tippte sie auf Hannes' Namen neben seinem WhatsApp-Profilfoto. In der ersten Nachricht teilte er ihr mit, dass das entführte Mädchen identifiziert sei. In der zweiten, die er vor einer Stunde geschickt hatte, las sie, dass die Fahndung nach dem schwarzen Lieferwagen erfolglos verlaufen sei.

Zu aufgewühlt, um schlafen zu gehen, setzte sich Charlotte an den Computer. Sie musste sich noch einmal mit sämtlichen Ermittlungsakten befassen. Falls sie etwas übersehen hatte. – Und sei es nur eine Kleinigkeit, die ihnen möglicherweise weiterhelfen konnte.

Sie las vom ersten Einsatz der Kripo im Internat. Der Hausmeister hatte Susanne Schaller tot aufgefunden und die Polizei gerufen. Kurz darauf wurde das Fehlen einer Schülerin entdeckt. Daraufhin wurde sofort die übliche Maschinerie in Gang gesetzt. Suchmannschaft, Hundestaffel, Befragungen. »AMBER Alert« wurde ausgelöst. Davon hatte Charlotte schon gehört, wusste aber nicht mehr, um was genau es sich dabei handelte. Deshalb öffnete sie den Browser und gab die beiden Worte in das Suchfenster ein. Als mehr als neun Millionen Ergebnisse angezeigt wurden, schränkte sie die Suche auf Deutschland ein. Nun waren es nur 142.000. Sie öffnete die erste Website und las über eine europaweite grenzüberschreitende Suche nach vermissten Kindern, bei der beispielsweise eine Medienfirma für Kommunikation im öffentlichen Raum seine digitalen Werbeflächen in ganz Deutschland zur Verfügung stellte. Dank eines schnellen Reichweitenaufbaus und der präzisen Aussteuerbarkeit der digitalen Werbeträger würde eine zeitnahe und effektive Verbreitung der Suchmeldungen gewährleistet. So erschien ein Foto des verschwundenen Kindes innerhalb kurzer Zeit auf den Werbetafeln in Bahnhöfen, Flughäfen und Innenstädten. Auch die sozialen Medien wurden bei der Suche mit einbezogen. Die Bilder der verschwundenen Kinder wurden auf allen Kanälen veröffentlicht. Funk und Fernsehen beteiligten sich durch ihre Berichterstattung an der Suche.

Um sich einen Überblick über die Anzahl vermisster Kinder zu verschaffen, recherchierte Charlotte weiterhin im Internet. Sie erfuhr, dass zurzeit 995 Kinder unter 14 Jahren deutschlandweit vermisst wurden. Einige waren weggelaufen, andere verschleppt von einem Sexualstraftäter, Kinderhändlern oder einer Bande, die sie als Taschendiebe oder zum Betteln in Fußgängerzonen schickte. Auch Kinderbeschaffung für ein kinderloses Ehepaar oder eine Straftat mit einem religiösen Hintergrund oder dem Mitwirken einer Sekte konnte man nicht ausschließen. Einige Kinder tauchten nach kurzer Zeit wieder auf, andere wurden tot aufgefunden, viele blieben für immer verschwunden.

Nachdem sie die Berichte, Statistiken und Prognosen gelesen hatte, befürchtete sie, dass die Chancen gering waren, die drei Mädchen jemals zu finden.

Da sie sich am nächsten Morgen nicht gesehen hatten, schickte Philipp gegen Mittag noch einmal eine WhatsApp an Charlotte, in der er sie um eine Aussprache bat. Er schlug vor, sie um 19.00 Uhr abzuholen. Darauf antwortete sie mit einem lapidaren »Okay«.

Anschließend rief sie Hannes an, um sich nach dem Stand der Ermittlungen zu erkundigen.

»Ich gebe dir mal ein Update. Von Rosalie Buck gibt es noch keine Spur. Eine Lösegeldforderung ist nicht eingegangen. Dadurch bestehen kaum noch Zweifel daran, dass es die gleichen Täter wie in den anderen Fällen waren. Der Lieferwagen wurde trotz Großfahndung nicht gefunden.«

»Anscheinend haben euch die Fotos auch nicht weitergeholfen. Es tut mir leid, dass sie nicht gut genug sind, um sie durch die Gesichtserkennungsdatei laufen zu lassen. Das hätte …«

»Du sollst dir keine Vorwürfe machen.«

»Das tue ich aber. Gestern war vielleicht die einzige Chance, den Entführern auf die Spur zu kommen. – Und ich habe es vermasselt, weil ich euch völlig unbrauchbare Fotos geliefert habe.«

»Das stimmt so nicht«, behauptete er. »Wir können heute noch gar nicht absehen, wie wertvoll die Fotos und deine Zeugenaussage noch einmal für uns sein können. Also hör bitte auf, dich mit Schuldgefühlen zu belasten.«

Vom Verstand her wusste Charlotte, dass Hannes recht hatte. Trotzdem fühlte sie sich schlecht dabei.

Nach der Mittagspause gab Charlotte den Zumba-Kurs bei den Sechstklässlern. Unter den Schülerinnen war auch Emma Herzberg, das Mädchen, das sie vor Tagen schlafend im Theaterfundus des Internats entdeckt hatte. Diesmal trug das Kind schwarze Leggins und ein weißes Shirt.

Zwischen den beiden Unterrichtsstunden legte die Lehrerin den Arm um die Schultern des Mädchens und sprach es mit gedämpfter Stimme an.

»Geht es dir gut?«

»Ja.«

»Keine Probleme mehr mit deinen Mitschülerinnen?«

»Nein.« Dankbar schaute Emma sie an. »Die sind jetzt richtig nett zu mir.«

»Das freut mich.«

Später kehrte Charlotte ins Gästehaus zurück. In der Küche beseitigte sie das Feuchtbiotop in ihrer Sporttasche und stopfte es in die Waschmaschine. Sofort fiel ihr der Waschpulvernotstand ein. Sie musste dringend nach Rabenau fahren. Nach einem Blick zur Uhr wusste sie, dass sie das bis zu ihrer Verabredung mit Philipp locker schaffen würde.

Zehn Minuten später stieg sie aufs Rad. Sie verließ Rabeneck durch das Burgtor und fuhr ein Stück auf der Landstraße. Um Zeit zu sparen, nahm sie die Abkürzung durch das Wäldchen.

Der Einkauf war schnell erledigt, so dass sie sich bald auf dem Rückweg befand. Etwa auf halber Strecke durch den Wald kreuzte ein breiterer Forstweg den schmalen

Radweg. Ein dunkelgrüner Caddy stand mit geöffneter Schiebetür quer auf ihrer Spur, so dass kein Vorbeikommen war. Charlotte war gezwungen, zu bremsen und abzusteigen. Sie schaute sich nach dem Fahrer um, konnte ihn aber nirgends entdecken.

»Hallo?«, rief sie, wobei sie einen Blick ins Wageninnere warf, wo verschiedene Werkzeuge, ein Kanister und große Schaufeln lagen. Daraus schloss sie, dass er einem Waldarbeiter gehören könnte. Aber wo war er? Durch die engstehenden Bäume und Büsche rechts und links des Weges kam sie mit ihrem Fahrrad nicht weiter. Den Drahtesel im Bogen durch das dichte Gestrüpp zu schieben, erschien ihr zu beschwerlich.

»Hallo!«, rief sie noch einmal und lehnte das Rad gegen einen Baum. Irgendwo musste der Arbeiter doch stecken. Vielleicht war er nur kurz austreten? Plötzlich hörte sie ein Geräusch in ihrem Rücken. Das musste er sein. Bevor sie sich jedoch herumdrehen konnte, wurde sie von hinten gepackt. Jemand drückte ihr etwas süßlich Riechendes aufs Gesicht. Instinktiv schnappte sie nach Luft und schlug um sich. Ihr Verstand funktionierte noch, während ihr Körper sie bereits im Stich ließ. Sekunden später fiel sie in ein tiefes, dunkles Loch.

KAPITEL 22

Philipp war am frühen Abend rechtzeitig in seiner Wohnung, um zu duschen und sich zu rasieren. Sorgfältig wählte er ein weißes Hemd und einen hellen Leinenanzug aus. Wie meistens verzichtete er auf eine Krawatte. Kritisch betrachtete er sich im Spiegel, suchte nach Anzeichen seiner Nervosität. Äußerlich war ihm nichts davon anzusehen, aber innerlich fühlte er sich wie ein Primaner vor dem ersten Rendezvous. Mit allen zehn Fingern fuhr er durch sein noch feuchtes weißes Haar.

»Das wird schon«, machte er sich selbst Mut, nahm die im Schulgarten geklaute Rose aus der Wasserflasche und verließ seine Wohnung. Behutsam pochte er nebenan an die Tür, aber drinnen rührte sich nichts. Wahrscheinlich war Charlotte noch nicht fertig. Ungeduldig wippte er auf den Fußspitzen. Nach einer gefühlten Ewigkeit klopfte er erneut, diesmal fester.

»Sternchen?«

Wieder keine Reaktion. War Charlotte unter der Dusche oder noch gar nicht zu Hause? Nach kurzem Zögern zog er das Schlüsselbund aus der Tasche, schloss auf und betrat die Wohnung. »Charlotte, bist du da?«

Rasch schaute er in die einzelnen Räume – von der Geliebten keine Spur. Enttäuscht legte er die Rose auf den

Tisch. Hatte Charlotte ihre Verabredung vergessen oder war sie aufgehalten worden? Er zog sein Telefon aus der Sakkotasche und versuchte sie anzurufen.

»The person you have called is temporarily not available.«

Warum war sie nicht erreichbar? Was hatte das zu bedeuten? Beunruhigt verließ er die Wohnung. Um diese Zeit saßen die meisten Internatsbewohner beim Abendessen. Er lief zum Hauptgebäude und betrat die Mensa. Suchend schaute er sich um. Charlotte war nicht hier. An einem der Tische saß der Musiklehrer im Kreise einiger Kollegen. Mit Maurice war sie also nicht zusammen. Seltsamerweise beruhigte ihn das nicht. Im Gegenteil: Das ungute Gefühl verstärkte sich. Von mehreren Seiten wurde er aufgefordert, sich dazuzusetzen, aber er lehnte ab und verließ den Speisesaal.

Im Freien versuchte er noch einmal, Charlotte auf dem Handy anzurufen. Vergeblich. Auch in ihrer Wohnung in Hannover meldete sie sich nicht. Wo konnte sie noch sein? Vielleicht bei den Sportanlagen? Im Eilschritt machte er sich auf den Weg dorthin. Als er sie auch dort nicht fand, rief er Anneliese an.

»Hallo, Herr Professor«, meldete sie sich. »Hast du Sehnsucht nach der Rheumadeckenliga?«

»Hat sich Charlotte bei euch gemeldet?«

»Nein.« Es klang erstaunt. »Stimmt etwas nicht?«

»Wenn ich das wüsste. Tust du mir einen Gefallen? Kannst du zu ihrer Wohnung fahren und nachsehen, ob sie dort ist? Es ist wichtig.«

»Sicher kann ich das. Aber …«

»Schick mir bitte eine Nachricht, wenn du da bist. Vielleicht mache ich mir unnötig Sorgen, aber ich muss wissen, wo sie ist.«

»Alles klar. Ich fahre sofort los.«

»Danke, Liesel, ich erkläre euch das alles später.«

Unschlüssig stand er sekundenlang bei der Leichtathletikanlage. Ihm fiel der Parkplatz ein. Er musste nachsehen, ob ihr Auto dort stand. Sofort setzte er sich in Bewegung. Als er durch das alte Burgtor lief, war es fast dunkel. Er wusste nicht, wo Charlotte den Wagen zuletzt abgestellt hatte. Deshalb ging er an den Reihen geparkter Fahrzeuge entlang, bis er den roten Golf entdeckte. Mit ihrem Auto war sie also nicht unterwegs. Wieder versuchte er sie auf dem Handy zu erreichen, aber sie meldete sich nicht. Er wusste, dass sie abends schon einmal mit den Oberstufenschülern am Lagerfeuer gesessen hatte, aber er erinnerte sich, was er am Morgen auf dem großen Lehrerzimmermonitor unter den »News des Tages« gelesen hatte: Die Schüler durften bis auf Weiteres abends nicht ausgehen. Grund dafür war die gestrige Entführung. Schon vor dem Unterricht wurde vom Kollegium darüber gesprochen. Ein Sportlehrer mit Sprachfehler fand es gruselig, dass einer der Kidnapper Charlotte gesehen hatte.

»Verflixt!« Warum war ihm das nicht früher eingefallen? Verbrecher konnten keine Zeugen gebrauchen. Die wurden kurzerhand aus dem Weg geräumt! Die Polizei hätte Charlotte Personenschutz geben müssen!

Er griff nach seinem Handy, das den Eingang einer Nachricht signalisierte, und öffnete sie. Anneliese teilte ihm mit, dass sie Charlotte nicht in ihrer Wohnung angetroffen hätte. Es deutete auch nichts daraufhin, dass sie kürzlich dort gewesen sei. Philipp antwortete mit einem knappen »danke«, dann rief er Hauptkommissar Bremer an.

»Thaler«, gab er sich zu erkennen, als Hannes sich meldete. »Sie müssen sofort etwas unternehmen. Charlotte ist verschwunden.«

»Wie: verschwunden?«

»Ich wollte sie um 19.00 Uhr abholen, aber sie war nicht da. Ans Telefon geht sie auch nicht. Ich habe schon das ganze Internat nach ihr abgesucht. Ihr Auto steht noch auf dem Parkplatz, aber sie ist spurlos verschwunden.«

»Vielleicht braucht sie nach allem, was sie gestern erlebt hat, eine Auszeit.«

»Das hätte sie mir gesagt.«

»Sicher?«

Für einen Moment schwieg Philipp.

»Hatten Sie Streit?«, interpretierte Hannes sein Zögern. »Wann haben Sie Charly das letzte Mal gesehen?«

»Gestern Abend. Sie war zu Recht sauer auf mich, aber wir wollten uns heute aussprechen. Ich weiß, dass sie abgesagt hätte, wenn ihr etwas dazwischengekommen wäre. Ihr muss was passiert sein.«

»Sie ist offenbar erst seit anderthalb Stunden nicht erreichbar. Vielleicht hat …«

»Anscheinend haben Sie mich nicht richtig verstanden, Herr Bremer!«, fiel Philipp ihm aufgebracht ins Wort. »Ich denke, Sie sind mit Charlotte befreundet? Dann tun Sie was! Sie hätten sie gestern gleich unter Personenschutz stellen müssen. Die Verbrecher wissen, dass es für die Entführung eine Zeugin gibt. Und wenn sie einen Komplizen im Internat haben, wissen sie auch, wer das ist. Jetzt bewegen Sie gefälligst Ihren Hintern hierher. Und bringen Sie eine Suchmannschaft mit.«

»Zuerst lasse ich ihr Handy orten«, sagte Hannes mit ruhiger Stimme, obwohl auch er um Charlotte besorgt war. »Wir treffen uns dann im Internat.«

Schon als der Professor gesagt hatte, Charlotte sei verschwunden, hatten in Hannes' Kopf sämtliche Alarmglocken geschrillt. Sein Versuch, den Professor erst einmal zu beruhigen, war kläglich gescheitert. Im Grunde war das nicht anders zu erwarten gewesen. Immerhin liebte dieser Mann Charlotte. Wahrscheinlich machte er sich sogar Vorwürfe, nicht gut genug auf sie aufgepasst zu haben. Es hätte wenig Sinn gehabt, ihm zu sagen, dass er den Personenschutz schon gestern beantragt hatte. Leider dauerte es, bis die Genehmigung vorlag und bis bei der Personalknappheit rund um die Uhr Leute dafür abgestellt werden konnten.

Als Leiter der Sonderkommission musste der Hauptkommissar außerdem darauf achten, dass Zivilisten die Ermittlungen nicht behinderten. Er ahnte jedoch, dass sich Philipp Thaler nicht heraushalten würde, solange er Charlotte nicht in Sicherheit wusste.

Durch die Verbindungstür betrat Hannes das Büro seiner Kollegen und unterrichtete sie von ihrem Verschwinden.

»Als Erstes müssen wir ihr Handy über GPS orten«, wandte er sich an seinen jüngeren Kollegen, der sich sofort an seinen Computer setzte.

»Irgendwas stimmt da nicht«, sagte Martin schließlich. »Ich bekomme kein Signal.«

»Verfluchte Sch…!« Sekundenlang überlegte Hannes. »Ruf beim Provider an. Wir brauchen dringend das Bewegungsprotokoll. Wenn wir wissen, wo das Telefon zuletzt eingeloggt war, können wir das Suchgebiet eingrenzen. Sag denen, es geht um Leben und Tod, sonst lassen die sich wieder ewig Zeit.«

»Was ist mit ihrem Wagen?«, fragte Pia, während Martin telefonierte. »Der hat doch auch GPS.«

»Der Golf steht auf dem Internatsparkplatz.«

»Mist. Was machen wir denn jetzt? Wenn der Professor recht hat, schwebt Charly in großer Gefahr.«

»Und ich bin schuld daran, weil ich sie zu dieser Undercover-Aktion überredet habe.« Hannes starrte nachdenklich vor sich hin. »Wenn die Providerdaten vorliegen, brauchen wir einen Suchtrupp – und die Hundestaffel. Die sollen sich schon mal bereithalten.«

Als Nächstes rief er den Internatsleiter an und bat ihn, trotz der späten Stunde das Kollegium zusammenzurufen.

Kurz vor 23.00 Uhr lagen die Daten des Mobilfunkanbieters endlich vor. Hannes und Pia standen hinter Martin, der am Computer saß. Mit dem Kugelschreiber zeigte er auf den Monitor, auf dem eine Karte zu sehen war.

»Zuletzt hat sich das Handy an diesem Mobilfunkmast in der Nähe von Rabenau eingeloggt. In ländlichen Gebieten sind Funkzellen im Allgemeinen viel breiter ausgelegt und haben auch eine größere Reichweite. Sie sind weiter voneinander entfernt als in der Stadt. Dadurch können wir den Bereich, in dem Charly sich aufhält, nur bis auf wenige Kilometer eingrenzen.«

Hannes deutete auf ein Gebiet auf der Karte.

»Charly ist hier durch den kleinen Wald geradelt, als sie auf die beiden Jungs gestoßen ist. Wenn sie dort öfter unterwegs ist ...« Entschlossen schaute er seine engsten Mitarbeiter an. »Genau dort beginnen wir mit der Suche.«

Eine halbe Stunde vor Mitternacht waren die Einsatzkräfte vor Ort. Hannes betraute Pia und Martin mit der Leitung des Einsatzes. Er selbst fuhr mit seinem Wagen bis vor das Verwaltungsgebäude des Internats. Noch aus dem Auto heraus rief er Philipp an. Er teilte ihm mit, dass Charlottes Inkognito vorsichtshalber gewahrt bleiben sollte.

»Falls die Entführer der Kinder auch hinter ihrem Verschwinden stecken und sie tatsächlich einen Helfer im Internat haben sollten, darf niemand erfahren, dass sie für uns arbeitet. Wenn rauskommt, dass sie ein Polizeispitzel ist, kostet sie das womöglich das Leben.«

»Verstanden«, sagte Philipp knapp. »Wo sind Sie jetzt?«

»Wir treffen uns gleich im Lehrerzimmer.«

Als Hannes dort eintraf, waren alle Plätze mit überwiegend müde aussehenden Pädagogen besetzt.

Michael Peters, der als Einziger informiert war, begrüßte den Hauptkommissar mit ernster Miene. Philipp nickte ihm wortlos zu.

»Ich mache es so kurz wie möglich, damit alle ins Bett können«, sagte Hannes. Durch eine Geste bat er um Ruhe. »Es tut mir leid, dass ich Sie so spät noch herbemühen musste, aber wir dürfen keine Zeit verlieren. Ihre Kollegin Frau Arndt wird seit dem frühen Abend vermisst. Wie Sie alle wissen, hat der Kidnapper sie gestern auf dem Turm bemerkt. Deshalb schließen wir nicht aus, dass er auch sie entführt hat. Ich muss wissen, wann und wo Sie Frau Arndt zuletzt gesehen haben.«

»Heute M…Mittag in der Sporthalle«, sagte Sven Kramer. »Danach nicht mehr.«

»Charlotte ist nachmittags mit dem Rad an mir vorbeigefahren«, meldete sich Maurice mit sorgenvoller Miene zu Wort. »So gegen fünf. Sie hat mir noch zugewinkt.« Sein Blick konzentrierte sich auf den Hauptkommissar. »Was kann ich tun, um zu helfen?«

»Im Moment nichts.« Hannes schaute in die Runde. »Hat jemand sie danach noch gesehen?«

Da er nur Kopfschütteln erntete, löste er die Versammlung bald auf. Alle Kollegen verließen das Lehrerzimmer. Der Internatsleiter und Maurice de Vellot zögerten an der Treppe, aber Hannes überredete sie, nach Hause zu gehen, indem er versprach, sie auf dem Laufenden zu halten. Philipp blieb wie selbstverständlich an seiner Seite.

»Ich gehe nirgendwo hin, bis ich weiß, dass Charlotte in Sicherheit ist«, teilte er Hannes mit. »Also versuchen Sie gar nicht erst, mich wegzuschicken.«

»Dann kommen Sie eben mit«, brummte Hannes und ging mit langen Schritten voraus zu seinem Wagen.

Da sich der Suchtrupp in zwei Gruppen aufgeteilt hatte, schlossen sie sich bald Pia und ihrer Mannschaft an.

Obwohl sie mit starken Lampen ausgerüstet waren, kamen sie bei der Dunkelheit nur langsam voran. So durchkämmten sie das Wäldchen Stück für Stück, wobei sie immer wieder ihren Namen riefen.

Die Morgendämmerung setzte bereits ein, als Martin seinen Chef anrief.

»Wir haben was gefunden.« Seine Stimme klang geschockt. »Das solltest du dir ansehen. Horst und die Spusi sind auch schon da.«

»Horst und die Spusi?«, wiederholte er. Das konnte nur bedeuten … »Wo seid ihr?«

»Im Wäldchen auf der anderen Seite von Rabenau. Ich schicke dir die Koordinaten.«

»Okay, bis gleich.«

Als Hannes sich herumdrehte, stand Philipp vor ihm.

»Was ist passiert?«

»Nichts.«

»Dann wäre kaum die Spurensicherung mit dem Rechtsmediziner vor Ort.« Nur mit Mühe hielt er seine Gefühle unter Kontrolle. »Haben sie Charlotte gefunden? Ist sie …?«

»Genaues weiß ich noch nicht. Ich fahre jetzt rüber. Sie bleiben am besten hier bei den anderen. Ich rufe Sie an, wenn klar ist, was da los ist.«

»Ich komme mit.«

»Das halte ich für keine gute Idee.«

»Sie werden mich nicht daran hindern können.«

»Wenn ich Sie mitnehme, halten Sie sich strikt an meine Anweisungen. Ist das klar, Professor? Sonst lasse ich Sie wegen Behinderung der Ermittlungen festnehmen.«

»Können wir gehen?«

»Hat Ihnen schon mal jemand gesagt, dass Sie eine Nervensäge sind?«

Darauf antwortete Philipp nicht. Obwohl er versuchte sich nicht auszumalen, was sie bei dem anderen Suchtrupp erwartete, sprang sein Kopfkino an und produzierte Schreckensbilder. Hätten sie Charlotte lebend gefunden, bestünde kein Grund, das zu verschweigen. Der Kollege des Kommissars hatte aber anscheinend nur Andeutungen gemacht. Weil die Realität zu furchtbar war?

Auf der Fahrt auf die andere Seite von Rabenau sprachen weder Hannes noch Philipp ein Wort. Insgeheim befürchteten beide das Schlimmste.

Von der Straße aus mussten sie noch einige Hundert Meter laufen, um die Suchmannschaft zu erreichen. Vor der Absperrung blieben sie stehen. Das Gelände war durch zahlreiche starke Scheinwerfer in helles Licht getaucht. In der Luft hing der Geruch von verbranntem Fleisch, als hätten Jäger ihre Beute über dem offenen Feuer gegrillt.

In weiße Overalls gekleidete Leute von der Kriminaltechnik suchten in allen Himmelsrichtungen nach verwertbaren Spuren.

»Ich spreche zuerst mit dem Rechtsmediziner«, wandte sich Hannes an Philipp. »Sie warten hier, bis ich grünes Licht gebe.«

Ein Polizist hob das rot-weiß gestreifte Trassierband etwas an, damit der Hauptkommissar darunter hindurchschlüpfen konnte.

Auf der kleinen Lichtung hockte der Rechtsmediziner in seinem Schutzanzug vor einer Senke, so dass nicht erkennbar war, was sich darin befand. Schwerfällig erhob er sich und streifte die Kapuze seines Overalls ab, wodurch sein kahler Schädel sichtbar wurde.

Hannes blieb wortlos vor ihm stehen. Er kannte Horst Fleischmann schon seit Jahren. Sein sonst immer leicht gerötetes Gesicht war so weiß wie die Haut der Toten, mit denen er es gewöhnlich zu tun hatte. Es war das erste Mal, dass der Zweieinhalbzentnermann nicht schon bei der geringsten Anstrengung schwitzte.

Hannes wollte an ihm vorbeisehen, aber Horst schüttelte den Kopf.

»Das solltest du dir nicht antun.«

Dennoch warf er einen Blick in die Senke – direkt auf eine von zwei Scheinwerfern angestrahlte, bis zur Unkenntlichkeit verbrannte Leiche.

KAPITEL 23

Der hünenhafte Kommissar schwankte. Er hatte während seiner Laufbahn schon etliche Tote gesehen, aber dieser Anblick war beinah zu viel für ihn. Unsicheren Schrittes ging er bis zum nächsten Baum und stützte sich mit der rechten Hand daran ab. Mit gesenktem Kopf stand er da, als müsse er sich übergeben. Er atmete mehrmals tief durch, um gegen das Grauen anzukämpfen. Dann drehte er sich langsam herum.

»Horst …« Seine Stimme mochte ihm kaum gehorchen. »Kannst du schon irgendwas sagen?«

Der Rechtsmediziner konzentrierte sich auf die sachlichen Details.

»Nicht viel. Die aufgefundene Person wurde mit Brandbeschleuniger übergossen und angezündet.«

»Männlich oder weiblich?«

»Das ausgeprägte Becken lässt auf eine Frau schließen.«

»Alter?«

»Keine Chance – jedenfalls nicht zu diesem Zeitpunkt.«

»Sie sieht relativ klein aus. Jedenfalls kleiner als …«

»Verbrennungsopfer liegen selten lang ausgestreckt. Diese gekrümmte Position wird Fechterstellung genannt, weil die Körperhaltung der eines Fechters ähnelt. Sie entsteht durch die enorme Hitze, die der Körper im Feuer ausgesetzt ist und in der Sehnen und Muskulatur schrumpfen.«

Verstehend nickte Hannes. Er hätte gern eine andere Erklärung gehört. Etwas, das bewies, dass diese Tote unmöglich die Frau sein konnte, mit der er schon seit Ewigkeiten befreundet war.

»Hältst du es für möglich, dass es sich bei der Toten um … sie handelt?« Er war unfähig, ihren Namen auszusprechen.

Dr. Fleischmann erging es nicht anders. Er war genauso geschockt – und wurde zunehmend wütender.

»Ja, verflucht.« In seiner Stimme klang Verzweiflung mit. »Martin hat mich über den Undercover-Einsatz aufgeklärt. Bist du eigentlich total verrückt, sie in diesen Fall mit reinzuziehen? Hinter dem Verschwinden der Kinder steckt doch mit Sicherheit irgendeine Mafia. Wenn das da …« Er deutete auf die Senke. »Du bist dafür verantwortlich, wenn sie auf so grausame Weise ums Leben gekommen ist!«

Während Hannes schuldbewusst vor ihm stand, kam Martin angelaufen.

»Es gibt aus der ganzen Gegend keine weitere Vermisstenmeldung.« Er hob die Hand mit dem kleinen Cellophanbeutel, in dem sich Überreste eines zerstörten, völlig verdeckten Telefons befanden. »Die KTU hat es ungefähr 500 Meter von hier in einem Tümpel gefunden. Es gehört definitiv Charly.«

Sie bemerkten nicht, dass Philipp in der Nähe hinter einem Baum stand und fast jedes Wort mitangehört hatte. Erst als er auf die Lichtung trat, wurde er vom Rechtsmediziner gesehen. Die beiden waren gute Bekannte, die immer mal wieder zusammen bei Gerichtsverhandlungen als Gutachter geladen waren.

»Welcher Idiot hat den Professor durchgelassen?« Er eilte ihm auf seinen kurzen Beinen nach. »Philipp, warten Sie!«

Der dachte gar nicht daran. Er brauchte Gewissheit. Entschlossen trat er an den Rand der Mulde – und taumelte entsetzt zurück.

»Nein!«

Etwas so Schreckliches hatte er noch nie gesehen. Das war nicht mehr die Frau, die er liebte. Das war … grauenvoll. Der Schock lähmte ihn von den Zehenspitzen bis in die Zentrale.

»Kommen Sie.« Dr. Fleischmann fasste ihn am Arm und brachte ihn wieder hinter die Absperrung. »Gehen Sie nach Hause, Philipp. Hier können Sie nichts mehr tun.«

»Ich kann sie doch hier nicht alleinlassen. Sie ist doch … Sie war doch …« Aus müden Augen schaute er ihn an. »Wie soll ich ohne sie weiterleben?«

»Es ist noch gar nicht sicher, ob sie es ist.«

»Aber es bestehen kaum Zweifel daran. Ich habe es gehört.«

»Absolute Sicherheit wird erst ein DNA-Abgleich geben. Dazu brauche ich Vergleichsmaterial. Können Sie mir das besorgen?«

»Reicht eine Zahnbürste?«

»Die wäre optimal.«

»Wenn mich jemand zum Internat fährt, kann er sie gleich mitnehmen.«

»Ich kümmere mich um einen Wagen für Sie.«

Niedergeschlagen nickte Philipp.

»Wenn Sie Gewissheit haben … Rufen Sie mich an?«

»Selbstverständlich.«

Ein junger Polizist brachte den Professor in einem Streifenwagen bis vors Gästehaus. Er ging mit hinein und versenkte die Zahnbürste aus Charlottes Bad in einem kleinen Klarsichtbeutel.

Als Philipp allein war, streifte er ruhelos durch die Wohnung. Schließlich ließ er sich ächzend aufs Bett fallen. Er fühlte sich ausgebrannt und leer, unendlich verlassen und mutlos. Das alles war so unfassbar, dass er es immer noch nicht begreifen konnte, nicht begreifen wollte. Noch vor Kurzem hatte er befürchtet, Charlotte würde sich nie eingestehen, dass zwischen ihnen etwas Wundervolles gewachsen war. Dann hatte sie ihm unerwartet ihre Gefühle offenbart und ihn sehr glücklich gemacht. Sie hatte ihre Zusammengehörigkeit auf vielfältige Weise ausgedrückt. Das sollte nun alles vorbei sein? Mehr als zwei Wochen enger Verbundenheit waren ihnen nicht vergönnt? Wie konnte das Schicksal so grausam sein? Das war nicht fair!

Mit der Faust schlug er auf die Matratze, dann vergrub er sein Gesicht im Kopfkissen, in dem immer noch Charlottes Duft hing.

Irgendwann erwachte Philipp. Nachdem er die ganze Nacht auf den Beinen gewesen war, hatte ihn der Schlaf übermannt. Ein Blick zur Uhr zeigte jedoch, dass er kaum zwei Stunden geschlafen hatte. Obwohl er sich wie zerschlagen fühlte, stand er auf und ging hinüber in seine Gästeunterkunft. Im Bad entkleidete er sich und duschte.

Mechanisch zog er sich später an. Dabei wurde ihm klar, dass er es nicht ertragen konnte, im Internat zu sitzen und auf Antworten zu warten. So weh es auch tat, sein Verstand war noch in der Lage, logisch zu denken. Er hatte Charlotte nach Rabeneck begleitet, um auf sie achtzugeben – und hatte kläglich versagt. Es bestand nur der Hauch einer Chance, dass es sich bei der so bestialisch zugerichteten Toten nicht um sie handelte. Es war keine weitere Person als vermisst gemeldet, und ihr Mobiltelefon hatte man in der Nähe des Tatorts gefunden. Wäre Charlotte in der Lage, sich zu melden, hätte sie es längst getan.

Bei all diesen niederschmetternden Fakten sollte er die Realität akzeptieren. Trotzdem flackerte ein winziger Funke Hoffnung in ihm.

Gegen Mittag fuhr Philipp auf sein Grundstück. Den herbstlich blühenden Beeten schenkte er keinen Blick. Er stellte den Wagen gedankenlos quer vor der Garage ab.

Noch bevor er die Haustür aufschließen konnte, wurde von innen geöffnet.

»Ich habe dich schon vom Fenster aus gesehen«, sagte Anneliese, ohne sich mit einer Begrüßung aufzuhalten. »Was ist passiert?«

Wortlos ging er an ihr vorbei. Mitten in der Wohnhalle blieb er stehen und blickte sich um, als wisse er nicht, was er nun tun solle.

»Philipp!«

Anneliese folgte ihm und blieb vor ihm stehen. Beunruhigt musterte sie ihn.

»Du siehst schrecklich aus.«

Er reagierte nicht.

»Warum sollte ich gestern nachsehen, ob Charlotte in ihrer Wohnung ist? Was hat es damit auf sich, was wir heute Morgen im Radio gehört haben? Angeblich wurde eine bis zur Unkenntlichkeit verbrannte Leiche in der Nähe vom Internat gefunden.« Hilfe suchend schaute sie ihren Mitbewohnern entgegen, die aus verschiedenen Räumen kamen. Schließlich fasste sie den Professor bei den Schultern. »Verdammt, Philipp, wo ist Charlotte?«

»Sie ist … ist …«

Elisabeth schüttelte den Kopf und trat zu ihnen. Sie schob Anneliese etwas beiseite und führte Philipp zu der bequemen Sitzgruppe. Schwer ließ er sich in die Polster fallen. Sie setzte sich neben ihn und legte die Hand auf seinen Arm.

Auch die anderen setzten sich. Der General lenkte seinen Rolli an die Stirnseite des kleinen Tisches. Aus ernsten Augen schaute er den Freund an.

»Es fällt dir anscheinend schwer, darüber zu sprechen, was passiert ist. Du liebst Charlotte. Das tun wir auch – auf eine andere Weise. Seit deinem Anruf gestern Abend sind wir beunruhigt. Und nach den schrecklichen Neuigkeiten in den Morgennachrichten machen wir uns große Sorgen. Als du dann nicht ans Telefon gegangen bist, hat Anneliese versucht den Kommissar anzurufen, aber der ließ sich verleugnen. Und jetzt bist du kaum ansprechbar. Müssen wir daraus schließen, dass unsere schlimmsten Befürchtungen zutreffen?«

Sekundenlang starrte Philipp ihn an. So viel hatte der General noch nie am Stück geredet. Aber dies war für sie alle eine Ausnahmesituation.

Mit leiser Stimme berichtete er, was sich seit seinem letzten Anruf ereignet hatte. Zwischendurch brach er immer wieder um Fassung ringend ab.

Schließlich stand er auf und ging mit schleppenden Schritten in sein Arbeitszimmer.

Am frühen Nachmittag läutete es. Anneliese ging zur Haustür und öffnete. Draußen stand Sophia.

»Gut, dass Sie so schnell gekommen sind.« Sie hatte Philipps Schwester angerufen, nachdem er nur noch dagesessen und vor sich hingestarrt hatte. »Die Situation ist für uns alle nicht leicht, aber Ihr Bruder quält sich zusätzlich mit Vorwürfen. Vielleicht können Sie ihn davon überzeugen, dass ihn keine Schuld trifft.«

»Wo ist er?«

»Immer noch in seinem Arbeitszimmer.«

Verstehend nickte sie und wandte sich nach rechts. Sie klopfte kurz an und trat, ohne eine Aufforderung abzuwarten, ein. Die Wände waren ringsum mit raumhohen Bücherregalen bedeckt. Vor dem Fenster stand ein mächtiger Schreibtisch, auf dem Papiere und gefüllte Aktendeckel gestapelt waren. Philipp saß vornübergebeugt auf dem kleinen Sofa, den Kopf in beide Hände gestützt. Es dauerte einen Moment, bis er aufsah. Verzweiflung und Schlafmangel hatten seine Mundwinkel nach unten gezogen und tiefe Falten in seine Stirn gegraben.

»Sophia, was machst du hier?«

»Du meldest dich ja nicht, wenn du Beistand brauchst.« Sie streifte ihren leichten Mantel ab und warf ihn über die Lehne des Schreibtischstuhls. Unterdessen stand Philipp schwerfällig auf. Er brauchte jetzt jemanden, an dem er sich festhalten konnte.

Sophia spürte es und nahm ihn wortlos in die Arme.

Eine Weile wiegte sie ihn wie ein trostbedürftiges Kind. Schließlich löste sie sich etwas von ihm und sah, dass seine Augen in Tränen schwammen.

Mitfühlend dirigierte sie ihren zwei Jahre älteren Bruder zum Sofa und setzte sich neben ihn.

»Jetzt erzähl mal, was passiert ist, seit wir vor zwei Wochen telefoniert haben.« Er hatte seine Schwester angerufen, um sie an seinem Glück teilhaben zu lassen. Obwohl sie Charlotte nur flüchtig kannte, hatte sie sich mit ihm gefreut. Auch hatte er ihr von ihrem gemeinsamen Einsatz im Internat berichtet und ihre Bedenken zerstreut. »Was ist schiefgelaufen?«

»Erst mal nichts.« Er erzählte von einer wundervollen Nähe und von guten Gesprächen. Auch ließ er die Konkurrenz von Maurice de Vellot nicht aus, die ihn zunehmend verunsichert hatte. »Ich Idiot habe ihr vorgestern Abend praktisch eine Affäre mit dem Franzosen unterstellt. Charlotte war zu Recht so sauer auf mich, dass sie mich und unsere WG verlassen wollte.«

»Das hat sie wahrscheinlich nur in der Erregung des Augenblicks gesagt. Ihr liebt euch doch.«

»Ich habe unseren ersten Streit provoziert und konnte ihr nicht mehr erklären, wie es dazu kam. Und ich habe nicht auf sie aufgepasst, obwohl ich es versprochen hatte. Jetzt ist es zu spät.«

»Wie ich gehört habe, ist noch nicht sicher bewiesen …« Sein gequälter Gesichtsausdruck ließ sie verstummen. Behutsam nahm sie seine Hände. »Du darfst die Hoffnung nicht aufgeben.«

Im Rechtsmedizinischen Institut war es still. Auf dem langen Edelstahltisch lag die Brandleiche. Horst Fleischmann hatte schon einige Untersuchungen durchgeführt und Gewebeproben extrahiert. Die DNA-Analyse war in Bearbeitung.

Mit ernster Miene betrat Hannes Bremer den Obduktionssaal. Seine sonst gesunde Gesichtsfarbe wirkte grau, die Augen blickten müde. Die Hälfte der Bartstoppeln war der letzten Rasur offenbar entkommen.

»Wie sieht es aus, Horst? Hast du schon Ergebnisse?«

»Nein.«

»Warum dauert das mit der DNA-Analyse so lange?«

Vorwurfsvoll blickte der Rechtsmediziner ihn an.

»Ich habe dir schon oft erklärt, dass es von der Extraktion der DNA aus den Zellen über die Vervielfältigung, Auftrennung und Auswertung bis zum fertigen DNA-Code bis zu zwei Tage dauern kann.« Er deutete zum Obduktionstisch. Normalerweise waren die Toten mit einem großen Tuch abgedeckt, wenn nicht an ihnen gearbeitet wurde, oder sie wurden zurück in die Kühlung gebracht. Das Brandopfer lag jedoch offen in gekrümmter Haltung wie anklagend dort – die Mundhöhle zum Schrei weit aufgerissen.

»Wir arbeiten hier unter erschwerten Bedingungen. Wenn wir Glück haben, liegt das Ergebnis trotzdem bald vor.«

»Was ist mit dem Zahnstatus?« Hannes konnte nicht hinsehen. »Geht ein Zahnvergleich nicht schneller?«

Niedergeschlagen schüttelte der Rechtsmediziner den Kopf und trat an den Tisch. Dann gab er Hannes einen Wink. Widerstrebend ging er zu ihm, worauf Horst auf den Kiefer der Toten deutete. Der Hauptkommissar schaute aber nur für einen Sekundenbruchteil hin.

»Natürlich habe ich mir das Gebiss angesehen. Es ist vollständig, gut gepflegt, und die Zähne sind gerade

gewachsen. Insgesamt sind nur zwei Füllungen enthalten.«
Sein Blick wechselte zu Hannes. »Erinnerst du dich an
einen unserer Stammtische, zu dem du nach einem Zahn-
arztbesuch kamst?«

»Das war ungefähr vor einem halben Jahr. Nach drei
Tagen mit mörderischen Zahnschmerzen, wurde mein
Backenzahn gezogen.«

»Damals hat Charlotte erzählt, dass ihr Onkel Zahn-
klempner war und ihr schon als Kind gruselige Geschichten von Zahnteufeln erzählt hätte, die Zähne zerfressen,
bis sie ausfallen. Seitdem achtet sie besonders gut auf ihre
Zahnpflege und hat deshalb nur zwei Füllungen.« Sein
Blick schweifte gedankenverloren in die Ferne. »Mit ihren
ebenmäßigen weißen Zähnen hat sie außerdem ein wun-
derschönes Lächeln.«

»Schei…« Hannes wandte sich ab und entfernte sich ein
paar Schritte. »Das bedeutet also …«

»Es könnte sich zumindest um ein weiteres Indiz dafür
handeln. Da wir Charlottes Zahnarzt nicht kennen, würde
es Tage, wenn nicht Wochen dauern, bis sämtliche Zahnärzte der Stadt den Zahnstatus überprüft haben. Es gibt
noch eine weitere Möglichkeit, wie du weißt. Der Zahnstatus unbekannter Opfer wird regelmäßig von der Polizei in zahnärztlichen Fachzeitschriften veröffentlicht.
Diese wird aber nur vierzehntäglich an alle Zahnärzte in
Deutschland verschickt. Bis dann alle den Zahnstatus mit
ihren Unterlagen verglichen haben, vergeht viel zu viel
Zeit. Deshalb wird uns der DNA-Vergleich schneller vorliegen.«

Normalerweise lachten und scherzten die WG-Bewohner
miteinander, von irgendwo aus dem Haus erklang Musik,

oder sie saßen bei interessanten Gesprächen, oft auch bei Speis und Trank zusammen. Nun herrschte eine bedrückte Stimmung. Jeder schien sich wie auf Zehenspitzen durch die Räume zu bewegen. Das endlose Warten zerrte an ihren Nerven. Elisabeth hatte das erste Mal seit Langem keinen Kuchen gebacken. An eine gemütliche Kaffeerunde war unter den gegebenen Umständen nicht zu denken. Stattdessen stand die zierliche Seniorin mit einem feuchten Tuch in der Hand in der Küche. Sie putzte und wischte, wo es gar nicht nötig war.

»Jetzt hör doch mal auf damit«, sagte Anneliese und nahm ihr den Lappen aus der Hand. »Zweimal in der Woche kommt unsere Putzfee. Es ist alles sauber.«

»Ich kann aber nicht ruhig rumsitzen und auf eine Schreckensnachricht warten.«

»Wir müssen positiv denken.« Das war Conrad. »Sonst werden wir alle noch verrückt.«

»Philipp hat Charlotte doch diese Kette mit dem Schutzengelanhänger geschenkt. Wenn wir alle nicht bald Klapsmühlenaspiranten sein wollen, müssen wir daran glauben, dass der sie beschützt hat.«

»Du mit deinem grenzenlosen Optimismus, Liesel.« Früher hatte der General ungeduldig auf den Fußspitzen gewippt. Nun bewegte er seinen Elektrorolli mithilfe des Joysticks schon minutenlang vor und zurück. »Ich möchte jetzt jedenfalls nicht in Philipps Haut stecken. Der Anblick einer verkohlten Leiche – wer sie auch sei – muss ein tiefer Schock für ihn gewesen sein. So was vergisst man nicht. Ich habe das bei der Schlacht um Tora Bora erlebt.«

»Tora Bora?«, wiederholte Elisabeth. »Was ist das?«

»Das ist eine Bergfestung, ein Höhlensystem in den Weißen Bergen im Osten Afghanistans. Wir hatten dort einen

Einsatz im Dezember 2001 – nach den Anschlägen vom 11. September. Auf der Suche nach dem Al-Qaida-Anführer Osama bin Laden hatten die Amerikaner ›Daisy Cutter‹ eingesetzt. Das sind mit die stärksten Fliegerbomben überhaupt. Da habe ich so einige bis zur Unkenntlichkeit verbrannte Leichen gesehen. Kein schöner Anblick. Der verfolgt einen mitunter bis in den Schlaf.«

Sophia und Philipp saßen immer noch in seinem Arbeitszimmer. Er hatte von vielen kleinen Begebenheiten gesprochen, die er mit Charlotte erlebt hatte.

»Solltest du nicht ihre Kinder benachrichtigen?«, überlegte seine Schwester. »Oder wissen sie schon Bescheid?«

»Um sie nicht zu beunruhigen, hat sie ihnen nichts von ihrem Undercover-Einsatz erzählt. Wahrscheinlich werden sie die Meldungen über ... den Fall gar nicht mit ihrer Mutter in Verbindung bringen. Die beiden wohnen nicht in Hannover. Die Tochter lebt in Hamburg, der Sohn in München.«

»Wie das hier auch ausgeht, irgendwann wirst du mit ihnen reden müssen. Oder willst du das ihren Freunden von der Polizei überlassen?«

Hilflos zuckte er die Schultern. Er wusste, dass seine Schwester recht hatte. Es gab nur zwei Möglichkeiten. Bei der verbrannten Toten handelte es sich um Charlotte. Sollte sich jedoch das Unwahrscheinliche herausstellen, dass sie lebte, dann wurde sie entführt, verschleppt und irgendwo gefangen gehalten. Sie schwebte immer noch in großer Gefahr, aber sie lebte. Er müsste ihre Kinder informieren und würde alles daran setzen, Charlotte zu finden. – Wenn er doch nur an diese Version glauben könnte.

Nervös ging Philipp vor den Bücherregalen auf und ab. Immer wieder schaute er zur Uhr. Warum meldete sich der Rechtsmediziner nicht? Er hatte versprochen, ihn zu unterrichten, sowie er Gewissheit hätte. Warum dauerte das so lange? Das war bestimmt kein gutes Zeichen. Wahrscheinlich zögerte Horst den Anruf hinaus, weil es ihm schwerfiel, ihm die Wahrheit zu sagen.

Sophia ging in die Küche und besorgte frischen Kaffee. Dabei bemerkte sie, dass auch die anderen WG-Bewohner immer nervöser wurden. Sie wechselten nur ein paar Worte, bevor Sophia zu ihrem Bruder zurückging und ihm einen Kaffeebecher in die Hand drückte.

Schweigend tranken sie und blickten alarmiert zur Tür, als es in die Stille hinein klopfte. Mit dem schnurlosen Telefon in der Hand trat Anneliese ein.

»Philipp, ein Anruf für dich. Herr Dr. Fleischmann möchte dich sprechen.«

KAPITEL 24

Mit den schlimmsten Befürchtungen stand er auf und nahm den Apparat entgegen. Er räusperte sich, bevor er das Telefon ans Ohr hielt.

»Thaler.«

»Hier spricht Horst. Ich habe gerade das Ergebnis des DNA-Vergleichs bekommen.«

Unwillkürlich hielt Philipp den Atem an.

»Bei der aufgefunden Toten handelt es sich definitiv nicht um Charlotte.«

Für einen Moment schloss er erleichtert die Augen. Als er sie wieder öffnete, sah er die ganze Mannschaft in banger Erwartung an der Tür stehen. Elli, Liesel und Conrad, Albert in seinem Rolli.

Philipp brauchte einen Moment, um das Gehörte in seinem Bewusstsein aufzunehmen. Prompt schossen ihm Tränen in die Augen.

»Danke, Horst«, sagte er mit belegter Stimme und ließ die Hand mit dem Telefon sinken. Aller Blicke waren auf ihn gerichtet.

»Was ist?«, fragte Sophia leise, die seine Reaktion missdeutete. »Was hat er gesagt?«

»Bei der aufgefundenen Toten handelt es sich definitiv nicht um Charlotte.«

Sofort brach Jubel los. Alle fielen sich in die Arme. Philipp drückte seine Schwester an sich.

»Danke für deinen Beistand.« Seine Stimme war wieder klar und kontrolliert. »Setzt euch. Wir müssen darüber reden, wie es nun weitergeht.«

Schon zum zweiten Mal an diesem Tag tauchte der Hauptkommissar im Rechtsmedizinischen Institut auf – diesmal mit seinen Kollegen Pia Wagner und Martin Drews im Schlepptau.

»Was wollt ihr denn schon wieder?« Nun, da Horst die Ungewissheit nicht mehr quälte, war er schon wieder zum Scherzen aufgelegt. »Habt ihr nichts Besseres zu tun, als ständig in meinem Obduktionssaal rumzulungern?«

»Vielleicht weißt du mehr als vor zwei Stunden«, ging Hannes darüber hinweg. »Diese endlose Warterei macht uns noch ganz irre.«

»Warum geht ihr nicht nach Hause und legt euch schlafen? Ihr seht ziemlich mitgenommen aus.«

»Du bist wohl auch nicht mehr ganz frisch. Wie kommst du auf die blöde Idee, wir könnten schlafen, solange nicht …«

»Überleg dir gut, was du sagst, mein Junge«, wies der Rechtsmediziner Martin zurecht. Grinsend fuhr er sich mit der Hand über seine Glatze. »Jetzt entspannt euch mal. Sucht lieber nach Charlotte.« Er deutete auf den Obduktionstisch, auf dem die Brandleiche lag. »Das ist sie jedenfalls nicht.«

Mit einer Mischung aus Skepsis und Freude blickte Hannes ihn an.

»Sicher?«

»Hundertprozentig. Es gibt keine genetische Übereinstimmung.«

»Gott sei Dank.« Hannes war mindestens genauso erleichtert wie seine Kollegen. »Das bedeutet, dass wir mit Hochdruck nach ihr suchen müssen. Jetzt besteht wohl kein Zweifel mehr daran, dass sie entführt wurde. Möglicherweise wurde sie dorthin verschleppt, wo auch die Kinder gefangen gehalten werden.«

»Wir können nicht ausschließen, dass die Mädchen irgendwann verkauft oder aus anderen Gründen aus ihrem Versteck weggeschafft werden«, sagte Pia. »Die Verbrecher ziehen weiter und suchen ihre Opfer woanders. Was würde dann aus Charly?«

»Sie würden die lästige Zeugin aus dem Weg räumen«, antwortete Martin mit grimmiger Miene. »Aber vorher schnappen wir sie.«

»Dann mal los«, forderte der Rechtsmediziner sie auf. »Dazu solltet ihr aber ausgeruht sein.«

Zustimmend nickte Hannes.

»Horst hat recht. Es wird bald dunkel. Da können wir nicht mehr viel ausrichten. Ich spreche gleich noch mit der Staatsanwältin.« Sein Blick schweifte zum Obduktionstisch. »Die Ermittlungen im Fall der Brandleiche müssen andere übernehmen. Fahrt ihr schon mal nach Hause und schlaft euch aus. Morgen früh setzen wir die Suche rund ums Internat fort.«

Hannes Bremer ging zügig an den roten Skulpturen des Schweizer Bildhauers Jean Albert Hutter vor dem Hauptsitz der Staatsanwaltschaft Hannover im Volgersweg vorbei. Da sich der Hauptkommissar für Kunst interessierte, wusste er, dass die Figuren seit 1989 unmittelbar vor dem Altbau postiert oder sogar fest mit dem Neubau verbunden waren. Normalerweise blieb er immer einen Moment davor stehen, aber an diesem Spätnachmittag wollte er keine Zeit verlieren und so bald wie möglich zu Hause sein. Er hatte seit Charlottes Verschwinden nicht geschlafen und war dementsprechend müde. Mit dem Lift fuhr er in die fünfte Etage und betrat wenig später das Arbeitszimmer der Staatsanwältin.

Frau Dr. Pauli sah nicht viel besser aus als er selbst. Auch sie war blass und übernächtigt. Mit einer nervösen Geste bot sie dem Leiter der Soko »Internat« einen Platz an.

»Gibt es schon Neuigkeiten, Herr Bremer? Was sagt Dr. Fleischmann? Hat er inzwischen erste Ergebnisse?«

»Ich komme gerade aus der Rechtsmedizin. Bei der Brandleiche handelt es sich nicht um Frau Stern.«

»Dem Himmel sei Dank«, brachte sie erleichtert hervor. »Gibt es Anhaltspunkte, wer die Tote ist? – Und wo ist Frau Stern?«

»Die Identität der Toten ist noch unklar. Solange keine Vermisstenmeldung vorliegt, wird es mit der Identifizierung schwierig. Noch können wir nicht ausschließen, dass sie etwas mit unserem Fall zu tun hat. Trotzdem schlage ich vor, ein Kollegenteam darauf anzusetzen. Wir müssen uns jetzt darauf konzentrieren, Frau Stern zu finden.«

»Geht in Ordnung. Vielleicht bekomme ich ein paar zusätzliche Leute für Sie. Wissen Sie schon, wie Sie weiter vorgehen wollen? Gibt es Hinweise in irgendeine Richtung?«

»Anhand der Spurenlage wurde Frau Stern wahrscheinlich im Wald gekidnappt. Und zwar von den Leuten, die auch die Kinder verschleppt haben. Immerhin wurde sie Zeugin der Entführung von Rosalie Buck. Damit haben wir ein klares Motiv.«

»Wurde der schwarze Ford mittlerweile gefunden?«

»Leider nicht. Der steht wahrscheinlich in irgendeiner Garage und wird vorerst nicht bewegt.«

»Was ist mit der Auswertung der Telefonverbindungen?«

»Dabei ist leider nichts Relevantes rausgekommen. Charly hat außer mit mir und dem Professor nur mit ihrer Freundin Anneliese Grothe, dem Musiklehrer Maurice de Vellot und mit der Internatssekretärin Ingrid Brandt telefoniert.«

Leicht schlug sie mit der flachen Hand auf die Schreibtischplatte.

»Warum landen wir bei diesem Fall immer in einer Sackgasse? Wir haben Frau Stern sozusagen als letzten Trumpf eingesetzt – und nun ist sie auch verschwunden. Was haben die mit ihr vor?«

»Möglicherweise ist sie so was wie ein Faustpfand, das ihnen im Notfall freien Abzug garantieren soll, falls wir ihnen zu dicht auf die Pelle rücken.«

»Davon sind wir nun wirklich weit entfernt.«

»Das wissen die aber nicht.«

»Wenn das stimmt, würde uns das wenigstens ein bisschen Zeit verschaffen. Sollten sie die Kinder tatsächlich in der Nähe des Internats gefangen halten, werden sie es nicht wagen, sie wegzubringen, solange es da draußen von Polizei nur so wimmelt. Ich darf gar nicht daran denken, was passieren würde, wenn sie sich trotzdem entschließen, die Sperren zu durchbrechen.«

»Sie haben viel riskiert, um die Kinder in ihre Gewalt zu bringen. Also müssen die Mädchen für sie sehr wertvoll sein. Das sind Profis. Die setzen nicht alles auf eine Karte, um sich ihre Beute wieder abjagen zu lassen.«

Die Staatsanwältin hoffte inständig, dass er recht hatte. Sie wollte nicht nur, dass die Kinder unversehrt zu ihren Eltern zurückkehrten. Sie wünschte auch, dass ihre verdeckte Ermittlerin heil aus der Sache herauskäme.

Neugierig betrachteten die Mädchen die Frau, die mit geschlossenen Augen auf dem breiten Bett lag.

»Sie sieht schön aus.«

»Warum wacht sie nicht auf?«

»Du weißt doch, dass der Clown ihr eine Spritze gegeben hat. Da in den Arm.«

»Warum hat er sie hierhergebracht?«

»Vielleicht wurde sie auch entführt, so wie wir.«

»Sie bewegt sich.«

Vorsichtshalber liefen die Mädchen hinaus.

Leise Stimmen zerrten Charlotte aus den Tiefen der Bewusstlosigkeit in die Realität. Ihre Lider fühlten sich bleischwer an. Dennoch gelang es ihr, die Augen zu öffnen. Sie blinzelte ins Helle und bewegte vorsichtig den Kopf. Je wacher sie wurde, umso schärfer arbeitete ihre Wahrnehmung. Ausgeblichene Blümchentapete, eine schäbige Kommode, ein Schrank. Das Fenster war klein, vergittert und ziemlich weit oben – wie im Souterrain eines Hauses. Ihr war, als hätte sie das alles schon einmal gesehen. Oder bildete sie sich das nur ein? Mit einer fahrigen Geste strich sie sich über die schmerzende Stirn. Ein ekelhafter Geschmack kroch ihre Speiseröhre hinauf. Leise aufstöhnend richtete sie sich in Sitzposition auf, schob die Beine von der Matratze. Sie trug keine Schuhe. Die standen neben dem Bett, aber zu weit entfernt, um hineinzuschlüpfen. Mit den Händen stützte sie sich auf der Matratze ab und stemmte sich hoch, sank aber sofort zurück. Ihre Muskeln fühlten sich an, als wären sie aus Knete. Vor ihren Augen tanzten Schleier. Sie atmete mehrmals tief durch, bevor sie langsam aufstand. Diesmal ging es besser. Obwohl sie leicht schwankte, fand sie den Weg ins nahe Bad. Sie benutzte die Toilette, dann trat sie ans Waschbecken, das wie die Fliesen und die gesamte sanitäre Einrichtung im matten Grün der 1970er-Jahre gehalten war.

Warum überraschte sie das nicht? Sie ließ kaltes, bräunliches Wasser über ihre Handgelenke laufen und kramte in ihrem Gedächtnis nach einer Erinnerung. Verschwommene Bilder tauchten vor ihrem inneren Auge auf. Ein hässlicher Clown hatte sie in dieses Badezimmer geführt. Ein Clown? Hatte sie das geträumt oder halluzinierte sie? Unwillkürlich warf sie einen Blick in den teilweise blinden Spiegel. Sie sah blass und krank aus. So als hätte sie gerade eine schwere Erkältung überstanden. Was war mit ihr passiert? Was hatte sie zuletzt getan? Da war diese Auseinandersetzung mit Philipp und seine Bitte um Verzeihung per WhatsApp. Ihre Verabredung für den Abend, der Zumba-Kurs … Das Waschmittel … Sie war nach Rabenau geradelt. Auf dem Rückweg … Ein Wagen stand quer zwischen den Bäumen … Sie war abgestiegen … Jemand hatte sie von hinten gepackt und … betäubt?

Ihre grauen Zellen arbeiteten wieder auf Hochtouren.

So musste es gewesen sein, sonst würde sie sich erinnern, was danach geschah. Aber wie passte der Clown in dieses Bild? Hatte er sie überfallen? Warum? Das entführte Kind am Feldrand! Sie hatte alles vom Turm aus gesehen.

Allmählich formten sich die Fetzen in ihrem Kopf zu einem logischen Ganzen zusammen. Die einzige Zeugin im Fall der verschwundenen Mädchen musste von der

Bildfläche verschwinden. Aber warum hatte man sie dann nicht an Ort und Stelle umgebracht? Dafür fand sie keine Erklärung.

Inzwischen lief das Wasser fast klar aus dem Hahn. Sie beugte sich hinunter und trank gierig, obwohl es nicht besonders gut schmeckte. Dann legte sie die Hände zusammen, fing etwas Wasser darin auf und befeuchtete ihr Gesicht. Auf der Ablage stand eine bunte Box mit Papiertüchern. Sie zog einige heraus und trocknete ihre Haut. Nun fühlte sie sich etwas besser.

Als Erstes musste sie herausfinden, wo sie sich befand, ob es eine Fluchtmöglichkeit gab. Hatte sie beim Aufwachen nicht Kinderstimmen gehört? Dann wurden die Mädchen vielleicht ganz in der Nähe festgehalten? Oder war das nur ihrer Einbildung entsprungen?

Entschlossen verließ Charlotte das Bad und blieb im winzigen Flur stehen. Im Licht einer nackten Glühlampe erkannte sie drei vergilbte Zimmertüren und eine aus Metall. Die rechts von ihr führte in den Raum, in dem sie erwacht war. Was mochte sich hinter der linken befinden? Saß dort der Entführer und wartete wie eine Spinne im Netz auf seine Beute? Auf Zehenspitzen schlich sie in ihren Sneakersocken dorthin und legte das Ohr an das Holz. Es war nur ein leises Murmeln zu hören. Beherzt drückte Charlotte die Klinke herunter und stieß die Tür auf.

Die weit aufgerissenen Augen dreier Mädchen starrten sie ängstlich an. Die Kinder hockten auf einem Bett und wichen bis an die Wand zurück, als Charlotte näher trat. Sofort blieb sie stehen.

»Tut mir leid, ich wollte euch nicht erschrecken.« Sie zauberte ein Lächeln auf ihr Gesicht. »Ihr müsst keine

Angst vor mir haben. Ich bin hier genauso eingesperrt wie ihr.«

Die Kleine mit den blonden Zöpfen und den vielen Sommersprossen schaute sie erwartungsvoll an. Charlotte erkannte in ihr das Mädchen vom Feldrand.

»Ich will nach Hause zu meiner Mama.«

»Das wollen wir alle«, sagte ein offenbar älteres Mädchen mit kurzem dunklem Haar, dessen Bild seit Wochen in der Presse zu sehen war. Das war Leonie, das erste Entführungsopfer. »Der lässt uns hier aber nicht weg.« Fragend blickte sie die fremde Frau an. »Wer bist du?«

»Ich arbeite als Vertretungslehrerin im Internat. Vom Turm aus habe ich beobachtet, wie Rosalie entführt wurde – und der Entführer hat mich gesehen. Ich bin also eine Zeugin. Das haben diese Leute nicht gern. Deshalb haben sie mich überfallen und hierhergebracht.«

»Damit du nicht mit der Polizei reden kannst«, sagte das Mädchen, das bislang nur zugehört hatte. »Wie heißt du?«

»Charlotte.« Langsam trat sie näher. »Du bist Alina, nicht wahr?« Nacheinander zeigte sie auf die Kinder. »Du bist Leonie – und du Rosalie. Ich habe eure Fotos in der Zeitung gesehen.«

»Die suchen doch bestimmt nach uns«, sagte Leonie. »Warum finden die uns nicht?«

»Weil die Polizei nicht genau weiß, wo man euch – und jetzt auch mich – hingebracht hat.« Sie setzte sich auf die Matratze. Rasch schaute sie sich im Raum um. Längs zur Wand standen zwei an den Fußenden zusammengeschobene Holzbetten. Außerdem gab es eine Kommode aus Kiefernholz, zwei Stühle und ein mit giftgrünem Stoff bezogenes Sofa, das aussah, als wäre es hier notgelandet. Von der Decke hing eine Lampe aus rotem Glas. Die Tapete war vergilbt, aber die aufgedruckten Gräser waren noch zu erkennen. Mitten im Raum lag ein verblasster bunter Flickenteppich.

»Es gibt so viele Möglichkeiten, wo wir sein könnten«, sagte sie zu den Kindern. »Hat man euch auch betäubt?«

Alle drei nickten. Charlotte nahm sich vor, die Mädchen nicht zu fragen, wie genau sie entführt wurden. Sie würde warten, bis sie von selbst darüber sprechen wollten.

»Deshalb könnten wir noch nicht mal sagen, wie lange es gedauert hat, uns hierher zu bringen.« Sie überlegte, wie sie das den Mädchen auf einfache Weise erklären könnte. »War es eine halbe Stunde? Dann wären wir nicht sehr weit vom Internat entfernt. Wenn es aber mehrere Stunden Fahrt waren, könnten wir über Hundert Kilometer weit weg sein.«

»Dann finden die uns nie«, schloss Alina daraus und fing an zu weinen. »Ich will endlich nach Hause.«

»Ich hoffe, dass wir alle bald wieder zu Hause sind«, sagte Charlotte, rutschte näher und legte tröstend den Arm um die Schultern des Mädchens. Es war jetzt wichtig, den Kindern Mut zu machen und ihr Vertrauen zu gewinnen. »Wir müssen ganz fest zusammenhalten.« Sekundenlang dachte sie nach. Sie musste erst einmal herausfinden, was die Mädchen über ihre Entführer wussten. Sie waren hier sicher nicht sich selbst überlassen. Wahrscheinlich gab es jemanden, der nach ihnen sah und sie mit Nahrung versorgte.

Aufmerksam schaute sie die Kinder an.

»Kommt hier jemand her, der euch was zu essen bringt?« Wieder nickten sie unisono.

»Der schreckliche Clown«, flüsterte Rosalie, die erst seit zwei Tagen gefangen gehalten wurde. »Den habe ich gestern gesehen. Der ist aber gar nicht lustig.«

»Wisst ihr, wann er kommt? Morgens, mittags oder abends. Oder immer zu unterschiedlichen Zeiten?«

»Morgens«, sagte Leonie, die eine Armbanduhr trug. »Immer so um elf. Das ist aber gar kein richtiger Clown. Der hat kein Kostüm an. Nur eine unheimliche Maske. Seine Stimme ist ganz komisch. Richtig gruselig.«

»Das liegt wahrscheinlich an der Maske. Oft klingt eine Stimme dahinter dumpfer als normal.«

Nun wusste Charlotte, dass der Clown nicht nur in ihrer Einbildung existierte. Anscheinend war er hier gewesen, als sie das erste Mal zu sich gekommen war. Er hatte sie in ihrem benommenen Zustand auf die Toilette gelassen und … wieder betäubt?

»Habt ihr gesehen, wer mich hergebracht hat?«

»Nein«, sagte Leonie. »Der Clown ist gekommen und hat gesagt, dass wir uns nicht von der Stelle rühren sollen. Und dann hat er die Tür zugemacht.«

»Erst als es ganz lange still war, haben wir uns rausgetraut. Wir haben dich in dem anderen Zimmer auf dem Bett gesehen. Du hast eine ganze Nacht und heute fast den ganzen Tag geschlafen.«

»Sie war betäubt, Alina«, korrigierte die Ältere sie. »Abends ist der Clown noch mal gekommen. Wir sollten in unserem Zimmer bleiben, aber ich bin heimlich auf den Flur geschlichen. Ich habe gesehen, dass er dir eine Spritze gegeben hat.« Sie fasste nach Charlottes linkem Arm und schob den Ärmel ihrer Jacke hoch, so dass ein kleiner Einstich in ihrer Armbeuge sichtbar wurde. »Genau da. Davon hast du aber nichts gemerkt.«

»Stimmt«, bestätigte Charlotte der Einfachheit halber und schob den Ärmel hinunter. »Du bist ganz schön mutig.« Sie hatte immer noch einen schalen Geschmack im Mund, der sich verstärkte, als sie sich ausmalte, was der Kerl ihr alles injiziert haben könnte. »Habt ihr irgendwo was zu trinken?«

»In der Küche.«

Erstaunt wechselte ihr Blick zu Alina.

»Es gibt hier eine Küche?«

»Jede Wohnung hat eine Küche.«

»Die möchte ich mir ansehen.«

Als sie aufstehen wollte, packte etwas Kaltes ihr rechtes Fußgelenk.

KAPITEL 25

Nachdem sie die Suche nach dem Fund der Brandleiche vorläufig eingestellt hatten, war die Mannschaft nun wieder rund um das Internat im Einsatz. Im seitlichen Abstand von etwa zwei Metern durchkämmten die Beamten von der Bereitschaftspolizei engmaschig das gesamte Waldgebiet zu beiden Seiten des Radweges. Dabei stachen sie mit langen Stangen, den sogenannten Stöberstäben, in den Boden oder bewegten das Laub.

Der Leiter der Sonderkommission koordinierte den Einsatz. Er war schlecht gelaunt und noch schlechter rasiert. Obwohl er nach der Berichterstattung bei Frau Dr. Pauli nach Hause gefahren war, hatte er aus Sorge um Charlotte keine Ruhe gefunden. Auch ein Glas seines Lieblingswhiskeys hatte ihm keinen erholsamen Schlaf beschert. Dennoch war er wie seine beiden engsten Mitarbeiter pünktlich vor Ort erschienen.

Mit gemischten Gefühlen warf der Hauptkommissar einen Blick zu Philipp hinüber, der sich der Suche überraschend angeschlossen hatte. Hannes hatte ihn absichtlich nicht informiert, aber er vermutete, dass der Rechtsmediziner ihm von dem Einsatz erzählt hatte – oder die Staatsanwältin, die ein ebenso schlechtes Gewissen hatte, wie er selbst.

Nach mehreren Stunden der Suche hob einer der Polizisten die Hand.

»Fund!«, rief er laut, so dass Hannes, Pia und Martin hinüberliefen. Im Unterholz lag halb verdeckt von buntem Herbstlaub ein blaues Fahrrad.

»Das entspricht der Beschreibung, die uns Frau Brandt von dem fehlenden Rad gegeben hat«, sagte Martin. »Damit war Charly unterwegs.«

Hannes nickte und schaute sich um.

»Dann wurde sie also von hier entführt. Da vorn an der Kreuzung wäre eine perfekte Stelle. Man müsste nur den Radweg blockieren. Zwischen den Bäumen käme man mit dem Rad nicht hindurch. Man müsste absteigen und warten, bis der Weg wieder frei ist.« Er wandte sich an den jüngeren Kommissar. »Martin, ruf die Spurensicherung.« Aus den Augenwinkeln sah er den Professor, der mit einem langen Stock im Laub stocherte, und trat zu ihm.

»Vielleicht finden wir hier auch Charlottes Tasche.« Er stieß auf etwas Festes und schob die Blätter beiseite. Zum Vorschein kam ein kleines Paket Waschpulver. »Deshalb ist sie noch mal losgefahren. Ich habe mich schon gewundert. Die Waschmaschine im Gästehaus war gefüllt, aber nicht angestellt.«

Hannes gab die Anweisung, in einem großen Radius um die Fundstelle des Fahrrades abzusperren und jeden Zentimeter abzusuchen. Charlottes Tasche blieb jedoch verschwunden.

Die Leute von der Kriminaltechnik fanden an der Kreuzung der Wege Reifenspuren, von denen sie Gipsabdrücke nahmen. Mit Glück würden diese Formspuren von den Reifenprofilen Rückschlüsse auf das Fahrzeug zulassen. Schon vor Ort konnten die Kriminaltechniker anhand der

Spuren sagen, wie das Fahrzeug an der Kreuzung gestanden hatte. Es war eindeutig, dass der Radweg durch einen Wagen blockiert war. Der Tathergang der Entführung konnte dadurch teilweise rekonstruiert werden.

Zwar war das Fahrrad ein wichtiges Indiz dafür, dass die verdeckte Ermittlerin verschleppt worden war, aber es war kein Beweis, ob sie noch lebte. Für die Polizei bedeutete das, die Suche – in der Hoffnung auf neue Erkenntnisse – fortzusetzen.

Philipp beteiligte sich unermüdlich daran. Obwohl er vom Verstand her wusste, dass ihn keine Schuld an den Ereignissen traf, sah es gefühlsmäßig ganz anders in ihm aus. Er konnte sich nicht verzeihen, dass er sich am Abend vor ihrem Verschwinden so unsensibel verhalten hatte. Realistisch betrachtet, stand die Chance, dass Charlotte lebte, 50 zu 50. Das war fast doppelt so viel, als er noch vor Stunden befürchtet hatte. Trotzdem nagte in ihm, ihr Unrecht getan zu haben – und er keine Gelegenheit mehr bekommen könnte, das wiedergutzumachen.

Als die Suchmannschaft eine Pause einlegte, lief er nach rechts zum nahe gelegenen Waldrand und zog das Smartphone aus der Tasche. Auf dem Display zeigte das Balkendiagramm eine Verbindung zum nächsten Funkmasten an. So wählte er aus der Kontaktliste die Nummer seiner Tochter, die mit ihrem schwedischen Mann Rasmus und ihren drei Kindern in der Nähe von Stockholm lebte. Nach wenigen Augenblicken meldete sie sich.

»Hallo, Paps.«

»Grüß dich, Christina. Wie geht es euch?«

»Mit Sicherheit besser als dir. Ich habe heute Morgen mit Tante Sophia telefoniert. Sie hat mir erzählt, was bei dir los ist. Seitdem habe ich ein paarmal vergeblich versucht, dich zu erreichen.«

»Ich bin zurzeit mitten im Wald. Da habe ich oft kein Netz.«

»Wie sieht es bei euch aus?« Ihr Vater hatte ihr erst bei ihrem letzten Telefongespräch von seiner neuen Liebe erzählt. »Habt ihr deine Charlotte inzwischen gefunden?«

Er stöhnte hörbar auf, riss sich aber zusammen.

»Nein, immer noch nicht.«

»Du klingst ziemlich fertig. Soll ich kommen, Paps? Ich kann den nächsten Flieger …«

»Das ist nicht nötig, mein Kind. Ich schaffe das schon. Ich habe nur angerufen, weil ich deine Stimme hören wollte. Was machen die Kinder?«

»Mads und Lasse schwärmen immer noch von eurem Segeltörn im letzten Sommer – und Greta ist glücklich darüber, dass sie endlich in die Schule gehen darf. Die drei sprechen oft von ihrem deutschen *Morfar*. Du musst uns unbedingt bald besuchen. Und dann bringst du deine Charlotte mit. Wir möchten sie gern kennenlernen. Sie muss eine außergewöhnliche Frau sein.«

»Das ist sie in jeder Hinsicht. Ihr werdet sie lieben.« Wenn es doch nur so einfach wäre, mit Charlotte nach Schweden zu fahren. »Hier geht die Suche weiter. Ich melde mich, sowie es was Neues gibt. Grüß bitte Rasmus und die Kinder. Bis bald.«

»Adjö, Paps.«

Im ersten Moment war Charlotte wie erstarrt. Sie wagte nicht, sich zu bewegen. Irgendetwas wollte sie daran hindern aufzustehen. Was war das? Sie beugte den Oberkörper weit nach vorn und versuchte einen Blick auf ihren rechten Fuß zu werfen. Sie war auf alles Mögliche gefasst, aber nicht auf zwei dünne Kinderhände, die sie festhielten.

Fragend schaute sie Leonie an, die mit den Schultern zuckte.

»Das ist Anton. Der wohnt unter dem Bett.«

»Aha«, sagte Charlotte nur und wackelte etwas mit dem Bein. »Kannst du mich bitte loslassen, Anton?«

Es dauerte einen Moment, dann löste sich die Umklammerung. Charlotte stand auf, kniete sich vors Bett, konnte aber niemanden sehen. Deshalb legte sie sich bäuchlings davor. Ganz hinten an der Wand entdeckte sie das Kind neben einem schäbigen Rucksack.

»Hallo, Anton. Ich bin Charlotte. Manchmal werde ich auch Charly genannt.«

Keine Antwort.

»Du willst anscheinend nicht mit mir reden. Das ist völlig okay.« Sie stand wieder auf und schaute die Mädchen an. »Habt ihr Lust, mir alles zu zeigen?«

Zu viert verließen sie das Zimmer.

»Anton ist anders«, sagte Leonie, als sie die Küche betraten. »Der redet meistens nur, wenn es sein muss.«

Interessiert schaute sich Charlotte um. Die Küche war einfach, aber mit allem Nötigen ausgestattet: eine Spüle, ein Elektroherd, ein kleiner Kühlschrank und weiße Küchenschränke. Unter dem Fenster, das auch hier weit oben und vergittert war, standen ein Tisch, zwei Stühle und eine Eckbank mit roten Kunststoffpolstern, die schon bessere Zeiten erlebt hatten.

»Ich habe gar nichts von Anton gewusst. In der Zeitung stand nur was über euch Mädchen.«

»Anton war schon da, als ich hier aufgewacht bin. Er ist von zu Hause weggelaufen, weil er ins Heim sollte. Der

Clown wusste nicht, dass er hier manchmal übernachtet.« Sie nahm einen blauen Plastikbecher aus dem Abtropfkorb und drehte den Wasserhahn auf. Zuerst ließ sie von der leicht bräunlichen Flüssigkeit ein wenig ins Becken laufen, bevor sie den Becher unter dem Strahl füllte. »So schmeckt es besser«, kommentierte sie und reichte ihn Charlotte.

»Danke.« Sie trank in durstigen Zügen. Das Wasser hatte einen leichten Eisengeschmack. Wahrscheinlich lag das an den alten Rohren. »Was hat der Clown gesagt, als er Anton entdeckt hat?«

»Der weiß immer noch nicht, dass er hier ist. Anton versteckt sich unter dem Bett, wenn er kommt. Er kann ja nicht mehr raus, weil die Tür immer abgeschlossen ist.«

Verstehend nickte sie.

»Plötzlich war er genauso gefangen wie du. Aber du hast ihn nicht verraten.«

»Ich hatte solche Angst und war froh, dass ich nicht alleine war. Alina ist ja erst später gekommen. Vor ein paar Tagen hat der Clown Rosalie mitgebracht. Und dann dich.«

Charlotte stellte den Becher ab und öffnete den Kühlschrank. Mehr als ein Töpfchen Margarine, etwas Käse und Wurst sowie ein angefangenes Glas Marmelade befanden sich nicht darin. Auf der Anrichte lag ein kleiner Karton Knäckebrot, daneben ein Paket mit ein paar Vollkornschnitten. Andere Nahrungsmittel konnte sie nicht entdecken. Ließen die Entführer die Kinder etwa hungern? Wenn der Clown tatsächlich immer gegen elf Uhr am Vormittag auftauchte, mussten die Lebensmittel fürs Abendessen und fürs Frühstück reichen. Auch wenn er nichts von Antons Existenz wusste, war das Angebot für vier Personen spärlich. Für fünf auf keinen Fall genug.

»Viel zu essen gibt es hier anscheinend nicht.«

»Ich habe immer Hunger«, sagte Rosalie. »Aber wir müssen uns das einteilen, sonst reicht das nicht für morgens und abends.«

»Was gibt es denn mittags?«

»Da bringt der Clown immer was mit«, erklärte Leonie. »Meistens Nudeln und Tomatensoße oder Ravioli. Manchmal auch Dosensuppe. Nach dem Essen müssen wir immer gleich abwaschen, hat er gesagt.«

»Der Clown kocht für euch?«

»Nein, das soll ich machen, aber ich kann das nicht so gut. Deshalb kocht Anton, wenn der Clown wieder weg ist.«

»Anton kann kochen?«

Wie aufs Stichwort erschien der Junge an der Tür. Er trug Jeans, die unten umgeschlagen waren, und einen etwas zu großen Pullover, so dass er noch dünner aussah, als er ohnehin schon war. Die zerzausten dunkelblonden Locken reichten ihm bis auf die schmalen Schultern. Er lehnte sich an den Türrahmen und verschränkte die Arme vor der Brust. Von dieser Abwehrhaltung ließ sich Charlotte aber nicht beeindrucken.

»Schade, dass du nicht mit mir redest. Sonst hätte ich dich gefragt, wo du kochen gelernt hast.«

»Meine Mutter ist von einer Brücke in den Kanal gesprungen, weil mein Alter sie immer verprügelt hat. Als sie tot war, musste ich kochen. Dafür hat er mich dann windelweich geschlagen, wenn er besoffen war.«

»Als ihn die Frau vom Jugendamt abholen wollte, ist er weggelaufen«, fügte Leonie hinzu. Anscheinend hatte er ihr seine traurige Geschichte anvertraut. »Anton hat sogar auf der Straße geschlafen. Ist das nicht cool?«

»Ich weiß nicht.« Aus ernsten Augen schaute sie die Kinder an. »Wenn man auf der Straße lebt, ist man Wind und Wetter ausgeliefert. Schon viele Obdachlose sind im Winter erfroren. Nicht jeder hat das Glück, so eine Unterkunft wie diese hier zu finden. Dazu kommt der Hunger. Manche ernähren sich von Essensresten aus Mülltonnen, andere gehen vielleicht für einen Teller warmes Essen in eine Suppenküche. Da kann man sich als Kind, das ausgerissen ist, aber nicht hintrauen.« Fragend hob sie die Brauen. »Was bleibt dann noch? Stehlen, um nicht zu verhungern? Findet ihr so ein Leben wirklich cool?«

Während die Mädchen stumm die Köpfe schüttelten, trat Anton einen Schritt nach vorn.

»Ich habe noch nie geklaut.« Aus der Hosentasche zog er eine Mundharmonika. »Damit habe ich immer ein paar Euro verdient, um satt zu werden.«

»Das finde ich toll«, sagte sie anerkennend und setzte sich auf einen Küchenstuhl. Die Mädchen rutschten auf die Eckbank. »Du bist Musiker – wie mein Sohn.«

»Echt? Was spielt er?«

»Ben hat Musik studiert. Beruflich spielt er in einem Münchener Orchester Trompete. In seiner Freizeit auch Klavier und Gitarre.«

»Würde ich auch gern lernen. Kann ich mir aber nicht leisten.« Er zuckte die Schultern. »Ich war in einer Musikklasse auf dem Gymnasium. Mein Vater fand das schrecklich für einen Jungen, aber ich wollte später auch mal Musik studieren. Das kann ich jetzt vergessen.«

»Wie alt bist du?«

»Elf.«

»Vielleicht solltest du dich mal fragen, ob du in Zukunft immer nur für ein paar Euro auf der Straße Musik machen willst. Eine gute Schulbildung ist enorm wichtig. Denk mal darüber nach.« Ihr Blick wechselte zu den Mädchen. »Wie wäre es mit Abendessen? Ich habe Hunger.«

Der Tisch war rasch gedeckt. Genauso schnell stellte Charlotte fest, dass nur noch vier Scheiben Vollkornbrot vorhanden waren. Mit dem Belag sah es nicht besser aus. Sie forderte Anton auf, sich zu setzen, und legte jedem Kind eine Brotscheibe auf den Teller. Sie selbst begnügte sich mit einer Scheibe Knäckebrot.

»Lass uns tauschen.« Anton rückte seinen Teller zu ihr. »Ich bin beim Essen nicht eingeplant.«

Sie schob den Teller zu ihm zurück.

»Vollkornbrot ist nicht so meins.«

»Von Knäcke wirst du nicht satt.«

»Ist aber gut für die Figur. Ich bin sowieso zu dick.«

»Schon klar«, sagte der Junge mit wissender Miene. »Meine Mutter hat sich auch immer mit so 'ner blöden Erklärung rausgeredet, wenn sie wegen mir auf was verzichtet hat.«

Charlotte verkniff sich ein Lächeln, griff nach einem der Plastikmesser und bestrich das knusprige Brot mit Margarine. Scheinbar genüsslich biss sie hinein.

»Jetzt eine Tasse Tee«, murmelte sie gedankenverloren, worauf Anton sofort aufsprang. Er öffnete den Schrank neben der Spüle und kramte darin, bis er eine zerdrückte Packung mit Teebeuteln gefunden hatte. Triumphierend brachte er sie zu Charlotte.

»Den habe ich entdeckt, als ich das erste Mal hier war und was zu essen gesucht habe.« Er kniff die Augen etwas zusammen und las die Aufschrift. »Feinster Ostfriesentee. – Magst du den?«

Seit Jahren trank sie abends eine Mischung aus Darjeeling, Assam- und Aislabytee, die sie selbst herstelle. Trotzdem nickte sie.

»Ich weiß aber nicht, wie alt der schon ist. Vielleicht schmeckt der nicht mehr.«

»Das probieren wir gleich mal aus. Möchte noch jemand?« Als die anderen die Köpfe schüttelten, stand sie schwungvoll auf, nahm den kleinen Topf mit dem bedruckten Blümchenmuster vom Herd und füllte ihn mit Wasser. Bevor sie einen Teebeutel aus der Packung zog, warf sie einen Blick auf das aufgedruckte Mindesthaltbarkeitsdatum. Immerhin lag es nicht vor der Jahrtausendwende, sondern zwei Monate danach. Erst kürzlich hatte sie etwas über die Besonderheiten chinesischen Vintage-Tees gelesen, fürchtete aber, dass ihr diese alten Teebeutel aus der hintersten Ecke des Küchenschranks kein wunderbares Geschmackserlebnis offenbaren würden.

Schon bald stellte sie fest, wie sehr das Aroma gelitten hatte. Mit zwei Stück Würfelzucker aus einer bunten Blechdose, die Anton auf den Tisch gestellt hatte, schmeckte das Gebräu aber gar nicht mehr so übel. Das heiße Getränk tat Charlotte sogar gut.

Nach dem kargen Abendessen stellte Leonie das Geschirr in die Spüle. Alina half ihr beim Abwasch.

Inzwischen holte Anton eine Spielesammlung aus einem Regal. »Mensch ärgere dich nicht, Mühle, Dame, Halma, Schach und mehr« war in großen roten Buchstaben auf den Deckel gedruckt.

»Spielst du mit, Charly?«

»Gern, Tony.«

Ein wehmütiges Lächeln glitt über sein schmales Gesicht, verschwand so schnell, wie es erschienen war.

Geschäftig baute er das Mensch-ärgere-dich-nicht-Spiel auf.

Später lag Charlotte angezogen auf dem breiten Bett im Schlafzimmer. Ihre Augen gewöhnten sich allmählich an das Dämmerlicht im Raum. Nebenan schienen die Kinder inzwischen zu schlafen. Nun hatte sie das erste Mal seit dem Erwachen in dieser ungastlichen Umgebung Gelegenheit, über die letzten Ereignisse nachzudenken. Ihre Angst wurde ihr erst jetzt richtig bewusst. Aber sie durfte sie nicht die Oberhand gewinnen lassen. Sie musste versuchen logisch zu denken. Das war vielleicht ihre einzige Chance, hier lebend herauszukommen. Mit Mühe konzentrierte sie sich.

Nach Alinas Worten war sie etwa 24 Stunden außer Gefecht gesetzt. Sie ging davon aus, dass Philipp irgendwann Alarm geschlagen hatte, nachdem sie zu ihrer Verabredung nicht aufgetaucht war. Folglich suchte man inzwischen nach ihr. So viel war klar. Allerdings musste sie davon ausgehen, dass die Entführer auch dieses Mal keine verwertbaren Spuren hinterlassen hatten. Dadurch standen die Chancen nach wie vor schlecht, gefunden zu werden. Sie musste versuchen sich selbst zu helfen, sich etwas einfallen lassen, die Kinder hier raus und in Sicherheit zu bringen. Dafür würde sie sich gleich am nächsten Morgen einen genauen Überblick über die Wohnung und Fluchtmöglichkeiten verschaffen. Sie war froh, dass die Mädchen in relativ guter Verfassung waren. Wahrscheinlich war das auch Anton zu verdanken. Er hatte sich zuerst um Leonie gekümmert und beide später um die kleineren Mädchen. Der Ausreißer hatte gelernt, zu überleben. Er war ein aufmerksamer, intelligenter Junge, der sich zu helfen wusste. Das würde ihnen allen vielleicht noch zugutekommen.

Während ihr Magen hörbar in den Hunger-Modus schaltete, überlegte sie, wie sehr der Junge vorherrschenden Klischees entsprach. Der alkoholisierte Vater, der seine Frau verprügelte, bis sie es nicht mehr aushielt und sich umbrachte. Als Anton in die Obhut des Jugendamtes sollte, war er ausgerissen und unauffindbar geworden. Damit zählte er zu den vermissten Kindern, von denen sie im Internet gelesen hatte.

Charlotte dachte an Philipp. Es war nicht schwer, sich vorzustellen, was er nun durchmachte. Sein Vorsatz, sie zu beschützen, war gründlich in die Hose gegangen. Sie kannte ihn gut genug, um zu wissen, dass ihm das neben ihrem Verschwinden zusätzlich zu schaffen machte.

Unwillkürlich tastete sie nach dem Kettchen an ihrem Hals. Es war noch da. Im Grunde hatte dieser kleine Schutzengel gute Arbeit geleistet. Die Verbrecher hatten sie im Wald nicht einfach umgebracht, obwohl man Zeugen oft sofort aus dem Weg räumte. Vielleicht wollten sie, dass sie sich so lange um die Kinder kümmerte, bis … Bis wann? Bis sie die Mädchen wie in ihrem Alptraum verkauften? Dann würde sie überflüssig.

Ihr war klar, dass sie sich ihre Angst den Kindern gegenüber keinesfalls anmerken lassen durfte. Es war ihre Aufgabe, ihnen Hoffnung und Zuversicht zu vermitteln, auch wenn sie davon ausgehen musste, dass sie selbst diese Behausung nicht lebend verlassen würde. Diese trostlose Aussicht ließ sie erschauern. Sie wollte nicht in diesem elenden Loch sterben. Sie wollte leben, ihre Kinder und Enkel wiedersehen, noch ein paar Jahre mit Philipp genießen!

Ein Geräusch von der Tür her ließ sie aufhorchen. Sie vernahm tappende Schritte und sah im Halbdunkel, dass jemand unentschlossen vor ihrem Bett stehen blieb. Zu ihrer Überraschung war es keines der Mädchen.

Charlotte rutschte etwas zur Seite und hob die Decke einladend an, worauf Anton zu ihr ins Bett schlüpfte.

Nach stundenlanger Suche brachte Hannes den Professor zum Internat zurück und setzte ihn auf dem Parkplatz ab. Unschlüssig blieb Philipp dort einen Moment lang in der Dunkelheit stehen. Er überlegte, nach Hause zu fahren, da ihm die Aussicht, allein in der Gästewohnung zu sitzen, nicht behagte. Er würde nun gern mit den Freunden zusammensitzen, seine Angst mit ihnen teilen, ein wenig Halt finden. Andererseits war es schon fast zehn Uhr, und er war zu müde für die Fahrt nach Hannover. So ging er durch das alte Tor und sah nach wenigen Schritten eine Gruppe Lehrer im Schein einer Laterne stehen. Wahrscheinlich würden sie ihn auf die jüngsten Ereignisse ansprechen. Er konnte jetzt aber nicht mit Fremden über Charlotte reden und so tun, als würde er sie kaum kennen. Um das zu verhindern, wandte er sich nach rechts und schlug einen schmalen Nebenweg ein. Wenn er sich recht erinnerte, würde der laut Geländeplan in großem Bogen um die Schulgebäude herum führen und irgendwo hinter den Gästeunterkünften enden.

Etwa auf halber Strecke kam er an der Werkstatt des Hausmeisters vorbei. Durch die weit offen stehenden großen Flügeltüren fiel heller Lichtschein. Kaminski stand an der Werkbank und kramte in einer kleinen Kiste. Sein Hund lag auf einer Decke daneben. Als Philipp sich näherte, hob das Tier den Kopf und bellte.

»Ruhig, Elvis!«

Kaminski trat ins Freie, um zu sehen, wer um diese Zeit draußen herumlief.

»Ach, Sie sind das, Professor. Sie sind heute aber wieder spät dran.«

Anscheinend wusste der Mann, wer wann nach Hause kam.

»Ich war mit dem Suchtrupp unterwegs.«

Da der Hausmeister wie alle anderen im Internat von der Suche nach der verschwundenen Lehrerin wusste, nickte er.

»Haben Sie Lust auf ein Bier, Professor?«

Der zögerte nur kurz.

»Warum nicht?«

»Kommen Sie.« Er ließ Philipp den Vortritt und folgte ihm in die Werkstatt. Aus dem kleinen Kühlschrank nahm er zwei Bierflaschen mit Bügelverschluss. Eine davon reichte er ihm.

»Danke.«

Beim Öffnen der Flaschen ertönte ein sattes Ploppen. Kaminski stieß seine leicht gegen die des Professors, bevor er sie an die Lippen setzte.

»Die haben wieder nichts gefunden, oder?«

Philipp schüttelte nur den Kopf und trank einen Schluck. Er war nicht befugt, Details über die Ermittlungen preiszugeben.

»Ich glaube, wir werden sie nie wiedersehen. Die Kinder nicht und die Lehrerin auch nicht.«

»Warum nicht?«

»Da sind ganz klar Profis am Werk.«

»Auch Profis machen Fehler.«

»Die hier nicht.«

»Das kann man nicht wissen.«

»Doch, doch. Die Kinder werden ins Ausland gebracht und die Lehrerin …« Abermals trank er. »Die ist zwar hübsch und noch ganz knackig, aber mit der kann man trotzdem nichts mehr verdienen. Die wurde doch nur einkassiert, weil sie zur falschen Zeit am falschen Ort war. Aber die wollte ja unbedingt auf den Turm. Das hat sie nun davon.«

Stirnrunzelnd schaute Philipp ihn an.

»Sie scheinen sie nicht zu mögen.«

»Ehrlich gesagt, kann ich mit Frauen nicht viel anfangen, die sich immer durchsetzen müssen und dabei auch noch gut aussehen. Die halten sich doch für besonders schlau.«

Philipp vermutete, dass er gegenüber selbstbewussten Frauen Minderwertigkeitsgefühle hegte. Kaminski wusste, dass er ihnen geistig unterlegen war. Das machte ihn im Umgang mit ihnen wahrscheinlich aggressiver und herablassender. Dazu passten auch Statussymbole wie die auffällige Armbanduhr, die er trug, und der große Wagen, den der Mann fuhr.

»Ist ja auch egal«, fügte der Hausmeister hinzu, als der Professor nachdenklich schwieg. »Die lebt sowieso nicht mehr lange.«

KAPITEL 26

Ihr linker Fuß rutschte von der Matratze auf den Fußboden. Davon erwachte Charlotte. Sie brauchte einen Moment, um sich zu orientieren. Der warme Körper an ihrer Seite veranlasste sie, vorsichtig den Kopf nach rechts zu drehen. Dicht aneinandergedrängt lagen alle vier Kinder neben ihr, so dass dort mindestens für noch zwei von deren Größe Platz wäre.

Unwillkürlich lächelte sie. Es war erstaunlich, wie schnell die Kinder Vertrauen zu ihr gefasst hatten. Wahrscheinlich waren sie erleichtert, nicht mehr auf sich allein gestellt zu sein und hofften, dass nun alles gut würde. Sie musste sie darin bestärken, auch wenn sie selbst nicht so optimistisch in die Zukunft blicken konnte. Das durfte sie sich aber nicht anmerken lassen.

Vorsichtig glitt sie von der Matratze. Dabei stieß sie mit dem Fuß gegen etwas Dunkles, das unter dem Bett hervorschaute. Sie bückte sich danach und zog es hervor. Erstaunt hielt sie ihre Umhängetasche in den Händen, die sie auf der Fahrt zum Einkaufen dabeigehabt hatte. Wieso hatte der Entführer sie nicht einfach weggeworfen?

Jedes Geräusch vermeidend, schlich sie ins Bad und schloss die Tür hinter sich. Sie kniete sich auf den Frotteevorleger vor der Wanne, öffnete die Tasche und schüttete den Inhalt auf den gelben Badezimmerteppich: Geldbörse, Schlüsselbund, Kugelschreiber, ein Döschen mit Pfefferminz, ein etwas zerknautschtes Päckchen Papiertaschentücher, das Adressbüchlein, eine kleine Tube Handcreme. Das Smartphone und das als Deo getarnte Pfefferspray waren verschwunden. Noch einmal griff sie nach der Tasche und öffnete den Reißverschluss des Seitenfachs. Makeup-Utensilien, Spiegel, Kamm, ein Mini-Parfumzerstäuber. Das Etui mit Nagelschere und Feile hatte der Entführer anscheinend auch nicht übersehen.

Enttäuscht sammelte Charlotte alles ein. Dann entkleidete sie sich, stieg in die Wanne und verschwand hinter dem Duschvorhang. Da es kein Duschgel gab, musste sie sich mit dem unappetitlich aussehenden Stück Kernseife begnügen.

Später trocknete sie sich ab und zog notgedrungen wieder die Wäsche und den Trainingsanzug an. In diesen Sachen lief sie schon seit zwei Tagen herum, aber sie hatte keine Wahl.

Wenigstens gab es bei den Handtüchern keinen Ekelfaktor. Sie hatte am Abend zuvor einen bunten Stapel davon neben einem Vorrat Toilettenpapier im Badezimmerschrank gefunden. An den Frotteetüchern hingen noch die Preisschilder. Folglich waren sie zwar ungewaschen, aber neu.

Am Waschbecken drehte sie den Wasserhahn auf und ließ es eine Weile laufen, bis es fast klar war. Dann hielt sie ihren Zeigefinger darunter und putzte sich damit die Zähne. Auf Mundhygiene legte sie seit ihrer Kindheit großen Wert. Deshalb nahm sie anschließend eine von den winzigen Pfefferminztabletten und steckte sie in den Mund. Sie kämmte sich gerade das Haar, als es an der Tür klopfte.

»Komm rein.«

Verschlafen trat eines der Mädchen ein.

»Morgen.«

»Guten Morgen, Leonie.«

»Bist du schon fertig?«

Charlotte nickte und hängte das Handtuch an einen Wandhaken.

»Habt ihr hier eigentlich schon mal geduscht?«

»Ne.«

»Dann wird es aber Zeit, sonst werdet ihr noch krank.« Sie legte ein frisches Handtuch auf den Rand des Waschbeckens und ging hinaus.

Später sorgte sie dafür, dass auch die anderen beiden Mädchen duschten. Als Letztes war Anton an der Reihe, aber er zögerte.

»Ich habe immer nur Katzenwäsche gemacht, weil ich Angst hatte, dass der Clown vielleicht genau dann kommt, wenn ich unter der Dusche stehe. Dann hätte er mich erwischt.«

»Keine Sorge, ich passe auf. Wenn er immer gegen elf kommt, hast du fast zwei Stunden Zeit.«

»So dreckig bin ich nicht«, sagte er grinsend und verschwand im Bad.

Später saßen sie in der Küche beim Frühstück. Diesmal gab es für jeden nur eine Scheibe Knäckebrot, die sie mit Margarine und Erdbeermarmelade bestrichen. Charlotte trank einen Becher prähistorischen Tee dazu, was sie schon fast als Mutprobe empfand. Sie sehnte sich nach einer Tasse Morgenkaffee. Die Kinder mussten ihren Durst wohl oder übel mit Leitungswasser stillen. Die Tatsache, wie schlecht sie schon seit Wochen versorgt wurden, weckte Charlottes Zorn. Wenn der Clown gegen Mittag käme, musste sie ihn dazu bringen, den Speiseplan reichhaltiger und gesünder zu gestalten.

Während sich die Mädchen nach dem Frühstück prompt um den Abwasch kümmerten, kündigte Charlotte an, in der gesamten Wohnung nach einer Fluchtmöglichkeit zu forschen.

»Kannst du dir sparen«, sagte Anton. »Habe ich schon gemacht. Wir kommen hier nicht raus.«

»Begleitest du mich? Vier Augen sehen oft mehr als zwei.«

Schweigend trottete er hinter ihr her durch die Räume.

Charlotte stellte schon bald fest, dass der Junge nichts übersehen hatte. Alle Fenster befanden sich nicht nur in etwa drei Metern Höhe, sondern waren auch relativ klein und vergittert. Keine Chance, durch eines davon zu entkommen. Die Tür zur Kellerwohnung war aus solidem Metall gefertigt und durch zwei Schlösser gesichert. Trotz dieser aussichtslosen Lage gab Charlotte nicht auf. Sie suchte in sämtlichen Schränken und Kommoden, fand aber nichts Brauchbares, um damit die Tür aufzubrechen. Die Entführer schienen alles, was als Waffe oder Werkzeug dienen könnte, entfernt zu haben. Sie entdeckte ein kleines Transistorradio auf einem Regal und schaltete es ein. Es gab jedoch keinen Ton von sich. Geschickt öffnete sie das kleine Fach auf der Unterseite und entnahm mit spitzen Fingern vier schon ausgelaufene Batterien, die sie im Mülleimer entsorgte. An Umweltschutz verschwendete sie unter diesen Umständen keinen Gedanken. Sie stellte das Radio zurück und wusch sich die Hände.

Leise fluchend ließ sie sich schließlich auf einen Küchenstuhl sinken.

Anton setzte sich ihr gegenüber auf die Eckbank, legte die Unterarme auf den Tisch und den Kopf darauf. Erwartungsvoll schaute er Charlotte an.

»Du hattest recht«, gab sie zu. »Die haben nichts vergessen, was uns weiterhelfen könnte.« Nachdenklich krauste sie die Stirn. »Wie bist du hier eigentlich reingekommen?«

»Mit dem Schlüssel, der unter dem losen Brett auf der Veranda neben der Haustür liegt.«

»Woher wusstest du das?«

»Von Rosi.«

»Wer ist das? Eine Freundin?«

»Sie ist eine Nu…« Er brach ab, als sich die Mädchen dazusetzten. »Eine Prostuier… Prostatu…«

»Eine Prostituierte?«

Dankbar nickte er.

»Was ist ein Prostatitierte?«, fragte Rosalie prompt.

»Das ist eine Frau, die auf der Straße arbeitet.«

Verstehend lächelte das Kind Charlotte an.

»Wie unsere Zeitungsfrau?«

»So ähnlich«, bestätigte sie, bevor sie sich an den Jungen wandte. »Woher kennst du sie?«

»Von der Straße. Aus Hannover. Sie hat früher hier gewohnt, als ihr Vater hier gearbeitet hat. Sie hat gesagt, wenn ich in der Gegend bin und einen Platz zum Schlafen brauche …«

»Dann weißt du, wo wir hier sind?«

»Klar – in der alten Gärtnerei. Draußen sind viele kaputte Gewächshäuser. Gehört alles einer alten Frau, aber die kümmert sich nicht darum. Hier war schon ganz lange keiner mehr. Man kommt auch nicht so leicht aufs Grundstück – wegen der hohen Zäune. Aber ich kenne ein Schlupfloch.«

»Sind wir weit von der nächsten Ortschaft entfernt?«

»Über eine Stunde zu Fuß von Rabenau.«

Demnach wurden sie wahrscheinlich noch im Suchgebiet festgehalten.

»Wie oft hast du hier geschlafen?«

»Im Frühling eine Woche. Dann habe ich mit meiner Musik nicht mehr genug verdient und bin weitergezogen. Ein LKW-Fahrer hat mich bis Amsterdam mitgenommen. Da hat es mir aber nicht gefallen. Deshalb bin ich zurückgekommen. Ich habe erst eine Nacht hier geschlafen und wollte weiterziehen, als morgens ganz früh zwei Männer mit Leonie aufgetaucht sind. Da konnte ich nicht mehr raus.«

»Zum Glück haben sie dich nicht entdeckt.«

»Deshalb schlafe ich meistens unter dem Bett. Damit rechnet keiner.«

Es wunderte sie nicht, dass Anton erst jetzt davon erzählte. Wahrscheinlich wollte er zuerst sicher sein, dass er ihr vertrauen konnte. Der Junge kannte sich anscheinend gut genug aus, um den Weg in den nächsten Ort zu finden. Das könnte ihnen vielleicht irgendwann von Nutzen sein.

Ehe sie weiter darüber nachdenken konnte, vernahm sie ein Geräusch aus dem Flur.

»Schnell, Anton, versteck dich!«

Schon sauste er aus der Küche und verschwand im Zimmer der Mädchen unter dem Bett.

Sie hörte, wie die Wohnungstür geöffnet, wieder geschlossen und verriegelt wurde. Gespannt blickte sie zur Küchentür. Obwohl sie auf einiges gefasst war, zuckte sie zurück, als der Clown eintrat. Diese den gesamten

Kopf und Hals bedeckende Maske mit dem krausen roten Haarkranz und den abstehenden Ohren war furchteinflößend. Das kalkweiße, von Falten durchzogene Gesicht wurde von einem riesigen Mund mit langen gelben Zähnen beherrscht. Die violett schimmernde Nase war zerfurcht und sah aus wie ein Klumpen Mett, zu dessen beiden Seiten die stechenden grünen Augen hervorstanden. Die Pupillen bestanden aus kleinen Löchern, durch die sie der ansonsten schwarz gekleidete Mann unter der Maske anstarrte. Er erinnerte an einen der Horrorclowns, die seit einigen Jahren zuweilen auftauchten und Menschen erschreckten. Manchmal wurden sie auch gewalttätig. Charlotte ließ sich von dieser Maskerade aber nicht beeindrucken. Mitten in der Küche blieb der Mann stehen und schaute zu den Entführten hinüber. Während er eine Plastikeinkaufstasche neben dem Küchenschrank abstellte, erhob sie sich.

»Kann ich Sie mal sprechen?« Als er nickte, wandte sie sich zu den Kindern um. »Geht ihr bitte in euer Zimmer? – Und macht die Tür zu.«

Sofort standen die Mädchen auf und liefen hinaus. Vorsichtshalber schloss Charlotte auch die Küchentür. Dann blieb sie vor dem Clown stehen. Er war schlank, aber muskulös, hatte ungefähr ihre Größe und trug schwarze Lederhandschuhe.

»Warum haben Sie mich hierhergebracht?«

»Weil ich kein Mörder bin«, erklang seine dumpfe Stimme.

»Demnach hatten Sie den Auftrag, mich für immer zum Schweigen zu bringen?«

Wieder nickte er.

»Was haben Sie mir gespritzt?«

»Ein harmloses Schlafmittel. Ich musste die erst davon überzeugen, dass Sie uns bei der Betreuung der Mädchen helfen können.«

»Wer sind ›die‹?«

»Die Leute, die hier das Sagen haben.«

»Wie viele sind das?«

»Ich kenne nur zwei.«

Charlotte gewann den Eindruck, dass dieser Mann bloß ein kleines Rädchen im Getriebe der Verbrechermaschinerie war. Wenn sie es geschickt anstellte, könnte sie ihm vielleicht Informationen entlocken, die ihr nützlich werden könnten. Aber sie musste behutsam vorgehen, sonst würde er womöglich sofort dichtmachen. So schwer es ihr auch fiel, sie musste sich vorerst zurückhalten.

»Danke, dass Sie das für mich getan haben. Ich kümmere mich gern um die Mädchen.« Sie schaute zu, wie er die Einkäufe auspackte. Ein Paket Vollkornbrot, je ein Päckchen Salami- und Käsescheiben, zwei Dosen Hühnersuppentopf.

»Mir ist aufgefallen, dass die Kinder in keinem besonders guten Zustand sind. Ich weiß ja nicht, was man mit ihnen vorhat. Möglicherweise könnte es aber für die Leute wichtig sein, dass sie nicht ungepflegt und abgemagert aussehen.«

»Die Kinder haben doch alles, was sie brauchen.«

»Da fehlt so einiges«, widersprach sie. »Anfangen von Zahnbürsten über …«

»Schreiben Sie meinetwegen bis morgen auf, was gebraucht wird. Aber nur das Wichtigste. Jetzt habe ich keine Zeit mehr.«

Im Internat war man um Normalität bemüht. Den Schülern, die Charlottes Kurse besuchten, hatte man gesagt, dass sie beurlaubt war, weil ihre betagte Mutter schwer erkrankt sei. Nur das Kollegium kannte die Wahrheit. Die Polizei hatte jedoch alle Mitarbeiter zum Schweigen verpflichtet.

Nicht nur Philipp litt unter der Ungewissheit. Außer den Sportkollegen waren vor allem Ingrid Brandt und Maurice de Vellot in großer Sorge. Sie hatten die Vertretungslehrerin näher kennen- und schätzen gelernt.

Der Internatsleiter hatte den Professor gebeten, seinen Aufgaben weiter nachzukommen, und Philipp hatte zugestimmt. Durch die Sprechstunde war er für eine Weile abgelenkt. Das Gesprächsangebot wurde nach wie vor gut angenommen. Dennoch war er überrascht, als der Franzose sein Sprechzimmer betrat.

»Was kann ich für Sie tun?«, fragte Philipp, dem der Musiklehrer am Morgen schon in der Mensa begegnet war. »Gibt es ein Problem?«

»Ich muss einfach mal mit jemandem reden.«

»Nehmen Sie Platz.«

Maurice setzte sich ihm gegenüber auf den Besucherstuhl. Abwartend schaute Philipp ihn an.

»Wie kann ich Ihnen helfen?«

»Sie haben doch guten Kontakt zur Polizei. Gibt es was Neues über den Verbleib von Charlotte? Mir sagen die ja nichts.«

»Ich weiß leider auch nicht mehr als alle anderen. Solange nicht klar ist, ob jemand aus dem Internat in die ganze Sache involviert ist, halten sie sich verständlicherweise bedeckt.« Aufmerksam forschte er im Gesicht des Franzosen. »Sie haben sich mit Frau Arndt angefreundet?«

»Mehr als das.« Etwas verlegen zupfte er am Ende seines Schals herum. »Auch für Ausstrahlung sollte es Grenzwerte geben. Haben Sie schon mal erlebt, dass eine Frau Sie vom ersten Moment an fasziniert hat?«

Sogar dieselbe wie dich, dachte Philipp, während er nur nickte und sich um Professionalität bemühte. Niemand im Internat wusste, dass Charlotte und er ein Paar waren. So sollte es auch bleiben.

»Sie ist nicht nur attraktiv, sondern auch klug und einfühlsam. Außerdem hat sie diesen schlagfertigen Humor, den ich so mag.«

All diese Eigenschaften liebte auch Philipp an ihr.

»Sie haben sich also in Frau Arndt verliebt.«

»Mehr als das.«

»Empfindet sie das Gleiche für Sie?«

»Wenn ich die Wärme in ihren wunderschönen braunen Augen nicht fehlinterpretiert habe … Ich habe mich einem Menschen noch nie so nah gefühlt.«

»Ist sie denn frei?«

»Eine Frau wie sie hat wahrscheinlich viele Verehrer.« Er blickte auf seine feingliedrigen Musikerhände. »Aber sie hätte mir bestimmt gesagt, wenn es einen Mann in ihrem Leben gäbe. Sie hat mir ja auch erzählt, dass sie verwitwet ist und zwei erwachsene Kinder hat.« Ein hoffnungsvoller Ausdruck erschien auf seinem Gesicht. »Vielleicht kann man irgendwie rauskriegen, wie man die beiden erreichen kann. Ich würde ihnen gern sagen …«

»Das halte ich für keine gute Idee«, fiel Philipp ihm ins Wort. »Das wäre Frau Arndt womöglich nicht recht.«

»Aber ich möchte irgendwas tun«, brachte er gequält

hervor. »Können Sie sich nicht vorstellen, was ich durchmache? Charlotte wurde entführt! Ich habe Angst, dass ich sie nie wiedersehe.«

Ich auch, dachte Philipp. Es war, als würde ihn diese Angst von innen her auffressen.

»Sie … wir alle dürfen die Hoffnung nicht aufgeben.«

»Das tue ich ganz sicher nicht. Trotzdem quält mich das lähmende Gefühl, dass aus meinen Zukunftsplänen nichts wird. Ich habe Charlotte von Frankreich erzählt und geplant, ihr in den nächsten Ferien meine Heimat zu zeigen. Sie reist doch so gerne. Bordeaux würde ihr gefallen. Meine Familie besitzt dort ein großes Weingut, auf dem schon einige Hochzeiten gefeiert wurden.«

»Sie denken bereits ans Heiraten?« Noch während er das aussprach, wurde ihm bewusst, dass er selbst davon träumte. Aber er wusste, dass Charlotte kein Interesse daran hatte.

»Ist das nicht eine logische Konsequenz, wenn man liebt?«

»Das ist es wohl«, stimmte Philipp ihm zu und warf einen Blick zur Uhr. »Es tut mir leid, aber ich habe gleich noch einen Termin mit der Internatsleitung.«

Verstehend nickte Maurice und erhob sich.

»Danke, dass Sie mir zugehört haben, Professor. Das hat mir gutgetan.«

Philipp begleitete ihn zur Tür. Als er sie öffnete, stand unvermittelt ein untersetzter Mann mit Bürstenhaarschnitt vor ihm. Beide zuckten erschrocken zusammen. Der Hausmeister fing sich jedoch rasch und wandte sich mit einigen gemurmelten Worten ab.

KAPITEL 27

Der Hühnersuppentopf erwies sich nicht als kulinarisches Highlight. Das wenige Gemüse darin war weich, die Muschelnudeln matschig, das Hühnerfleisch musste man mit der Lupe suchen. Großzügig verwendeter Geschmacksverstärker rundete die Mahlzeit ab. Kein Vergleich zu dem leckeren Eintopf, den Conrad zu Hause manchmal auf den Tisch brachte. Nicht nur aus diesem Grund aß Charlotte wenig. Die Kinder klagten ständig über Hunger, und von dem vorhandenen Angebot musste zusätzlich eine nicht eingeplante Person durchgefüttert werden.

»Warum isst du nicht?«, fragte Leonie, als Charlotte ihren Löffel auf den Teller legte und sich zurücklehnte. »Im Topf ist noch was.«

»Ich vertrage das nicht so gut«, behauptete sie. »In meinem Alter muss man ein bisschen aufpassen, was man isst.«

Während die Mädchen mit dieser Erklärung zufrieden schienen, warf Anton ihr einen skeptischen Blick zu, sagte aber nichts. Er schien sie wieder einmal durchschaut zu haben.

Die Mädchen kümmerten sich später um den Abwasch. Unterdessen bat Charlotte den Jungen, nach einem Stück Papier zu suchen. Mit einem kleinen, vergilbten Schreibblock und einem Bleistift kam er zurück.

»Setzt euch mal zu mir«, bat sie. »Wir schreiben jetzt auf, was wir alles haben möchten, damit es uns hier ein bisschen besser geht. Ich fange an. Inzwischen könnt ihr überlegen, was wir noch brauchen.« Sie nahm den Stift und schrieb:

»Zahnbürsten, Zahncreme, Shampoo, Duschgel, Äpfel, Bananen, Milch, 2 Pakete Brot täglich …« Nach einer Weile blickte sie auf. »Was soll ich noch schreiben?«

»Schokolade.« Das war Leonie.

»Gummibärchen«, fügte Rosalie hinzu, worauf Alina nickte.

»Und Kekse.«

Zwar ahnte Charlotte, dass aus den Süßigkeiten nichts würde, schrieb sie aber trotzdem dazu.

»Hast du keinen Wunsch, Anton?«

»Nein.«

»Ach, komm schon. Dir fällt bestimmt was ein.«

Er schüttelte den Kopf, besann sich dann aber.

»Kaffee.«

Diese Antwort erstaunte sie nicht weniger, als wenn er Schnaps und Zigaretten gesagt hätte.

»Du trinkst Kaffee?«

»Ne, aber du. Mach auch mal was für dich.«

Sein Feingefühl beeindruckte sie nicht das erste Mal. Lächelnd erwiderte sie seinen erwartungsvollen Blick. Dann schrieb sie der Einfachheit halber »Instantkaffee« auf die Liste.

Während die Kinder später zu viert Halma spielten, schaute Charlotte gedankenverloren zu. Sie grübelte darüber nach, wie sie den Clown einschätzen sollte. Offenbar stand er in der Hierarchie der Verbrecherbande ziemlich weit unten. Er war anscheinend nur ein kleiner Befehlsempfänger. Dennoch hatte er sich geweigert, sie umzubringen. Vielleicht hatte sein Boss ihn – durch was auch immer – in der Hand? Dann machte er nicht ganz freiwillig gemeinsame Sache mit ihm. Oder die Bezahlung war gut.

Sie hatte viel über Täter gelesen. Unter anderem in den beiden Büchern, die der Forensische Psychologe Prof. Philipp Thaler geschrieben hatte. Schon vor einigen Jahren hatte sie »Die dunkle Seite der Seele« und »Gratwanderung« verschlungen. Für Profiling hatte sie sich schon lange vor ihrem Kennenlernen interessiert. Das lag wohl auch daran, dass sie in jungen Jahren einige Semester Psychologie studiert hatte. Ihre spätere Arbeit als Leiterin des Kriminalarchivs war bestens geeignet, ihr Einblicke in dieses Metier zu gewähren. So hatte ihr sicherer Instinkt ihre Freunde bei der Polizei manches Mal auf die richtige Fährte gesetzt.

Ihr war klar, dass sie versuchen musste, eine Vertrauensbasis zum Mann mit der Clownmaske herzustellen. Nur auf diese Weise würde es ihr vielleicht gelingen, ihn für sich einzunehmen. Hoffentlich reichte die Zeit dafür aus. Sollten die Kinder bald weggebracht werden, war ihr Leben keinen Cent mehr wert. Deshalb musste sie so behutsam, aber auch so schnell wie möglich seine Schwachstelle herausbekommen. Sollte er diesen ›Job‹ nur des Geldes wegen übernommen haben, musste sie ihm etwas anbieten, dem er nicht widerstehen konnte. Aber was?

Die allgemeine Erleichterung, dass es sich bei der bis zur Unkenntlichkeit verbrannten Frau nicht um Charlotte handelte, hatte sich in der Wohngemeinschaft bald gelegt. Die Senioren waren sich im Klaren darüber, dass ihre Mitbewohnerin immer noch in Lebensgefahr schwebte. Sie standen fast ständig in Verbindung mit Philipp, der aber auch nichts Neues zu berichten wusste. Die Ungewissheit nagte an ihrer aller Nerven.

Um sich zu beschäftigen, hatte Elisabeth ein großes Blech Apfelkuchen gebacken. Am späten Nachmittag saßen sie zusammen am Küchentisch, den Anneliese trotz allem herbstlich, aber lustlos dekoriert hatte. Während Conrad den Kaffee einschenkte, läutete es an der Haustür. Seine Lebensgefährtin stand auf, lief hinaus und öffnete. Draußen stand ein ihr unbekannter Mann.

»Ja, bitte?«

»Guten Tag. Ich möchte zu Charlotte Stern.«

In Sekundenschnelle musterte sie ihn: etwa Mitte 30, Jeans, schwarze Jacke, einen dunkelblauen Weekender in der linken Hand, eine Instrumententasche über der rechten Schulter.

»In welcher Angelegenheit?«

»Ich bin Ben – ihr Sohn.«

Erst jetzt bemerkte sie die Ähnlichkeit mit seiner Mutter: die gleichen ausdrucksvollen dunklen Augen, das gleiche blonde Haar, das sich bei ihm jedoch zu vielen kleinen Locken kringelte.

»Ich bin Anneliese.« Sie beschrieb eine einladende Geste. »Kommen Sie bitte.« In der Wohnhalle blieb sie stehen. »Charlotte ist …« Sie konnte ihn nicht unvorbereitet damit konfrontieren, dass seine Mutter entführt wurde. »Sie … also, sie ist …«

»Ich verstehe schon. Immer, wenn wir in den letzten Wochen telefoniert haben, war sie ganz begeistert von eurer WG. Aber anscheinend hat das doch nicht so gut geklappt. Dann fahre ich jetzt zu ihrer Wohnung.«

»Dort ist sie nicht. Wir erklären Ihnen das bei einer Tasse Kaffee.« Sie bat ihn abzulegen, worauf er sein Gepäck abstellte und aus der Jacke schlüpfte. Mit gemischten Gefühlen führte Anneliese ihn in die Küche.

»Das ist Charlottes Sohn Ben«, stellte sie ihn den Mitbewohnern vor. »Und das sind Elisabeth, Conrad und Albert.«

»Freut mich«, sagte Ben und gab jedem die Hand. »Meine Mutter hat uns erzählt, wie gut Sie sich verstehen und dass sie für immer hier einziehen will.«

Anneliese nickte und deutete auf den Stuhl, auf dem Charlotte meistens saß. Unterdessen holte Elisabeth ein weiteres Gedeck, schenkte den Kaffee ein und legte ein Stück Apfelkuchen auf den Teller. Conrad schob Milchkännchen und Zuckerdose zu ihrem Gast hinüber, und der General reichte die Schale mit Schlagsahne weiter.

»Sie leben in München, nicht wahr?«, ergriff Anneliese das Wort, während Ben es sich schmecken ließ. »Charlotte hat Ihren Besuch gar nicht erwähnt.«

»Sie weiß nichts davon. Ich bin auf dem Weg zu einem Jazzfestival nach Dänemark. Als ich Mam vor ein paar Tagen auf dem Handy nicht erreichen konnte, um mich anzukündigen, habe ich mich zu einem Überraschungsbesuch entschlossen – obwohl sie das nicht so sehr mag.« Er gab etwas Milch in den Kaffee und rührte schmunzelnd um. »Mam wird dann immer ganz hektisch und sammelt alles auf, was sie achtlos irgendwo liegengelassen hat. Aufräumen war noch nie ihre Stärke.« Fragend schaute er in die Runde. »Wo steckt sie denn jetzt?«

Niemand wagte, ihm die Wahrheit zu sagen. Hilfesuchend blickten die Freunde Anneliese an.

»Charlotte ist mit Philipp unterwegs.«

»Wer ist das?«

»Das ist einer aus unserer Truppe«, erklärte der General. »Prof. Philipp Thaler gehört dieses Anwesen. Vor ein paar Monaten hat er die WG gegründet.«

»Die beiden sind seit Kurzem ein Paar«, fügte Anneliese hinzu, worauf er erstaunt wirkte. Doch dann lächelte er.

»Das ist mal eine gute Nachricht. Damit hätte ich nun wirklich nicht mehr gerechnet.«

»Warum nicht?«, fragte Albert. »Ihre Mutter ist attraktiv, klug und gewitzt. Solches Terrain wird gern erobert.«

»Über mangelndes Interesse konnte sie sich noch nie beklagen. Allerdings hat sie immer sofort abgeblockt, wenn jemand mehr als Freundschaft von ihr wollte. Meine Eltern haben sich sehr geliebt. Nach dem Tod meines Vaters war es schwer für Mam, sich ihr Leben allein einzurichten. Es dauerte lange, bis sie wieder mit sich im Einklang war. Dabei hat ihr wohl ihr Sport geholfen.«

»Unser Nesthäkchen ist uns allen in punkto Fitness weit voraus«, bemerkte Elisabeth. Mit einem Blick gab sie den Ball an Anneliese weiter.

»Durch ihre Kenntnisse in dieser Hinsicht konnte Charlotte den Fitnesskurs in einem Internat übernehmen.«

Diese Neuigkeit schien ihren Sohn sehr zu wundern.

»Mam arbeitet wieder? Als Sportlehrerin in einem Internat? Das kann ich mir nicht vorstellen. Es sei denn …« Forschend blickte er in die Gesichter seiner Gastgeber. Die betretenen Mienen schienen seine Befürchtung zu bestätigen. »Das ist jetzt nicht wahr, oder? Sie ist schon wieder als Miss Marple unterwegs? Hat dieser Philipp sie dazu angestiftet?«

»Im Gegenteil.« So sachlich wie möglich berichtete Anneliese von den verschwundenen Mädchen und der

Bitte der Polizei, im Internat Informationen zu sammeln. Sie erzählte von Philipps erster Reaktion, und dass er Charlotte schließlich in seiner Eigenschaft als Psychologe nach Rabeneck begleitet hatte, um auf sie aufzupassen.

»Hannes Bremer hat sie also zu diesem Einsatz überredet«, sagte Ben wenig begeistert. »Ich kenne ihn von diversen Feiern in meinem Elternhaus. Ein sympathischer Mann, aber jetzt kann er sich warm anziehen. Schon vor Jahren hat er ihr so was wie ein Gütesiegel verpasst. Nun hat er ausgenutzt, dass sie nicht Nein sagen kann, wenn ihre Hilfe gebraucht wird. Ich werde sie da noch heute rausholen.«

»Dort ist sie nicht mehr.«

Darüber war er sichtlich erleichtert. Er lächelte sogar schon wieder.

»Das beruhigt mich.«

Conrad strich sich über den Schnurrbart. Dann stieß er Anneliese leicht am Arm an.

»Du musst es ihm sagen«, raunte er ihr zu, worauf seine Mitbewohner zustimmend nickten. Warum blieb so was immer an ihr hängen? Ihr Talent, die Schockwirkung schlechter Nachrichten abzuschwächen, hielt sich in Grenzen.

»Anscheinend habe ich mich zu früh gefreut«, folgerte Ben mit einem Blick in die Runde. Seine Augen blieben auf Annelieses Gesicht haften. »Was ist passiert?«

Ihr war, als würde sie Charlottes Blick erwidern.

»Ihre Mutter wurde ... sie wurde entführt.«

»Was?« Entsetzt sprang er auf. »Warum? Von wem?«

Sie beschwor ihn, sich zu setzen und erzählte, was geschehen war. Nur die Episode mit der verbrannten Leiche ließ sie aus. Sie wusste nicht, ob es einen Zusammenhang zu den Entführungen gab, und wollte ihn nicht zusätzlich beunruhigen.

»Warum hat uns niemand informiert? Oder weiß meine Schwester Bescheid?«

»Die Polizei hielt es für besser, die Entführung vorerst geheim zu halten. Charlottes Inkognito soll gewahrt bleiben, um sie nicht zu gefährden.«

»Okay, dann rede ich vorläufig nicht mit meiner Schwester. Lisa erfährt noch früh genug, was passiert ist. Aber ich muss mit Kommissar Bremer reden – und mit dem Professor. Am besten fahre ich gleich ins Präsidium.«

»Seit Charlottes Verschwinden ist der Kommissar ständig vor Ort«, teilte der General ihm mit. »Er hat seine Kommandozentrale im Internat eingerichtet.«

»Lassen Sie uns morgen zusammen hinfahren«, schlug Conrad vor. »Wir wollen Philipp sowieso ein paar Sachen bringen.«

Nach kurzem Zögern stimmte Ben zu, beschloss aber, in der Wohnung seiner Mutter zu übernachten. Anneliese bestand jedoch darauf, dass er blieb. Er sah ziemlich mitgenommen aus, und sie wollte vermeiden, dass er nun allein mit seiner Angst in ihrer Wohnung hockte. Sie würde ihm das Bett in Philipps Gästezimmer beziehen oder ihm anbieten, in Charlottes Räumen zu übernachten. Sie wusste, wie eng sie mit ihren Kindern verbunden war. Wenn sie von ihren erzählte, war stets ein liebevolles Leuchten in ihren Augen.

KAPITEL 28

Charlotte war schon wach, als die Kinder noch tief und fest neben ihr schliefen. Der Schlaf der vier war längst nicht mehr so unruhig wie in der ersten Nacht, die sie zusammen in diesem Bett verbracht hatten. Dafür fand sie selbst immer nur wenige Stunden Ruhe. Ihr fehlte die Energie, um die Tür zu ihrem Bewusstsein zu schließen. Die Gedanken kreisten unaufhörlich hinter ihrer Stirn. Was auch mit den Kindern geschehen würde, für sie selbst gab es keinen Ausweg. Wenn kein Wunder geschah, war hier Endstation für sie. Aber sie würde kämpfen, so wie sie es immer getan hatte, wenn etwas aussichtslos erschien.

Vorsichtig stand sie auf und schlich ins Bad. Über der Duschstange hingen ihre Unterwäsche und die Socken, die sie am Abend per Hand mit der Kernseife gewaschen hatte. Dafür war sie geeignet, aber die stark entfettende Wirkung war als Zartmacher für empfindliche Haut nicht zu gebrauchen. Es musste endlich ein Duschgel her.

Um sich die Zeit zu vertreiben, spielte sie mit den Kindern nach dem Frühstück ein Gesellschaftsspiel nach dem anderen. Gegen elf Uhr schickte sie Anton in sein Versteck. Kaum war der Junge unters Bett gekrabbelt, hörten sie Geräusche von der Wohnungstür her. Kurz darauf betrat der Clown die Küche. Wie am Vortag war er maskiert und ganz in Schwarz gekleidet. Auch trug er wieder dünne Handschuhe. Er wollte weder erkannt werden noch Fingerabdrücke hinterlassen.

Zur Begrüßung murmelte er etwas Unverständliches.

Schon beim letzten Mal war Charlotte aufgefallen, dass er jedes Kind sekundenlang fixierte, als wolle er sich davon überzeugen, dass es allen gutging.

Während er die Einkäufe auspackte, gab sie den Kindern – wie vorher besprochen – ein Zeichen, sie mit dem Clown alleinzulassen. Ohne zu murren, verschwanden sie in ihrem Zimmer und schlossen die Tür hinter sich.

»Sie haben immer noch Angst vor Ihnen«, sagte sie und stand auf. »Obwohl ich Ihnen gesagt habe, dass Sie ihnen nichts tun.«

»Woher wollen Sie das wissen?«

»Sie hätten mich nicht verschont, wenn Ihnen egal wäre, was aus den Kindern wird. Ich glaube, Sie sind kein skrupelloser Verbrecher. Wahrscheinlich sind Sie irgendwie in diese Sache reingeraten. Womit haben die Entführer Sie in der Hand?«

»Das geht Sie nichts an.« Die dumpfe Stimme klang unwillig. »Ich habe mit den Leuten gesprochen. Sie wollen, dass die Mädchen in bestmöglichem Zustand sind. Ich soll besorgen, was dazu nötig ist.« Durch die kleinen Löcher in der Maske fixierte er sie. »Haben Sie alles aufgeschrieben?«

Sie nickte und gab ihm die Liste.

»Hat man Ihnen gesagt, wie lange sich das hier noch hinziehen soll?«

»Bis sich die Lage beruhigt hat. Das kann noch dauern.«

»Fürchten die nicht, dass dieses Versteck entdeckt werden könnte?«

»An diesem Ort sucht niemand. Das Gelände ist gut gesichert, seit hier mal mit Asche aus einer Müllverbrennungsanlage gedüngt wurde. Das Erdreich ist mit Dioxinen kontaminiert. Wahrscheinlich ist das Grundwasser auch verseucht.«

»Deshalb schmeckt es so seltsam.« Empört stemmte sie die Hände in die Hüften. »Die Kinder trinken das die ganze Zeit, ohne zu wissen, dass …«

»Jetzt regen Sie sich mal nicht auf. Das Trinkwasser ist davon nicht betroffen. Wenn es etwas metallisch schmeckt, liegt das an den alten Leitungen. Einfach den Hahn aufdrehen und eine Weile laufen lassen. Dann gibt sich das.«

»Trotzdem sollten Sie uns sicherheitshalber Mineralwasser mitbringen.«

Dazu sagte er nichts. Stattdessen warf er einen Blick auf die Liste. »Ganz schön viel.«

»Bislang waren die Kinder mehr als schlecht versorgt. Es ist wirklich an der Zeit, dass sich jemand um sie kümmert.«

»Meine Rede.«

»Wieso haben wir eigentlich Strom und warmes Wasser?«

»Dafür haben wir im Schuppen einen Generator, der mit Benzin arbeitet. Ich sorge dafür, dass er immer läuft. Falls Sie dachten, dass man Sie und die Kinder über die Stromrechnung finden kann, muss ich Sie enttäuschen.«

Er zog die Mülltüte aus dem Eimer und wandte sich zur Tür. Irgendeine Bewegung kam Charlotte bekannt vor. Bevor sich dieser Gedanke jedoch zu einem Bild formte, entwischte er wieder.

»Bis morgen, Frau Arndt.«

»Charlotte«, korrigierte sie ihn spontan. »Wie darf ich Sie nennen?«

Er lachte leise.

»Netter Versuch.«

Ohne ein weiteres Wort ging er hinaus. Die Schlüssel wurden vor und nach dem Verlassen der Wohnung hörbar in den Schlössern gedreht. Dann war es still.

Philipp saß seit Tagen wie auf heißen Kohlen. Nun war er zusätzlich nervös, sehr nervös. Conrad hatte ihn angerufen und ihm mitgeteilt, dass er ihm nicht nur einige Kleidungsstücke mitbringen würde, sondern auch Charlottes Sohn Benjamin. Bislang hatte er ihre Kinder nicht kennengelernt. Ihr letztes Familientreffen hatte vor einem Monat in Hamburg anlässlich des Geburtstags ihres Schwiegersohns stattgefunden. Charlotte war ein paar Tage dort geblieben. Bei dieser Gelegenheit hatte sie ihren Kindern von ihren Plänen erzählt, für immer in die WG zu ziehen. Dieses Vorhaben fand – nach ihren Worten – bei ihrer Familie großen Anklang. Ihre Kinder hatten angekündigt, sie bald in ihrem neuen Zuhause zu besuchen. Dazu war es bisher aber nicht gekommen.

Philipps Vorstellung von einer ersten Begegnung mit ihren Kindern war in Richtung zwanglose Treffen in neutraler Umgebung gegangen. Nun musste er Charlottes Sohn in dieser absoluten Ausnahmesituation kennenlernen. Er rechnete mit heftigen Vorwürfen, weil er sie weder von diesem Wahnsinnseinsatz abgehalten, noch wie versprochen beschützt hatte. Das konnte er sich selbst nicht verzeihen.

Lange hatte er überlegt, ob er ihn auf dem Parkplatz erwarten sollte, sich aber gegen diesen unpersönlichen Ort entschieden. Anneliese und Conrad kannten den Weg zur Gästeunterkunft. Außerdem erhoffte er sich Unterstützung von den Freunden.

Als sie eintrafen, begrüßte Anneliese ihn mit einer tröst-
lichen Umarmung, bevor sie an ihm vorbei ins Haus ging,
so dass nun Charlottes Sohn vor ihm stand.

»Benjamin Stern«, stellte er sich vor und streckte ihm
die Hand entgegen, die er mit festem Druck umschloss.

»Philipp Thaler. Kommen Sie bitte rein.«

Ihm folgte Conrad, der dem Freund stumm zunickte
und die mitgebrachte Reisetasche übergab. Philipp stellte
sie neben der Treppe ab und führte die Besucher in die
geräumige Küche.

»Ich habe Kaffee gekocht«, sagte er und deutete mit
hilfloser Geste zum Tisch, auf dem die Tassen bereitstan-
den.

»Lass mal«, sagte Anneliese. »Ich mache das schon.«

Während sich die Männer setzten, nahm sie die Warm-
haltekanne von der Anrichte. Beim Einschenken bemerkte
sie die teils verlegenen und teils betretenen Mienen der
Männer. Sie setzte sich zu ihnen und schaute Philipp fragend an.

»Gibt es was Neues?«

Ein Stöhnen löste sich von seinen Lippen.

»Die Fahndung läuft auf Hochtouren, aber bisher ohne
Ergebnis. Dafür sind sie anscheinend mit der Brandleiche
weitergekommen.«

Alarmiert horchte Ben auf.

»Was für eine Brandleiche?«

Mit wenigen Worten berichtete Philipp von dem grau-
sigen Fund, auf den eine Gruppe bei der Suche nach Charlotte gestoßen war.

»Sie haben sich die verkohlte Leiche angesehen, obwohl
Sie davon ausgehen mussten, dass es sich um meine Mutter handelt?«

»Ich konnte nicht anders«, murmelte Philipp, dann schaute er Ben offen an. »Der DNA-Abgleich dauerte fast den ganzen Tag. Das waren die entsetzlichsten Stunden meines Lebens.«

»Das kann ich mir vorstellen«, sagte Ben, und es klang mitfühlend. »Gibt es einen Zusammenhang zwischen der … der Toten und der Entführung meiner Mutter?«

»Soweit ich weiß, nicht. Mehr hat mir Hauptkommissar Bremer allerdings nicht gesagt. Wahrscheinlich gehe ich ihm sowieso schon gehörig auf die Nerven, weil ich ihn ständig mit Fragen löchere.«

»Wieso haben Sie Mam hierher begleitet?«

»Weil ich sie liebe und auf sie aufpassen wollte, aber ich habe kläglich versagt. Ich hätte sie von Anfang an mit allen Mitteln davon abhalten müssen, diesen Job zu übernehmen. Durch meine Schuld ist das alles passiert.«

»Wie gut kennen Sie meine Mam eigentlich? Als ich gestern davon hörte, habe ich auch sofort nach einem Schuldigen gesucht. Inzwischen hatte ich Zeit zum Nachdenken. Wenn jemand meine Mutter um Hilfe bittet, dann lehnt sie nicht einfach ab – schon gar nicht, wenn es sich um Kinder handelt.« Sein Blick konzentrierte sich auf Philipps ernste Miene. »Sie haben sich etwas einfallen lassen, um sie hierher zu begleiten und zu beschützen. Niemand konnte vorhersehen, wie sich die Dinge entwickeln.«

»Danke.« Damit hatte Philipp nicht gerechnet. Dieser junge Mann hatte nicht nur die gleichen warm blickenden Augen wie Charlotte, sondern auch ihre verständnisvolle Art, mit der sie ihren Mitmenschen begegnete. »Sie sind Ihrer Mutter sehr ähnlich.«

»Das höre ich oft. Und es macht mich stolz. Mein Vater

pflegte zu sagen: ganz die Mutter. Dafür kommt meine Schwester nach ihm.«

»Stimmt«, sagte Hannes von der Tür her. Er bewohnte seit zwei Tagen ein Gästeapartment im Erdgeschoss. Während er näherkam, stand Charlottes Sohn auf. Mit schuldbewusster Miene blieb der Kommissar vor ihm stehen.

»Hallo, Ben.«

»Hallo, Hannes.«

»Tut mir leid, dass …«

»Lass es gut sein. Du kannst nichts dafür, dass die Sache aus dem Ruder gelaufen ist. Ich werfe dir auch nicht vor, dass du mich nicht angerufen hast, aber ich will ab sofort über jede Neuigkeit informiert werden.«

»Geht klar.«

Er zog sich einen Stuhl heran, auch Ben setzte sich wieder.

»Kriege ich auch einen Kaffee?«, wandte sich Hannes an die einzige Frau in der Runde. Philipp holte eine Tasse aus dem Schrank, in die Anneliese das starke Gebräu einschenkte. »Danke.« Er blickte einen nach dem anderen an. »Ich muss nicht erst betonen, dass alles, was ich euch sage, top secret ist. Um Charly nicht zusätzlich zu gefährden, darf nichts davon nach außen dringen. Klar?« Alle nickten. Daraufhin wandte er sich an Ben. »Anscheinend weißt du inzwischen, was vorgefallen ist.«

»Mams Freunde haben mir alles erzählt. Nur von der Brandleiche nicht. Wisst ihr inzwischen, ob die Entführer damit zu haben?«

»Die Kollegen, die diesen Fall bearbeiten, haben rausgefunden, dass es sich dabei wahrscheinlich um einen sogenannten Ehrenmord handelt. Eine Freundin hatte die Frau am Morgen nach Auffinden der Leiche als vermisst gemeldet. Die Tote war Deutsche, ihr Freund ein für gut integriert gehaltener Deutsch-Afghane. Sie hatte sich nach drei Jahren wegen häufiger Streitigkeiten von ihm getrennt. Er war grundlos eifersüchtig und machte ihr ständig Vorschriften, wie sie zu leben hätte.« Er setzte die Tasse an die Lippen und trank von dem heißen Gebräu. »Soweit es sich bisher rekonstruieren lässt, hat er sie unter dem Vorwand, ein paar Sachen bei ihr abzuholen, besucht und dann in ihrer Wohnung verprügelt. Anschließend hat er sie in seinen Wagen gezerrt und ist mit ihr ziellos rumgefahren. Er wollte sie überreden, zu ihm zurückzukommen. Vermutlich hat sie ihm gesagt, dass sie einen anderen hat. Er fuhr mit ihr in den Wald, erschlug sie, übergoss sie mit Benzin und zündete sie an, um die Tat zu vertuschen.«

»Er wollte durch den Mord verhindern, dass sie sich selbstbestimmt einem anderen Mann zuwendet«, fügte Philipp nachdenklich hinzu. »Die Tat demonstriert seinen endgültigen Machtanspruch ihr gegenüber. Das spricht tatsächlich für einen Ehrenmord.«

Zustimmend nickte Hannes.

»Er ist zwar noch flüchtig, aber in der Wohnung der Frau wurden eindeutige Spuren sichergestellt.«

»So furchtbar das auch ist, es beruhigt uns wahrscheinlich alle, dass diese Tat nichts mit den Entführungen zu tun hat«, sagte Anneliese. »Es ist schon schlimm genug, was Charlotte durchmachen muss.«

Charlotte war tagsüber durch die Kinder abgelenkt, so dass sie nicht über ihr Schicksal nachdenken konnte – es auch nicht wollte. Dafür bemerkte sie, dass sie zunehmend kribbeliger wurde. Wenn sie angespannt war, zog sie gewöhnlich ihr Laufdress an und lief am Maschsee entlang, joggte im Stadtpark oder durch die Eilenriede. Im Internat stillten die Fitnesskurse ihren Bewegungsdrang. In dieser beengten Kellerwohnung waren die Möglichkeiten begrenzt, sich sportlich zu betätigen. Während die Kinder am Küchentisch lustlos vor der Spielesammlung saßen, ging sie unruhig auf und ab.

»Was ist los, Charly?«, sprach Anton sie schließlich an. »Warum bist du so nervös? Wenn du so weitermachst, läufst du noch Löcher in den Fußboden.«

Schuldbewusst blieb sie stehen. Sie wollte die Kinder auf keinen Fall beunruhigen.

»Mir fehlt Bewegung. Als Sportlehrerin bin ich es nicht gewohnt, den ganzen Tag rumzusitzen.«

»Welchen Sport hast du denn im Internat unterrichtet?«

»Ich habe als Vertretung die Fitnesskurse einer Kollegin übernommen.«

»Für Frau Sprengler?«, vermutete Alina. »Der Unterricht ist doch stinklangweilig.«

»In meinen Kursen haben wir viel Spaß. Ich habe die langweilige Gymnastik gegen Zumba ausgetauscht.«

»Wie geht das?«

»Dazu braucht man Musik.« Sie deutete zum Regal über dem Herd. »Da steht ein kleines Radio, leider ohne Batterien. Ich habe sie mit auf die Liste geschrieben, aber ich weiß nicht, ob der Clown welche mitbringt.« Sie hoffte es, denn sie wollte in erster Linie Nachrichten hören. Vielleicht würde auch über die Entführungen und den Stand der Ermittlungen berichtet. Das sagte sie den Kindern aber nicht. »Dann kann ich euch zeigen, was Zumba ist.«

»Darauf musst du nicht warten«, sagte Anton, stand auf und zog seine Mundharmonika aus der Hosentasche. »Hast du vergessen, dass ich Musiker bin?«

»Nein, aber …« Sie nahm an, dass sich sein Repertoire auf Kinderlieder beschränkte. Das war für einen Elfjährigen auch völlig in Ordnung, für Zumba jedoch ungeeignet. »Wir warten besser, bis wir das Radio benutzen können.«

Er schaute sie einen Moment lang forschend an, dann nickte er, als würde er ihre Beweggründe erahnen.

»Du glaubst, dass ich gar nicht richtig spielen kann, dass mir die Leute aus Mitleid ein paar Münzen in meinen Becher werfen.«

»Nein.« Erschrocken ging sie auf ihn zu. »Das hast du falsch verstanden. Du spielst sicher ganz wunderbar, aber für Zumba braucht man eine ganz bestimmte Musik.«

»Welche?«

»Ich weiß nicht genau, wie die heißt. Irgendwas Lateinamerikanisches.«

»Was kannst du denn?«, fragte Leonie. »Spiel doch mal was.«

»In der Fußgängerzone fange ich immer mit diesem Lied an.«

Er setzte sein Instrument an die Lippen und begann zu spielen. Schon nach wenigen Tönen erkannte Charlotte den alten Schlager. Spontan sang sie den Refrain mit:

»Der Junge mit der Mundharmonika, singt von dem, was einst geschah. In silbernen Träumen …«

In den Augen des Jungen leuchtete es, während er den Song zu Ende spielte.

»Die Leute auf der Straße singen das Lied auch immer mit«, sagte er. »Dann geben sie auch mehr.«

»Kannst du noch was anderes?«, fragte Alina. »Irgendwas aus den Charts?«

»Vielleicht von Shakira? Loca … oder noch besser: Waka

Waka?« Fragend schaute er Charlotte an. »Das könnte zu deinem Zumba passen.«

»Okay, versuchen wir es. Dafür brauchen wir aber Platz. Gehen wir in euer Zimmer.«

Dort rollte sie den schmalen Flickenteppich Marke Mottenbiss zusammen und schob zwei Stühle an die Wand.

»Ihr könnt gleich mitmachen«, sagte sie zu den Mädchen und wies jedem eine Position zu. Sie selbst stellte sich in der Nähe der Tür auf. Ihr Blick suchte den des jungen Musikers, der im Schneidersitz auf einem der Betten saß. »Dann mal los.«

Auch diesen Song erkannte Charlotte sofort. Melodie und Rhythmus unterschieden sich zwar von der Zumba-Musik, aber sie probierte und improvisierte, bis es passte. Die Mädchen hatten keine Schwierigkeiten, mitzuhalten. An ihren strahlenden Gesichtern erkannte Charlotte, dass es ihnen nicht nur Spaß machte. Die Abwechslung tat ihnen genauso gut wie ihr.

Am Abend saßen Philipp, Hannes und Ben, der im Internat geblieben war, wieder in der Küche des Gästehauses. Der Hauptkommissar berichtete über Fortschritte der Ermittlungen und die weitere Vorgehensweise der Polizei.

»Ich bin nach wie vor der Überzeugung, dass es hier um Kinderhandel geht, um sexuelle Ausbeutung. Kinder sind auch bei uns in Deutschland ein Millionengeschäft.«

»Sie sind die schwächsten Mitglieder unserer Gesellschaft«, fügte Philipp hinzu. »Für sie scheinen Menschenrechte nicht zu gelten. Sie werden als Ware behandelt und gehandelt. Als Besitzgegenstände von Erwachsenen, die man wie im Supermarkt kaufen, benutzen und sogar beseitigen kann.«

»Ich habe mal gelesen, dass die Schuldigen schwer zu fassen sind, weil die Kinder aus Angst nicht reden«, sagte Ben. »Wie soll man den Entführern dann aber auf die Spur kommen? Besteht überhaupt die Chance, Mam und die Kinder jemals zu finden?«

Beruhigend nickte Hannes ihm zu – obwohl er keinen Grund zur Zuversicht hatte.

»Vor etwa zwei Stunden wurde in einem Steinbruch ein ausgebrannter Transporter gefunden. Das Fahrzeug muss zwar noch kriminaltechnisch untersucht werden, aber es bestehen kaum Zweifel daran, dass es sich um den Wagen handelt, den Charly vom Turm aus fotografiert hat.«

»Die Täter wollten ihn anscheinend loswerden«, überlegte Philipp. »Damit es nichts mehr gibt, was sie mit den Entführungen in Verbindung bringt? Oder bedeutet es, dass sie ihre Zelte in dieser Gegend abgebrochen haben? Dann wurden die Kinder inzwischen vielleicht verkauft oder weggebracht. Was würde das für Charlotte bedeuten?«

Eindringlich blickte er Hannes an, doch der wich seinem Blick aus.

»Ich weiß es nicht.«

Philipp war ohnedies klar, dass sie allenfalls noch als Faustpfand gebraucht würde. Aber für wie lange?

»Was ist mit dem Personal des Internats?« Aus Rücksicht auf Ben verzichtete er auf Spekulationen, die seine Mutter betrafen. »Die Leute sollten genauer unter die Lupe genommen werden.«

»Da sind wir dran.«

»Vergessen Sie den Hausmeister nicht.«

»Haben Sie einen begründeten Verdacht gegen den Mann?« Seine Stimme klang plötzlich aggressiver, die

Worte schärfer als vor wenigen Augenblicken. »Oder war das ein unüberlegter Schuss aus der Hüfte?«

»Was wollen Sie mir unterstellen?«, brauste Philipp auf. »Mittlerweile hatte ich zu den meisten aus dem Kollegium Kontakt. Anstatt die Hände in den Schoß zu legen, habe ich darüber nachgedacht, wer mir was gesagt hat, und wo es Auffälligkeiten gibt. Es liegt mir fern, irgendjemanden zu beschuldigen. Ich kann nur Schlüsse aus meiner Wahrnehmung ziehen.«

»Tut mir leid«, entschuldigte sich Hannes. »Wir sind alle überreizt. Was ist Ihnen an Kaminski aufgefallen?«

»Ich kann nicht genau erklären, was mich an ihm stört. Er verhält sich jedenfalls seltsam. Offenbar schnüffelt er nicht nur überall herum, lauscht an Türen und hat versucht, mich auszuhorchen.« Er berichtete kurz von seinem abendlichen Gespräch mit dem Mann. »Außerdem war er es, der die Leiche der Lehrerin gefunden hat. Angeblich, weil sein Hund raus musste. Womöglich war Kaminski aus einem anderen Grund so früh unterwegs.«

»Weil er als Helfer in die Entführung des ersten Mädchens involviert war«, vollendete Hannes und erhob sich. »Da könnte was dran sein.«

Schon war er draußen.

KAPITEL 29

Nach nur wenigen Stunden Schlaf lag Charlotte hellwach neben Leonie und Anton. Die anderen beiden Mädchen hatten die Nacht anscheinend im Kinderzimmer verbracht. Von draußen hörte sie das Brausen des Windes; Regen peitschte gegen das Fenster. Wieder einmal spielte sie in Gedanken ihre Optionen durch. Der Clown hatte von ›Leuten‹ gesprochen. Demnach waren außer ihm weitere Verbrecher beteiligt. Sie hatten den Mord an der Zeugin befohlen, aber der Clown hatte sich geweigert, sie zu töten und vorgeschlagen, dass sie sich um die Kinder kümmert. Damit waren seine Auftraggeber einverstanden gewesen. Inzwischen hielten sie das vielleicht sogar für eine gute Lösung.

Charlotte war sich im Klaren darüber, dass man sie nur am Leben ließ, so lange sie nützlich war. Sie würden die Kinder abholen und die Zeugin beseitigen. Ihre einzige Überlebenschance war der Clown. Er würde weder ihr noch den Kindern etwas antun. Deshalb trug er eine Maske. Damit er nicht identifiziert werden konnte, wenn alles vorbei war. Es musste ihr gelingen, ihn für sich einzunehmen. Vielleicht ließ er sich mit Geld ködern? Aber wie? An ihren monatlichen Einkünften war nichts auszusetzen. Außer einer guten Pension bezog sie auch die

Hinterbliebenenrente von der Ärzteversorgung ihres Mannes. Außerdem verfügte sie nach dem Verkauf ihres Hauses und dem Erwerb der Eigentumswohnung über einige Rücklagen. Aber die waren fest angelegt. Außerdem war es in ihrer Situation schwierig, an ihre Konten heranzukommen. Der Clown würde kaum mit ihr zur Bank fahren. Sie musste sich etwas anderes einfallen lassen.

Nach der Morgentoilette steckte Charlotte eine kleine Pfefferminztablette in den Mund. Als sie das Döschen zurücklegte, fiel ihr Blick auf den Taschenspiegel. Nachdenklich zog sie ihn aus dem Seitenfach. Er war etwa sieben mal fünf Zentimeter groß. Wenn sie ihn diagonal zerbrechen könnte, so dass eine v-förmige Scherbe entstand, hätte sie zumindest eine kleine Verteidigungswaffe. Sie steckte den Spiegel vorerst zurück und ging in die Küche, um den Frühstückstisch zu decken.

Nacheinander kamen bald die Kinder herein und setzten sich. Nur das Jüngste fehlte.

»Ist Rosalie noch im Bad?«

»Die schläft noch«, sagte Alina. »Als ich sie wecken wollte, hat sie sich nicht gerührt.«

Alarmiert lief Charlotte ins Schlafzimmer und setzte sich auf die Bettkante. Das Kind lag ihr abgewandt bis zum Hals unter der Decke.

»Rosalie?«

Als das Mädchen nicht reagierte, drehte sie es behutsam an der Schulter zu sich herum. Das Gesicht der Kleinen war stark gerötet. Auf der Stirn glitzerten Schweißperlen. Als Mutter wusste Charlotte natürlich, was das bedeutete: Rosalie hatte hohes Fieber. Das fehlte gerade noch! Sie brauchten dringend Medikamente und ein Fieberthermometer. Rasch warf sie einen Blick auf ihre Armbanduhr. Der Clown würde erst in ungefähr zweieinhalb Stunden kommen. Bis dahin musste sie versuchen das Fieber mit den Mitteln zu senken, die ihr zur Verfügung standen. Als Frau eines Arztes, der sich für Naturheilmittel interessierte, hatte sie frühzeitig gelernt, nicht sofort zu Medikamenten zu greifen, wenn eins ihrer Kinder krank war. Man sollte nicht mit Kanonen auf Spatzen schießen, war seine Devise gewesen. Dabei hatte er stets sorgsam abgewägt, wann welche Therapie nötig war. Sie hatte jedoch keine Wahl. Deshalb lief sie ins Bad und drehte das warme Wasser auf. Während es ins Waschbecken lief, nahm sie vier Handtücher aus dem Schränkchen. Zwei davon tauchte sie in das nun handwarme Wasser. Sie wusste, wenn es zu kalt war, würde es die Hautgefäße verengen, wodurch der Körper schlecht Wärme abgeben könnte.

Wenige Minuten später begann sie mit den Wadenwickeln. Der erste Wickel war bei so hohem Fieber fast wieder zu warm geworden, als sie das zweite Bein umhüllte. Er musste rasch erneuert werden. Die zweiten Wickel wechselte sie nach etwa zehn Minuten. Die dritten sollten etwa eine halbe Stunde verbleiben.

Charlotte ging kurz in die Küche, informierte die anderen Kinder über Rosalies Zustand und bat sie, allein zu frühstücken. Mit dem Tee, den sie eigentlich für sich aufgebrüht hatte, kehrte sie zu dem fiebernden Kind zurück. Jedes Mal, wenn Rosalie wach wurde, gab sie ihr zu trinken.

Nach einer Weile kam Anton herein. In der einen Hand trug er einen Teller, auf dem eine mit Marmelade bestrichene Scheibe Knäckebrot lag. In der anderen Hand hielt er eine Tasse mit geschmackreduziertem Tee.

»Du musst auch was essen.« Er reichte Charlotte den Teller und stellte die Tasse auf dem Nachtkästchen ab.

»Danke, mein Junge.«

»Das wäre ich gern«, sagte er leise, machte auf dem Absatz kehrt und lief hinaus. Nachdenklich blickte sie dem Kind hinterher. Sie würde gern etwas für Anton tun. Er war nicht nur ein intelligenter und einfühlsamer Junge, den sie sofort ins Herz geschlossen hatte, sondern auch ein talentierter Musiker. Am Abend vor dem Schlafengehen hatte er für die Mädchen das Wiegenlied von Brahms auf der Mundharmonika gespielt.

Charlotte beschloss, wenn sie diesen Wahnsinn überlebte, mit Anneliese über den Jungen zu sprechen. Sie war Vorstandsvorsitzende der Christa-Bernhardt-Stiftung, die unter anderem mittellose Musiker unterstützte. Außerdem hatte die Freundin eine Einrichtung für auffällig gewordene Kinder geleitet. Sie wusste bestimmt, welche Möglichkeiten es gab, dem kleinen Ausreißer zu helfen.

Die erste Befragung des Hausmeisters war wenig ergiebig. Bodo Kaminski empörte sich über die erneute Vernehmung, bei der er sich wie ein Tatverdächtiger fühlte. Als der Hauptkommissar ihm einen Durchsuchungsbeschluss für Wohnung und Werkstatt unter die Nase hielt, bekam er einen Wutanfall. Schließlich hüllte er sich in verbissenes Schweigen.

Nach der Hausdurchsuchung saß Kaminski dem leitenden Ermittler im Verhörraum gegenüber.

»Es sieht nicht gut für Sie aus«, sagte Hannes. »Wir

haben im Keller Ihrer Werkstatt ein umfangreiches Waren-lager gefunden.«

Sichtlich unbehaglich rutschte der Hausmeister auf seinem Stuhl herum.

»Davon weiß ich nichts.«

»Außer Ihnen hat nur der Internatsleiter einen Schlüssel. Wir können wohl ausschließen, dass Herr Dr. Peters die Sachen dort versteckt hat. Von ihm wissen wir, dass Ihnen für Einkäufe im Rahmen Ihrer Tätigkeit ein gewisses Budget zur Verfügung steht. Sie kaufen ein, legen den Betrag gewöhnlich aus und reichen die Rechnung in der Buchhaltung ein. Von dort wird Ihnen das Geld erstattet.«

»Das war schon immer so.«

»Wir haben Grund zur Annahme, dass Sie jedes Mal ein zweites, erheblich billigeres Gerät gekauft haben, das bei Ihrer Arbeit zum Einsatz kam. Die weitaus teureren Geräte haben Sie dann im Internet versteigert oder über Kleinanzeigen verkauft.«

»Schwachsinn.«

»Leugnen ist zwecklos. Ihr Computer ist eine wahre Fundgrube an Beweismitteln. Sie haben Ihren Arbeitgeber über Jahre hinweg betrogen. Dazu gehört eine Menge kriminelle Energie. Aber damit nicht genug. Sie stehen außerdem im Verdacht, mit den Entführern gemeinsame Sache zu machen. Sie sind der Kontakt im Internat, der sie mit Informationen versorgt.« Hannes beugte sich etwas vor und fixierte den Mann scharf. »Wo sind die Kinder? – Und Frau Arndt?«

Seine Worte wischten Kaminski die Selbstgefälligkeit aus dem Gesicht. Wie ein in die Enge getriebenes Tier irrte sein Blick durch den Raum.

»Scheiße! Das können Sie mir nicht anhängen. Damit habe ich nichts zu tun.«

»Sie sollten mit uns zusammenarbeiten. Wo sind Frau Arndt und die entführten Mädchen?«

Der Hausmeister lehnte sich zurück und verschränkte die Arme vor der Brust.

»Ohne einen Anwalt sage ich gar nichts mehr.«

»Ihr Anwalt ist unterwegs. Aber ich will jetzt Antworten von Ihnen. Das könnte sich strafmildernd für Sie auswirken.«

»Ich kann nichts dazu sagen.«

»Können oder wollen Sie nicht? Wenn Sie weiterhin schweigen – und den Entführten in dieser Zeit was passiert – kriege ich Sie wegen Beihilfe zu Mord dran. Darauf können Sie sich verlassen!«

Ungeduldig wartete Charlotte auf das Erscheinen des Clowns. Trotz der Wadenwickel, die sie mehrmals gewechselt hatte, schien das Fieber nicht zu sinken. Das Mädchen brauchte dringend Medikamente.

Als von der Wohnungstür Schließgeräusche zu hören waren, flitzte Anton herein und verschwand unter dem anderen Bett.

Charlotte stand auf und ging in den Flur. Der Clown schloss gerade von innen ab. Dann griff er nach den prall gefüllten Einkaufstaschen, die er neben der Tür abgestellt hatte, und trug sie in die Küche. Die Mineralwasserkiste ließ er im Flur stehen.

Sein Blick streifte die zwei Mädchen, die am Küchentisch saßen, bevor er sich zu Charlotte umwandte.

»Wo ist die Kleine?«

»Rosalie liegt im Bett. Sie müssen gleich noch mal los-

fahren – zur nächsten Apotheke. Wir brauchen Paracetamol und ein Fieberthermometer.«

Er hievte die Taschen auf die Anrichte.

»Was hat sie?«

»Hohes Fieber.«

»Brütet sie irgendwas aus?«

Charlotte zuckte die Schultern.

»Vielleicht einen grippalen Infekt. Womöglich Schlim-
meres. Ich bin kein Arzt, aber das Fieber könnte auch eine
Reaktion auf die enorme psychische Anspannung sein,
unter der die Kinder hier stehen.« Eindringlich blickte
sie in die Augenöffnungen der Maske. »Vielleicht sollten
wir sie gleich ins nächste Krankenhaus bringen. Sie könnten uns bis in die Nähe einer Klinik fahren und wir ...«

»Tut mir leid, das ist unmöglich. Sie müssen das mit
Medikamenten in den Griff kriegen. Ich fahre gleich zur
Apotheke. Es dauert aber, bis ich zurück bin. Mein Wagen
steht zehn Minuten von hier im Wald.« Schon wandte er
sich zur Tür. Dort drehte er sich um. »Wie heißt das Zeug?«

»Paracetamol – und ein Fieberthermometer.«

»Paracetamol. Okay.«

»Sagen Sie in der Apotheke, dass es für ein achtjähriges
Kind ist. – Und beeilen Sie sich.«

Als er die Wohnung verlassen und abgeschlossen hatte,
schaute Charlotte nach Rosalie. Das Mädchen schlief mit
vom Fieber geröteten Wangen.

»Er ist weg, Anton. Du kannst auftauchen.«

Auf dem Bauch rutschte der Junge unter dem Bett hervor, stand auf und klopfte den Staub von seinem Sweatshirt.

»Das war cool.«

»Was?«

»Das mit dem Krankenhaus.«

»Hat leider nicht geklappt. Einen Versuch war es trotzdem wert. Ich muss mir was Besseres einfallen lassen. Jetzt schauen wir aber erst mal, was er uns mitgebracht hat.«

Neugierig standen die Kinder um sie herum, während sie die Taschen auspackte. Je ein Paket Gersterbrot und Vollkornschnitten, Bananen, Birnen und Äpfel sowie zwei Liter Milch befanden sich in dem einen Beutel. Aus dem nächsten holte sie Zahnbürsten im wahrscheinlich preisgünstigen Fünferpack, Duschgel mit Kokosduft, Shampoo, Zahncreme sowie zwei Tafeln Schokolade, eine Dose dänische Buttercookies und einen großen Beutel mit kleinen Gummibärchentüten. In der dritten Tasche befanden sich außer Wurst- und Käsepäckchen zwei Dosen Ravioli, eine Dose Bockwürstchen und eine mit Erbsen und Möhren, zwei Plastikschalen mit je zwei gebratenen Schnitzeln, die praktischerweise kalt gegessen oder erwärmt werden konnten, ein Paket Kartoffelpüreepulver und ein Glas Instantkaffee sowie eine Schachtel mit Früchteteebeuteln. Der Clown hatte jedoch keine Batterien besorgt, stellte sie enttäuscht fest.

Sie sah die sehnsüchtigen Blicke der Kinder und nahm vier Glasschälchen, die wohl für Kompott gedacht waren, aus dem Schrank. Aus den verschiedenen Verpackungen tat sie je zwei Kekse, ein Gummibärentütchen und einen Riegel Schokolade in die Schalen und schob sie den Kindern zu. Nur die für Rosalie ließ sie stehen.

Während sich die Kids die Süßigkeiten schmecken ließen, brachte Charlotte die Drogerieartikel ins Bad und putzte sich die Zähne. Danach ging sie zu ihrer kleinen Patientin.

Erst nach knapp zwei Stunden steckte der Clown den Schlüssel ins Schloss. Die Kinder saßen am Küchentisch und spielten »Mensch ärgere dich nicht«. Als Anton die Tür hörte, betrat der Clown schon den Flur. Sofort sprang der Junge auf und sauste ins Kinderzimmer. Dort verschwand er unter dem Bett. Kaum war er in seinem Versteck verschwunden, stürmte der Clown herein. Mitten im Raum blieb er stehen.

»Wo ist er?« Er warf die Tüte aus der Apotheke auf das freie Bett, ging in die Knie und lugte ins Dunkle. »Komm sofort da raus, du kleine Kröte!«

Charlotte blähte kurz die Nasenflügel.

»Lassen Sie ihn in Ruhe!« Bereit, den Jungen zu verteidigen, baute sie sich vor dem am Boden kauernden Mann auf. »Komm zu mir, Anton.«

Etwas schwerfällig rappelte sich der Clown hoch. Anton krabbelte am Fußende ans Licht, worauf Charlotte ihn am Arm fasste und hinter sich in Sicherheit brachte.

»Wo kommt der Bengel her?«

»Hier war schon sein Unterschlupf, bevor die Mädchen hergebracht wurden.« Mit knappen Sätzen erklärte sie die Zusammenhänge.

»Das ist ja alles schön und gut, aber er kann hier nicht bleiben. Ich muss ihn melden, sonst komme ich in Teufels Küche.«

»Unsinn«, widersprach sie. »Es reicht vollkommen, wenn Ihr Boss am … an unserem letzten Tag von ihm erfährt. Wahrscheinlich wird er sogar begeistert über ein zusätzliches Kind sein.«

Sekundenlang überlegte der Clown. Schließlich nickte er, woraus sie schloss, dass dies für ihn die bequemste Lösung sei.

Sie schickte den Jungen zu den anderen Kindern in die Küche und nahm die Apothekentüte vom Bett. Da Rosalie schlief, beschloss sie, das Mädchen nicht zu wecken, und wandte sich an den Clown.

»Können wir reden?«

»Worüber?«

»Sie wissen bestimmt, was die Kinder erwartet. Sagen Sie es mir.«

»Nein.«

»Ihnen ist doch klar, was die mit mir machen, wenn sie die Kinder abholen. Ich werde nichts mehr erzählen können.«

»Warum interessiert Sie dann, was die vorhaben?«

»Weil ich das alles verstehen möchte.« Das war nur die halbe Wahrheit. Sie wollte ihm immer wieder vor Augen führen, auf was er sich eingelassen hatte – und dass es zur Umkehr noch nicht zu spät war. »Meinen Sie nicht, ich habe ein Recht darauf?«

Achselzuckend lehnte er sich gegen die Wand neben der Tür.

»Ich weiß auch nur, was ich nebenbei aufgeschnappt habe.«

»Und das wäre?«

»Kinder sind anscheinend eine begehrte Ware. Das hier ist wohl so was wie eine Sammelbestellung.«

»Das ist nicht Ihr Ernst.«

»Ich habe was von unterschiedlichem Kundenbedarf gehört, der nicht nur von diesen miesen Aserbaidschanern gedeckt wird. Es gibt anscheinend europaweit Banden, die alles beschaffen: Kleinkinder für elternlose Paare. Oder andere, die nach Einbrüchen bei Kinderärzten nach Blutgruppen ausgesucht werden.«

»Warum?«

»Wegen der Organe.« Er stieß sich von der Wand ab. »Dann gibt es noch das Pädophilennetzwerk und Perverse, die alles mit den Kindern machen können, wozu sie Lust haben – und das auch noch filmen.«

»Das ist widerlich.« Unwillkürlich schüttelte sie sich. »Warum machen Sie da mit? Haben Sie kein Gewissen?«

»Die lassen mir keine Wahl.«

»Sie werden erpresst«, stellte sie sachlich fest. »Womit haben die Sie in der Hand?«

Das war ein Schuss ins Blaue. Seiner Reaktion zufolge, sogar ein ziemlich guter. Er begann, unruhig auf und ab zu gehen.

»Nun sagen Sie schon«, drängte sie. »Was wissen die von Ihnen?«

»Ich habe bei den falschen Leuten Schulden gemacht. Glücksspiel. Wenn ich nicht tue, was die sagen, sind meine Frau und meine Tochter in Lebensgefahr. Diese Verbrecher verstehen keinen Spaß.«

»Wie hoch sind Ihre Schulden?«

Je mehr sie fragte, desto unsicherer wurde er.

»80.000. Von der Bank bekomme ich nichts mehr. Wie gesagt: Ich habe keine Wahl.« Er ging zur Tür, drehte sich dort herum. »Tut mir leid, dass ich für Sie und die Kinder nichts tun kann.«

Als er sich wieder in Bewegung setzte, traf Charlotte die Erkenntnis wie ein Schlag.

»Warten Sie!«

Abermals blieb er stehen.

»Ich habe Sie gestern gefragt, wie ich Sie nennen soll, und Sie haben mir nicht geantwortet.« Sie unterdrückte ein triumphierendes Lächeln. »Wie wäre es mit Thorsten?«

KAPITEL 30

Hannes Bremer saß wie seine Kollegen Pia Wagner und Martin Drews im Internat in der Kommandozentrale über beschlagnahmten Papieren aus Kaminskis Wohnung. Seine Hoffnung, irgendetwas darin zu finden, das ihn weiterbringen würde, erfüllte sich nicht. Missmutig stand er auf und schenkte sich am Tisch einen Becher Kaffee ein, gab Milch und Zucker dazu und setzte sich wieder.

»Habt ihr was gefunden?«

Pia und Martin schüttelten unisono den Kopf.

»Verdammt!« Er griff nach dem kleinen Löffel und schien mit genau dosierter Wut in der Tasse zu rühren, wodurch ein Überschwappen gerade so eben verhindert wurde. »Uns läuft die Zeit davon. Wenn wir nicht bald was finden …« Er ließ offen, was dann passieren würde, aber seine Kollegen wussten es, auch ohne dass es jemand aussprach.

»Vielleicht sagt er doch die Wahrheit«, bemerkte Pia. »Wenn Kaminski nichts mit den Entführungen zu tun hat, verschwenden wir mit der Durchsicht seiner Unterlagen nur unsere Zeit.«

»Hast du einen besseren Vorschlag?«, fragte Martin.

»Wir haben doch sonst keinerlei Anhaltspunkte. Wenn es wenigstens in dem ausgebrannten Fahrzeug irgendwelche Spuren gegeben hätte. Aber diese Bande ist einfach zu schlau, irgendwas zu übersehen. Die überlassen nichts dem Zufall. Sogar die Nummernschilder haben sie mitgenommen, obwohl der Wagen bestimmt geklaut war.«

»Wir müssen noch mal sämtliche Ermittlungsakten durchgehen. Möglicherweise haben wir was übersehen.« Hannes trank einen Schluck Kaffee, dann stand er auf. »Fangt schon mal damit an. Ich nehme mir Kaminski noch mal vor.«

Charlotte hatte die ganze Nacht an Rosalies Bett gesessen, ihr aus dem kleinen Messbecher, der dem Medikament beilag, Paracetamolsaft eingeflößt und ihr immer wieder zu trinken gegeben. Gegen Morgen war das Fieber endlich gesunken. Trotzdem hielt sie es für besser, das Mädchen im Bett zu belassen. Als die Kleine noch einmal einschlief, ging Charlotte in die Küche und bereitete das Frühstück vor. Diesmal fiel das Angebot etwas üppiger aus. Sie goss sich einen Keramikbecher Instantkaffee auf und setzte sich an den Tisch. Während ihrer Nachtwache hatte sie beschlossen, den Clown zu überlisten. Er hatte die Kellerwohnung überstürzt verlassen, nachdem sie ihn mit seinem Namen angesprochen hatte. War es ein Fehler gewesen, ihn damit zu konfrontieren, dass sie seine Identität kannte? Nein. Immerhin plante sie, ihm klarmachen, dass sie im selben Boot saßen. Sie würde ihm ein Angebot machen, wie er seine Schulden zurückzahlen konnte. Sollte er sich darauf einlassen, könnte es mit viel Glück darauf hinauslaufen, dass die Polizei ihn verhaften und solange verhören würde, bis er den Aufenthaltsort der Entführten verriet.

Die Kinder kamen zum Frühstück und aßen mit gutem Appetit. Unterdessen wärmte Charlotte ihre kalten Finger an dem Becher mit dem schwarz-grün-weißen Logo von Hannover 96.

Fragend schaute Anton sie an.

»Schmeckt der Kaffee?«

»Wunderbar. Kein Vergleich zu dem Steinzeit-Tee.« Sein Blick konzentrierte sich auf die Tasse.

»Magst du Fußball?«

»Ein richtiger Fan bin ich wohl nicht, aber wenn EM oder WM ist, gucke ich die Deutschland-Spiele. – Und du? Hast du eine Lieblingsmannschaft?«

»Natürlich 96. Ich bin doch Hannoveraner.«

»Ich auch. Schön, dass sie gerade an der Tabellenspitze stehen.«

»Echt? Woher weißt du das?«

»Das habe ich in der Zeitung gelesen.«

»Cool.«

»Das bist du auch. Ich finde es toll, dass du dich gestern Abend an Rosalies Bett gesetzt und für sie auf deiner Mundharmonika gespielt hast. Ich bringe ihr jetzt Frühstück.«

Später spielten die Kinder Mau-Mau, wobei die einzelnen Karten von einer Menge Patina zusammengehalten wurden. Auch Rosalie war dabei. Das Mädchen fühlte sich wieder gut, so dass Charlotte vermutete, das Fieber sei tatsächlich durch psychische Gründe ausgelöst worden. Sie setzte sich mit einem Stift und dem Notizblock zu den Kindern und formulierte etwas, das sie brauchte, wenn der Clown käme. Aber er ließ sich nicht zur gewohnten Zeit blicken. Das war noch nicht beunruhigend, zumal sie genug zu essen hatten. Dennoch fragte sich Charlotte, ob er womöglich wegblieb, weil sie hinter seine Maske geschaut hatte. Würde er am Ende gar nicht wiederkommen? Er hatte gesagt, dass es dauern konnte, bis sich die Lage beruhigte und die Bande die Kinder abholte. Ein paar Tage würde die Verpflegung vielleicht reichen, wenn sie sich einschränkten, aber dann … Nein, gab sie sich selbst die Antwort. Er hatte Angst vor seinem Boss. Er würde es nicht wagen, sich seinen Zorn zuzuziehen, indem er die wertvolle Ware verhungern ließ.

Gegen Mittag stand Charlotte am Herd. Da es keine Pfanne gab, ließ sie ein wenig Margarine in einem großen Topf aus und briet die Schnitzel darin. In einem anderen erwärmte sie das Gemüse, in einem weiteren kochte Wasser für das Kartoffelpüree. Später füllte sie für jedes Kind einen Teller. Auch Rosalie, die inzwischen aufgestanden war, reichte sie einen davon. Sie stellte die Töpfe in die Spüle, bevor sie sich mit ihrem Teller zu den Kindern setzte.

»Guten Appetit.«

Leonie schnitt wie mit den anderen abgesprochen, ein Stück von ihrem Fleisch ab und tat es mit der Gabel auf Charlottes Teller.

»Guten Appetit.«

Während sie das Mädchen überrascht anschaute, legten auch Anton, Alina und Rosalie ein Stück dazu und wünschten guten Appetit.

»Aber ihr sollt doch nicht …«

»Der Clown hat vier Schnitzel mitgebracht, aber wir sind fünf«, bemerkte Alina. »Bei uns wird gerecht geteilt.«

»Sag jetzt bloß nicht, dass du Schnitzel nicht verträgst oder nicht mehr kauen kannst«, brachte Anton mit vollem Mund hervor. »Du bist keine alte Oma.«

»Also gut«, erwiderte sie gerührt. »Lasst es euch schmecken.«

Nach dem Essen bestanden die Kinder darauf, dass sie sich
ins Bett legte, um wenigstens etwas Schlaf nachzuholen.
Nach kurzer Diskussion ließ sie sich unter der Bedingung
darauf ein, dass die Kinder sie sofort weckten, wenn der
Clown auftauchte.

Kaum war sie unter die Decke geschlüpft, schlief sie
ein. Sie erwachte, als eine Hand an ihrer Schulter rüttelte.

»Charly«, vernahm sie Antons leise Stimme. »Er
kommt.«

Sofort schlug sie die Decke zurück und setzte sich auf.
Mit einer Hand fuhr sie sich ordnend übers Haar, mit der
anderen zog sie ihre Sneakers heran und schlüpfte hinein.

Der Clown war schon in der Küche, als Charlotte eintrat.

»Gut, dass Sie noch kommen. Ich muss mit Ihnen
reden.«

Er nickte und stellte die Einkaufstaschen ab, bevor er
ihr ins Kinderzimmer folgte.

»Was liegt an?«

»Ich habe darüber nachgedacht, wie Sie Ihre Schulden
loswerden können. Sie bekommen das Geld von mir. Dann
haben die nichts mehr in der Hand, um sie zu erpressen.«

»Wie soll das funktionieren?«

»Wir rufen meine Schwester an. Sie hat eine Vollmacht
für meine Konten. Ich sage ihr, dass sie das Geld abholen
und sich mit Ihnen treffen soll.«

»Woher haben Sie so viel Geld?«

»Nach dem Tod meines Mannes habe ich unser Haus
verkauft. Für mich allein war es viel zu groß.« Das ent-

sprach sogar der Wahrheit. »Ich habe mich für eine kleine Eigentumswohnung entschieden und ein hübsches Sümmchen übrig behalten. Sie bekommen 100.000. Dafür müssen Sie nichts weiter tun, als die Kinder und mich laufenzulassen, wenn Sie das Geld haben.«

Als er schwieg, trat sie dicht vor ihn hin.

»Was sagen Sie dazu?«

»Woher wollen Sie wissen, dass ich nicht mit dem Geld abhaue oder es behalte und Sie trotzdem nicht freilasse?«

»So ein Schuft sind Sie nicht. Ich verlasse mich da auf meine Menschenkenntnis. – Also, was ist?«

»Ich werde darüber nachdenken.«

Entschlossen schüttelte sie den Kopf. Wenn er sich das alles erst genau durch den Kopf gehen lassen würde, käme er schnell darauf, wie riskant diese Aktion für ihn wäre.

»Das Angebot gilt nur heute.«

»Warum?«

»Weil es jetzt noch nicht zu spät ist. Sie wissen selbst, dass die Kinder jederzeit abgeholt werden können. Wir haben keine Zeit zu verlieren. Ich verspreche, der Polizei nicht zu sagen, wer Sie sind.«

Er ging wortlos ein paar Schritte auf und ab.

»Niemand erfährt, wer der Clown ist. Darauf gebe ich Ihnen mein Wort.« Sie durfte ihm keine Zeit zum Überlegen geben. Deshalb nahm sie ein zusammengefaltetes Blatt von der Fensterbank und reichte es ihm. »Ich habe aufgeschrieben, was ich meiner Schwester sagen werde. Sie hören mit und können das Gespräch jederzeit unterbrechen, wenn Sie ein ungutes Gefühl haben.«

Er las den Zettel, dann hob er den Kopf.

»Hier steht: Liebe Grüße auch an den Bremer. Wer ist das?«

»Das ist der Hund meiner Schwester«, log sie, ohne mit der Wimper zu zucken. »Sie hat ihn von einem Züchter aus Bremen. Deshalb hat sie ihm diesen blöden Namen gegeben. Er ist ihr Ein und Alles. Ich lasse ihn immer grüßen.«

Verstehend nickte er.

»Dieser Schwanz am Hauptbahnhof – was ist das?«

»Wenn Sie schon mal in Hannover waren, haben Sie das Denkmal vor dem Bahnhof vielleicht gesehen: König Ernst August von Hannover hoch zu Ross. Unter dem Pferdeschwanz ist ein beliebter Treffpunkt.«

Abermals nickte er.

»Wer garantiert mir, dass sich Ihre Schwester nicht an die Polizei wendet?«

»Wenn ich ihr sage, dass sie das nicht tun soll, weil mein Leben davon abhängt, macht sie das auch nicht. Sie hört immer auf mich.«

»Mmm …«

»Sie haben doch sicher ein Prepaid-Handy, um mit den Verbrechern in Kontakt zu treten?«

»Woher wissen Sie das?«

»So was sieht man doch immer im »Tatort«. Wenn wir meine Schwester mit diesem Telefon anrufen, kann man den Anruf nicht zurückverfolgen. Sie haben also nichts zu befürchten.«

Da er nickte, schien ihm das einzuleuchten.

»Worauf warten wir noch?«, drängte sie ihn sanft. »Um diese Uhrzeit hat die Bank noch geöffnet. Sie könnten das Geld schon morgen übernehmen.«

Zögernd zog er das einfache kleine Handy hervor.

»Wenn Sie sich nicht an die Abmachung halten, informiere ich den Boss der Bande«, warnte er Charlotte. »Verstanden?«

»Keine Sorge, ich stehe zu meinem Wort.«

Sie nannte ihm die Nummer, die sie zuvor aus dem kleinen Adressbüchlein in ihrer Handtasche abgeschrieben hatte. Als das Freizeichen erklang, stellte er auf Lautsprecher, damit er mithören konnte. Dann reichte er Charlotte das Telefon.

Die WG-Bewohner saßen beim Kaffee in der Küche, als die Klingelton-Melodie von Annelieses Handy erklang. Sie stand auf und nahm es von der Anrichte.

»Grothe?«

»Ich bin es.«

»Charlotte …« Erleichtert atmete sie auf. »Bist du wieder im Internat?«

»Nein, aber bald, wenn du mir hilfst.«

Die Erleichterung verflog augenblicklich. Geistesgegenwärtig tippte Anneliese auf die Lautsprechertaste, wobei sie ihre Mitbewohner beschwörend anschaute und den Zeigefinger an die Lippen legte.

»Bitte hör mir jetzt gut zu, Schwesterherz, und unterbrich mich nicht. Du musst mir einen wichtigen Gefallen tun. Ich habe dir doch vor einiger Zeit Bankvollmacht gegeben. Fahr zu meiner Bank und hebe von meinem Konto 100.000 Euro ab. Du tust das Geld in meinen schwarzen Rucksack und fährst damit morgen Nachmittag zum Hauptbahnhof. Treffpunkt ist unterm Schwanz – genau um 16.00 Uhr. Ein Mann wird dich dort mit »Rabeneck« ansprechen. Du übergibst ihm den Rucksack und fährst sofort wieder nach Hause. Auf keinen Fall darfst du irgendjemandem davon erzählen – schon gar nicht der Polizei, sonst bringst du mich in Lebensgefahr. Hast du das verstanden?«

»Ja, aber …«

»Dann wiederhole bitte, was ich dir gesagt habe.«

Anneliese wechselte einen Blick mit ihren Mitbewohnern.

»Ich soll von deinem Konto 100.000 Euro abholen und das Geld in deinen schwarzen Rucksack stecken. Morgen treffe ich mich um 16.00 Uhr mit einem Mann unterm Schwanz. Kennwort: Rabeneck. Ich gebe ihm den Rucksack und fahre wieder nach Hause. Und ich darf niemandem davon erzählen.«

»Sehr gut«, sagte Charlotte. »Wir sehen uns bald. – Und grüß den Bremer von mir.«

Bevor Anneliese darauf antworten konnte, wurde die Verbindung unterbrochen. Sie legte das Smartphone auf den Tisch und ließ sich auf einen Stuhl sinken. Auch Conrad schaltete sein Telefon ab.

»Ich habe das Gespräch vorsichtshalber mitgeschnitten«, erklärte er auf den fragenden Blick seiner Lebensgefährtin. »Man kann ja nie wissen.«

Plötzlich redeten alle durcheinander. Endlich ein Lebenszeichen von Charlotte! Sie diskutierten über das, was Anneliese tun sollte.

»Fassen wir zusammen«, sagte der General schließlich. »Charlotte befindet sich offensichtlich in der Gewalt der Entführer. Es scheint aber, als hätte sie einen von denen auf ihre Seite gezogen, indem sie ihm viel Geld angeboten hat.«

»Wir sollten Hauptkommissar Bremer unterrichten«, schlug Anneliese vor. »Und Philipp.« Sie stand auf und wühlte in dem kleinen Körbchen auf der Anrichte, in dem sich ein Sammelsurium aus Gummiringen, Verschluss-Clips, Bleistiftresten, Tesafilm und anderen Kleinigkeiten befand. Hannes' Visitenkarte entdeckte sie jedoch nicht.

»Ich könnte schwören, dass ich sie da reingelegt habe.«

»Am Kühlschrank«, sagte Elli. Sie hatte die Karte dort in Sichthöhe mit einem Magneten zwischen anderen wichtigen Notizen und bunten Postkarten angepinnt.

Anneliese las die Nummer ab, tippte sie in ihr Telefon und unterrichtete den Mann von der Kripo. Hannes versprach, sich sofort auf den Weg zu ihnen zu machen.

Conrad hatte unterdessen Philipp erreicht. Auch er wollte auf dem schnellsten Weg nach Hause kommen.

Eine knappe Stunde später trafen beide mit Ben ein. Sie hatten sich auf dem Parkplatz des Internats getroffen und waren zusammen im Wagen des Kommissars nach Hannover gefahren.

Alle waren sichtlich angespannt. Im Wohnzimmer konzentrierte sich Hannes auf Annelieses Gesicht.

»Können Sie den Wortlaut des Gesprächs so genau wie möglich wiedergeben?«

Sie deutete auf ihren Partner.

»Conrad hat den Anruf mit seinem Handy aufgenommen.«

»Großartig.« Anerkennend blickte er den ehemaligen Wetterfrosch an. »Spielen Sie uns das bitte vor?«

Conrad nickte, zog sein Telefon aus der Tasche, wählte die Aufnahme aus und berührte die Wiedergabetaste. Als Charlottes Stimme erklang, war es mucksmäuschenstill. Philipp vergaß sekundenlang zu atmen. Ihm war deutlich anzusehen, wie aufgewühlt er war. Ben erging es genauso. Er saß vornübergebeugt und knetete seine Finger.

Hannes stieß nach Ende der Aufnahme hörbar die Luft aus.

»Bitte noch mal, Herr Lenz.«

Conrad wiederholte die Aufnahme.

Unterdessen sprang Philipp auf und trat ans Fenster. Er drehte sich erst herum, als er sich gesammelt hatte.

Aller Augen richteten sich erwartungsvoll auf Hannes.

»Was sagen Sie dazu?«, fragte Anneliese. »Haben die Entführer Charlotte zu diesem Anruf gezwungen? Oder hat sie einen von denen überredet, ihr zu helfen?«

»Wie ich Charly kenne, hat sie sich das ausgedacht«, sagte er nach kurzem Überlegen. »Ihr Aufpasser wird ein kleines Rädchen im Getriebe der Verbrechermaschinerie sein. Dementsprechend niedrig fällt sein Anteil aus. 100.000 Euro bedeuten da ein verlockendes Angebot.« Unter hochgezogenen Brauen schaute er Philipp an. »Hatten Sie den Eindruck, dass ihre Stimme ängstlich klang?«

Sekundenlang horchte Philipp in sich hinein.

»Nein. Eher eindringlich und bestimmt. Anscheinend hat sie einem von denen weisgemacht, dass Anneliese ihre Schwester ist, die an ihr Konto herankommt. Und der Gruß an Bremer bedeutet, dass sie die Polizei sehr wohl verständigen soll.« Mit einem kleinen Lächeln zuckte er die Schultern »Als was sie ihm ›Bremer‹ verkauft hat, kann ich nur raten. Möglicherweise als Schoßhündchen oder irgendein anderes Haustier.«

Der Hauptkommissar unterdrückte ein Schmunzeln.

»Ich hatte außerdem den Eindruck, dass die Worte abgelesen klangen«, brachte er nachdenklich hervor. »Vielleicht hat Charlotte vorher aufgeschrieben, was sie sagen wollte, um nichts zu vergessen. Oder sie wurde dazu gezwungen, um sicherzustellen, dass sie nicht einen Hinweis auf den Ort ihrer Gefangenschaft in der Nachricht versteckt.«

»Aus meiner Sicht war es ein kluger Schachzug, einen aus der Bande mit einem Haufen Geld zu ködern.« Als General a.D. kannte sich Albert mit Strategien aus. »Dadurch haben wir erst mal ein Lebenszeichen von Charlotte.« Sehr aufrecht saß der hagere, aristokratisch wirkende Mann in seinem Rolli. Seine wachen Augen fixierten Hannes. »In Krimis ist immer von Handyortung die Rede. Jetzt kommen Sie mal in die Gänge, damit uns unsere Mitbewohnerin bald wieder mit ihrem Humor erfrischen kann.«

Wenn das so einfach wäre, dachte Hannes, sprach es aber nicht aus. Dennoch war er erleichtert, dass endlich Bewegung in den Fall kam. Er leitete die Aufnahme von Conrads Handy auf sein Telefon weiter.

Am Abend erschien Hannes mit seiner Kollegin Pia Wagner im Hause des Professors.

Elisabeth führte beide in Philipps großes Wohnzimmer, wo auch die anderen zusammensaßen.

»Gibt's was Neues?«, fragte Ben erwartungsvoll. Er war fast ununterbrochen damit beschäftigt, die Dateien auf dem kleinen Netbook seiner Mutter zu sichten. Bislang war er jedoch auf nichts gestoßen, das sie weiterbringen würde. »Konntet ihr das Handy orten?«

»Keine Chance. Die Nummer war unterdrückt.« Das hatte er schon am Nachmittag festgestellt. »Wahrscheinlich handelt es sich ohnehin um ein nicht registriertes Prepaid-Handy. Seit dem Anruf ist es bestimmt abgeschaltet oder die Simkarte wurde entfernt. Da kommen wir nicht weiter.« Sein Blick richtete sich auf Anneliese. »Wir brauchen noch mal Ihre Hilfe.«

»Was soll ich tun?«

»Würden Sie sich morgen mit dem Entführer treffen?«

Während Conrad entsetzt die Augen aufriss, nickte Anneliese.

»Selbstverständlich.«

»Keine Sorge«, wandte sich Hannes an den Wetterfrosch, »Meine Leute werden in der Nähe sein.«

»Soll mich das beruhigen? Der Typ wird sich Liesel doch bis auf Mundgeruchsdistanz nähern, wenn er ihr das Codewort zuflüstert. Wenn er nun bewaffnet ist?«

»Wir tun alles, um sie zu beschützen«, sagte Pia. »Ihre Lebensgefährtin wird außerdem eine schusssichere Weste unter dem Mantel tragen.«

»Warum kann den Job keine Polizistin übernehmen?«

»Das ist zu riskant. Wir müssen davon ausgehen, dass der Verbrecher weiß, wie Frau Grothe aussieht. Vielleicht hat Charlotte sie genau beschrieben. Oder er hat sie im Internat gesehen. Immerhin war sie zweimal dort.«

»Trotzdem finde ich es zu gefährlich. Wenn …«

»Ende der Diskussion«, fiel Anneliese ihm ins Wort. »Charlotte hat mich um Hilfe gebeten, also werde ich tun, was nötig ist. Du würdest das doch auch machen.«

»Das ist aber was anderes. Ich bin ein Mann.«

»Wie konnte ich das vergessen«, murmelte sie mit leisem Spott. »Trotzdem bleibt es dabei.«

Conrad nickte nur. Dennoch war er beunruhigt. Ihm war klar, dass diese Verbrecher zu allem fähig waren. Am liebsten würde er seine Anneliese zur Geldübergabe begleiten, aber er wusste nicht nur, dass das unmöglich war, sondern auch, dass er erst wieder Ruhe finden würde, wenn dieser Alptraum endlich ein Ende hätte und seine Mitbewohner wieder vollzählig wären.

Den anderen beiden Ruheständlern erging es ähnlich. Auch Elisabeth und Albert sah man ihre Sorge an, aber sie sprachen vorerst nicht darüber.

Anneliese fühlte sich wie eine Mischung aus Bond-Girl und Hermes. Unter ihrer leichten roten Jacke trug sie nicht nur eine kugelsichere Weste. Ein Kriminaltechniker hatte sie außerdem verkabelt und ihr einen kleinen Stöpsel ins rechte Ohr gesteckt, damit sie mit ihren Aufpassern kommunizieren konnte. Außerdem war in ihrem Dekolleté ein winziges Mikrofon verborgen. Über ihrer rechten Schulter trug sie einen schwarzen Rucksack mit dem Geld. Es schienen größere Scheine zu sein, da sie das Gewicht kaum spürte. Unauffällig schaute sie sich um. Sie stand mit dem Rücken zum Standbild des Landesvaters, das mittig vor dem orange-gelben Bahnhofsgebäude aufragte. Dadurch hatte sie die drei Eingänge mit den hohen Fenstern gut im Blick. Vor den Zugängen befanden sich große Aufsteller mit Edelstahlaschenbechern. Die daran befestigten gelben Schilder wiesen darauf hin, dass es sich um einen Nichtraucherbahnhof handelte. In der Nähe hielten sich einige Leute auf, die hastig an ihren Kippen zogen, um vor ihrer Zugfahrt den Nikotintank aufzufüllen. Einer dieser Raucher gehörte zu den auf dem gesamten Ernst-August-Platz verteilten Kripobeamten. Auch die junge Frau in den knappen Jeans, die ein Stück weiter ein Eis in einem Waffelhörnchen kaufte, zählte dazu. Der Hauptkommissar hatte Anneliese darüber informiert, wo ungefähr seine Leute postiert waren. Auch wusste sie, dass Männer vom SEK in und auf umliegenden Gebäuden mit Scharfschützengewehren auf der Lauer lagen. Man hatte ihr eingeschärft, nicht nach ihnen Ausschau zu halten.

Sie hob den Kopf und blickte auf die an der Außenfassade des Gebäudes angebrachte Bahnhofsuhr. Noch fünf Minuten.

Je näher der verabredete Zeitpunkt rückte, umso nervöser wurde die Seniorin. Immerhin war das ihre erste Geld-übergabe. Sie ging ein paar Schritte unter dem Schwanz auf und ab. Links bei den Taxihalteplätzen war angeblich ein Polizist postiert, ein anderer lehnte am Geländer der Mauer bei der Treppe zur Ladenpassage, der *Niki-de-Saint-Phalle-Promenade,* die für die meisten Hannoveraner auch nach der Umbenennung immer noch »Passerelle« hieß. Der zweigeteilte sichelförmige HAZ-Brunnen mit den unterschiedlich hohen Fontänen wirkte auf Kinder stets wie ein Magnet. Einige versuchten, darüber zu hüpfen oder traten ganz dicht heran, um dann blitzschnell zurückzuspringen, wenn das Wasser emporspritzte.

Dies fröhliche Treiben lenkte Anneliese jedoch nur für einen kurzen Moment von ihrer Mission ab. Wieder warf sie einen Blick zur Uhr. Noch zwei Minuten.

Allmählich müsste der Empfänger auftauchen. Mit den Augen suchte sie die Umgebung nach einer Person ab, die vielleicht dafür infrage käme. Machte sich der Mann bei den Fahrradbügeln nicht verdächtig lange an seinem Schloss zu schaffen? Und was war mit dem Typen, der mit seinem Trolley neben der Werbetafel stand und ununterbrochen auf sein Smartphone starrte? Räuber oder Gendarm?

»Da kommt einer aus Richtung Bahnhofstraße über die Gleise«, hörte sie die Stimme eines SEK-Beamten in ihrem Ohr. »Der hat sich schon ein paar Mal nach allen Seiten umgeschaut. Jeans, Turnschuhe, dunkle Jacke, weinrotes Basecap. Er steuert anscheinend direkt auf das Denkmal zu.«

Unwillkürlich trat Anneliese etwas zur Seite und drehte sich herum. Sie tat, als würde sie interessiert die Inschrift auf dem Granitsockel der Statue lesen: »Dem Landesvater / Sein treues Volk«. Wie zufällig blickte sie dann in die Richtung des ÜSTRA-Kiosks und sah den Mann mit dem roten Käppi mit langen Schritten quer über den Ernst-August-Platz auf Ross und Reiter zukommen. Er hielt den Kopf halb gesenkt, so dass kaum etwas von seinem Gesicht zu erkennen war. Kurz bevor er die Wartende erreichte, blieb er stehen und griff in die Innentasche seiner Jacke.

»Achtung!«, warnte der Mann in Annelieses Ohr. »Macht euch bereit! Ich kann seine Hände nicht sehen!«

Plötzlich ertönte ein Knall.

KAPITEL 31

Erschrocken zuckte Charlotte zusammen. Das laute Klappern riss sie aus ihren Gedanken.

Vor einigen Minuten hatte sie einen Topf Wasser aufgesetzt, um sich einen Kaffee zu bereiten. Nun schepperte der Topfdeckel unter der inzwischen sprudelnd kochenden Flüssigkeit.

Rasch stand sie auf, schaltete den Herd aus und goss den vorbereiteten Instantkaffee auf. Damit setzte sie sich an den Küchentisch. Ihr Blick schweifte über das Halma-Brett. Die Kinder würden noch eine Weile damit beschäftigt sein, ihre Spielfiguren von einer Seite auf die andere zu bringen. Sie schaute zum wiederholten Mal auf ihre Armbanduhr. Es war fast vier. Ob Anneliese nun am Hauptbahnhof unter dem Schweif des königlichen Rosses stand und darauf wartete, das Geld zu übergeben? Oder hatte man vorsichtshalber eine ältere Polizeibeamtin am Denkmal postiert? Egal, Hannes hatte bestimmt die richtige Entscheidung getroffen. Seine Leute würden den Geldabholer nicht entwischen lassen. Sie würden ihn so lange verhören und notfalls Zugeständnisse machen, bis er verraten würde, wo sie und die Kinder gefangengehalten wurden. Wenn sie Glück hatten, konnten sie schon am nächsten Morgen frei sein. Nachdenklich nippte sie an dem heißen Getränk. Während das Koffein in ihren Organismus sickerte, wurde ihr bewusst, dass es keine Garantie gab. Immerhin war es schon häufiger vorgekommen, dass eine Geldübergabe gründlich schiefging. Es gab viele Faktoren, die sie scheitern lassen konnten. Da der Clown heute nicht zum üblichen Zeitpunkt aufgetaucht war, hatte sie ihm nicht, wie geplant, noch einmal ins Gewissen reden können.

Instinktiv zog Anneliese den Kopf zwischen die Schultern, während sie den Typen mit dem Basecap nicht aus den Augen ließ. Auch er war zusammengezuckt und zog seine Hand ruckartig unter der Jacke hervor. Fast wäre die Zigarettenschachtel aus seinen Fingern gerutscht. Er konnte sie gerade noch abfangen. Er schaute sich kurz um, woher der Knall gekommen sein könnte. Schließlich zuckte er die Schultern. Im Weitergehen steckte er sich eine Kippe in den Mund und klopfte seine Jackentaschen auf der Suche nach dem Feuerzeug ab.

»Kein Zugriff«, sagte die Stimme in Annelieses Ohr. »Ich wiederhole: kein Zugriff. Das ist nicht unsere Zielperson.«

Die Ruheständlerin atmete erleichtert auf und bezog wieder ihren Posten direkt unter dem Schwanz. Nichts konnte sie so leicht aus der Ruhe bringen, aber wenn das so weiterginge, wäre das zu viel für ihr durch die letzten Ereignisse angeschlagenes Nervenkostüm. Schließlich war sie nicht mehr die Jüngste. Selbst in ihren kühnsten Träumen hätte sie nicht erwartet, dass ihr beschaulicher Lebensabend in regelmäßigen Abständen einem Krimi gleichen würde. Andererseits gestand sie sich ein, dass sie sich durch die damit verbundene Aufregung sehr lebendig fühlte.

»Der Knall kam drüben von der Baustelle«, ertönte die Stimme aus dem Ohrstöpsel. »Da ist eine Metallplatte abgestürzt. – Also alles auf Anfang.«

»Na, toll«, murmelte Anneliese und sah den Tauben zu, die auf dem Bahnhofsvorplatz Krümel aufpickten, die zwangsläufig herunterfielen, wenn Passanten im Laufen Pizza oder andere Speisen aßen, weil sie es eilig hatten, ihren Zug zu erwischen.

»Alles in Ordnung bei Ihnen, AG?«, sprach die Stimme in ihrem Ohr sie mit ihren Initialen an. »Sind Sie okay?«

»Alles gut«, erwiderte sie, wobei sie sich bemühte, die Lippen so wenig wie möglich zu bewegen. Vielleicht hatte der Entführer sie ja längst im Blick.

Jetzt, zur Rushhour eilten immer mehr Menschen über den Platz. Ob sie wussten, dass sich darunter ein Schutzbunker aus Weltkriegszeiten verbarg? Pendler, die Feierabend hatten, strömten ins Bahnhofsgebäude. Sie wollten so schnell wie möglich nach Hause. Andere umlagerten die Aschenbecher an den Eingängen, um hastig noch eine durchzuziehen, bevor sie ihren Weg ober- oder unterirdisch in einer der Bahnen fortsetzen würden.

Ein Blick zur Uhr zeigte, dass die verabredete Zeit für das Treffen bereits um eine Viertelstunde überschritten war. Wo blieb der Geldabholer? Hatte sein Zug Verspätung? Oder hielt er sich irgendwo in Sichtweite auf und beobachtete sie, wie sie sich die Beine in den Bauch stand und auf sein Erscheinen wartete? Wahrscheinlich wollte er ganz sicher sein, dass keine Polizei in der Nähe war.

Weitere 30 Minuten später taten ihr allmählich die Füße weh. Sie war das lange Stehen nicht gewohnt und lehnte sich mit der Schulter gegen den Sockel des Landesherrn.

»Abbruch«, sagte kurz darauf die Stimme in ihrem Ohr. »Der kommt nicht mehr.«

Charlotte war nervös. Die Kinder lagen längst im Bett, aber die Ungewissheit ließ sie nicht zur Ruhe kommen. War alles planmäßig verlaufen und der Clown verhaftet worden? Dann saß er nun wahrscheinlich Hannes im Vernehmungszimmer gegenüber. So wie sie den Helfer der Verbrecher einschätzte, würde er dem Druck nicht lange standhalten und reden. Sie wusste, dass der Freund dann sofort mit seinen Leuten losfahren würde, um sie und die Kinder zu befreien. Sie musste nur abwarten. Es sei denn … Unruhig ging sie in der Küche auf und ab. Sie malte sich aus, was alles schiefgegangen sein könnte. Womöglich hatte der Clown den Braten gerochen und war nicht in die Falle getappt. Oder war er der Polizei im Menschengewühl des Bahnhofs entkommen? Vielleicht ohne das Geld. Was würde das für die Kinder und sie bedeuten? Er würde ihr die Schuld geben. Das dünne Fädchen Vertrauen, das sie mühsam gesponnen hatte, wäre zerrissen. Noch einmal würde er sich nicht von ihr zu irgendetwas überreden lassen. So viel stand fest. Er würde seinem Boss gehorchen und alles tun, was der Kerl von ihm verlangte.

In Hannover warteten die WG-Bewohner gespannt auf Annelieses Rückkehr. Als sie endlich eintraf, kamen ihre Freunde in die Halle gelaufen. Albert steuerte seinen Rolli fast bis vor ihre Füße. Unwillig legte er die Stirn in Falten, als er sah, dass sie sich in der Begleitung des Hauptkommissars und eines weiteren Mannes befand, den er nicht kannte. Bevor er sie jedoch darauf ansprechen konnte, schloss Conrad seine Lebensgefährtin in die Arme.

»Ich bin so froh, dass du wieder da bist. Seit du das Haus verlassen hast, hatte ich keine ruhige Minute.«

Liebevoll strich sie ihm über die Wange, sagte aber nichts.

»Was ist passiert?« Der General ahnte, dass die Mission misslungen war. »Statt Frontalangriff Niederlage auf der ganzen Linie?«

»So könnte man es nennen«, bestätigte Hannes. »Der Entführer ist nicht aufgetaucht.«

»Heiliges Kanonenrohr«, fluchte der Rollifahrer, doch dann schaute er den Kommissar beschwörend an. »Eine neue Strategie muss her. Lassen Sie sich was einfallen.«

»Wir hoffen, dass er Charly noch mal anrufen lässt, weil er scharf auf das Geld ist.« Er deutete auf den Mann, der sich im Hintergrund gehalten hatte. »Das ist mein Kollege Trabach von der Kriminaltechnik. Er wird alles dafür vorbereiten, das Gespräch aufzuzeichnen und das Handy des Anrufers so schnell wie möglich zu orten. Mehr können wir im Moment nicht tun.«

Sie versammelten sich wieder in Philipps Wohnzimmer. Dort stellte der Techniker eine Verbindung zwischen seinem mitgebrachten Laptop und Annelieses Handy her. Dann begann das zermürbende Warten. Irgendwann sorgte Elisabeth für einen Imbiss. Das lenkte alle für kurze Zeit ab. Auch nach dem Essen wurde wenig gesprochen. Jeder hing seinen Gedanken nach. Plötzlich leuchtete das Display von Annelieses Handy auf. Gleichzeitig erklang die Stimme von Louis Armstrong »What a wonderful world«.

KAPITEL 32

Ungeduldig wartete Charlotte darauf, dass etwas passierte. Diese Ungewissheit zerrte an ihren Nerven. Die Mädchen hatten sie nach dem Frühstück gebeten, nach Antons Musik Zumba zu tanzen. Obwohl sie wusste, dass es ihnen allen guttun würde, hatte sie das Fitnessprogramm lustlos heruntergespult. Das war den Kindern nicht verborgen geblieben. Sie hatte sich damit herausgeredet, dass sie schlecht geschlafen hätte. Nun spielten die vier irgendein Brettspiel, während sie unruhig durch die Räume wanderte. Inzwischen war sie fast sicher, dass die Geldübergabe gescheitert war. Sonst wäre längst jemand von der Polizei aufgetaucht. Warum aber hatte sich der Clown noch nicht wieder blicken lassen?

Ein Geräusch von der Eingangstür ließ sie innehalten. Sie blieb auf der Schwelle zur Küche stehen und blickte in banger Erwartung in den Flur. Mit gemischten Gefühlen sah sie den Clown eintreten. Wie sollte sie sein Erscheinen einordnen?

»Hat alles geklappt?«, fragte sie vorsichtig, während er von innen abschloss. Charlotte fiel sofort auf, dass er keine Einkäufe dabei hatte. Bedeutete das, er würde sie freilassen? »Haben Sie das Geld?«

Er antwortete nicht sofort, sondern ging an ihr vorbei

ins Schlafzimmer. Sie folgte ihm und schloss die Tür. Mit vor der Brust verschränkten Armen blieb sie dort stehen. Ihre Augen richteten sich mit fragendem Blick auf die Gruselmaske.

»Es tut mir leid.«

»Was tut Ihnen leid?«

»Nach langem Überlegen wurde mir klar, dass mich Ihr Geld nicht weiterbringt. Ich hätte damit untertauchen müssen. Dann hätte ich meine Frau und meine Tochter nie wiedergesehen. Außerdem hätten sie es möglicherweise ausbaden müssen. Das konnte ich nicht riskieren.«

Charlotte ließ sich ihre Enttäuschung nicht anmerken.

»Sie haben die Geldübergabe platzen lassen?«

»Ja.«

»Waren Sie deshalb gestern nicht hier?«

»Meine Frau hatte Migräne. Darum bin ich bei ihr geblieben.«

»Und wie soll es jetzt weitergehen?«

Er zuckte die Schultern.

»Wie bisher.«

»Nein.« Langsam kam sie näher. »Sie müssen uns freilassen.«

»Keine Chance.«

»Wollen Sie wirklich eine lange Haftstrafe riskieren? Irgendwann werden die Entführer geschnappt. Spätestens dann erfährt die Polizei von der Rolle, die Sie hier gespielt haben. Sie müssen mit einer Anklage wegen Kidnapping, Menschenhandel und Beihilfe zu Mord rechnen. Was werden Ihre Frau und Ihre Tochter dazu sagen?«

»Lassen Sie meine Familie aus dem Spiel.«

Charlotte dachte gar nicht daran. Es musste ihr gelingen, ihn zu überreden.

»Sie werden beide verlieren, wenn Sie jetzt nicht zur Vernunft kommen. Dann hätten Sie auch das Geld nehmen und damit untertauchen können.« War das die Lösung?

»Wir können einen neuen Übergabetermin vereinbaren. Lassen Sie mich noch mal mit meiner Schwester telefonieren.«

»Ich will Ihr Geld nicht.«

»Gehen Sie lieber in den Knast? Bei diesen schweren Anklagepunkten kommen ungefähr 15 bis 20 Jahre zusammen.«

»Woher wissen Sie das?«

»Mein Bruder ist Staatsanwalt«, log sie. »Wie alt sind Sie, wenn Sie wieder raus kommen? 75 oder noch älter? Dann sind Sie ein Greis.«

Er sagte nichts dazu, schüttelte nur leicht den Kopf und ging zur Tür.

»Wenn Sie jetzt aussteigen, können Sie einen Deal mit der Staatsanwaltschaft machen«, versuchte sie es ein letztes Mal. »Sie kämen mit einer geringen Strafe davon.« Sie sah, dass er zögerte. »Außerdem hätten Sie nicht für den Rest Ihres Lebens Schuldgefühle.«

Ohne ihre Worte zu kommentieren, verließ er den Raum. Kurz darauf hörte sie, dass er die Wohnungstür öffnete und verschloss.

Charlotte saß am Abend niedergeschlagen in der Küche. Sie hatte alles auf eine Karte gesetzt – und verloren. Das Geld war die einzige Chance gewesen. Jedenfalls für sie. Die Kinder erwartete wahrscheinlich nichts Gutes, aber sie würden leben. Sie hatte die Mädchen und auch Anton vor Unheil bewahren wollen und war jämmerlich gescheitert – weil sie den Clown unterschätzt hatte. Zwar wussten Freunde und Polizei nun, dass sie nicht gleich nach der Entführung umgebracht worden war, aber sie tappten nach wie vor im Dunklen darüber, wo sie gefangen gehalten wurde. Wenn kein Wunder geschah ... Lange dachte sie darüber nach, was sie noch tun könnte. Ihr fiel der kleine Taschenspiegel ein. Sie musste versuchen, sich eine Waffe daraus zu basteln. Wenn sie das schaffte, musste sie sobald wie möglich versuchen, den Clown auszuschalten. Bei einem Gegner hatte sie vielleicht eine kleine Chance. Wenn mehrere Männer die Kinder abholen würden, war es aussichtslos. Man würde sie spielend überwältigen.

Ohne länger darüber nachzudenken, ging sie ins Bad, um den kleinen Spiegel zu holen. Zurück in der Küche griff sie nach einer Konservendose, die grüne Bohnen enthielt. Sie legte den Spiegel auf den Tisch, stellte die Dose auf eine der Kanten und schob sie auf der glatten Fläche hin und her. Dadurch wollte sie die günstigste Stelle für einen Schlag ermitteln. Sie brauchte eine spitz zulaufende Scherbe, durfte nicht riskieren, dass der Spiegel in viele kleine Teile zersplitterte. Sie entschied sich dafür, die linke untere Ecke möglichst diagonal abzuschlagen.

»Es muss klappen«, murmelte sie, umfasste die Konservendose am oberen Ende und schlug damit auf die angepeilte Ecke. Außer einem lauten Krachen passierte nichts. Der Spiegel hielt stand. Ihr war sofort klar, dass sie im letzten Moment gezögert und dadurch den Schlag abgebremst hatte, aus Angst, einen Scherbenhaufen zu produzieren. Also noch einmal. Sie hob die Hand mit der Dose und ließ sie mit Wucht niedersausen. Es krachte und knirschte. Vorsichtig nahm sie die Bohnendose zur Seite. Die rechte Spiegelecke war in winzige Splitter zerbröselt, den Rest durchzogen Risse wie ein Spinnennetz. Tränen schossen Charlotte in die Augen. Aufstöhnend sank sie auf einen Stuhl. Sie legte die Arme auf die Tischplatte, bettete ihren Kopf darauf und weinte. Seit Tagen versuchte sie nicht nur, den Kindern Mut zu machen, sondern ihre eigene aussichtslose Lage wenigstens zeitweise zu verdrängen. Es kostete viel Energie, immer so zu tun, als würde sich alles zum Guten wenden. Jetzt fühlte sie sich völlig ausgelaugt, am Ende ihrer Kräfte.

Nach einer Weile spürte sie eine Hand auf ihrer Schulter und hob den Kopf. Neben ihr stand Anton.

»Nicht weinen.«

Rasch wischte sie sich mit dem Handrücken die feuchten Spuren von den Wangen, konnte ein leises Schluchzen aber nicht unterdrücken.

Der Junge zögerte nur einen Moment, dann legte er seine Arme um sie und drückte sie an sich.

Diese tröstende Geste löste fast einen weiteren Tränenstrom aus. Nur mit Mühe gelang es Charlotte, nicht die Fassung zu verlieren.

Sie schob das Kind etwas von sich und schaute es in scheinbarer Strenge an.

»Warum schläfst du nicht?«

»Wenn man auf der Straße lebt, schläft man nicht so fest wie die anderen.« Sein Blick streifte die Dose und die Überreste des Spiegels. »Ich habe den Krach gehört – und dann, dass du geweint hast. Warum hast du den Spiegel kaputt gehauen?«

»Ich dachte, es kann nicht schaden … nur für alle Fälle …«

»Eine Scherbe als Waffe«, kombinierte er und setzte

sich ihr gegenüber. »Du machst dir Sorgen, oder? Große Sorgen.«

Sie zuckte nur die Schultern, schließlich nickte sie. Wie hätte sie mit einem Elfjährigen über ihre Befürchtungen und Ängste sprechen können?

»Es ist schon spät. Du solltest wieder ins Bett gehen.«

»Du willst nicht mit mir darüber reden. Ich bin aber kein kleines Kind mehr. Glaubst du, ich weiß nicht, was hier läuft?«

»Was meinst du?«

»Auf der Straße kriegt man 'ne Menge mit, was die anderen reden. Die haben mich auch öfter gewarnt, keinem Fremden zu vertrauen. Rosi hat gesagt, dass es Typen gibt, die schlimme Sachen mit Kindern machen – auch mit Jungs. Glaubst du, dass uns auch so was passiert?«

»Ich weiß es nicht«, wich sie aus, wollte ihn dann aber doch nicht damit abspeisen. »Jedenfalls haben sie nichts Gutes im Sinn. Soviel steht fest.«

»Immer, wenn der Clown kommt, sprichst du mit ihm. Du willst ihn überreden, uns freizulassen, oder?«

»Das ist mir aber leider nicht gelungen.«

»Wolltest du deswegen eine Waffe haben? Glaubst du, dass du mit einem Stück Spiegel gegen ihn ankommst?«

Hilflos hob sie die Schultern, ließ sie wieder sinken.

»Wahrscheinlich nicht.« Ihr wurde klar, dass der Junge vorausschauender dachte als sie. »Das war eine dumme Idee. Ich kann nichts tun, um euch zu helfen. Überhaupt nichts.«

»Hast du deshalb geweint?«

Abermals zuckte sie die Schultern.

Er beugte sich etwas vor und schaute sie aus seinen großen braunen Augen an.

»Weißt du nicht, wie froh wir sind, dass du da bist? Vorher hatten wir die ganze Zeit Angst. Die Mädchen haben viel geheult. Und sie dachten, dass ich was tun kann, damit wir hier rauskommen. – Nur weil ich ein Junge bin.«

»Damit warst du überfordert«, sagte sie verständnisvoll. »Trotzdem hast du dich um sie gekümmert, hast gekocht – das finde ich großartig.«

Ein kleines Lächeln huschte über sein Gesicht, so dass Charlotte sich fragte, ob sie es sich nur eingebildet hatte. Der Junge war meistens ernst, was wohl auch an seiner schwierigen Lebenssituation lag.

Anneliese wechselte einen Blick mit dem Kriminaltechniker. Als der Mann nickte, nahm sie ihr Mobiltelefon vom Tisch. Auf dem Display las sie eine Festnetznummer. Mit dem Zeigefinger wischte sie über das grüne Telefonsymbol. Danach tippte sie sofort auf den Lautsprecher.

»Grothe.«

»Ich bin es«, vernahm sie Philipps Stimme, was sie erstaunte.

»Von wo rufst du an?«

»Aus der Kommandozentrale im Internat. Der Akku von meinem Handy ist leer. Wie ist es gelaufen? Wurde der Verbrecher bei der Geldübergabe verhaftet? Hat er schon geredet?«

»Er ist gar nicht aufgetaucht. Wir sitzen hier und warten darauf, dass er sich meldet.«

»Das darf doch nicht wahr sein. Warum ist der Kerl nicht gekommen? Oder hat er die Polizei bemerkt und ist deshalb verschwunden?«

Sie sah, dass Hannes ihr ein Zeichen gab, das Gespräch zu beenden.

»Philipp, wir müssen die Leitung freihalten. Ruf bitte Conrad an. Er kann dir alles erzählen.«

»Okay.« Mehr sagte er nicht. Dieses eine Wort klang jedoch deprimiert. Jeder im Raum wusste, wie ihm zumute sein musste.

Als Conrads Telefon gleich darauf läutete, ging er hinaus und nahm das Gespräch in der Wohnhalle entgegen.

KAPITEL 33

Übermüdet saß Hannes im Internat in der Kommandozentrale. Seit Charlottes Verschwinden hatte er zu wenig geschlafen und zu viel Kaffee in sich hineingeschüttet. Pia warf einen besorgten Blick zu ihm hinüber. Sie fürchtete, dass er das nicht mehr lange durchhalten würde, obwohl auch sie seit ein paar Tagen unter einem Schlafdefizit litt. Immer wieder waren sie die Ermittlungsakten durchgegangen und hatten sämtliche Internatsmitarbeiter genau unter die Lupe genommen. Aber es war wie verhext. Außer unbedeutenden Kleinigkeiten hatten sie nichts Neues erfahren.

Die Kommissarin rief in der Senioren-WG an, wo Martin die Stellung hielt, um zu hören, ob sich der Entführer inzwischen gemeldet hatte.

»Nichts«, teilte sie Hannes nach dem Gespräch mit. »Der ruft nicht mehr an. Vielleicht hat er gemerkt, dass das eine Falle war.«

»Oder sein Boss ist ihm auf die Schliche gekommen und hat ihn längst aus dem Verkehr gezogen.« Mit beiden Händen raufte er sich die grauen Haare. »Es muss irgendeinen Ansatz geben.« Er deutete auf den Aktenstapel in seiner Reichweite. »Irgendwo da drin steckt der Täter – oder zumindest sein Helfer. Da bin ich ganz sicher.«

Ehe Pia etwas dazu sagen konnte, läutete das Telefon. Mit einem Griff war sie am Apparat. Sie hörte einen Moment lang zu, wobei sie mehrmals nickte.

»Verstanden«, sagte sie schließlich und warf den Hörer zurück. »Die KTU konnte die Fahrgestellnummer des ausgebrannten Lieferwagens rekonstruieren. Der Transporter war geleast. Wenn wir Glück haben, hat die Verleihfirma Videoüberwachung.«

Sofort sprang Hannes auf und riss seine Jacke von der Stuhllehne.

»Worauf warten wir noch?«

Bald waren sie auf der Bundesstraße 441 unterwegs. Pia saß am Steuer des silber-metallicfarbenen 3er BMWs. Zwischen Dedensen und Seelze überquerten sie den Mittellandkanal, der im morgendlichen Dunst lag. Minuten später fuhren sie auf das Gelände der Autovermietung. Auf dem Hof standen zahlreiche Limousinen sowie einige Transporter. Die beiden Polizeibeamten betraten das verglaste Gebäude und verlangten nach dem Geschäftsführer.

Es dauerte nicht lange, bis ihnen der Mann Auskunft darüber geben konnte, welcher Kunde den Ford an welchem Tag gemietet hatte. Sie ließen sich den Mietvertrag aushändigen, obwohl sie davon ausgingen, dass der Lieferwagen unter falschem Namen geleast worden war. Außerdem erfuhren sie von mehreren Kameras auf dem Firmengelände, und dass die Aufzeichnungen drei Monate lang gespeichert würden. Pia zog einen USB-Stick aus der Tasche und ließ sich die Aufnahmen des besagten Tages überspielen. Da es sowohl auf dem Mietvertrag als auch auf dem Videomaterial einen elektronischen Stempel mit Datum und Uhrzeit gab, würde ein

Zeitvergleich hoffentlich scharfe Bilder des Kunden liefern.

Die beiden Kommissare fuhren unverzüglich ins Internat zurück. In den von der Polizei genutzten Räumen übergab Pia den Stick an den Kollegen Benno Winkler von der Kriminaltechnik. Es dauerte nicht lange, bis er die gewünschten Aufnahmen der Innen- und Außenkameras separiert und zusammengeschnitten hatte. Er rief Hannes und Pia zu sich und zeigte ihnen die Ausbeute.

»Der Typ wusste anscheinend, wo die Kameras angebracht sind«, sagte der Techniker und zeigte auf den Monitor. »Er hat sich immer so weit wie möglich weggedreht, damit man sein Gesicht nicht erkennen kann.«

»Außerdem trägt er eine Sonnenbrille«, fügte Pia missmutig hinzu. »Es wäre ja auch zu schön gewesen.«

»Also wieder eine Sackgasse«, brummte Hannes, worauf der Kollege grinste.

»Nun seid mal nicht so negativ. So clever, wie er dachte, war der Typ nicht.« Er klickte auf eine weitere Datei. »Als er den Mietvertrag im Büro unterschrieben hat, musste er die Brille abnehmen. Er hat sich bemüht, der Kamera den Rücken zuzudrehen – und dabei nicht bemerkt, dass er sich in der Fensterscheibe spiegelt.« Er öffnete die Fotodatei und vergrößerte den Ausschnitt mit der Spiegelung. »Voilà!«

Nun war der Mann deutlich zu sehen. Er hatte kurz geschorenes dunkles Haar und einen schmalen Oberlippenbart. Außerdem eine markante Adlernase.

»Du bist einmalig, Benno!« Anerkennend klopfte Hannes ihm auf die Schulter. »Lässt du seine Visage gleich durch das Gesichtserkennungsprogramm laufen?«

»Klar.«

Während er sich seinem zweiten Computer zuwandte, setzten sich seine Kollegen an ihren Schreibtisch.

»Wenn wir ihn in unserer Datei haben, wissen wir bestimmt bald, für wen er arbeitet.«

»Oder mit wem er schon unter einer Decke gesteckt hat«, fügte Pia hinzu. »Jedenfalls haben wir endlich einen Anhaltspunkt.«

Um die Wartezeit zu verkürzen, gingen Hannes und Pia zum Mittagessen in die Mensa. Der Hauptkommissar entschied sich für pfannengerührtes Schweinefleisch mit jungem Gemüse und Reis, seine Kollegin für Cannelloni-Verdi in Tomaten-Basilikumsauce. Mit ihren Tabletts setzten sie sich zu Philipp und Ben.

»Nach dem Essen möchte ich zu meiner Schwester nach Hamburg fahren«, sagte Charlottes Sohn. »Ich kann ihr nicht länger vorenthalten, was passiert ist.« Fragend schaute er Hannes an. »Ursprünglich wollte ich zu einem Jazzfestival nach Dänemark. Um die lange Strecke von München nach Kopenhagen nicht mit dem Auto fahren zu müssen, bin ich mit der Bahn gereist. Kann ich den Wagen nehmen, den ihr Mam für ihren Einsatz gegeben habt? Sonst müsste ich erst nach Hannover zurück, um ihr Auto zu holen.«

»Kein Problem.«

»Danke.«

»Der Schlüssel liegt in der Gästewohnung«, wusste Philipp. »Ich gebe ihn dir nachher.« Mittlerweile waren die beiden zum Du übergegangen. Sein Blick konzentrierte sich auf Hannes. »Hat der Hausmeister endlich geredet?«

»Kaminski bestreitet immer noch, dass er was mit den Entführungen zu tun hat.« Da der größte Andrang vorbei war und sie außerdem etwas abseits der anderen Tische saßen, musste er seine Stimme kaum dämpfen. »In seinen Unterlagen haben wir auch nichts Verdächtiges gefunden. Bis jetzt können wir ihm nur Betrug nachweisen. Das haben wir Ihnen zu verdanken. Hätten Sie ihn nicht in unseren Fokus gerückt, würde er das Internat wahrscheinlich noch jahrelang ausnehmen.«

»Mir wäre es lieber, er wäre der mögliche Informant der Entführer«, winkte der Professor ab. »Dr. Peters sucht schon nach einem Nachfolger. Das gestaltet sich anscheinend genauso schwierig, wie eine neue Sportlehrerin zu finden. Ein Arbeitgeber, der ständig mit Verbrechen in Verbindung gebracht wird, wirkt nicht gerade attraktiv auf Bewerber.«

»Das ändert sich, wenn der Fall gelöst ist«, sagte Hannes und schob mit dem Messer ein Häufchen Reis auf die Gabel. »Wir arbeiten mit Hochdruck daran.«

Mehr sagte er nicht. Zunächst wunderte sich Pia darüber. Dann vermutete sie, dass er die anderen nicht von der neuen Entwicklung unterrichten wollte, solange er nicht wusste, ob diese Spur sie weiterbringen würde.

Zusammen verließen sie später die Mensa. Philipp und Ben gingen zum Gästehaus hinüber, Hannes und Pia zum Verwaltungsgebäude, in dem der Polizei Räumlichkeiten zur Verfügung standen.

Es dauerte noch eine Weile, bis der Kollege einen Treffer melden konnte.

»Match!«, rief er, worauf Pia und Hannes aufsprangen und hinter ihn traten. Auf dem Monitor war das Foto eines Mannes mit etwas längerem dunklem Haar und Oberlippenbart zu sehen. Benno öffnete die dazugehörige Datei. »Rahul Bayramov, 36, geboren in Aserbaidschan, verurteilt wegen Körperverletzung, Einbruch, illegalem Glücksspiel und Bandenkriminalität. Er saß in der JVA Celle, von wo aus er im Februar entlassen wurde. Zuletzt war er in Hannover gemeldet, aber es gibt keine aktuelle Meldeadresse.«

»Gute Arbeit«, lobte Hannes den Kollegen. »Wir brauchen seine Akte. Ich rufe gleich mal im Archiv an.«

Er notierte die persönlichen Daten auf einem kleinen Zettel und ging zu seinem Schreibtisch zurück. Dort griff er zum Telefon. Die Nummer des Polizeiarchivs hatte er im Kopf, da Charlotte es jahrelang geleitet hatte.

»Król.«

»Bremer«, gab Hannes sich zu erkennen. »Ich brauche die Akte von …«

»Hat das nicht Zeit bis morgen?«, unterbrach ihn die Archivleiterin mit hörbarem polnischem Akzent, der umso ausgeprägter wurde, je erregter sie war. »Ich habe schon seit einer halben Stunde Feierabend.«

»Ich brauche die Akte so schnell wie möglich«, gab er in unwirschem Ton zurück. Fast hätte er ihr gesagt, dass es bei ihrer Vorgängerin nie ein Problem gegeben hatte. Charlotte hatte so manches Mal Überstunden in Kauf genommen, um zu helfen. »Schreiben Sie bitte mit: Der Name ist Rahul Bayramov. Ich buchstabiere: B-a-y-r-a-m-o-v, geboren am 14. Juli 1981 in Baku/Aserbaidschan. Ich spreche gleich noch mit einem meiner Männer, der die Akte bei Ihnen abholt. Es ist äußerst dringend.«

»Ja, ja«, erwiderte sie missmutig. »Ich kümmere mich darum.«

»Danke.«

Als Nächstes rief der Hauptkommissar seinen Kollegen in der Senioren-WG an. Er gab Martin die Order, die Akte abzuholen und damit nach Rabenau zu kommen.

Außer Lebensmitteln hatte der Clown am Vormittag auch Batterien mitgebracht. Angeblich waren sie am Tag zuvor im Kofferraum aus einer der Einkaufstaschen gefallen. Charlotte hatte sie nach dem Mittagessen in das kleine Transistorradio eingesetzt, aber es funktionierte trotzdem nicht. Zunächst hatte sie einen technischen Defekt vermutet und das Gerät enttäuscht ins Regal zurückgestellt. Am Nachmittag holte sie es noch einmal auf den Küchentisch und öffnete das Batteriefach. Darin hatte sich von den alten ausgelaufenen Batterien eine grünliche Verkrustung gebildet. Vielleicht würde es helfen, wenn sie die Kontakte reinigte? Sie kratzte mit dem Fingernagel darüber, bewirkte dadurch aber nichts. Geeignetes Werkzeug musste her. Sie erhob sich und schaute zu den Kindern hinüber, die gelangweilt Dominosteine hin- und herschoben. Die vier brauchten eine Ablenkung. Deshalb nahm sie Schälchen aus dem Schrank und füllte sie mit Süßigkeiten. Während sich die Kinder freudig darüber hermachten, kramte Charlotte in verschiedenen Schubladen. Das nicht sehr stabile Plastikbesteck war für ihren Zweck ungeeignet, die Holzkochlöffel ebenfalls. Sie nahm den Dosenöffner zur Hand, der fast ausschließlich aus Kunststoff bestand. Das einzige Metallteil, ein Rädchen, befand sich oberhalb des Griffes. Für ihr Vorhaben war es ungeeignet. Außerdem passte es nicht in das kleine Batteriefach. Aus diesem Haushalt war anscheinend so gut wie jeder Metallgegenstand durch ein Kunststoffteil ersetzt worden. Frustriert drehte sich Charlotte herum und setzte sich wieder an den Tisch. Sie schob das Radio enttäuscht zur Seite. Dabei bemerkte sie, dass Anton sie beobachtete.

»Was hast du denn gesucht?«

»Irgendwas aus Metall, womit ich die Verkrustungen im Batteriefach abkratzen kann.«

Er nickte, dann schien er zu überlegen. Schließlich stand er auf und griff in seine rechte Hosentasche. Zuerst fischte er seine Mundharmonika heraus. Es folgten ein Stück Bindfaden, zwei Gummiringe und eine grüne Murmel. Sekundenlang ließ er seinen Blick über seine Schätze schweifen. Dann fasste er noch einmal in die Tasche. Als er seine Hand hervorzog, war sie geschlossen. Er hielt sie Charlotte hin, die ihn gespannt anschaute. Langsam öffnete er die Faust. Darin lag ein Schlüsselanhänger in Form eines kleinen blauen Delphins. Sie griff danach und stellte überrascht fest, dass es sich um ein Miniatur-Taschenmesser handelte. Während die Mädchen lange Hälse machten, klappte sie das kleine Messer auf.

»Das ist toll. Woher hast du das?«

»Von meinem Opa, bevor er gestorben ist. Ich habe es noch nie verliehen. Aber du darfst es benutzen.«

»Das ist lieb von dir. Ich kann mir vorstellen, wie sehr du daran hängst, und verspreche, ganz vorsichtig damit zu sein.«

Sie zog das Radiogerät zu sich heran und drehte es auf die Seite. Mit der Messerspitze kratzte sie behutsam über die Kontakte im Batteriefach. Nach einer Weile bildete sich ein winziges grünes Häufchen auf dem Tisch. Charlotte schob es über den Rand der Platte in ihre hohle Hand. Sie stand auf und entsorgte die getrocknete Batterieflüssigkeit in der Mülltüte. Mit dem feuchten Spüllappen und einem Geschirrtuch kehrte sie zurück, wischte über die Kontakte und rieb sie anschließend trocken. Danach setzte sie die neuen Batterien ein und schloss den Deckel des Fachs. Die Kinder hatten ihr Tun schweigend verfolgt. Beschwörend schaute sie in die Runde.

»So, und jetzt heißt es, Daumen drücken.«

Sofort verschwanden sämtliche Daumen in kleinen Fäusten, während sich alle Blicke erwartungsvoll auf das Radio hefteten.

Charlotte schob den Einschaltknopf nach rechts. Ein Knistern und Rauschen ertönte. Sie drehte ein wenig am Rädchen des Sendersuchlaufs, bis sie die Frequenz ihres Lieblingssenders erreichte. Plötzlich erklang Musik: »Atemlos durch die Nacht …«.

»Cool«, sagte Leonie und sang mit. Sie stand auf und tanzte durch die Küche. Die anderen beiden Mädchen schlossen sich an. Unterdessen drehte sich Charlotte zu Anton und hob die Hand. Ohne zu zögern, klatschte der Junge seine dagegen.

»Super, was du alles kannst.«

»Ohne dein Werkzeug hätte ich das nicht geschafft.«

Sie wischte mit dem Geschirrtuch über die Klinge, klappte sie ein und reichte Anton sein Taschenmesser. »Danke, dass ich es benutzen durfte.«

»Als Waffe ist es zu klein.« Er ließ den Delfin in seiner Hosentasche verschwinden. »Sonst hätte ich es dir schon gestern gegeben.«

Durch den Tanz zur Radiomusik hatten die Mädchen eine neue Beschäftigung. Anton schaute ihnen zu, wie sie immer andere Schritte ausprobierten. Charlotte stand etwas abseits und wippte mit dem Fuß. Ihr Blick glitt hinauf zum Fenster. Zu dieser Jahreszeit wurde es im Souterrain morgens spät hell und nachmittags früh dunkel. Das erinnerte sie an einen Skandinavienurlaub. Es fehlte nur das Nordlicht.

Als ein paar Werbespots gesendet wurden, verlangten die Mädchen nach einem Sender, der Musik spielte.

»Zuerst möchte ich Nachrichten hören«, sagte Charlotte. »Danach könnt ihr wieder tanzen.«

Im nächsten Moment wurden die 17:00 Uhr-News angekündigt. Die ersten Beiträge betrafen Neuigkeiten aus aller Welt. Anschließend folgten die Regionalnachrichten.

»Hannover: Im Fall der drei entführten Mädchen hat die Polizei immer noch keine heiße Spur. Weder gebe es Hinweise auf die Täter noch zum Hintergrund der Verbrechen, sagte eine Sprecherin der Staatsanwaltschaft Hannover. Auch der Zeugenaufruf in den Medien brachte keine neuen Erkenntnisse.«

Martin wurde ungeduldig erwartet, als er am späten Nachmittag mit der Akte des Tatverdächtigen im Internat eintraf.

»Die Król war ganz schön angefressen. Sie ist wegen der Erkältungswelle zurzeit allein im Archiv. Zu den verhassten Überstunden musste sie auch noch die Akte für dich raussuchen. Darüber hat sie sich mächtig geärgert.«

»Die soll sich nicht so anstellen«, brummte Hannes und nahm die umfangreichen Unterlagen entgegen. Sie waren mit einem Bindfaden zusammengebunden, den er löste. Zwischen drei prall gefüllten grünen Aktendeckeln befanden sich die dokumentierten Verbrechen des gebürtigen Aserbaidschaners. Hannes reichte je einen davon an Pia und Martin weiter. Es selbst setzte sich mit dem letzten an seinen Schreibtisch.

»Ihr wisst, wonach wir suchen: Familie, Kontakte, irgendwas, das uns einen Hinweis auf seinen Aufenthaltsort geben könnte.«

In der nächsten Stunde arbeiteten sie sich durch die Unterlagen.

»Ich habe hier was«, sagte Pia in die Stille hinein. »Bayramov hat mehrmals für einen gewissen Elmir Ağayev gearbeitet. Die beiden kennen sich aus dem Knast. Akif Rachimow gehört auch dazu. Er ist Ağayevs engster Vertrauter. Er wuchs in Deutschland bei Pflegeeltern auf. Deshalb spricht er kein Aserbaidschanisch.«

»Such in der Kartei nach den beiden. Wir brauchen eine aktuelle Adresse. Möglich, dass Bayramov bei einem von ihnen untergeschlüpft ist.«

Während Pia ihren Computer fütterte, fahndeten ihre Kollegen nach weiteren Hinweisen.

Es dauerte nicht lange, bis die Kommissarin eine Adresse nennen konnte.

»Rachimow ist in Hannover gemeldet. Im Canarisweg.«

»Auch das noch.« Hannes stieß hörbar die Luft aus. Der Canarisweg im hannoverschen Stadtteil Mühlenberg war als sozialer Brennpunkt bekannt. Dort lebten 1700 Menschen aus 60 Nationen, von denen etwa jeder Vierte arbeitslos war. Da passierte es schon mal, dass gut gefüllte Babywindeln oder stinkende Müllbeutel von Balkons flogen. Kriminalität und Gewalt waren an der Tagesordnung. »Okay, wir fahren da jetzt hin. Das SEK unterrichten wir von unterwegs – und die Staatsanwältin, damit sie sich um einen Durchsuchungsbeschluss kümmert.«

Sie rasten über die Bundesstraße 441 in Richtung Hannover, wechselten auf den Westschnellweg und bogen am Deisterplatz in die Bornumer Straße ein. Vorbei am Großmarkt ging die rasante Fahrt unter der Brücke der B 65 hindurch. Nach einigen Hundert Metern fuhren sie links in den Canarisweg. Der riesige grau-beige Wohnkomplex mit den 14 Stockwerken wirkte durch den trüben Herbsttag noch trister. In den Parkbuchten vor dem Haus, in dem der Verbrecher wohnte, erkannten die Kommissare den schwarzen Mannschaftswagen des Sondereinsatzkommandos. Hannes stieg aus und sprach sich mit dem Einsatzleiter ab. Der gab kurze Befehle an seine Männer, die daraufhin das Gelände sicherten und durch das hölzerne Tor, auf dem oben die Hausnummer angebracht war, ins Gebäude schlichen.

Die Kommissare legten ihre schusssicheren Westen an. Dann folgten Hannes und Martin den schwarzvermummten SEK-Beamten, während Pia beim Wagen blieb. Sie huschten durchs Treppenhaus bis hinauf in die sechste Etage.

Das SEK setzte zum Öffnen der Wohnung einen Rammbock ein. Nach drei Stößen flog die Tür mit lautem Krachen innen gegen die Flurwand.

»Polizei!«, brüllten die Männer und stürmten hinein. Rasch verteilten sie sich mit ihren Maschinenpistolen im Anschlag in sämtlichen Räumen.

»Gesichert!«

»Gesichert!«

»Gesichert!«

Schnell war klar, dass keiner der Bewohner zu Hause war. Hannes und Martin traten enttäuscht ein. Die Wohnung war kaum möbliert. Ein Bett mit einer zerwühlten Wolldecke, ein Tisch, ein Sofa und ein kleiner Flachbildschirm. In der Küche ein Stapel alte Pizzakartons und eine Menge leere Flaschen. Vom Inhalt des Kühlschranks würde noch nicht einmal eine Küchenschabe satt. Anscheinend handelte es sich um eine selten genutzte Unterkunft.

Unterdessen saß Pia bei geöffneter Wagentür quer auf dem Beifahrersitz ihres Einsatzfahrzeugs. Ungeduldig wippte sie mit den Füßen auf dem Boden der gepflasterten Parkbucht. Ihr Blick schweifte über den Gehweg, erfasste einen Mann, der mit gesenktem, kahl geschorenem Schädel näher kam. In der Hand trug er eine durchhängende weiße Einkaufstüte, in der sich etwas Schweres befinden musste. Pia tippte auf alkoholischen Nachschub, als der Typ auf einmal den Kopf hob und zu ihrem Wagen hinübersah. Wie angewurzelt blieb er stehen. Offenbar sah er das mobile Blaulicht auf dem Autodach im gleichen Moment, in dem Pia ihn erkannte. Bayramov! Er ließ die Tasche fallen, die scheppernd auf dem Gehsteig landete, und lief los. Pia hinterher.

Er rannte ins Halbdunkel des Gebäudes, an überfüllten Briefkästen und zugemüllten Ecken vorbei zur offen stehenden Hintertür. Pia blieb ihm auf den Fersen. Im Laufen zog sie ihre Dienstwaffe.

»Polizei! Stehen bleiben!«

Bayramov rannte ins Freie. Pia sah sich sichernd um, bevor sie ins Tageslicht trat. Wo war er? Ihr Blick glitt in die Runde über gelbe und orange gestrichene Balkone. Auf einigen hing Wäsche, an anderen waren ein paar Blumenkästen, auf vielen Satellitenschüsseln angebracht. Plötzlich eine Bewegung hinter einer Hecke. Dann sah sie ihn weiterlaufen. Sie steckte ihre Waffe zurück ins Holster, rannte quer über den Spielplatz durch den Sandkasten an Federtieren und Wippe vorbei, wodurch sie ihm den Weg abschnitt. Auf der Rasenfläche hatte sie ihn fast erreicht. Sie hechtete nach seinen Beinen und brachte sie damit beide zu Fall. Rasch überwältigte die im Nahkampf ausgebildete Kommissarin den Verbrecher und legte ihm Handschellen an. Sie zog den Kerl hoch und trieb ihn vor sich her. Durch die auf dem Rücken gefesselten Hände und den gesenkten Kopf, wirkte es, als würde er zum Schafott geführt.

Das SEK verließ gerade das Gebäude, als Pia mit ihrem Gefangenen um die Ecke bog. Sie sah auch Hannes und Martin aus dem Haus kommen. Verblüfft blieben die beiden auf dem Gehsteig stehen.

»Was für einen Kauz hast du denn da gefangen?«

Spöttisch blickte sie ihren jüngeren Kollegen an.

»Sollte ich nicht hier draußen die Stellung halten, weil ihr nicht mehr fit genug seid, einem schrägen Vogel nachzujagen?«

»Wenn wir dich dabei haben, brauchen wir nicht mal das SEK«, neckte Hannes sie. »Dann setz deine Beute mal ins Auto. Wir fahren ins Präsidium.«

Sie bugsierte den Aserbaidschaner zur hinteren Wagentür und öffnete sie. Unvermittelt sackte der Mann zusammen. Auf seinem Hemd breitete sich in Brusthöhe ein leuchtend roter Fleck aus.

KAPITEL 34

Charlotte beschlich ein ungutes Gefühl. Sie konnte sich nicht erklären, weshalb sie so nervös war. Es schien, als läge irgendetwas Furchtbares in der Luft. Etwas Bedrohliches, das sie würde nicht verhindern können. Sie musste die Kinder hier rausbringen. So schnell wie möglich. Es musste ihr gelingen, den Clown zu überlisten. Lange dachte sie darüber nach: Schließlich nahm ein Plan in ihren Gedanken Konturen an. Bald wurde ihr klar, dass sie Hilfe brauchte. Dafür kam nur jemand mit Ortskenntnissen infrage: Anton.

Charlotte wartete bis nach dem Abendessen. Während die Mädchen mit dem Abwasch beschäftigt waren, rief sie den Jungen zu sich und führte ihn ins Kinderzimmer.

»Was ist los, Charly?«

»Ich brauche deine Hilfe.«

»Wobei?«

»Wir müssen endlich hier raus. Ich habe das Gefühl, dass sie bald kommen, um die Mädchen zu holen. Deshalb müssen wir morgen versuchen den Clown zu überlisten.«

»Wie denn?«

»Er kommt immer gegen elf. Du und ich, wir werden ein paar Minuten vorher im Flur auf ihn warten. Du stellst dich hinter die Eingangstür. Wenn der Clown reinkommt, tue ich so, als sei was Schlimmes passiert. Ich werde ganz aufgeregt sein, ihn festhalten und versuchen, ihn ins Kinderzimmer zu ziehen. Wenn das nicht klappt, lasse ich mir was anderes einfallen, um ihn daran zu hindern, dass er die Tür wieder abschließt.«

»Und was soll ich machen?«

»Während ich ihn ablenke, musst du ganz schnell rauslaufen –möglichst ohne, dass er es bemerkt. Dreh dich nicht um, lauf so schnell du kannst von hier weg.«

»Ich soll ohne euch weglaufen?« Entgeistert schaute er sie an. »Das mache ich nicht. Ich lasse euch hier nicht alleine.«

Lächelnd strich sie ihm über die Wange.

»Das ehrt dich, aber du bist unsere einzige Hoffnung.«

»Wieso?«

»Du kennst das Schlupfloch im Zaun – und den Weg nach Rabenau. Du bist der Einzige, der die Polizei hierher führen kann.«

»Ach so …« Er dachte kurz darüber nach. »Wenn ich zur Polizei gehe, wollen die wissen, wer ich bin. Die glauben mir doch nicht, wenn ich ihnen nicht verrate, wie ich heiße.«

»Du sagst ihnen, dass ich dich geschickt habe und erzählst ihnen von den Mädchen. Dann werden sie dir glauben.«

Das schien ihm einzuleuchten. Trotzdem wirkte er skeptisch.

»Wenn sie euch befreit haben, stecken die mich bestimmt ins Heim.«

»Ich verspreche dir, dass ich das verhindern werde.«

»Wie denn? Ausreißer kommen immer ins Heim.« Er versuchte die Tränen zu unterdrücken, aber es gelang ihm nicht ganz.»Oder die bringen mich zurück zu meinem Vater. Was glaubst du, was der mit mir macht, weil ich abgehauen bin? Der schlägt mich grün und blau. Da gehe ich auf keinen Fall wieder hin.«

»Das musst du auch nicht.« Sie griff nach seinen Händen und schaute ihm in die Augen.»Vertrau mir, Anton. Ich lasse nicht zu, dass dich je wieder jemand verprügelt.«

Er nickte und wischte die feuchten Spuren von seinen Wangen.

»Okay, dir vertraue ich.«

Trotz sofortiger groß angelegter Suche gelang es den Einsatzkräften in Hannover nicht, den Schützen ausfindig zu machen. Fest stand, dass er ein Gewehr mit Schalldämpfer benutzt und wahrscheinlich von einem der Hochhäuser aus geschossen hatte. Die Ermittler gingen davon aus, dass er den Polizeieinsatz beobachtet hatte und seinen Kumpanen ausschalten wollte, bevor der die Gelegenheit bekäme, etwas über die Entführten auszuplaudern.

Rahul Bayramov überlebte den Anschlag schwer verletzt. Ein Rettungswagen brachte ihn in die MHH, wo er sofort notoperiert wurde.

Während Hannes und Martin ins Internat fuhren, wartete Pia auf dem Flur der Klinik auf den behandelnden Arzt des Verbrechers. Nach der OP erfuhr sie von ihm, dass der Mann im Koma lag. Auch wenn er die Nacht überstünde, sei nicht damit zu rechnen, dass er in den nächsten Tagen vernehmungsfähig sein würde.

Die Kommissarin wartete auf das Eintreffen des angeforderten Polizeibeamten, der vor der Tür des Patienten Wache halten sollte. Sie instruierte ihn und fuhr anschließend zurück nach Rabeneck. Dort setzte sie ihre Kollegen in Kenntnis.

»Jetzt haben wir endlich einen Verdächtigen, und dann ist der tagelang nicht vernehmungsfähig.« Martin war anzusehen, wie frustriert er war. »Wenn er überhaupt wieder aufwacht. Inzwischen wird Charly irgendwo gefangenhalten und wartet darauf, dass wir sie befreien. Aber das ist immer noch verdammt trübes Gewässer, in dem wir fischen.«

»Das macht uns allen zu schaffen«, sagte Hannes so ruhig wie möglich. »Ich habe sie zu diesem Job überredet und ihr versprochen, dass ihr nichts passiert. Nach diesem Schlamassel heute wird es richtig eng. Die Bande ist jetzt gewarnt. Wir müssen uns ganz schnell was einfallen lassen.«

»Jammern bringt uns jedenfalls nicht weiter«, sagte Pia energisch, obwohl auch sie frustriert war. »Wir holen Charly da raus – und die Kinder auch. Lasst uns die Akten der Aserbaidschaner durchgehen. Wir werden irgendwas finden, wo wir ansetzen können.«

Charlotte brachte die Kinder wie an jedem Abend zu Bett. Sie setzte sich noch zu ihnen auf die Matratze und sprach mit ihnen über das, was sie auf dem Herzen hatten. Die Mädchen sehnten sich nach ihren Familien, nach ihren Eltern und Geschwistern. Sie wollten endlich nach Hause. Charlotte versuchte ihnen Mut zu machen, indem sie ihnen von ihrem Plan erzählte, den Clown zu überlisten. Anton saß dabei und hörte zu. Als Charlotte den Kindern eine gute Nacht wünschte, krabbelte er unter das Bett, wo sie ihm inzwischen ein bequemeres Lager mit Decke und Kopfkissen eingerichtet hatte. Nur wenn er schlecht träumte, kam er nachts aus seinem Versteck und schlich zu Charlotte ins Bett.

Die Kinder schliefen längst. Charlotte saß allein in der Küche und dachte noch einmal über eine Alternative zu ihrem Plan nach. Aus einer der Plastikflaschen schenkte sie sich einen Becher Mineralwasser ein und setzte ihn nachdenklich an die Lippen. Ihr fiel keine andere Möglichkeit ein, aus der Kellerwohnung zu entkommen, als den Clown zu überrumpeln. Lange konnten sie es hier ohne Heizung sowieso nicht mehr aushalten. Tagsüber bewegten sie sich, so dass sie die zunehmende Kälte nicht so sehr spürten, aber nachts kühlten die Souterrainräume empfindlich aus.

Sie schaltete das Radio an, um die Nachrichten zu hören. Damit die Kinder nicht wach wurden, regelte sie die Lautstärke herunter. Diesmal wurde im Regionalteil nicht über die Entführungen berichtet. Ein Reporter informierte über eine Schießerei im Canarisweg in Hannover. Auf einen Mann aus Aserbaidschan sei während seiner Verhaftung aus dem Hinterhalt geschossen worden, so dass er schwer verletzt in ein Krankenhaus eingeliefert werden musste. Anscheinend wollte der Täter ihn mundtot machen. Da außer einem Sondereinsatzkommando auch der Leiter der Soko »Internat« an dem Einsatz beteiligt war, spekulierte man, dass der Niedergeschossene etwas mit dem aktuellen Fall der Ermittler zu tun haben könnte. Polizei und Staatsanwaltschaft gaben keine weiteren Kommentare dazu ab.

Als Musik einsetzte, dachte Charlotte über das Gehörte nach. Klar war, dass Hannes die Sonderkommission Internat leitete. Der Clown hatte vor ein paar Tagen erwähnt, dass es sich bei den Entführern um Aserbaidschaner handelte. Sie brauchte nur zwei und zwei zusammenzuzählen. Immerhin kannte sie sich mit Polizeiarbeit und den internen Abläufen aus. Wenn Hannes mit dem SEK anrückte, verfolgte er eine heiße Spur. Soviel war sicher. Sein Verdächtiger lag schwerverletzt in einer Klinik, war wahrscheinlich nicht vernehmungsfähig. Anscheinend hatten seine eigenen Leute auf ihn geschossen. – Damit er den Aufenthaltsort der Entführten nicht verraten konnte? So musste es gewesen sein. Die Verbrecher wussten, dass man ihnen auf den Fersen war. Sie mussten schnell handeln. Dass sie dazu imstande waren, hatten sie mit den Schüssen auf ihren Komplizen bewiesen. Daraus war zu schließen, dass sie die Kinder in Kürze abholen und mit ihnen verschwinden würden. Außerdem bedeutete es, dass die Polizei keinen Schritt weiter war. Es würde vielleicht Tage dauern, bis der Angeschossene verhört werden konnte – wenn überhaupt. Möglicherwiese war er so schwer verletzt, dass er den Anschlag nicht überlebte.

Beunruhigt ging Charlotte in der Küche auf und ab. Warum war ihr nicht früher eingefallen, den Clown zu überlisten, damit Anton Hilfe holen konnte? Nun war es vielleicht zu spät. Betrübt sank sie auf den Stuhl, stützte die Arme auf den Tisch und vergrub ihr Gesicht in den Händen. Minutenlang saß sie so da. Dann straffte sie ihren Körper. Es war sinnlos, sich Vorwürfe zu machen. Sie musste ihre ganze Hoffnung darauf konzentrieren, dass Zeit genug blieb, ihren Plan in die Tat umzusetzen.

Lange saß sie grübelnd in der kühlen Küche. Flüchtig dachte sie daran, dass dies ihre letzten Stunden sein könnten. Sofort erschienen die Bilder ihrer Lieben vor ihrem geistigen Auge: ihre Kinder und Enkel, Philipp und die Freude in der WG. Sie dachte aber auch an Hannes und seine Truppe. Ihr war klar, dass sich einige von ihnen Vorwürfe machen würden, wenn sie diesen Wahnsinn nicht überlebte. Allen voran Philipp und Hannes. Plötzlich verspürte sie das Bedürfnis, beiden ein paar Zeilen zu hinterlassen. Sie musste verhindern, dass sie sich schuldig fühlten. Auch ihren Kindern sollte sie zumindest erklären, was sie bewogen hatte, der Polizei zu helfen, die entführten Mädchen zu finden. Sie würden verstehen, dass sie nicht anders handeln konnte.

Suchend schaute sie sich um, entdeckte den vergilbten Schreibblock im Regal. Der Bleistift lag daneben. Sie setzte sich damit an den Tisch. Ihre Gedanken wanderten zu Philipp. Ihr war klar, dass sie ihre Gefühle nicht einfach zu Papier bringen durfte. Sie musste ihre Worte behutsam wählen, um es ihm nicht noch schwerer zu machen. Nach kurzem Überlegen begann sie:

Mein lieber Philipp,

ich schreibe dir, weil wir uns vielleicht nie wiedersehen. Bitte mach dir deswegen keine Vorwürfe. Dich trifft nicht die geringste Schuld daran. Du hättest mich nicht davon abbringen können, diesen Job zu übernehmen. Ich wollte dazu beitragen, die Kinder zu finden. Das ist mir zwar nicht gelungen, aber ich bin nun trotzdem bei ihnen. In den letzten Tagen konnte ich mich um sie kümmern, ihnen Mut machen und dafür sorgen, dass es ihnen etwas besser geht. Du fragst jetzt vielleicht, ob es das wert war. Ich glaube, das war es trotz allem.

Es tut mir leid, dass wir so wenig Zeit miteinander hatten. Als wir uns im Eichengrund kennenlernten, hielt ich dich zuerst irrtümlich für den Residenzplayboy. Nach einer Weile wurde mir klar, dass du genau der Typ Mann bist, für den ich eine Schwäche habe: klug, einfühlsam und humorvoll ...

Die Zeilen verschwammen vor ihren Augen. Sie ließ den Stift fallen, schlug die Hände vors Gesicht und weinte. Nur allmählich beruhigte sie sich. So schwer es ihr fiel, sie musste das zu Ende bringen. Entschlossen griff sie nach dem Bleistift, überflog, was sie geschrieben hatte, und fuhr fort:

Ich wollte nicht wahrhaben, dass etwas Wunderbares zwischen uns gewachsen ist und habe mir eingeredet, dass es nicht funktionieren kann. Im Grunde bin ich eben doch ein Feigling. Hätte ich mir eher eingestanden, dass ich dich liebe, dann wären es nicht nur Tage, sondern ein paar Monate intensiver Nähe für uns gewesen, und du hättest den Franzosen nicht als Bedrohung empfinden müssen. Ich bedaure, dass unser letztes Zusammensein mit einem Streit endete. Mir wurde bald klar, wie es dazu kommen konnte, aber ich war zu stolz, deine Bitte um Verzeihung sofort zu beantworten. Das tut mir sehr leid.
Bitte sag unseren Mitbewohnern, dass auch sie mir viel bedeutet haben. Sie haben mich wie eine alte Freundin in ihrer Mitte aufgenommen und mich an ihrem Leben teilhaben lassen.
Eigentlich wollte ich mit euch zusammen alt wer-

*den, nun müsst ihr diese Herausforderung ohne
mich meistern. Passt gut aufeinander auf!*

*Vielleicht denkst du manchmal an mich.
In Liebe
Charlotte*

Während sie das Geschriebene noch einmal las, rollten Tränen über ihre Wangen. Energisch wischte sie die feuchten Spuren fort, löste das Blatt vom Block und faltete es
zusammen. Mit Druckbuchstaben schrieb sie Philipps
Namen darauf. Als Nächstes wollte sie eine Erklärung
für ihre Kinder finden, dann ein paar Worte an Hannes
richten. Während sie sich fragte, wo sie die Briefe depo-
nieren sollte, hörte sie vom Flur her Geräusche. Jemand
schloss die Wohnungstür auf. Rasch schob sie den gefal-
teten Bogen in die Hosentasche.

Kerzengerade blieb Charlotte sitzen und starrte auf die
offenstehende Küchentür. Die näherkommenden Schritte
verhießen nichts Gutes. Unwillkürlich hielt sie den Atem
an.

KAPITEL 35

Charlotte hob überrascht die Brauen, als der Clown hereinkam. Gleichzeitig war sie erleichtert, dass er anscheinend allein war.

»Wecken Sie die Kinder«, sagte er und blieb mit der ausgeschalteten Taschenlampe in der Hand in der Nähe der Tür stehen. »Sie werden bald abgeholt.«

Sie rührte sich nicht von der Stelle.

»Lassen Sie uns gehen, bevor die Verbrecher kommen.«

»Ich wusste, dass Sie Schwierigkeiten machen. Tun Sie eigentlich nie, was man Ihnen sagt?«

Er drehte sich herum und ging hinaus. Charlotte folgte ihm ins Kinderzimmer. Dabei überlegte sie fieberhaft, wie sie ihn dazu bringen könnte, sie freizulassen.

»Aufstehen!«

Verschlafen richteten sich die Mädchen auf. Leonie und Alina taten, was er sagte. Rosalie fing an zu weinen.

»Raus aus den Betten!« Er drehte sich zu Charlotte um. »Wo ist die kleine Kröte? Sagen Sie dem Bengel, er soll unter dem Bett vor kommen.«

»Anton, komm bitte. – Und bring deinen Rucksack mit. Der Clown wird uns jetzt freilassen.«

Der Mann war erst einmal sprachlos. Unterdessen schob Anton zunächst den Rucksack, dann sich selbst aus dem

Versteck. Flink war er auf den Beinen. Als sich die Mädchen dicht an Charlotte drängten, schaute der Junge sie skeptisch an.

»Stimmt das wirklich?«

»Ja.«

»Nein!«

Sie fixierte den Clown, bevor sie antwortete.

»Er wird uns gehen lassen, weil es seine letzte Chance ist, heil aus dieser Sache rauszukommen. – Jetzt macht euch fertig. Zieht alles an, was ihr habt. Draußen ist es kalt. Wir dürfen keine Zeit verlieren.«

Während die Kinder gehorchten, trat der Clown dicht vor sie hin.

Sie hatte sich auf dünnes Eis begeben, so dass sie es fast unter ihren Füßen knacken hören konnte.

»Warum tun Sie das? Sie wissen genau …«

»Vor allem weiß ich, dass Ihre Frau Sie liebt«, fiel sie ihm ins Wort. »Sie würde Ihnen nie verzeihen, wenn Sie an den Kindern schuldig würden – und Ihre Tochter auch nicht.« Hier endete ihre Argumentationskette. Sie konnte nicht hinter seine Maske sehen, vermutete aber, dass er mit sich rang.

»Dann bringen die mich um.«

»Kommen Sie mit uns.«

»Die wissen doch sofort, dass ich Ihnen geholfen habe. Das ist mir zu gefährlich. Es müsste so aussehen, als ob Sie mich überrumpelt haben.«

»Wenn es Ihnen hilft, ziehe ich Ihnen gern eins über.«

»Nein, danke.« Es klang sarkastisch. »Ich lasse mir schon selbst was einfallen. – Und jetzt hauen Sie ab, bevor ich es mir anders überlege.«

Sie ließ sich ihre Erleichterung nicht anmerken.

»Können wir Ihr Auto nehmen?«

»Besser nicht, sonst kommt raus, dass ich in die Sache verwickelt bin. Außerdem steht es versteckt im Wald.« Er tippte Anton auf die Schulter. »Kennst du den Weg nach Rabenau?«

Der Junge nickte.

»Auch zum Internat?«

»Ja.«

»Dann bring sie hin. Die Polizei hat ihr Hautquartier dort. Bleibt so lange wie möglich im Schutz des Waldes und meidet die Straßen. Wenn die kommen und merken, dass ihr weg seid, werden sie euch jagen.«

Charlotte musterte die Kinder der Reihe nach. Alina und Rosalie trugen ihre Anoraks. Leonie, die als Erste bei noch milderen Temperaturen entführt worden war, nur ein dünnes weißes Strickjäckchen.

»Die ist nicht warm genug.« Sie öffnete den Reißverschluss ihrer Sportjacke, um sie dem Mädchen zu überlassen, aber Anton war schneller. Er zog ein dunkelblaues Sweatshirt aus seinem alten Rucksack und gab es Leonie, die es dankbar überzog. Er selbst setzte sich sein schwarzes Basecap mit dem Hannover-96-Logo auf den Kopf.

»Fertig? Dann los.«

Sie scheuchte die Kinder zur Wohnungstür. Im Flur drehte sie sich noch einmal herum.

»Danke«, sagte sie mit gedämpfter Stimme. »Von mir erfährt niemand, wer Sie sind.«

Wortlos hielt er ihr seine Taschenlampe hin.

»Viel Glück.«

Der Junge lotste sie über eine schmale, dunkle Treppe hinauf ins Erdgeschoss und stieß die schwere Haustür auf.

Klare, kalte Luft empfing sie. Im fahlen Mondlicht wuchsen hohe Pappeln, durch deren Äste heftiger Wind fuhr.

»Fasst euch zu zweit bei den Händen«, sagte Charlotte, da sie fürchtete, sie könnten einander womöglich verlieren.

Anton zeigte nach links.

»Wir müssen da lang.«

An verwahrlosten Gewächshäusern und zerrupften Blumenbeeten vorbei, führte er sie über das Gelände der ehemaligen Gärtnerei. Sie huschten am hohen Drahtzaun entlang bis zu dem Loch, von dem er vor einigen Tagen erzählt hatte. Die Kinder schlüpften problemlos auf die andere Seite. Charlotte musste sich auf den feuchten Boden setzen, zuerst die Beine, dann den Rest des Körpers hindurchschieben. Sie sprangen über einen schmalen Graben, dann verschluckte der Wald ihre Gestalten. Dort waren sie erst einmal in Sicherheit.

Der dunkelgrüne Lieferwagen war gestohlen und mit gefälschten Kennzeichen ausgestattet. Am Steuer saß Akif Rachimow, ein grobschlächtiger, fast zwei Meter großer Mann. Neben ihm auf dem Beifahrersitz hockte sein Kumpel Elmir Ağayev. Er war ein Stück kleiner und drahtig – außerdem der Kopf der Bande. Die beiden Aserbaidschaner waren auf dem Weg zur alten Gärtnerei. Auf der Landstraße war es stockdunkel. Der einsetzende Nieselregen trug nicht zu besserer Sicht bei.

»Wir hätten die Kinder längst abholen sollen«, brummte Rachimow schlecht gelaunt.

»Das war viel zu gefährlich, solange hier überall Bullen sind. Außerdem fehlt uns ein zweijähriges Mädchen. Das hätte am meisten eingebracht.«

»Scheiß drauf. Diese Sache wird langsam zu groß für

uns. Du hättest viel mehr Leute anheuern müssen. Zuerst hast du Farid Bey abgestochen und dann musstest du auch noch auf Rahul ballern.«

»Was hätte ich denn machen sollen? Farid wollte das Geschäft mit seinen Leuten machen und uns ausbooten. Ich musste ihn kaltstellen. Und Rahul – die Bullen hätten ihn so lange in die Mangel genommen, bis er gequatscht hätte.«

»Glaube ich nicht.« Er lenkte den Wagen durch eine langgezogene Kurve. »Die hätten ihm höchstens nachweisen können, dass er den Wagen gemietet hat. Nach ein paar Monaten wäre er wieder draußen. Du hattest doch bloß Schiss vor deinem Auftraggeber. Willst du mir nicht endlich sagen, wer das ist?«

Sein Boss schüttelte den Kopf.

»Das läuft alles über einen Mittelsmann, aber das hat dich nicht zu interessieren.«

»Glaubst du, ich weiß nicht, dass du dich mit der Mafia eingelassen hast? – Und mit einem Amateur, der die Kinder versorgt. Nur weil du den nicht bezahlen musst.«

»Je weniger Leute davon wissen, umso besser und umso mehr Kohle bleibt für uns.«

»Erst mal müssen wir die Kinder über die Grenze bringen.«

»In Holland übergeben wir sie – dann kriegen wir das Geld und sind raus aus der Nummer.«

»Hoffentlich.« Rachimow schaltete den Scheibenwischer auf Intervallbetrieb. »Was hast du eigentlich mit der Lehrerin vor?«

»Was wohl?« Ağayev warf ihm einen vorwurfsvollen Blick zu. »Wir können keine Zeugen gebrauchen. Du wirst sie abknallen.«

»Ich?«, wiederholte Akif entsetzt. »Du weißt genau, dass ich das nicht kann.«

»Ein Kerl wie du, und dann so empfindlich«, spottete sein Komplize. »Du bist genauso ein Weichei wie Thorsten. Wofür bezahle ich dich überhaupt, wenn ich alles selber machen muss?«

»Ich ... ich ...«

»Guck gefälligst auf die Straße. Gleich kommt die Abzweigung zur Gärtnerei.«

Wenige Augenblicke später lenkte Rachimow den Wagen mit abgeblendeten Scheinwerfern über den holperigen Schotterweg. Vor einem Tor aus Metall hielt er an. Sein Boss stieg aus und öffnete es mit einem langen Schlüssel. Der Wagen fuhr hindurch und Ağayev verschloss es von der anderen Seite, bevor er wieder in den Wagen stieg.

»Scheißwetter«, knurrte er. »Wenn diese Sache erledigt ist, haue ich erstmal für 'ne Weile nach Spanien ab.«

Der Clown geriet in Panik, als ihm klar wurde, was die Verbrecher mit ihm machen würden. Dann wurde ihm bewusst, dass er tatsächlich nur eine Chance hatte, ungeschoren davonzukommen, wenn er sich selbst verletzte. Er zog den rechten Handschuh aus und holte sein Taschenmesser hervor. Mit der ausgeklappten Klinge setzte er zu einem Schnitt quer über die Handfläche. Vor Schmerz stöhnte er auf, aber es musste sein. Blut quoll aus der Wunde. Er lief ins Bad, riss sich die Maske herunter und schmierte das Blut über Stirn und Haaransatz. Zuletzt schnitt er vorsichtshalber an ungefähr gleicher Stelle ein Loch in die Maske. Aus der Hosentasche fischte er ein Papiertaschentuch, das er auf die Wunde legte, bevor er den Handschuh vorsichtig wieder anzog. Maske und Taschenmesser steckte er ein. Er war kaum fertig, als er Motorengeräusche hörte. Hastig lief er durch die Wohnung und über die Treppe ins Erdgeschoss. Dort rutschte er an der Wand herunter und wartete auf die Entführer.

Die sprangen draußen aus dem Wagen und öffneten die Haustür. Rachimow leuchtete mit einer Taschenlampe ins Treppenhaus. Der Lichtkegel erfasste den am Boden hockenden Mann, der sich den Kopf hielt und theatralisch stöhnte.

»Was ist passiert?«

»Keine Ahnung. Als ich in die Wohnung kam, hat mich irgendwas am Kopf getroffen und von den Füßen geholt. Dann sind alle rausgelaufen. Ich habe mich aufgerappelt und bin hinterher. Auf der Treppe wurde mir so schwindelig, dass ich fast runtergefallen wäre. Ich konnte mich nur mit Mühe bis hierher schleppen.«

»Verdammte Scheiße«, fluchte Ağayev und versetzte ihm einen Schlag gegen die Schulter. »Wann war das?«

»Ungefähr vor einer halben Stunde.«

»Dann können sie noch nicht weit sein. Nicht im Dunkeln und bei dem Mistwetter. Außerdem kennen die sich in der Gegend nicht aus. Los, steigt in den Wagen. Wir müssen sie suchen.«

»Soll ich nicht lieber hierbleiben und alle Spuren beseitigen?« Er hielt sich seinen blutigen Kopf. »Falls die Polizei auftaucht.«

»Keine schlechte Idee«, befand Ağayev. »Mach das.« Er drehte sich zu seinem größeren Komplizen um. »Los komm, wir holen uns die Kinder zurück, sonst war alles umsonst.«

Sie sprangen in den Lieferwagen und ließen einen erleichterten Clown zurück.

Die Flüchtigen irrten durch den nächtlichen Wald. Eisiger Wind peitschte ihnen ins Gesicht. Der dünne Strahl der Taschenlampe huschte durchs Dunkel und ließ die Umgebung bizarr, fast geisterhaft erscheinen. Lange Schatten schienen um dünne Baumstämme zu tanzen.

»Ich kann nicht mehr«, jammerte Rosalie und blieb stehen. »Mir ist so kalt. Und ich habe Angst.«

»Okay, kurze Pause.« Charlotte hielt die Taschenlampe so, dass sie sich gegenseitig sehen konnten. »Hast du noch was zum Anziehen in deinem Rucksack, Anton?«

»Nur ein altes T-Shirt.«

»Gibst du das bitte Rosalie?«

Er ließ sein Gepäck auf den weichen Waldboden gleiten und kramte darin. Charlotte half dem Mädchen aus dem Anorak und in das Shirt, dann wieder in die Jacke. Sie setzte Rosalie die Kapuze auf und zog den Reißverschluss bis unters Kinn.

»Ich weiß, dass ihr friert und Angst habt. Aber vielleicht suchen sie schon nach uns. Deshalb müssen wir so schnell wie möglich weg. Wenn wir aus dem Wald rauskommen, ist es nicht mehr so unheimlich. Denkt immer daran, dass wir auf dem Weg nach Hause sind.«

Sie nahm Rosalie bei der Hand und leuchtete mit der Lampe in der anderen auf den Weg. Nach einer Weile fragte sie Anton, ob sie wirklich in die Richtung liefen, die zum Internat führte. Er schien sicher zu sein, aber konnte er sich im Finsteren überhaupt orientieren? Erwartete sie womöglich zu viel von ihm? Immerhin war er ein Kind.

Trotz ihrer Bedenken schien der Junge den Weg genau zu kennen. Es dauerte nicht mehr lange, bis sie den Waldrand erreichten. Zögernd verließen sie den Schutz der dichten Bäume. Für einen Moment fiel das Brausen des Windes in sich zusammen.

»Wohin müssen wir?«

»Der Clown hat gesagt, dass es gefährlich ist, auf der Straße zu laufen«, beantwortete er Charlottes Frage. »Deshalb müssen wir an den Feldern lang gehen.«

»Gut.« Sie schaute ein Kind nach dem anderen an. »Können wir weiter?«

Die Mädchen nickten.

Die meisten Äcker waren schon gepflügt. Kahl und trostlos ließen sie sich kaum von der restlichen Umgebung unterscheiden. Nur vereinzelte Büsche bewahrten die kleine Gruppe vor Entdeckung. So schnell wie möglich hastete sie weiter, erreichte ein Maisfeld, das noch nicht abgeerntet war. Im Schatten der hohen Pflanzen lief sie daran entlang. Am Ende trennte sie ein schmaler Weg vom nächsten Feld. Trotz der Dunkelheit waren dort die Umrisse eines unbeleuchteten Wagens zu erkennen.

»Halt«, flüsterte Charlotte und drängte die Kinder zurück in den Schutz der Pflanzenwand. »Da sitzt vielleicht jemand drin.«

»Glaubst du, die warten auf uns?«, fragte Anton. »Soll ich mich anschleichen und nachgucken?«

»Du bist doch nicht Winnetou.«

»Wer ist das?«, wollte Rosalie mit heller Stimme wissen, worauf Charlotte die Kinder näher an die Maispflanzen schob.

»Das ist ein Indianer«, erklärte sie leise. »Ihr bleibt ganz dicht zusammen. Ich sehe nach, ob das der Wagen der Entführer ist. Rührt euch nicht von der Stelle, bis ich zurück bin.« Sie legte kurz die Hand auf Antons Schulter.

»Wenn das schiefgeht, bringst du die Mädchen ins Internat.« Spontan griff sie nach seinem Basecap und setzte sie sich auf den Kopf.

Leonie und Alina fassten sich stumm bei den Händen; Rosalie kämpfte mit den Tränen, worauf Anton tröstend den Arm um sie legte.

Charlotte ließ die Taschenlampe ausgeschaltet, hielt sie jedoch fest umklammert, um sie, wenn nötig, als Waffe zu benutzen. Das fahle Nachtlicht ließ nicht mehr als Konturen erkennen. Sie hielt sich dicht an den Pflanzen, die sie ein ganzes Stück überragten. Dabei musste sie nicht besonders vorsichtig sein. Der aufbrausende Wind wischte alle Geräusche aus der Nacht. Falls jemand im Wagen lauerte, würde er sie nicht hören. Sie bahnte sich kurz vor Ende des Feldes einen Weg zwischen den trockenen Blättern der Maispflanzen hindurch, bis sie mit dem Fahrzeug auf gleicher Höhe war. Angestrengt spähte sie zu der dunklen Limousine hinüber. Die Scheibe auf der Fahrerseite war heruntergelassen. Hin und wieder glomm die Glut einer Zigarette auf. Dadurch wurde der Fahrer sekundenlang sichtbar. Offenbar wartete er auf jemanden. Nun schaltete er die Innenbeleuchtung ein und kramte im Handschuhfach. Sie hatte sich nicht getäuscht. Er war tatsächlich blond. Aserbaidschaner waren in ihrer Vorstellung eher dunkle Typen. Oder irrte sie sich? Wenn dieser Mann nicht auf die Geflüchteten lauerte, aus welchem Grund stand er dann hier? Sie sah, dass er seine Kippe aus dem Autofenster schnippte und die Innenbeleuchtung ausschaltete. War das womöglich ein Polizist? Hannes hatte einmal erwähnt, dass seine Leute im Umkreis von mehreren Kilometern des Internats postiert waren. Sollte sie den Mann im Wagen ansprechen und um Hilfe bitten? Aber wenn es sich doch um einen der Verbrecher handelte, der ihnen den Weg abschneiden wollte? Dann würde sie querfeldein losrennen und ihn von ihren Schützlingen weglocken. Durch ihren Sport war sie gut in Form. Leicht würde er sie nicht zu fassen bekommen. Die Kinder konnten jedoch nicht mehr lange durchhalten, nachdem sie mehrere Kilometer durch den Wald gelaufen waren. Sie wagte nicht, sich auszumalen, was passieren würde, wenn der Kidnapper bewaffnet wäre. Sie musste es trotz allem riskieren.

Charlotte atmete tief durch, straffte die Schultern und trat aus dem Schatten der Pflanzen. Mit wenigen Schritten erreichte sie das Fahrzeug. Sie beugte sich etwas zum geöffneten Seitenfenster hinunter und leuchtete mit der Taschenlampe hinein.

»Was machen Sie hier?«, fragte sie forsch. »Das ist ein Privatweg.«

Der Mann war überrascht, fing sich aber schnell.

»Ich weiß, junge Frau. Trotzdem darf ich hier stehen.« Mit einem kurzen Blick musterten sie sich gegenseitig. Er war etwa um die 40. In seinen Augenwinkeln zeichneten sich Lachfältchen ab. »Aus Sicherheitsgründen sollten Sie nicht im Dunkeln laufen.«

Anscheinend hielt er sie für eine Joggerin.

»Darf ich fragen, wer Sie sind?«

»LKA Hannover, Oberkommissar Ralf Münster.«

»Können Sie sich ausweisen?«

Er wirkte genervt.

»Jetzt reicht's aber. Gehen Sie nach Hause.«

»Bitte!«

»Nur, wenn Sie Ihr Käppi abnehmen, damit ich Sie richtig sehen kann.«

Sie hob die freie Hand und zog die Fußball-Kappe vom Kopf. Dabei leuchtete sie vorsichtshalber auf seine Hände, sah, dass er eine kleine Plastikkarte aus der Brusttasche seines gestreiften Hemdes fischte.

Als er sich Charlotte zuwandte, zögerte er einen Moment. Die Verwunderung war ihm deutlich anzusehen.

»Das glaube ich jetzt nicht ... Frau Arndt?«

Sie reagierte genauso erstaunt.

»Sie kennen mich?«

»Ich sitze Ihretwegen bei diesem Sauwetter auf dem Außenposten. Sie stehen auf der Liste vermisster Personen ganz oben. Jeder Cop kennt ihr Foto. Wo hat man Sie festgehalten? Wissen Sie, wo die entführten Kinder sind?«

»Wollten Sie mir nicht Ihren Ausweis zeigen?«

Er grinste breit.

»Kollege Bremer hatte recht.«

»Womit?«

»Dass sie eine ganz gewitzte Person sind.« Er hielt seinen Dienstausweis in den Lichtkegel der Taschenlampe. »Zufrieden?«

»Man kann nie vorsichtig genug sein.« Der Wind zerrte an ihrem Haar, sodass sie das Basecap wieder aufsetzte. »Können Sie uns ins Internat bringen? Wahrscheinlich sind die Verbrecher hinter uns her.«

»Wo sind die Kinder?«

»Auf der anderen Seite des Maisfeldes.«

»Steigen Sie ein. Wir holen sie.«

Sie lief um den Wagen herum und glitt auf den Beifahrersitz. Der Kommissar ließ den Motor an und fuhr mit Abblendlicht um das Feld herum, bevor er anhielt. Charlotte stieg aus und öffnete die hintere Tür des Wagens.

»Kommt, Kinder!«, rief sie ihren Schützlingen zu. »Schnell!«

Die Mädchen kletterten auf den Rücksitz; Anton zögerte.

»Wer ist der Mann?«

»Das ist Herr Münster von der Polizei. Er wird uns ins Internat bringen.«

Der Junge war misstrauisch. Als sie ihm aufmunternd zunickte, nahm er seinen Rucksack ab und stieg damit zu den Mädchen ins Auto.

Charlotte warf die Wagentür zu und rutschte auf den Beifahrersitz.

»Schnallt euch bitte an«, sagte der Polizeibeamte, wobei er schon startete. Die Fahrt ging zunächst zum Feldweg zurück. Es dauerte nicht lange, bis hinter ihnen Scheinwerfer durch die Dunkelheit tasteten.

»Da ist einer hinter uns«, sagte der Kommissar zu Charlotte. »Der fährt verdammt dicht auf. Könnten das Ihre Verfolger sein?«

Sie drehte sich etwas nach links und warf einen Blick durch die Heckscheibe. Sie erkannte zwei Männer in einem Transporter.

»Möglich wäre …« Erschrocken brach sie ab, als ein Ruck durch die Limousine ging. Der Lieferwagen war gegen das Heck geprallt. Die Mädchen schrien. Leise fluchend trat Münster das Gaspedal durch. Zuerst blieben ihnen die Verbrecher auf den Fersen, fielen dann aber zurück, als er noch mehr beschleunigte. Dreck spritzte zu beiden Seiten des Wagens hoch. Feldwege waren für Verfolgungsjagden denkbar ungeeignet.

»Festhalten!«, schrie Münster, wobei er das Auto in eine scharfe Kurve lenkte. Dadurch ließen sich die Männer aber nicht abhängen. Im Rückspiegel sah er, dass der Beifahrer den Arm aus dem Seitenfenster steckte. Im nächsten Augenblick fiel ein Schuss.

KAPITEL 36

Für einen Sekundenbruchteil war Charlotte wie gelähmt, dann löste sie den Sicherheitsgurt und kniete sich auf den Sitz, damit sie die Kinder ansehen konnte.

»Abschnallen und runter mit euch in den Fußraum! Schnell!«

Schon fiel der nächste Schuss. Die Heckscheibe zersplitterte.

Voller Angst gehorchten die Kinder. Sie kauerten sich zwischen die Sitze. Nur Rosalie hockte wie erstarrt mitten auf dem Polster und weinte. Charlotte beugte sich weit zu ihr, griff nach ihr und zog sie zu den anderen. Im gleichen Moment verspürte sie etwas Heißes am rechten Unterarm, ignorierte es aber.

»Bleibt da unten und rührt euch nicht«, wies sie die Kinder an, bevor sie auf ihren Sitz rutschte und sich am Türgriff festhielt. Sie sah, dass eine Kugel im Funkgerät steckte. »Warum schießen die auf uns?«

»Wahrscheinlich haben sie auf die Reifen gezielt, aber bei diesem unebenen Gelände und der schlechten Sicht. – Oder ihnen ist klar, dass sie verloren haben, und wollen wenigstens die Zeugen aus dem Weg räumen.«

»Können Sie die nicht abhängen?«

»Was versuche ich hier wohl? Aber so wird das nichts. Können Sie Autofahren?«

»Ja, warum?«

»Wir müssen unsere Verfolger überlisten. Auf gerader Straße haben wir kaum eine Chance. Ein sauberer Schuss in einen Reifen genügt, uns zu stoppen. Was dann passiert, muss ich Ihnen nicht erklären.«

»Was können wir tun?«

»Wir haben den Radius des Suchgebiets vergrößert«, sagte er und jagte den Wagen über den holprigen Weg. Kalte Luft strömte durch die kaputte Heckscheibe ins Innere. »Hier in der Nähe gibt es einen verlassenen Hof. Den haben wir vor ein paar Tagen durchsucht. Da stehen mehrere große Gebäude. Ich fahre bis hinter die Ställe « Während Münster weiter beschleunigte, erklärte er knapp, was er vorhatte. »Kriegen Sie das hin, Frau Arndt?«

Sie erinnerte sich an ein riskantes Fahrmanöver im Frühjahr, bei dem sie gezwungen war, Philipps Wagen mit ihrem Auto auszubremsen.

»Ich glaube, das schaffe ich.«

»Okay, ich gebe Ihnen mit der Taschenlampe das Signal zum Losfahren.«

Über den Feldweg raste er zum erwähnten Gehöft. Der Abstand zu ihren Verfolgern wurde größer. Kaum hatten sie das Gelände erreicht, schaltete er die Scheinwerfer aus und lenkte den Wagen an einigen Backsteingebäuden vorbei hinter die Stallungen.

»Aktivieren Sie das Navi. Rabeneck ist eingespeichert. Und denken Sie daran, die Scheinwerfer erst auf der Landstraße anzumachen. Ich halte diese schießwütigen Idioten so lange wie möglich auf. Egal, was passiert, bringen Sie die Kinder in Sicherheit.«

Rasch stieg er aus und zog seine Dienstwaffe aus dem Holster.

Sie reichte ihm die Taschenlampe hinüber und kletterte auf den Fahrersitz.

»Passen Sie auf sich auf.«

»Sie auch. Viel Glück.« Er drückte die Fahrertür zu und verschwand in der Dunkelheit.

»Ihr bleibt da unten, bis wir im Internat sind«, sagte sie zu den Kindern, bevor sie zuerst auf das Navigationsgerät tippte, dann auf die Anzeige »Rabeneck«. Innerhalb weniger Sekunden wurde die Strecke berechnet.

»Bitte fahren Sie zur markierten Route«, erklang eine Computerstimme.

»Gleich«, murmelte Charlotte und fasste unbewusst nach dem Schutzengel-Anhänger an ihrer Halskette, während sie versuchte die Dunkelheit mit den Augen zu durchdringen. Sie wartete ungeduldig auf Kommissar Münsters Leuchtzeichen. Jede Sekunde schien unendlich lang zu sein. Endlich schnitt der Lichtkegel durch die Finsternis. Sofort startete sie den Motor. Der Kommissar hatte gesagt, sie solle sich zunächst rechts halten, bis sie einen Schotterweg erreichte, der in die Landstraße mündete. Ein Blick auf das Navi bestätigte diese Route. Langsam fuhr sie an. Trotz des Windes waren von irgendwo Schüsse zu hören. Sie hoffte, dass der Kommissar unverletzt blieb. Obwohl es ihr widerstrebte, ihn allein zurückzulassen, gab sie Gas. Sie musste die Kinder aus der Gefahrenzone bringen.

Nach kurzer Fahrt erreichten sie die Landstraße. Charlotte schaltete die Scheinwerfer ein, die sich durch die Dunkelheit bohrten. Sie folgte der auf dem Navi markierten Route. Immer wieder blickte sie in den Rückspiegel, konnte aber keine Verfolger entdecken. Der Wind ließ nach. Dafür waberten nun Nebelfetzen dicht über den Asphalt. Sie verlor jedes Zeitgefühl, konzentrierte sich nur auf die Straße. Deshalb hätte sie nicht sagen können, wie lange sie schon unterwegs waren, als die Lichter von Rabenau links vor ihnen auftauchten. Erleichtert atmete sie durch. Sie war versucht, in den Ort zu fahren und dort um Hilfe zu bitten, erinnerte sich aber an das, was der Kommissar gesagt hatte. Die Kommandozentrale der Polizei befand sich im Internat. Hannes würde mit seinem Team dort sein – und wahrscheinlich auch Philipp. So fuhr sie weiter bis zur Straße, die hinauf nach Rabeneck führte. Dort ignorierte sie das Fahrverbot auf dem Gelände und lenkte den Wagen durch das Tor. Schon von Weitem sah sie die Menschen, die anscheinend aufgeregt vor dem Hauptgebäude debattierten. Im Näherkommen erkannte sie einige Lehrkräfte und Polizisten.

Kaum hatte sie angehalten, lief Hannes auf sie zu. Sie öffnete die Fahrertür, spürte, dass der Wind sich gelegt hatte, und stieg aus.

»Charly …«, sagte der Hauptkommissar mit gedämpfter Stimme. »Ich war noch nie so froh, dich zu sehen. Am liebsten würde ich dich in den Arm nehmen, aber wir sollten deine Tarnung aus Sicherheitsgründen aufrechterhalten.« Er bemerkte die zerschossene Heckscheibe. »Bist du okay?«

»Mach dir keine Sorgen.«

»Kollege Münster hat angerufen. Die Verbindung war sehr schlecht. Ich konnte nur ein paar Worte verstehen: Schüsse … Frau Arndt … Wagen … Internat.«

»Er braucht dringend Verstärkung.«

»Wir wissen nicht, wo er steckt.«

»Auf einem verlassenen Gehöft.« Sie zeigte auf den Wagen. »Das Navi weiß, wo das ist.«

»Sind dort auch die Kinder?«

Charlotte schüttelte den Kopf, trat einen Schritt zurück und öffnete die hintere Fahrzeugtür.

»Die habe ich mitgebracht.« Sie beugte sich ins Wageninnere. »Endstation. Alle aussteigen.«

Die von Hannes aus Rabenau angeforderten zwei Polizeiwagen und ein RTW fuhren mit eingeschaltetem Blaulicht aufs Gelände und hielten in der Nähe. Martin rief den Professor an, bevor er die Besatzung der Streifenwagen herbeiwinkte.

Unterdessen kletterten die Kinder aus dem Auto. Im Nu waren sie von den Anwesenden umringt. Auch Martin und Pia waren darunter. Als sie Charlotte umarmen wollte, stellte sich Hannes ihr in den Weg.

»Wir können Frau Arndt früh genug befragen. Zuerst müssen die Eltern der Kinder informiert werden.«

»Verstanden, Chef.« Ihr Blick blieb auf Anton haften. »Wer ist der Junge?«

Charlotte nahm das Käppi ab und setzte es dem Jungen auf den Lockenkopf.

»Der gehört zu mir. Ich erkläre das später.«

Sie schaute sich nach Philipp um, konnte ihn aber nirgendwo entdecken. Dafür blieb Maurice vor ihr stehen.

»Endlich!« Er schloss sie in seine Arme und hielt sie so fest, als wolle er sie nie wieder loslassen. »Ich bin vor Angst fast verrückt geworden.«

Eine Polizistin und die Schulleitung kümmerten sich um die Mädchen, Martin wertete die Daten des Navigationsgeräts aus. Währenddessen kam Philipp angelaufen. Als er Charlotte im Arm des Franzosen sah, verlangsamte er seine Schritte. Er erinnerte sich daran, was Maurice ihm anvertraut hatte. Dieser Mann zweifelte nicht daran, dass sie seine Gefühle erwiderte. War ihr während ihrer Gefangenschaft klargeworden, dass sie dasselbe für ihn empfand?

Charlotte fühlte sich im Arm des Franzosen geborgen – mehr nicht. Über seine Schulter sah sie Philipp. Er stand in der Nähe des Rettungswagens, wirkte unentschlossen und traurig. Ihr Blick suchte seine Augen, signalisierte, wonach sie sich sehnte. Erleichtert setzte er sich in Bewegung. Als er sie erreichte, legte er dem Franzosen eine Hand auf die Schulter.

»Wir brauchen die Aussage von Frau Arndt.«

Widerstrebend gab Maurice sie frei.

»Ich komme mit.«

»Aus ermittlungstechnischen Gründen ist das unmöglich«, kam der Hauptkommissar Philipp zu Hilfe. »Bringen Sie Frau Arndt bitte in unsere Kommandozentrale, Herr Professor.« Mit ausgebreiteten Armen drängte er die zahlreich versammelten Lehrer zurück. »Gehen Sie bitte nach Hause. Hier gibt es nichts mehr zu sehen.«

Philipp wollte Charlotte wenigstens berühren. Er streckte die Hand nach ihr aus, zuckte aber erschrocken zurück, als er das Blut auf dem Ärmel ihrer Jacke bemerkte.

»Du bist verletzt. Warum hast du das nicht längst gesagt?«

»Das habe ich kaum bemerkt.« Sie war selbst etwas erstaunt darüber. »Es tut nicht weh.«

»Weil du so sehr unter Spannung warst, dass dein Körper jede Menge Endorphine ausgeschüttet hat«, erklärte er, während er sie zum RTW führte. »Dadurch hast du den Schmerz nicht gespürt.«

Im Rettungswagen wurde festgestellt, dass es sich um einen Streifschuss handelte. Die Wunde wurde an Ort und Stelle versorgt. Philipp wich dabei nicht von Charlottes Seite.

Mit einer Decke um die Schultern und einem Becher heißen Tee in der Hand blieb sie einen Moment mit Philipp sitzen. Gedankenverloren schaute sie nach draußen. Martin und die uniformierten Polizisten stiegen in die beiden Streifenwagen und fuhren mit Blaulicht vom Gelände. Wahrscheinlich sollten sie Kommissar Münster unterstützen.

Im Licht einer Laterne sah sie Anton mit seinem geschulterten Rucksack in die Richtung des Tors marschieren. Auf halber Strecke warf er einen kurzen Blick zurück.

Rasch übergab Charlotte den Teebecher an den verdutzten Philipp. Sie sprang aus dem Krankenwagen und lief hinter dem Jungen her.

»Anton! Warte!«

Zögernd blieb er stehen. Als sie ihn erreichte, senkte er den Kopf.

»Wo willst du denn hin?«

Achselzucken.

»Schau mich bitte mal an.«

Langsam hob er ihr sein Gesicht entgegen. In seinen Augen las sie Trauer und Resignation.

»Hatte ich dir nicht was versprochen?«

»Schon, aber …«

»Du vertraust mir anscheinend nicht mehr.«

»Doch, aber … du hast hier deine Leute und ich … Mich will keiner. Ich störe nur.«

»So ein Unsinn. Ich möchte etwas für dich tun, damit du nicht mehr auf der Straße leben musst. Allerdings kann ich dich nicht zwingen, meine Hilfe anzunehmen. Vielleicht glaubst du sogar, dass du deine Freiheit brauchst.

Dann solltest du aber bedenken, dass es bald Winter wird. Ich möchte nicht eines Tages in der Zeitung lesen, dass du unter irgendeiner Brücke erfroren bist.«

Seine Augen weiteten sich erstaunt.

»Du machst dir Sorgen – wegen mir?«

»Findest du das doof?«

»Ne, cool.«

»Dann bleib. Lass uns zusammen eine Lösung für dich finden. Ich werde mich dafür einsetzen, dass nichts gegen deinen Willen entschieden wird. Kannst du das akzeptieren?«

»Okay.« Neugierig musterte er den Mann, der nun bei ihnen stehenblieb, und schob die Hand in Charlottes Rechte. »Wer ist das?«

»Das ist Philipp. – Und das ist Anton.«

»Ist das dein Mann?«

»Wie kommst du darauf?«

»Ich habe vorhin gesehen, wie er dich anguckt.«

»Du bist wohl ein ganz schlaues Kerlchen«, sagte Philipp schmunzelnd, der ihn für einen Schüler hielt. »Kennt ihr euch aus dem Fitnesskurs?«

»Nein, wir sind Freunde«, erwiderte Charlotte und hängte sich mit dem unverletzten Arm bei ihm ein. »Bringst du uns bitte in die Kommandozentrale? Ich soll eine Aussage machen.«

In einem der von der Polizei genutzten Räume wurden sie von Hannes und seinem Team erwartet. Der Hauptkommissar schaute den Jungen in Charlottes Begleitung skeptisch an. Dann wandte er sich an seine Kollegin.

»Pia, kümmerst du dich bitte um den Jungen, bis wir fertig sind?«

»Klar.«

Während sie auf Anton zuging, umklammerte er Charlottes Hand fester.

»Du kannst ruhig mit ihr gehen. Sie ist sehr nett. Ich hole dich nachher wieder bei ihr ab. – Versprochen.«

Er nickte, ließ ihre Hand aber nur zögernd los.

»Die Mensa ist schon geschlossen«, wandte sich Pia an den Jungen. Sie hatte zwar selbst keine Kinder, aber zwei Neffen etwa in seinem Alter, die kaum sattzukriegen waren. »Allerdings weiß ich, wie man in die Küche kommt. Hast du Lust, mit mir den Kühlschrank zu plündern? Ich habe einen Bärenhunger. Du auch?«

Anton nickte nur und ging mit ihr.

Kaum hatte sich die Tür hinter den beiden geschlossen, fand sich Charlotte in Philipps Armen wieder.

»Ich hatte solche Angst um dich«, raunte er an ihrem Ohr, während er sie umschlungen hielt. »Es war die Hölle, dich in der Gewalt dieser Verbrecher zu wissen.«

Sie beugte sich zurück und umrahmte sein Gesicht mit den Händen.

»Es ist vorbei«, flüsterte sie nach einem langen Blick in seine Augen, bevor sie ihn sanft auf die Lippen küsste. »Außerdem hatte ich doch deinen Schutzengel dabei. Er hat gut auf mich aufgepasst.«

»Darf ich auch mal?«, fragte Hannes hinter ihnen, worauf sie sich voneinander lösten. Protestlos ließ sie sich von ihrem ehemaligen Kollegen umarmen, der wiederum von Martin abgelöst wurde.

»Waren das jetzt alle?«, scherzte Charlotte, um ihre Rührung zu überspielen. »Dann lasst uns anfangen. Ich bin ziemlich fertig.«

KAPITEL 37

Charlotte beantwortete sämtliche Fragen zu ihrer Entführung und über die Gefangenschaft in der alten Gärtnerei, die Mädchen und Anton. Außerdem berichtete sie von ihren Versuchen, den Clown zu überreden, sie alle freizulassen, und von ihrem Einfall, ihm das Geld zur Abzahlung seiner Schulden zu geben. Schließlich erzählte sie, dass sie im Radio von der Schießerei im Canarisweg gehört und damit gerechnet hatte, dass die Verbrecher die Mädchen bald abholen würden – und was danach geschehen war.

Philipp saß neben ihr und hielt ihre Hand mit seinen warmen Fingern umschlossen.

»Du hast eine Beziehung zu diesem Clown aufgebaut«, fasste Hannes zusammen. »Nur dadurch konnte es dir gelingen, ihn zu überzeugen, euch laufen zu lassen.«

»Genau das war der Plan. Allerdings habe ich nicht mehr daran geglaubt, dass ich es schaffe.«

»Hast du den Clown erkannt? Vielleicht an der Stimme? Könnte es sich um jemanden aus dem Lehrerkollegium handeln?«

Sie bemühte sich um eine ratlose Miene.

»Keine Ahnung. Er trug ständig diese gruselige Maske. Deshalb klang seine Stimme dumpf. Keine Chance, sie zu erkennen. Außerdem hatte er immer Handschuhe an. Dadurch konnte ich nicht mal seine Hände sehen.«

»Hast du einen Verdacht?«

Kopfschütteln. Sie hatte versprochen, ihn nicht zu verraten, wenn er sie und die Kinder gehen ließ. Wenn möglich, hielt sie immer Wort.

»Das reicht für heute«, sagte Hannes schließlich »Wir müssen noch das Jugendamt wegen des Jungen verständigen.«

»Lass mich das machen«, bat Charlotte. »Aber nicht mehr heute. Ich möchte erst Anneliese um Rat fragen.«

Verstehend nickte der Hauptkommissar.

»Du hast den kleinen Ausreißer in dein großes Herz geschlossen.«

In einer Nische der Internatsküche saß Anton auf der Stuhlkante und schaute zu, wie die Kommissarin den Tisch deckte. Zuletzt holte sie eine Flasche Orangensaft herbei.

»Jetzt nimm doch mal den Rucksack ab«, forderte Pia den Jungen auf, aber er weigerte sich. Darin steckte alles, was er besaß. Er hatte gelernt, gut darauf aufzupassen.

Pia ahnte, was in ihm vorging.

»Dann iss wenigstens was. Die Frikadellen sind echt der Hammer.«

Sie beschmierte eine Scheibe Brot mit Butter, belegte sie mit Käse und teilte sie mit dem Messer in der Mitte. Eine Hälfte legte sie Anton auf den Teller, bevor sie eine der kleinen Buletten nahm und herzhaft hineinbiss.

»Mmm …« Genüsslich kaute sie. »Du magst Frau Arndt? Oder wie nennst du sie?«

»Meistens Charly.«

»Sie ist nett, oder?«

»Mega cool.«

»Weil sie dir helfen will?«

»Quatsch. Weil sie ganz viel für uns gemacht hat. Ich habe mir immer jemanden wie sie gewünscht, der …« Er brach ab und griff nach dem Käsebrot.

»Wie meinst du das?«

»Mein Vater hat meine Mutter ganz oft verprügelt. Als sie das nicht mehr ausgehalten hat, ist sie von einer Brücke gesprungen. Warum ist sie nicht mit mir weggegangen? Ganz weit weg, wo er uns nicht finden kann?«

»Vielleicht hatte sie Angst, dass sie es allein nicht schafft, dich großzuziehen.«

Nachdenklich kaute er.

»Meine Mutter wusste, dass der Alte mich verprügelt. Sie hat mich im Stich gelassen. Charly ist ganz anders. Sie wusste, dass sie sterben muss, wenn die Mädchen abgeholt werden. Das habe ich selbst gehört. Trotzdem hat sie sich um uns gekümmert. Sie war immer lieb zu uns, dabei sind wir doch fremde Kinder.« Er schaute Pia kurz an, dann nahm er sich eine Frikadelle. »Charly will mir helfen, aber das klappt sowieso nicht.«

»Warum glaubst du das?«

»Wegen den Behörden. Ich kenne viele, die auf der Straße leben. Die haben alle gesagt, dass Behörden nur Ärger machen.«

»Tun sie das?« Sie unterdrückte ein Schmunzeln. »Glaubst du nicht, dass Charly mit denen fertig wird?«

Anton zuckte die Schultern und verdrückte den Fleischklops.

»Echt lecker«, sagte er schließlich. »Darf ich eine davon mitnehmen?«

»Sicher.«

Er nahm eine Serviette, legte eine Frikadelle darauf und wickelte sie darin ein.

Philipp und seine Begleiterin verließen den Befragungsraum. Im Treppenhaus trafen sie auf Pia und Anton. Der Junge lief sofort zu Charlotte.

»Alles gut?«

Er nickte und reichte ihr das Serviettenpäckchen, das sie gleich auspackte.

»Die sind super lecker.«

»Ich weiß. Danke.«

Sie biss eine Hälfte der kleinen Frikadelle ab, die andere hielt sie Philipp in Mundhöhe hin.

»Du siehst aus, als hättest du in den letzten Tagen nicht viel gegessen.«

»Erwischt.«

Auch er ließ es sich schmecken.

Charlotte bedankte sich bei Pia für die Beaufsichtigung, dann verließen sie und Philipp mit Anton das Gebäude.

Schon beim Betreten ihrer Gästewohnung bemerkte Charlotte die Veränderung. Nichts lag herum. Vorwurfsvoll schaute sie Philipp an.

»Hast du hier etwa aufgeräumt?«

»Das war Ben.«

»Welcher Ben?« Noch bevor er antwortete, ahnte sie es. »Wer ist auf die glorreiche Idee gekommen, meine Kinder zu benachrichtigen? Du oder Hannes?«

Er bat sie, sich zu setzen, und erzählte ihr vom Überraschungsbesuch ihres Sohnes.

»Wo ist er jetzt? Wieder in München?«

»Er ist zu seiner Schwester nach Hamburg gefahren, weil er es hier nicht mehr ausgehalten hat.«

»Ich rufe ihn gleich an.«

Sie stand auf und ging ins Schlafzimmer hinüber. Man hatte ihr zwar das Polizeihandy abgenommen, aber ihr eigenes Mobiltelefon lag im Kleiderschrank unter einem Stapel Wäsche versteckt. Als sie den Schrank öffnete, sah sie ihre frisch gewaschenen Sportklamotten fein säuberlich gestapelt. Ben besaß den Ordnungssinn seines Vaters. Sie selbst neigte dazu, Chaos zu verbreiten, wenn es etwas gab, das ihre ganze Aufmerksamkeit forderte. Dann ließ sie gedankenlos alles Mögliche herumliegen. Ihr Mann hatte sie dann immer mit: »meine geliebte Chaotin« geneckt.

Sie zog das Handy hervor, musste aber feststellen, dass der Akku leer war. Deshalb setzte sie sich aufs Bett, nahm das Ladegerät vom Nachttisch, schloss es an und versorgte das Handy mit Strom. Es dauerte einen Moment, bis das Telefon bereit war. Während sie wartete, fiel ihr Blick auf den Wecker. Es war fast Mitternacht. Normalerweise würde sie zu dieser späten Stunde niemanden mehr anrufen, aber sie kannte ihren Sohn gut genug, um zu wissen, dass er aus Sorge noch nicht schlafen würde. Sie wählte seine Nummer aus der Kontaktliste. Nach kurzem Läuten hörte sie seine vorsichtig fragende Stimme.

»Mam?«

»Ja, ich bin es.«

Ein erleichterter Seufzer wehte an ihr Ohr.

»Gott sei Dank!«

Nebenan hielt auch Philipp sein Smartphone in der Hand. Er unterrichtete Anneliese per WhatsApp von Charlottes Rückkehr ins Internat. Sie würde es den anderen Bewohnern erzählen – auch wenn die Freunde schon im Bett lagen.

Er steckte das Telefon ein und schaute den Jungen an, der sichtlich müde auf dem Sofa saß.

»Wir sollten jetzt ins Bett gehen«, sagte Charlotte, als sie mit ihrem Sleepshirt in der Hand in den Wohnraum zurückkam. »Anton, möchtest du hier auf dem Sofa schlafen, oder in der Wohnung nebenan in einem richtigen Bett?«

»Lieber hier.«

»Holst du ihm bitte Bettzeug von drüben?«, wandte sie sich an Philipp. »Ich muss dringend aus diesen Klamotten raus.«

Er nickte und verließ die Wohnung. Daraufhin ging Charlotte ins Bad und zog die Kleidung aus, die sie schon seit Tagen am Körper trug. Wegen der Verletzung am rechten Unterarm sollte sie nicht duschen. So machte sie sich nur etwas frisch und zog das knielange Shirt an. Sie wunderte sich etwas über die neue Zahnbürste, putzte damit aber die Zähne.

Bei ihrer Rückkehr in den Wohnraum hatte Philipp für Anton ein bequemes Lager auf dem Sofa bereitet. Charlotte setzte sich einen Moment zu dem Jungen.

Philipp wünschte ihm eine gute Nacht und ging ins Bad. Beim Anblick des Kleiderhaufens auf dem gefliesten Boden lächelte er. Sogar das hatte er in den letzten Tagen vermisst. Mit dem Fuß bugsierte er die Wäsche unters Waschbecken. Dabei bemerkte er das zusammengefaltete Papier, das anscheinend aus der Hosentasche gerutscht war. Er hob es auf und war erstaunt, dass sein Name darauf geschrieben stand. Gespannt faltete er es auseinander und las die mit klarer Handschrift verfassten Zeilen. Mit einem Abschiedsbrief hatte er nicht gerechnet. Den eigenen Tod vor Augen, hatte Charlotte nicht ihr Schicksal bejammert, sondern daran gedacht, es ihm leichter zu machen. Das bewegte ihn sehr.

Philipp zog sich bis auf die Boxershorts aus und ging barfuß ins Schlafzimmer.

»Wo warst du so lange?«

Im Schein der Nachttischlampe legte er sich zu ihr.

»Ich habe im Bad einen Brief auf dem Fußboden gefunden.«

»Hast du ihn gelesen?«

»Es stand mein Name drauf.« Er beugte sich über sie und küsste sie sanft auf die Lippen. »Du musst schlafen. Wir reden morgen.«

Sie nickte nur und schmiegte sich an ihn.

KAPITEL 38

Nachdem sie am Morgen gepackt hatten, verließen sie das Gästehaus, um zum Frühstücken in die Mensa zu gehen. Charlotte fröstelte, da sie für die kurze Strecke auf eine warme Jacke verzichtet hatte. Ein Windstoß fegte bunte Blätter von den Bäumen.

Auf dem Weg über das Gelände schaute sich Anton interessiert um. Am Tage wirkten die alten Gemäuer noch imposanter. Er hatte nach dem Aufwachen in der Broschüre des Internats geblättert, die bei Charlotte auf dem Schreibtisch lag. Die vielen Aktivitäten für Schüler beeindruckten ihn. So etwas kannte er nicht. Ihm war aber klar, wie teuer so ein Internatsbesuch war. Deshalb würde so etwas für ihn nie infrage kommen.

In der Mensa staunte er aufs Neue über das reichhaltige Angebot am Buffet.

»Das ist echt cool hier«, sagte er und wählte sein Frühstück mit Bedacht aus.

Charlotte und Philipp tauschten einen verstehenden Blick. Mit ihren Tabletts setzten sie sich an einen der vielen freien Tische. Die meisten Internatsbewohner waren bereits im Unterricht.

Nach dem Frühstück verabschiedeten sie sich von der Internatsleitung. Dr. Peters bedankte sich überschwänglich bei Charlotte und Philipp. Er bedauerte außerordentlich, die Vertretungslehrerin nicht zu einer Festeinstellung überreden zu können. Donata von Pöseldorf-Schnackenburg fand es schade, dass Philipp sagte, auch er könne nicht länger bleiben.

In den von der Polizei genutzten Räumen trafen sie anschließend auf den Hauptkommissar und sein Team.

»Du willst bestimmt so schnell wie möglich nach Hause«, sprach Hannes die Freundin an. »Wir brechen bald unsere Zelte ab. Denk bitte daran, dass wir deine Aussage noch protokollieren müssen.«

»Ich komme in den nächsten Tagen zu euch ins Präsidium«, versprach sie. »Tu mir bitte den Gefallen und halte mich aus der Berichterstattung raus. Ich möchte meinen Namen nicht in der Zeitung lesen.«

»Keine Sorge. Ich kümmere mich darum.«

»Danke. – Was ist mit Kommissar Münster? Hat er den Einsatz gestern gut überstanden?«

»Unkraut vergeht nicht. Er hat den Entführern ordentlich Feuer unterm Hintern gemacht. Sie dachten wohl, dass ihr mit dem Wagen in einem der Ställe seid. Er hat die alten Gemäuer verteidigt, als hinge sein Leben davon ab.«

»Wurden die Verbrecher geschnappt?«

»Die wollten abhauen, als ich mit der Verstärkung eintraf«, erzählte Martin. »Sie haben sich dann eine wilde Verfolgungsjagd mit uns geliefert. Um einer Straßensperre auszuweichen, sind sie eine steile Böschung runtergerast. Der Wagen überschlug sich, und als wir dazukamen, saß der schwerverletzte Elmir Ağayev auf dem Beifahrersitz. Der Fahrer war in der Dunkelheit getürmt. Es handelte sich um Akif Rachimow. Die Fahndung nach ihm läuft.«

»Muss ich Angst haben, solange er nicht verhaftet ist? Vielleicht will er sich rächen?«

Hannes führte Charlotte ein Stück beiseite, damit der Junge nicht mithören konnte.

»Rachimow wird versuchen unterzutauchen. Er ist ein kleines Licht. Im Gegensatz zum skrupellosen Ağayev, dem Boss der Bande. Der liegt aber auf der Intensivstation und hat nur sehr geringe Überlebenschancen. Du hast nichts zu befürchten.«

»Das beruhigt mich.«

»Außerdem kennt niemand außer der Staatsanwältin und meinem Team die Identität von Charlotte Arndt.«

Sie nickte, worauf er einen Zettel aus der Tasche zog, den er ihr reichte.

»Ich habe vorhin in unserer Vermisstendatei über den Jungen recherchiert. Sieht nicht rosig aus.«

Sie überflog den Ausdruck, las dass der Vater vor zwei Monaten alkoholisiert bei einem Treppensturz ums Leben gekommen war.

»Danke, Hannes.« Sie faltete den Zettel und schob ihn in ihre Handtasche. Dann verabschiedete sie sich von den ehemaligen Kollegen. Auf dem Flur bat sie Philipp, mit Anton vorauszugehen. Sie wollte sich von Ingrid Brandt verabschieden. Dazu musste sie nur über den Flur gehen. Nach kurzem Anklopfen betrat sie das Sekretariat.

»Charlotte!« Sofort kam Ingrid um den Empfangstresen herum. »Gott sei Dank ist Ihnen nichts passiert.«

»Ich bin gekommen, um mich zu verabschieden.«

»Verständlich, dass Sie uns verlassen wollen.« Sie ergriff Charlottes Hand und drückte sie. »Ich danke Ihnen für alles, was Sie getan haben – nicht nur für die Kinder.«

»Was meinen Sie?«

»Mein Mann hat mir gestern Nacht alles gebeichtet. Wenn Sie ihm nicht ins Gewissen geredet hätten ... Ich darf gar nicht daran denken, was dann mit Ihnen und den Mädchen passiert wäre. Mit dieser Schuld hätte er auf Dauer nicht leben können. Haben Sie ihn wirklich nicht verraten?«

»Das war unser Deal.«

»Thorsten hat mir trotzdem versprochen, dass er sich stellen wird, wenn er mit unserer Tochter geredet hat. Nur so können wir es als Familie schaffen.«

»Ich wünsche Ihnen viel Glück.«

»Für Sie auch.«

Philipps Wagen stand vor dem Gästehaus. Da Ben mit Charlottes »Dienstfahrzeug« unterwegs war, luden sie das gesamte Gepäck ins Auto des Professors. Minuten später rollte der Mercedes über das Internatsgelände. Anton, der hinten saß, schaute mit großen Augen aus dem Seitenfenster.

Er erinnerte sich, wie der Schulleiter Philipp vorhin angesprochen hatte.

»Bist du wirklich Professor?«

»Mmmm.«

»Dann bist du bestimmt ganz klug und weißt viel.«

»Geht so.«

»Philipp ist sogar ein sehr kluger Mann«, sagte Charlotte über ihre Schulter. »Warum möchtest du das denn wissen?«

»Nur so.« Einen Moment überlegte er. »Spielst du ein Instrument?«

»Als Kind hatte ich Klavierunterricht. Dann kamen das Studium und der Job. Dadurch hatte ich nicht viel Zeit dafür. Seit ich nicht mehr arbeite, sitze ich zwar wieder öfter am Klavier, aber ich müsste viel mehr üben.« Er warf Charlotte einen Seitenblick zu. »Ich glaube, Frauen mögen es, wenn man gut spielen kann.«

Sie konnte sich ein amüsiertes Lächeln nicht verkneifen.

Während der Fahrt nach Hannover wurde Anton zunehmend stiller. Ihm wurde klar, dass er wieder zur Schule gehen musste, wenn er es zu etwas bringen wollte. Zwar war er sicher, dass Charlotte alles tun würde, um einen guten Platz für ihn zu finden, aber sie konnte nicht zaubern. Auch sie würde sich nach den Leuten vom Jugendamt richten müssen. Immerhin waren sie nicht verwandt. Sie durfte wahrscheinlich überhaupt nicht mitentscheiden. Anton machte sich keine Illusionen. Wenn er irgendwo untergebracht werden sollte, wo er nicht hin wollte, würde er wieder weglaufen. Auch wenn er sich nach etwas ganz anderem als nach einem Leben als Obdachloser sehnte. Charlotte hatte ihn mal gefragt, ob er für immer auf der Straße musizieren wollte. Nein, das wollte er nicht. Er träumte davon, irgendwann Musik zu studieren, glaubte aber, niemals diese Chance zu erhalten.

Auf der Route durch Hannover schaute der Junge aus dem Fenster. In seiner Stadt war ihm vieles vertraut. Er sah die bunten Nanas am Hohen Ufer, das schlossähnliche Neue Rathaus und genoss die Fahrt am Maschsee entlang. Als der Wagen durch ein schmiedeeisernes Tor rollte, löste sich ein erstaunter Laut von seinen Lippen.

»Wo sind wir hier?«

»Das ist Philipps Haus.«

»Unser Haus«, korrigierte er sie lächelnd und lenkte den Wagen bis vor die Garagen. »Lasst uns nachsehen, ob jemand da ist.«

Nach dem Aussteigen fasste Anton nach Charlottes Hand, während Philipp den Arm um ihre Schulter legte und sie zur Haustür führte.

Daran war ein großes Schild befestigt, auf dem unter den Worten »Herzlich willkommen« ein goldener Stern leuchtete.

Kaum hatten sie das Haus betreten, kamen die Freunde in die Wohnhalle. Anneliese umarmte Charlotte zuerst.

»Es tut so gut, dich zu sehen.«

Elisabeth nahm sie stumm in den Arm, wobei ihre Augen in Tränen schwammen. Auch Conrad war sichtlich ergriffen, als er sie an seine Brust zog. Nun fehlte nur noch der General, der in seinem Rollstuhl etwas abseits stand. Charlotte ging auf ihn zu und war gerührt, als er sich an den Armlehnen hochstemmte, um sie im Stehen zu begrüßen. – Ein Ausdruck seiner Verehrung für sie. Lächelnd schloss sie ihn in die Arme.

»Ich bin so froh, wieder bei euch zu sein.« Sie half Albert in seinen Rolli und war mit wenigen Schritten bei ihrem Schützling. Nacheinander zeigte sie auf die Freunde. »Das sind Anneliese, Elli, Conrad und Albert. – Und das ist Anton. Er war mir in den letzten Tagen eine große Hilfe.« Ihr Blick schweifte in die Runde. »Anton wird ein paar Tage bei mir wohnen. Wenn euch das zu viel wird, sagt es einfach. Dann ziehe ich mit ihm in meine Wohnung, bis wir eine Lösung für ihn gefunden haben.«

»Das kommt überhaupt nicht infrage«, sagte Philipp und erntete allgemeine Zustimmung. »Wir freuen uns, dass der Junge bei uns ist.«

Sie setzten sich ins große Wohnzimmer, wo Charlotte viele Fragen beantwortete.

»Wie bist du eigentlich darauf gekommen, dem Clown Geld anzubieten, Schwesterherz?«

Amüsiert schaute sie Anneliese an.

»Es war nicht schwer rauszufinden, dass er einen Haufen Schulden hat. Er sollte das Geld bekommen und uns dafür freilassen.«

»Dir war aber schon klar, dass ich nicht an dein Konto rankomme.«

»Ich habe nicht eine Sekunde daran gezweifelt, dass ihr alle eure Sparschweine plündert, um die Summe zusammenzubekommen«, sagte sie sehr ernst, doch dann lächelte sie verschmitzt. »Natürlich wusste ich, dass die Ermittlungsbehörden das Geld in so einem Fall bereitstellen. Warst du am Bahnhof, oder hat Hannes eine Kollegin unter den Schwanz gestellt?«

»Spezialaufträge übernimmt 0068 selbst. Du hättest mich sehen sollen. Ich war ausgestattet wie im Krimi. Das war schon cool.«

»Und ich bin aus Angst um Liesel fast ausgetickt«, bemerkte Conrad. »Ihr zwei habt mich in den letzten Tagen mindestens fünf Jahre meines Lebens gekostet.«

Während sie weiter darüber sprachen, läutete es.

»Du hast heute Türdienst«, wandte sich Elli an Charlotte, die etwas erstaunt aufstand und hinausging. Kaum hatte sie geöffnet, hielt ihr Sohn sie fest an sich gedrückt. Nach einer Weile schaute er ihr in die Augen.

»Ich muss gar nichts sagen, oder?«

Sie schüttelte den Kopf. Über alles Wichtige hatte sie schon am Vorabend mit ihren beiden Kindern am Telefon gesprochen.

»Ich soll dir von Lisa und ihrer Sippe Grüße ausrichten. Deine Enkel haben Sehnsucht nach dir. Sie haben gesagt, Oma soll bald kommen und ihren Freund mitbringen.«

»Woher wissen Sie, dass Oma einen Freund hat?«

Ben grinste wie ein Lausbub.

»Sensationen sprechen sich schnell rum.«

Sie gingen zusammen ins Wohnzimmer, wo Ben die anderen WG-Bewohner begrüßte. Zuletzt blieb er vor dem Jungen stehen.

»Wer bist du denn?«

»Anton. – Und du bist Charlys Sohn, oder? Du siehst ihr ganz schön ähnlich. Sie hat mir viel von dir erzählt.«

»Ach ja? Was denn?«

»Dass du Musiker bist. So wie ich.«

Im Nu waren sie in ein Gespräch vertieft. Die anderen beteiligten sich lebhaft daran. Irgendwann stand Conrad auf.

»Ich kümmere mich ums Mittagessen.« Fragend schaute er Anton an. »Magst du Rindersteak mit Waldpilzen, Bratkartoffeln und Salat?«

»Eigentlich mag ich alles, aber ich mache mir nicht viel aus Fleisch.«

Charlotte schaute ihn verwundert an, dann ahnte sie, was in ihm vorging.

»Conrad kauft immer reichlich ein. Du musst nicht befürchten, dass deinetwegen jemand verzichten muss.«

»Ich dachte nur … weil er ja nicht wusste, dass du mich mitbringst … Als wir eingesperrt waren, hast du auch immer ganz wenig gegessen, weil es nicht für uns alle gereicht hat.«

»Hier gibt es genug zu essen.«

»Und zu trinken«, fügte er grinsend hinzu. »Hast du Conrad schon von deiner Mutprobe erzählt?«

»Wovon?«

»Von dem Tee mit dem feinen Aroma.«

Aller Augen richteten sich auf Charlotte.

»Anton meint den uralten Tee, der wie eine Wasserprobe aus dem Maschsee geschmeckt hat.«

Nach dem leckeren Mittagessen wollte Charlotte in Ruhe mit Anneliese sprechen. Elisabeth schlug vor, unterdessen mit Anton einen Einkaufsbummel zu unternehmen, weil der Junge dringend neue, wegen der herbstlichen Kühle vor allem auch warme Kleidung brauchte. Als Anton zögerte, bot Ben an, die beiden in die City zu fahren und beim Shoppen zu begleiten. Damit war der Junge einverstanden. Als sie abgefahren waren, bat Charlotte die Freundin, ein paar Schritte zusammen zu gehen, da die Enge der Kellerwohnung ihren Bewegungsdrang stark eingeschränkt hatte. Anneliese schlug einen Spaziergang im nahe gelegenen Bockmerholz vor. Es war nur eine kurze Fahrt zu diesem Wäldchen am südlichen Stadtrand von Hannover. Seite an Seite gingen sie in den Laubwald. Die Blätter der Bäume leuchteten in allen Farben. Normalerweise hätte Charlotte bei einem solchen Spaziergang ihre Kamera dabei, aber Antons Schicksal war nun wichtiger.

Zunächst berichtete sie Anneliese alles, was sie von dem Jungen aus seinen Erzählungen wusste.

»Hannes hat gestern Abend recherchiert, dass Antons Vater vor zwei Monaten tödlich verunglückt ist.«

»Dann ist der Junge Vollwaise. Hat er irgendwo Verwandte? Großeltern, Onkel oder Tante?«

»Mir hat er erzählt, dass seine Großeltern tot sind und es auch sonst niemanden gibt.«

»Dann übernimmt das Jugendamt die Vormundschaft. Sie werden eine Pflegefamilie für ihn suchen.«

»Gibt es dazu eine Alternative?«

»Eine betreute Kinder-Wohngruppe, aber da gibt es oft lange Wartelisten. Bei den SOS-Kinderdörfern sieht es leider nicht besser aus.« Bedauernd zuckte sie die Schultern. »Erwiesenermaßen haben solche Kinder immer geringere Chancen im Leben. Daran besteht kein Zweifel.«

Charlotte nickte nur. Und dann hüllte sie sich eine Weile in Schweigen, während ihre Schritte flotter wurden. Schließlich hängte sich Anneliese bei ihr ein und hinderte sie so am schnellen Weitergehen.

»Renn nicht so. Ich habe nicht so lange Beine wie du.«

»Entschuldige.«

»Worüber denkst du nach?«

»Was muss ich tun, um mit entscheiden zu dürfen?«

»Du müsstest die Pflegschaft für Anton übernehmen.«

»Würde ich die bekommen? In meinem Alter?«

»Unter Umständen … vielleicht.«

»Kannst du mir dabei helfen? Du kennst doch sicher noch Leute beim Jugendamt.«

Prüfend schaute Anneliese die Freundin an.

»Dir liegt sehr viel an dem Jungen. Wie ich dich kenne, bist du dir auch im Klaren darüber, dass du damit eine große Verantwortung übernehmen würdest. Aber das reicht nicht. Wir brauchen einen Plan.«

KAPITEL 39

Bei ihrer Rückkehr saßen die Freunde im gemütlich warmen Wohnzimmer am gedeckten Kaffeetisch. Elli und Ben waren mit Anton noch unterwegs.

»Wir müssen etwas mit euch besprechen«, sagte Anneliese. »Wegen des Jungen. Wir haben uns was überlegt, um ihm zu helfen.«

Durch einen Blick gab sie das Wort an Charlotte weiter.

»Ich würde gern die Pflegschaft für Anton übernehmen.«

»Moment«, sagte Philipp erschrocken. »Willst du ausziehen, um dem Jungen in deiner Wohnung ein Zuhause zu geben?«

Beruhigend legte sie die Hand auf seinen Arm.

»Entschuldige, dass ich das nicht zuerst mit dir besprochen habe, aber ich möchte die Zeit nutzen, solange Anton noch nicht wieder hier ist. Wenn ihr einverstanden seid, würde ich wie geplant für immer hier einziehen. Was den Jungen betrifft, hatte Anneliese einen großartigen Einfall.«

»Lass hören«, forderte er sie erleichtert auf, worauf sie auf die Freundin deutete.

»Es war deine Idee. Erzähl du es bitte.«

»Also das ist so: Charlotte will die Vormundschaft für den Jungen beantragen. Anton wird vom Vormundschaftsgericht befragt, ob er damit einverstanden ist. Ihr habt erlebt, wie sehr er an ihr hängt. Das dürfte also kein Problem sein – auch ihr Alter nicht. Oft werden Großeltern als Vormund bestimmt, wenn sie dazu in der Lage sind, angemessen für ein Kind zu sorgen.«

»Ich mag diesen aufgeweckten Jungen«, sagte Albert. »Von mir aus kann er gern hier einziehen.«

Conrad und Philipp nickten zustimmend.

»Es wäre nicht gut für ihn, immer nur mit uns Alten zusammen zu sein«, fuhr Anneliese fort. »Er gehört unter Gleichaltrige. Wir alle haben gesehen, wie begeistert er vorhin mit Ben über seine Liebe zur Musik gesprochen hat.« Lächelnd schaute sie Charlotte an. »Jetzt kommt der Teil, den du vorgeschlagen hast.«

»Anton hat mir während unserer Gefangenschaft erzählt, dass er auf dem Gymnasium in einer Musikklasse war. So was gibt es im Internat auch. Ich habe eigentlich nur laut darüber nachgedacht, wie gut er dort aufgehoben wäre und wie man das finanzieren könnte …«

»Wenn wir uns alle daran beteiligen«, schlug Conrad vor, »dann müsste das doch zu wuppen sein.«

»Anneliese hatte als Vorsitzende der Christa-Bernhardt-Stiftung auch dazu eine Idee.«

Verstehend lächelte der General.

»Die Stiftung unterstützt und fördert mittellose Musiker. Mit einem Stipendium könnte Anton das Internat besuchen.«

»Wenn es euch recht ist, käme er an den Heimfahrwochenenden und in den Ferien zu uns«, fügte Charlotte hinzu, bevor sie in die Runde schaute. »Ich möchte euch nicht überrumpeln, aber ich muss wissen, ob ich mit eurer Unterstützung rechnen kann.«

Sie erntete allgemeine Zustimmung. Dass auch Elisabeth einverstanden sein würde, daran zweifelte niemand. Sie hatte den Jungen sofort lieb gewonnen, sonst hätte sie ihn nicht zu einem Einkaufsbummel eingeladen.

Gegen Abend kehrte sie mit Ben und Anton zurück. Sie trugen mehrere Kaufhaustüten herein.

»Na, das hat sich ja gelohnt«, begrüßte Charlotte die drei. Ihr Blick schweifte zwischen ihrem Sohn und dem Jungen. Bei beiden waren die Locken ein Stück gekürzt. »Anscheinend habt ihr Haare gelassen. Ihr seht fast aus wie Brüder.«

»Cool, oder?« Anton strahlte übers ganze Gesicht. »Ben hat mir auch beim Aussuchen der Klamotten geholfen. Und Elli hat alles bezahlt. Das war wie zehn Jahre Weihnachten und Geburtstag zusammen.«

»Hast du noch Kraft für ein Gespräch über deine Zukunft? Vielleicht bei einer heißen Schokolade?«

Seine Antwort fiel etwas unsicher aus.

»Mmm …«

»Ich kümmere mich um den Kakao«, sagte Conrad und ging in die Küche voraus. Zehn Minuten später hatten alle Bewohner einen dampfenden Becher vor sich stehen.

Charlotte erklärte Anton, was sie sich für ihn überlegt hatten. Er hörte ihr zu. Zuerst atemlos, dann waren die unterschiedlichsten Emotionen auf seinem Gesicht zu lesen.

»Was sagst du dazu?«

Er zuckte die Schultern.

»Kein Problem, Anton.« Verständnisvoll schaute sie ihm in die Augen, aber er senkte den Blick. »Das ist in Ordnung. Ich habe dir versprochen, dass nichts gegen deinen Willen geschieht. Wir lassen uns was anderes einfallen.«

»Das will ich gar nicht.« Zögernd hob er den Kopf. »Ich würde gern ins Internat gehen und in den Ferien zu euch kommen, aber wenn ich mich auf was freue, klappt das sowieso nicht. Das war schon immer so.«

Mitfühlend strich sie ihm über die Wange.

»Wir alle werden uns dafür einsetzen, dass diesmal nichts dazwischenkommt. Anneliese kennt eine Frau beim Jugendamt. Mit ihr setzen wir uns morgen in Verbindung.«

»Danke.«

Am Abend brachte Charlotte den Jungen in ihrem Schlafzimmer zu Bett. Sie würde die Nacht oben bei Philipp verbringen.

Sie ging gerade die Treppe hinunter, als die Melodie ihres Mobiltelefons erklang. Auf dem Display las sie eine Rufnummer, die sie auf Anhieb nicht zuordnen konnte. Dennoch nahm sie den Anruf entgegen.

»Hallo?«

»Charlotte? Hier spricht Maurice. Donata sagte beim Abendessen, dass Sie abgereist sind. Warum weiß ich nichts davon?«

»Ich konnte mich nicht von Ihnen verabschieden. Sie waren den ganzen Vormittag im Unterricht.«

»Stimmt«, bestätigte er. »Ich muss Ihnen dringend etwas Wichtiges sagen. Wann sehen wir uns wieder?«

»Das halte ich für keine gute Idee.«

»Warum nicht? Sie müssen doch gespürt haben, was ich für Sie empfinde.«

Sie sah Philipp mit einer Weinflasche aus der Küche kommen.

»Tut mir leid, Maurice, aber Sie müssen mich vergessen. Ich bin nicht die Frau, für die Sie mich halten. Außerdem habe ich bereits einen Partner, mit dem ich sehr glücklich bin.«

»Aber ...« Er schien nach den richtigen Worten zu suchen. »Ich dachte ... Ich kann Sie unmöglich vergessen, Charlotte. Bitte geben Sie mir eine Chance. Ich möchte ...«

»Au revoir, Maurice.«

Rasch unterbrach sie die Verbindung.

Philipp trat zu ihr und legte den Arm um ihre Schultern.

»Er hat sich wirklich in dich verliebt. Das hat er mir anvertraut, als du verschwunden warst.«

»Ich kann es nicht ändern. Oder soll ich dir seinetwegen den Laufpass geben?«

»Das würdest du nicht tun, nachdem du ihm gesagt hast, wie glücklich du mit mir bist.«

»Schlaumeier«, neckte sie ihn und ging mit ihm zu den anderen, die schon auf den Wein warteten.

Später lagen sie in Philipps Bett. Nun hatten sie Gelegenheit, allein über die Ereignisse zu reden. Sie sprachen über ihre Hoffnungen und Ängste. Philipp erwähnte die Brandleiche nur am Rande, aber Charlotte bohrte so lange, bis er alles darüber erzählte. Dadurch wurde ihr erst klar, was er und die Freunde tatsächlich durchgemacht hatten. So redeten sie die halbe Nacht, bis sie aneinandergeschmiegt einschliefen.

Die Gespräche mit der zuständigen Dame vom Jugendamt verliefen sehr zufriedenstellend. Sie machte sich ein Bild von Charlotte und den anderen Senioren, nahm sie und das Haus genau unter die Lupe und stellte fest, dass alle Bewohner einen guten Leumund hatten. Sie lebten in geordneten, finanziell gesicherten Verhältnissen. Aus ihrer Sicht sprach nichts dagegen, den Antrag auf Vormundschaft zu befürworten. Bis zu einer endgültigen Gerichtsentscheidung durfte Anton in Charlottes Obhut bleiben. Da das Urteil reine Formsache war, konnte sie Anton im Internat Rabeneck anmelden.

Waren die letzten Septembertage grau und regnerisch, so riss an diesem ungewöhnlich milden Morgen die Wolkendecke auf und zeigte einen strahlend blauen Himmel.

Mit zwei Autos war die Senioren-WG unterwegs zum Internat. Neben Philipp saß Elisabeth in seinem Mercedes, auf der Rückbank hockte Anton dicht neben Charlotte. In Conrads Wagen fuhren Anneliese und Albert mit. Obwohl er bei solchen Fahrten meistens zu Hause blieb, hatte sich der General nicht davon abhalten lassen, die anderen zu begleiten. Sein faltbarer Reiserolli lag im Kofferraum.

Charlotte hatte absichtlich einen Termin am Vormittag gewählt. Sie besaß noch die Lehrer-Stundenpläne und wusste, dass sie Maurice nicht begegnen würde.

Mit Ingrid Brandt hatte sie mehrmals telefoniert, so dass für Antons Ankunft alles vorbereitet war. Da er schon ein Schulhalbjahr in einer 5. Klasse eines öffentlichen Gymnasiums besucht hatte, würde er im Internat im 5. Jahrgang einsteigen, der nach den Sommerferien begonnen hatte. Dadurch musste er keinen Unterrichtsstoff nachholen.

Der Internatsleiter ließ es sich nicht nehmen, der kleinen Gruppe die Unterkunft des neuen Schülers zu zeigen. Der Junge hatte sich für ein Doppelzimmer entschieden, das er mit einem gleichaltrigen Schüler teilen würde.

Nachdem sein Gepäck untergebracht war, verabschiedeten sie sich im Freien voneinander. Zuletzt umarmte Charlotte den Jungen.

»Denk immer daran, dass wir deine Familie sind. Sollte es Probleme geben, kannst du jederzeit anrufen. Conrad hat unsere Nummern in deinem neuen Handy gespeichert.«

»Ich weiß.«

»Auch wenn du merken solltest, dass ein Internat nicht das Richtige für dich ist, rufst du mich an. Dann hole ich dich sofort ab. Die Zeiten, in denen du dich allein auf die Socken machen konntest, sind endgültig vorbei.« Ernst blickte sie ihm in die Augen, »Versprochen?«

Er nickte, dann lächelte er verschmitzt.

»Du wirst mich nicht mehr los.«

KAPITEL 40

Der Kollegenstammtisch traf sich wie gewohnt im vierwöchigen Rhythmus donnerstags in der Altstadtkneipe »Alibi«.

Horst Fleischmann traf zuerst ein. Kurz nach ihm kam Hannes mit seinem Team und bestellte die erste Runde.

Philipp setzte Charlotte an der Straßenecke ab und versprach, sie abzuholen.

Als sie das Lokal betrat, sprang der Rechtsmediziner auf und umarmte sie, was bei seiner Leibesfülle nicht ganz einfach war. Beinah erschrocken über diesen Gefühlsausbruch gab er sie wieder frei.

»Sorry, aber das musste sein.«

»Ich freue mich auch, dich zu sehen.«

Lächelnd begrüßte sie die anderen, bevor sie sich zu ihnen setzte.

»Gut siehst du aus«, sagte Hannes. »Fühlst du dich auch so? Wie hast du das alles überstanden?«

»Mach dir keine Gedanken.« Sie fühlte sich gut. Auch ihre Verletzung war inzwischen verheilt. »Ich habe einen Psychologen an meiner Seite. Wir haben lange Gespräche geführt. Mit Anton hat Philipp auch über seine Erlebnisse auf der Straße gesprochen. Er kümmert sich rührend um uns.«

»Das beruhigt mich.«

»Gibt es bei euch was Neues? Sind eure Ermittlungen abgeschossen?«

»Dass Ağayev letztlich nicht überlebt hat, weißt du sicher aus der Zeitung. Seine Verletzungen waren zu schwer. Rachimow wurde vorgestern an der holländischen Grenze geschnappt. Wir haben noch nicht viel aus ihm rausbekommen, wissen aber, dass er die Hintermänner nicht kennt. Die treten nie selbst in Erscheinung. Wahrscheinlich sind sie längst abgetaucht. Nur Ağayev kannte sie.« Er lehnte sich etwas zurück. »Wir hatten doch am Tag vor dem Mord im Internat einen Toten an der Marktkirche. Er hieß Farid Bey. Rachimov sagte, dass auch er von Ağayev getötet wurde, weil der das Geschäft mit den Kindern mit seinen Leuten durchziehen wollte. So schließt sich der Kreis.« Sein forschender Blick suchte ihre Augen. »Erinnerst du dich an Thorsten Brandt?«

»Ist das nicht der Mann der Internatssekretärin?«

»Genau der. Du hast ihn doch bei ihr zu Hause kennengelernt. Vor ein paar Tagen hat er sich gestellt. Er hatte hohe Spielschulden bei Ağayev. Der Kerl wusste, wo Brandts Frau arbeitet, und dachte wohl, dass es am einfachsten ist, die Kinder aus einem Internat zu entführen.«

»Und was hat Brandt damit zu tun? Hat er bei den Entführungen geholfen?«

»Das anscheinend nicht, aber er war der Clown. Mich wundert, dass du ihm trotz seiner Maskerade nicht auf die Schliche gekommen bist. Wo du doch sonst eine so gute Beobachtungsgabe und ein sicheres Gespür hast.«

»Mir ist an ihm nichts aufgefallen. – Und den VHS-Kurs ›Hellseherei für Anfänger‹ musste ich leider abbrechen, weil ihr mich unbedingt ins Internat schicken wolltet.«

Mit einen kleinen wissenden Lächeln nickte er, worauf sie sich an Pia wandte.

»Stimmt es, dass die Kinder auf Bestellung entführt wurden?«

»Das ist leider so. In dieser Hinsicht wusste Rachimow Bescheid. Es gab anscheinend einen detaillierten Auftrag, was Alter, Geschlecht und Haarfarbe betrifft. In anderen Fällen handelt es sich oft um eine Art Sammelbestellung – soundso viele Mädchen oder Jungen in dem und dem Alter. Die werden dann im sogenannten Darknet versteigert. Bezahlt wird mit Bitcoin. Das lässt sich so gut wie nicht zurückverfolgen.«

»Es ist doch frustrierend, wenn die wahren Schuldigen immer ungestraft davonkommen.«

»Manchmal gelingt uns aber ein großer Schlag«, sagte Martin. »Im Darknet wurde erst kürzlich eine weltweite Kinderporno-Plattform abgeschaltet. Dort waren unglaubliche 87.000 Mitglieder registriert, die nicht nur Kinderpornos ausgetauscht haben. Dort wurden auch Treffen zu Kindesmissbrauch verabredet – auch an Kleinstkindern. Hier in Deutschland wurden drei Hauptverdächtige festgenommen, aber die Ermittlungen sind längst nicht abgeschlossen.«

»Schrecklich, was manche Kinder durchmachen müssen.« Verständnislos schüttelte Charlotte den Kopf. »Wie können Menschen so skrupellos und grausam sein?«

»Gott sei Dank gibt es auch solche, die sich engagieren, um anderen zu helfen«, sagte Hannes. »Was ist eigentlich aus deinem Schützling geworden?«

Gern erzählte sie, was sie in den letzten Tagen, auch mithilfe der Freunde erreicht hatte.

»Musstest du dir das auch noch aufbürden?«

Vorwurfsvoll schaute sie den Rechtsmediziner an.

»Der Junge ist keine Last – ganz im Gegenteil.«

»Schon gut. Wahrscheinlich erzählst du uns gleich, dass er frischen Wind in eure Urnen-WG bringt.«

»Du kannst ja richtig gut kombinieren, Horstilein. Vielleicht solltest du als Praktikant bei der Polizei anfangen. Hannes kann immer kompetente Unterstützung gebrauchen.«

»Wie ich hörte, stellt er aus Verzweiflung sogar Senioren ein, wenn er mit den Ermittlungen nicht vorankommt.«

»Aber nur mit Genehmigung der Staatsanwältin«, fügte der Hauptkommissar schmunzelnd hinzu. »Frau Dr. Pauli war übrigens sehr beeindruckt von der Leistung meiner externen Mitarbeiterin.«

»Es hat nicht viel gefehlt und sie hätte mir einen Orden verliehen«, scherzte Charlotte. »Dabei habe ich gar nicht viel getan.«

»Du bist zu bescheiden«, meinte Pia. »Was tust du denn als Nächstes? Wirst du deinen Professor endlich heiraten?«

»Wenn du unbedingt auf einer Hochzeit tanzen möchtest, solltest du dir einen Mann suchen, der es mit dir aufnimmt, und ihn vor den Traualtar zerren.«

»So ein Prachtexemplar wie deinen Philipp finde ich sowieso nicht. Wusstest du, dass er auf der Suche nach dir beinah rund um die Uhr mit uns durch den Wald gestapft ist? Keine zehn Pferde konnten ihn davon abbringen.«

Es gelang ihr nicht ganz, ihre Rührung zu verbergen.

»Damit ist er euch bestimmt gehörig auf die Nerven gegangen.«

»Darauf kannst du wetten«, erwiderte Hannes. »Es hat mir aber auch imponiert, wie unermüdlich er uns geholfen hat. Werdet ihr euch Erholung gönnen?«

»Am Wochenende besuchen wir Lisa und ihre Sippe in Hamburg. Meine Enkel freuen sich schon auf uns. Anfang Dezember fliegen wir nach Stockholm zu Philipps Tochter und ihrer Familie.«

In den nächsten beiden Stunden kam überwiegend Privates zur Sprache. Sie alle wollten die Ermittlungen für eine Weile vergessen. Später verabschiedeten sie sich herzlich vor der Kneipe voneinander.

Charlotte schaute sich nach ihrem Chauffeur um. Philipp lehnte im Licht einer Laterne an seinem Wagen und winkte ihr zu.

Lächelnd ging sie zu ihm und küsste ihn leicht auf die Lippen.

»Na, mein Held.«

»Welch nette Begrüßung.«

»Das ist erst der Anfang.«

»Klingt vielversprechend.«

»Dann lass uns nach Hause fahren.«

DANKSAGUNG

Zunächst danke ich meiner Familie und meinen Freunden, aber auch meinem Kollegen-Team am KWR für die vielfältige Unterstützung. Meinen wunderbaren Erstleserinnen Monika Meier, Sigrid Albrecht und Barbara Kaubisch danke ich für die Freundschaft, aber auch für die Tippfehlersuche. Als Autorin kenne ich meinen Text so gut, dass ich betriebsblind über so manches Buchstabenchaos hinweglese, aber ihr findet alles. Das erstaunt mich immer wieder. Auch bei den hannoverschen Buchexperten Peer-Philipp Krall von Cruses Buchhandlung und Volker Petri von Decius, die zu dem guten Start der Charlotte-Stern-Serie auf dem Buchmarkt beigetragen haben, möchte ich mich herzlich bedanken. Mein besonderer Dank gilt meiner Lektorin Claudia Senghaas, die sich dafür eingesetzt hat, dass auch »Rabeneck« in diesem Verlag erscheint, in dem ich mich ausgesprochen wohlfühle. Last but not least bedanke ich mich bei all meinen Leserinnen und Lesern für das positive Feedback und dafür, dass sie meine Charlotte so gut angenommen haben.

Weitere Titel finden Sie auf den
folgenden Seiten und im Internet:

WWW.GMEINER-VERLAG.DE

Claudia Rimkus
Eichengrund
Kriminalroman
343 Seiten, 12 x 20 cm
Paperback
ISBN 978-3-8392-2204-1
€ 12,00 [D] / € 12,40 [A]

Nach ihrer Pensionierung möchte Charlotte Stern eigentlich nur noch ihren Ruhestand genießen. Als sie jedoch durch die Presse von zwei Todesfällen in der Seniorenresidenz Eichengrund erfährt, erwacht ihr Interesse. Von ehemaligen Kollegen hört sie, dass es sich um Unfälle handelte – doch ihre Intuition sagt etwas anderes. Kurzerhand meldet sie sich in der Residenz zum Probewohnen an und beginnt zu ermitteln. Plötzlich ist eine weitere Bewohnerin tot …

GMEINER SPANNUNG

WWW.GMEINER-VERLAG.DE
Wir machen's spannend